Donna Kauffman vit dans la campagne de Virginie, non loin de Washington. Quand elle n'est pas couverte de farine ou en train de mettre le feu à sa cuisine – littéralement –, elle écrit des romans qui lui ont valu plusieurs nominations aux RITA Awards, ainsi que d'élogieuses critiques dans *Cosmopolitan*, entre autres.

Du même auteur, chez Milady :

Cupcake Club :
1. *Baiser sucré*
2. *Petites Douceurs*

CE LIVRE EST ÉGALEMENT DISPONIBLE
AU FORMAT NUMÉRIQUE

www.milady.fr

Donna Kauffman

Baiser sucré

Cupcake Club – 1

Traduit de l'anglais (États-Unis) par Emmanuelle Detavernier

Milady Romance

Milady est un label des éditions Bragelonne

Titre original : *Sugar Rush*
Copyright © 2012 Donna Kauffman

Suivi d'un extrait de : *Sweet Stuff*
Copyright © 2012 Donna Kauffman

© Bragelonne 2012, pour la présente traduction

ISBN : 978-2-8112-0848-6

Bragelonne – Milady
60-62, rue d'Hauteville – 75010 Paris

E-mail : info@milady.fr
Site Internet : www.milady.fr

*Ce livre est dédié à tous ceux qui comprennent
le bonheur simple de déplier délicatement
le papier entourant ces petites merveilles,
pour découvrir l'extraordinaire plaisir offert
par un délicieux cupcake.*

Vous faites tous partie de mon Cupcake Club.

Remerciements

J'ai tellement de personnes à remercier, entre autres mon professeur de Zumba qui m'a aidée à me débarrasser des centimètres de « recherche » gagnés lors de la rédaction de ce livre. Je dois avouer que j'ai pris plus de plaisir à les prendre qu'à les perdre !

Je tiens à rendre hommage à tous les propriétaires de pâtisseries et à leurs employés, qui ont eu la gentillesse de répondre à mes innombrables questions, de me faire visiter leurs cuisines, de m'expliquer les différents processus et étapes de cuisson et, surtout, qui m'ont permis de goûter leurs œuvres ! (Au nom de la recherche bien sûr : voir paragraphe précédent.) *Crumbs* sur Broadway, *Magnolia* à New York, *Edibles Incredible* au Reston Town Centre, *The Cupcakery* à Saint Louis (Incroyable !), *Nostalgia* à Annapolis, et *Hello, Cupcake !* à Washington, parmi tant d'autres. Merci à mon gourou du Web, qui m'a assistée dans la création et le fonctionnement de mon blog (Cakesbythecup.com) pour que je puisse vous faire partager mes (més)aventures et découvrir ce qu'il faut faire pour devenir une pâtissière et une spécialiste des cupcakes. Je vous recommanderais bien de ne pas tenter ça chez vous, sauf que c'est exactement ce que j'ai fait. Et que je le fais toujours.

Merci à Frank, James, Martha et maman pour avoir joué les professeurs particuliers et pour être toujours là pour moi, par courrier ou même par téléphone. Je vous jure que je vais faire des progrès. Quant à l'incident du beurre brûlé ? Je vous promets que ça n'arrivera plus.

Je remercie également les équipes de *Food Network* et de *Cooking Channel* qui ont eu la patience de répondre à mes questions et m'ont fourni de précieuses informations sur le tournage de leurs émissions. Merci à Giada, Bobby, Tyler, Ina, Alton et au Président de m'avoir tenu compagnie jusqu'au petit matin. Vous êtes les meilleurs chefs et amis dont on puisse rêver. Je prie tous ceux qui ont eu la gentillesse de m'accorder du temps et qui ont partagé leur expérience et leur talent avec moi de bien vouloir m'excuser pour les libertés que j'ai prises dans ce roman. Grâce à votre aide considérable, les décors et scènes décrits sont des plus réalistes. Je suis seule responsable des erreurs et libertés prises dans ce livre.

Et, enfin, je remercie la merveilleuse Alicia Condon : son enthousiasme pour ce livre, à la fois en tant qu'éditrice et collègue pâtissière, a largement dépassé les espoirs que tout écrivain pourrait avoir !

Bon appétit, ma douce !

Chapitre premier

Les cupcakes l'avaient sauvée.

Leilani Trusdale méditait cette vérité tandis qu'elle retirait prudemment le centre du dernier cupcake forêt-noire puis saisissait la poche à douille remplie de coulis de framboises. Elle savoura le parfum du chocolat noir qui se mélangeait à celui des fruits rouges acidulés. C'était étonnant, vraiment, le pouvoir d'un simple et délicieux petit gâteau. Le salut résidait dans les cupcakes.

Lani se mit en position, poche à douille à la main.

—À vous, mes délicieux petits amis. Faites votre boulot. Aidez-moi à me sentir mieux.

Elle se concentra intensément – férocement, même – pour fourrer parfaitement chacun des cent cinquante-six cupcakes alignés sur les grilles du four, et qui attendaient sur le plan de travail immaculé. Précaution totalement inutile, d'ailleurs. L'intense concentration, pas le garnissage des gâteaux. Elle aurait pu fourrer des dizaines de cupcakes les yeux bandés. Avec une main attachée dans le dos. Et peut-être même en équilibre sur un pied. Elle n'avait jamais essayé, mais elle était sûre d'y arriver.

Elle s'était souvent lancé des défis – des défis importants, même – sans avoir la moindre expérience en la matière. Et elle avait gagné le pari. Chaque fois. Elle n'avait aucune raison de s'inquiéter, n'est-ce pas ? Elle avait bien fait de tenter cette aventure et de prendre ce risque énorme et insensé qui l'empêchait de trouver le sommeil. Mais à quoi avait-elle pensé ?

Était-ce complètement fou de renoncer à une carrière pour laquelle elle avait sué sang et eau et versé de très nombreuses larmes, et de quitter New York pour ouvrir sa propre pâtisserie sur la petite île de Sugarberry ?

Qui faisait ce genre de choses ?

— Moi, déclara-t-elle à haute voix avec un air de défi, espérant que cette affirmation suffirait à la rassurer.

Ce n'était pas comme si elle ne pouvait pas retourner à New York en cas d'échec. Elle ne détestait pas vraiment la vie qu'elle menait là-bas. Pas vraiment. Elle avait donc un plan B, en cas d'absolue nécessité bien sûr.

Son portable vibra dans la poche de sa veste de chef. Fronçant les sourcils, Leilani reposa son ustensile et s'essuya les mains avant de décrocher. Il n'y avait qu'une personne pour l'appeler ainsi aux aurores. Elle coupa la chaîne stéréo, réduisant le morceau *Cantina Band* de la bande originale de *La Guerre des étoiles* au silence – tout le monde possédait sa propre compilation de chansons, et la sienne se composait de ses musiques de films préférées – et mit son portable sur haut-parleur avant de le déposer sur le plan de travail.

—Bonjour, Charlotte, la salua Lani. Alors qu'est-ce qui se passe hors du monde de la pâtisserie ?

Elle récupéra la poche à douille et se remit au travail, trop nerveuse pour discuter sans rien faire.

Nerveuse et furieuse.

—Tu m'as l'air bien réveillée, constata Charlotte. Tu es en cuisine, n'est-ce pas ?

—Dans quel autre endroit est-ce que je pourrais me trouver ?

—Tu vis en Géorgie, à présent. Même les chefs pâtissiers se lèvent après 5 heures, là-bas.

—Pas s'ils veulent que leurs gâteaux soient cuits et décorés avant l'ouverture.

—Tu n'es plus à Atlanta. Combien de cupcakes les habitants de Sugarberry peuvent-ils consommer en une journée ?

—Charlotte…

—Réponds à la question. Combien y a-t-il de plateaux de cupcakes devant toi ?

Lani ne répondit pas, parce que dire la vérité risquait de ne pas arranger son cas. Les amis pouvaient parfois être particulièrement énervants. Surtout lorsqu'il s'agissait de ses meilleurs amis. Ils en savaient trop.

—Et je parie qu'ils sont au chocolat, insista Charlotte.

Lani soupira.

— Cent cinquante-six. Des forêts-noires…
(Comme Charlotte restait silencieuse, elle soupira
de nouveau.) D'accord, tu as gagné… Ils sont fourrés
aux framboises. Et j'ai ajouté une ganache au chocolat
pour le glaçage.

— Oh, non, j'arrive trop tard ! Tu es déjà au courant.

— Il fallait que je fasse ces cupcakes, déclara-t-elle.

Elle tenta de prendre un ton détaché, mais
sut qu'elle avait échoué au moment même où elle
prononçait ces mots.

— Ils sont pour le Kiwanis Club.

— C'est quoi ça, un Kiwanis ? demanda Charlotte.
Oh, et puis laisse tomber. Je crois que je n'ai pas envie
de le savoir. Et je ne veux surtout pas savoir pourquoi
ils forment des clubs.

— Ça fait partie du festival d'automne, expliqua
Lani. Ça commence avec le grand dîner de ce soir. Les
Kiwanis récoltent de l'argent pour la ville, et j'offre
les cupcakes pour les soutenir.

— Au nom du ciel, Lani, tu en es réduite à tenir
un stand de pâtisserie ? Ça va si mal que ça ? demanda
Charlotte avec un accent qui trahissait ses origines
indiennes.

Il était toujours plus marqué lorsqu'elle était
énervée.

— Ta confiance me touche. Ce n'est pas comme
si j'allais installer une table devant l'épicerie locale
et récolter de l'argent pour la chorale du lycée.
Ce sont des boîtes de cupcakes réalisés spécialement pour l'occasion, qui seront présentés lors de

la gigantesque vente aux enchères donnant le coup d'envoi de la soirée, juste après le dîner. Les gens d'ici me soutiennent. Je suis heureuse de le faire. Et, en plus, ça me fera une belle publicité. Je soutiens le Kiwanis Club qui va utiliser l'argent récolté pour améliorer l'accueil à la maison de quartier et au club du troisième âge.

— Que vous ayez besoin d'enfermer vos jeunes et vos seniors dans des centres ne me rassure pas vraiment sur ton brusque changement de carrière, rétorqua Charlotte. Mais on a déjà eu cette conversation. Tu sais que je continuerai à te soutenir aussi longtemps que tu éprouveras le besoin de rester sur ta petite île perdue.

Lani en avait bien conscience. Charlotte ne comprenait peut-être pas sa décision, mais elle faisait de son mieux pour la soutenir.

— Il faut vraiment que tu viennes, Charlotte. Tu comprendras. Cette ville te donne l'impression permanente d'évoluer dans une sorte de cocon de tendresse. Tu n'imagines pas ce que ça fait de pouvoir compter sur le soutien sans faille de tous ces gens. Je sais que c'est en partie parce que tout le monde adorait mon arrière-grand-mère, mais ils sont sincères. Et c'est vraiment… c'est vraiment génial. Il faut que tu viennes. Tu sentiras toi aussi tout l'amour des habitants de Sugarberry. Tu comprendras, j'en suis certaine. Et tu auras peut-être même envie de rester.

Lani sourit. Si le frissonnement avait eu un bruit, cela aurait été celui que Charlotte venait d'émettre.

— Tu me manques, Charlotte.

— Toi aussi, tu me manques. Mais, pour le moment, il faut qu'on aborde les choses sérieuses. Je ne pensais pas que tu serais déjà au courant. C'est pour ça que je t'ai appelée si tôt. Je voulais être la première à te l'annoncer. Tu vas bien ?

Lani serra la poche à douille plus fort que nécessaire, mais réussit à ne pas transformer son cupcake en volcan aux framboises. Elle ne fit même pas mine de ne pas savoir de quoi parlait Charlotte.

— Je vais bien.

Mensonge éhonté que Charlotte ne croirait pas une seconde. Surtout depuis qu'elle savait pour les forêts-noires et la ganache au chocolat. C'était une erreur fatale.

— Et d'abord, comment es-tu au courant, toi ? J'ai lu un article dans notre petit journal local il y a moins d'une heure.

Ce qui expliquait pourquoi, moins d'une heure plus tard, elle préparait des cupcakes comme si sa vie en dépendait.

— Je vis toujours à New York, tu te rappelles ? La ville où on sait tout avant le reste du monde. Franco me l'a annoncé en arrivant ce matin. Il est venu m'aider à tout préparer. On organise un gala champagne au Lincoln ce soir. C'est de la folie.

— *Bonjour, ma chère*[*] !

Le cri de Franco lui parvint par le haut-parleur.

---

[*] *En français dans le texte.*

Son accent amusait toujours autant Lani. Franco était un grand type à la peau basanée et aux cheveux noirs. Cadet d'une fratrie de sept enfants, dont six filles, il était le meilleur ami gay dont une femme puisse rêver. De son vrai nom Franklin Ricci, il avait grandi dans le Bronx. Il était aussi français que le baseball et les hamburgers, pourtant son accent semblait presque naturel.

— *Bonjour, mon ami**, répondit Lani, réconfortée par sa voix enjouée alors qu'elle-même avait le moral à plat.

— Avant que tu demandes, ajouta Charlotte, c'est un assistant de production de l'émission de Baxter, un type que Franco drague depuis un mois, qui le lui a dit. Il fallait absolument que je te prévienne. Ça n'a pas encore été annoncé officiellement, donc la presse n'est pas au courant.

— Le monde entier sera au courant quand on sera enfin ensemble, *ma chère**, susurra Franco. Parce que je suis sûr qu'on finira ensemble. Et ce sera le mariage parfait du plus délicieux des chocolats belges avec une crème à la vanille. Mmm! À consommer en privé, affirma-t-il, son rire mélodieux résonnant dans la cuisine de Lani.

— Arrête un peu, Franco, le réprimanda Charlotte. On s'en fiche, de ta dernière conquête. On est en pleine crise, là.

— Ma future conquête. Et c'est le bon cette fois, *chérie**, déclara-t-il sur un ton mélancolique et drama-tique. Enfin, ça pourrait l'être.

— Qu'est-ce que tu as appris d'autre ? demanda Lani, l'estomac noué, se sentant à la fois nerveuse et furieuse. Qu'est-ce que tu as découvert, Franco ?

— Pas grand-chose, répondit-il, sans accent. Les équipes de production s'apprêtent à tourner la prochaine saison hors studio, à Sugarberry. J'ai tout de suite fait le lien, mais personne d'autre n'a fait de commentaire. Personne n'a parlé de toi. Du moins, à ma connaissance. Pour l'instant, le site de Baxter et celui de l'émission se concentrent sur la troisième saison, qui commence cette semaine. Baxter fait sa promo habituelle pour la première émission, mais ce n'est qu'une question de temps avant qu'il parle de la prochaine saison dont la production débute aussi cette semaine. Il remporte tellement de succès qu'il paraît que de nombreuses grandes chaînes de télé veulent le recruter pour présenter sa propre émission. Les cadres de la chaîne le poussent à commencer à filmer la prochaine saison. Ils veulent signer tous les contrats publicitaires avant que la rumeur enfle. (Franco se rapprocha de Charlotte.) Brenton m'a dit que Baxter allait faire des révélations à propos de la grande première lors des émissions matinales de cette semaine. Ils finiront bien par lui faire cracher le morceau.

— Brenton ? s'enquit Lani. Tu es sérieux, Franco ?

— Ça lui va comme un gant, tu peux me croire, rétorqua-t-il avec l'accent du Bronx. Demain, Baxter est censé tourner un spot surprise pour *Today*. Ma chérie, tu sais aussi bien que moi que Hoda et

Kathy Lee ne vont pas le lâcher. Gay ou hétéro, qui pourrait leur résister ? Elles vont probablement lui parler des rumeurs qui circulent, et je ne serais pas surpris de l'entendre déclarer qu'il a déjà commencé à tourner la prochaine saison, histoire de couper court aux ragots. Ça va finir par se savoir, *ma chère**. Et il est évident qu'ils feront le lien avec toi. C'est juste une question de temps.

Charlotte reprit la parole.

— On voulait te prévenir, Lani. Je ne voulais pas que tu l'apprennes par quelqu'un d'autre. Comment votre minuscule feuille de chou locale est-elle au courant alors que rien n'a filtré dans les journaux ici ?

— Demande à Baxter.

Lani était persuadée que c'était lui qui avait prévenu le journal. Il n'aimait rien tant que contrôler les caprices de son propre destin. Une question demeurait cependant sans réponse : pourquoi faisait-il cela ?

— Pourquoi ? demanda-t-elle à haute voix.

— Je n'en sais rien, répondit Charlotte. Mais, comme l'a dit Franco, personne n'a mentionné ton nom, que ce soit un membre de l'équipe de production ou l'un des producteurs de l'émission, donc je ne pense pas qu'ils aient fait le lien.

— Je ne suis ni une personnalité ni une célébrité, alors pourquoi l'un d'entre eux s'intéresserait-il à moi ? Je suis la seule que toute cette histoire risque d'ennuyer. Je ne comprends vraiment pas quelle explication il a pu leur donner pour les pousser à tourner son émission à Sugarberry.

— Lani, l'interrompit Franco, tu sais que ce n'est pas une coïncidence. Je ne sais pas ce qu'il a raconté aux directeurs de la chaîne, mais il a visiblement réussi à les convaincre. Il a sûrement eu recours à des arguments de choix. Et tu es certainement l'un d'eux.

— Mais pourquoi? Parce que j'ai travaillé pour lui?

— Tu sais que ça n'a rien à voir. Le reste du monde s'en fiche royalement pour l'instant, mais tu sais aussi bien que moi que ça finira par se savoir. Toutes les rumeurs annonçant que le chef Hot Cakes s'intéresse à une femme – et en plus à une femme avec laquelle il a travaillé, qu'il a formée et à qui il a confié la gestion de sa précieuse pâtisserie… sans parler des juteux ragots sur leurs relations… Ça ne va pas seulement faire la une : ce sera le scoop de l'année.

Cette seule perspective suffit à lui retourner l'estomac. Comme au bon vieux temps. Une page de sa vie qui s'était heureusement tournée dix mois auparavant. Et elle ne voulait surtout pas que cela change.

— Mais il n'y a pas de scoop. Allons, Charlotte et toi, vous le savez mieux que personne. Ces rumeurs sont infondées. Je ne vois pas comment Baxter pourrait croire le contraire. Vous êtes les deux seules personnes à savoir que j'avais des sentiments pour lui – et que je vous tuerais dans votre sommeil si vous en parliez à qui que ce soit.

— Tu ne crois quand même pas que…, s'indigna Charlotte.

— Bien sûr que non, l'interrompit Lani.

Elle avait une confiance absolue en Franco et Charlotte. Ils faisaient partie de sa famille, et elle faisait partie de la leur.

— Même si c'était le cas, ça n'aurait aucune importance, poursuivit-elle. Le reste du monde se fiche bien de mes sentiments parce que Baxter s'en fiche aussi. Cette histoire n'a plus aucun intérêt. Oui, il a fait de ma vie professionnelle un véritable enfer durant près de trois ans – ce que j'ai accepté – et il n'a jamais pris ma défense lorsque les rumeurs me concernant ont commencé à circuler. Pas une fois. Mais, même si c'était horrible et blessant, je ne m'attendais pas vraiment à ce qu'il fasse quelque chose. Tout le monde sait que Baxter est complètement aveugle à tout ce qui ne sert pas son propre intérêt. Donc je suis presque sûre qu'il ignorait complètement ce que j'endurais, et j'aime à croire qu'il n'a aucune idée des ennuis qu'il risque de me causer en tournant son émission ici. Je n'arrive pas à imaginer qu'il puisse faire quelque chose d'aussi…

— Cruel ? ajouta Franco.

— Sadique ? compléta Charlotte.

— Inconsidéré, conclut Lani.

Charlotte soupira.

— Comme je te l'ai dit, il a dû trouver un moyen de les convaincre.

— Tu crois qu'il m'a sciemment utilisée comme…
quoi… comme une sorte d'appât ? Même si c'était
le cas, pourquoi auraient-ils accepté ? Il n'y a rien à
trouver ici. On travaillait ensemble, c'est tout.

— Tu as raison, ça ne lui ressemble pas. Pourtant,
il est en route avec toute une équipe de production.
De toute évidence, il a raconté quelque chose aux
directeurs de la chaîne. Je ne vois vraiment pas
comment il aurait pu les convaincre de tourner à
Sugarberry si ce n'est à cause de toi.

— Il a peut-être compris qu'à cause de lui on
refusait de te prendre au sérieux, suggéra Franco.
Il est peut-être persuadé que tourner son émission
à Sugarberry est une façon de s'excuser. Ça lui
ressemble davantage.

Lani manqua de s'étouffer.

— S'excuser ? Comment ? En venant envahir mon
espace ? Mon chez-moi ? En transformant ma vie en
une sorte de cirque médiatique ? Je ne vois pas en quoi
ça va m'aider de revivre le calvaire que j'ai enduré
pendant trois ans. Ce n'est quand même pas possible
d'être stupide à ce point-là ?

Vraiment ?

— Il ne leur a peut-être pas parlé des rumeurs ni
des ragots sur votre relation. Il leur a peut-être décrit
une jeune chef pâtissière à la carrière prometteuse qui,
malgré les récompenses, a choisi d'ouvrir sa propre
pâtisserie sur une petite île perdue. Comment tu
es passée d'un univers à l'autre… C'est un type
de reconversion pas très courant qui pourrait les

intéresser, affirma Charlotte, qui ne semblait toutefois pas entièrement convaincue.

— De plus, quand tu as donné ta démission, tu avais réussi à tous les impressionner par ton talent, ajouta Franco.

Lani s'esclaffa, et Charlotte poursuivit :

— D'accord, ils sont restés sur le cul quand tu leur as prouvé qu'ils n'étaient que des mauvaises langues et des imbéciles bornés. Mais, ce qui est sûr, c'est que personne ne peut douter de ton talent à présent.

Le charmant accent distingué de Charlotte offrait un contraste étonnant lorsqu'elle était en colère. Il vous donnait l'impression d'être réprimandé par un membre de la famille du maharadja.

— Baxter t'a soutenue, formée et accordé un traitement de faveur parce que ton talent exigeait ce genre d'attentions. Il t'a confié sa pâtisserie parce que tu t'étais montrée à la hauteur. *Gâteau* était son bébé. Il ne l'aurait jamais confié à n'importe qui. Quand tu as démissionné, tout le monde savait que tu avais travaillé dur pour en arriver là.

— Ce sont pourtant les mêmes idiots qui se sont amusés à lancer des rumeurs sournoises et cruelles sur la façon dont j'avais obtenu «cette promotion», rétorqua Lani. Je sais ce qu'ils sous-entendaient, Charlotte. Tu le sais aussi bien que moi. C'était cruel, insultant et blessant. C'était horrible. Je n'avais jamais vécu ça.

— Parce que tu es une fille bien, précisa Franco. Une fille au grand cœur, la meilleure amie que tout le monde rêverait d'avoir. Ils t'ont fait du mal, mais tu leur as montré de quoi tu étais capable.

— Franco, si je suis restée à New York et que j'ai repris la direction de *Gâteau* quand Baxter a commencé à tourner son émission, ce n'était pas pour leur prouver, à eux ou à Baxter d'ailleurs, que j'avais du talent. C'était parce que je croyais que c'était ce que je voulais et ce pour quoi j'avais tant travaillé. C'était merveilleux, je vivais un rêve. Je savais que j'avais mérité cette promotion parce que je m'étais mise en quatre pour y arriver. Et c'est tout ce qui comptait pour moi.

Du moins à l'époque, ajouta-t-elle pour elle-même. À présent elle savait ce qui était vraiment important. Et son épanouissement, tant personnel que professionnel, ici à Sugarberry, était la cerise sur ce gâteau-là. Elle était terrifiée, c'est vrai, parce que *Cakes by the Cup* représentait tant pour elle, plus que tout ce qu'elle avait jamais eu dans sa vie. Mais elle avait également bien conscience d'en être arrivée là grâce à toutes ces expériences. Elle était reconnaissante aux épreuves qu'elle avait traversées et qui lui avaient permis de développer ses connaissances tout en lui offrant un aperçu du métier dans une cuisine cinq étoiles. S'il existait un moyen de mettre en pratique ce qu'elle avait appris et de faire de sa petite pâtisserie un véritable succès, elle le trouverait. À Sugarberry, elle connaissait à la fois le bonheur et la satisfaction. Pas de pression extérieure, pas de méchanceté gratuite : elle avait ses propres objectifs et ses propres récompenses.

Seulement là, tout ce qu'elle avait laissé derrière elle – et surtout les aspects les moins agréables – s'apprêtait à refaire irruption dans sa vie. Ce n'était même pas la réapparition éventuelle de ses détracteurs et des mauvaises langues qui la terrifiait le plus. Elle n'attendait rien d'eux. Quelle importance à présent ? Tout allait pour le mieux, et elle était heureuse de vivre à Sugarberry, loin de ce monde qu'elle avait quitté. Et de Baxter.

Comment avait-il pu ?

À mesure que Lani s'énervait, elle garnissait ses cupcakes de plus en plus vite.

— Je me suis installée ici pour faire ce que je voulais, Charlotte. Baxter – qui ne m'a d'ailleurs jamais donné aucune nouvelle – est heureux dans son petit royaume télévisé. Et *Gâteau* se passe très bien de nous. Alors, dis-moi pourquoi il ne pourrait pas me ficher la paix. Qu'est-ce qu'il espère obtenir en venant ici ? Ce n'est pas une coïncidence, n'est-ce pas ? Je pourrais encore comprendre si Baxter, ses producteurs ou je ne sais qui voulaient tourner dans un trou perdu. La plupart des gens ne savent même pas qu'il y a des îles au large de la Géorgie. Il y en a toute une série au sud de Sugarberry avec des hôtels de luxe et des country clubs huppés, le genre d'établissements quatre étoiles qui serait parfait pour les magnifiques desserts raffinés de Baxter. Moi, je vis dans une petite bourgade sur un îlot perdu au milieu de réserves sauvages et de petits ports de pêche. Pas loin des Golden Isles, mais à des années-lumière de leur standing. Si Saint Simons est le Palm Beach des îles barrières… nous sommes Mayberry. Qui viendrait tourner une émission à Mayberry quand on peut avoir Palm Beach ? Je vais te répondre, moi : personne.

— À moins qu'une certaine chef pâtissière qui a travaillé avec le présentateur vedette, et dont on dit qu'elle aurait même couché avec lui pour obtenir une promotion, puis qui a fait taire toutes les rumeurs et remporté un vif succès et une nomination de la James Beard Foundation, n'ait tout quitté pour ouvrir sa petite pâtisserie au large des côtes de la Géorgie.

Lani se tut un instant, au bord du malaise.

— J'ai été chef cuisinier chez *Gâteau* un peu plus d'un an et je suis peut-être assez connue dans les cercles culinaires. Ou, en tout cas, je l'étais. Au mieux, j'ai représenté une petite anomalie dans le système, mais maintenant j'ai changé de vie. Même si tout ce que tu as dit est vrai, pourquoi est-ce qu'il voudrait que je revienne ? Pourquoi ? Il a du succès, et ça n'est pas près de s'arrêter ; je suis certaine qu'il n'a pas besoin de moi.

Charlotte soupira.

— Je ne sais pas. J'imagine qu'il est réellement convaincu que ça pourrait t'aider.

— Et tu ne crois pas que c'est légèrement condescendant, voire insultant ? Je n'ai jamais demandé l'aide de personne, et surtout pas la sienne. Tout va bien.

Pour le moment, ajouta-t-elle pour elle-même.

En vérité, elle n'y connaissait rien en matière de gestion de commerce.

Lorsqu'elle avait pris la décision de rester, elle avait signé le bail, commandé le matériel et tracé les grandes lignes de son projet, tout ça alors qu'elle n'avait que la santé et le bien-être de son père à l'esprit. Sans oublier, bien sûr, ses efforts pour ne pas se sentir coupable d'avoir quitté *Gâteau* aussi soudainement et renoncé ainsi à une brillante carrière new-yorkaise, pour laquelle elle avait sué sang et eau. Mais le plus étonnant était qu'elle était soulagée d'avoir tourné le dos à son ancienne vie.

Lani avait été la première surprise de découvrir, un beau jour, pendant cette période de folie durant laquelle elle avait choisi le nom de sa pâtisserie, installé la cuisine, rempli les étagères et les placards avec son matériel et agencé sa vitrine, qu'elle était tombée amoureuse. Éperdument, complètement, désespérément et irrémédiablement amoureuse de sa petite pâtisserie.

Elle se sentait aussi possessive, aussi férocement jalouse et fière que tout jeune parent. Elle voulait la montrer au monde entier, la voir grandir et prospérer... et la garder pour elle toute seule. Comme une sorte de pâtisserie de Barbie taille adulte où elle pourrait jouer et laisser libre cours à sa créativité, sans craindre d'échouer. Et sans les commentaires désobligeants.

Six mois et demi s'étaient écoulés entre le moment où elle avait conçu son projet et celui où sa pâtisserie avait enfin ouvert ses portes. C'était presque un petit miracle que tout se soit mis en place si rapidement. Même sur un îlot perdu comme Sugarberry, et en profitant de l'influence de son père pour l'obtention de tous les permis, elle avait dû consacrer toute son énergie et tous ses efforts à l'entreprise afin que tout soit prêt pour le grand festival d'automne, l'occasion parfaite pour marquer un grand coup. Elle avait travaillé d'arrache-pied. *Cakes by the Cup* avait officiellement ouvert ses portes quatre semaines auparavant.

Depuis, Lani avait eu d'innombrables mini-attaques cardiaques.

Elle n'hésiterait pas à faire tout ce qu'il fallait pour que ça marche. Absolument tout, sauf demander l'aide de Baxter. Il avait fait sa part, et elle lui en était reconnaissante. Plus que reconnaissante, d'ailleurs. S'il suffisait d'être un bon pâtissier pour gérer une affaire florissante, c'était du tout cuit. Même debout sur un pied avec un bandeau sur les yeux. Baxter y avait veillé. Mais il ne lui avait pas appris à gérer une entreprise. Ce n'était pas un des objectifs de leur collaboration. En tant qu'assistante, elle s'était concentrée sur le développement de sa technique, de ses connaissances et de sa confiance en ses capacités. En tant que chef cuisinier de *Gâteau*, elle était responsable de la carte, de la qualité du service et de la créativité des recettes. Baxter et ses partenaires financiers s'occupaient du reste et signaient les chèques à la fin du mois.

— Tu sais, il y a un moyen de savoir ce qui se passe, dit soudain Charlotte, arrachant Lani à sa rêverie. Appelle-le.

—Quoi? Non. Je ne vais pas lui donner cette satisfac…

—Lani, réfléchis deux secondes, l'interrompit Charlotte. Au moins, comme ça, tu gardes le contrôle de la situation.

—Garder le contrôle, répéta platement Lani. Avec Baxter. Ils sont combien à avoir réussi cet exploit? Oh, attends, ça me revient: aucun!

—Je dis seulement…

—Charlotte a raison, l'interrompit Franco. Ça te permettrait de lui faire comprendre que tu sais ce qui se passe et que la situation a changé. Tu ne travailles plus pour lui et ne lui es plus redevable de quoi que ce soit, Leilani. Penses-y. Il n'a aucun moyen de pression sur toi.

Si seulement c'était vrai, songea-t-elle avant de s'immobiliser, les mains serrées sur la poche à douille. Franco n'avait pas tout à fait tort. Elle n'avait pas vraiment envisagé la situation sous cet angle. Du moins pas au sens purement professionnel du terme. Elle avait réagi comme si elle était toujours la Leilani qui vivait à New York, celle qui avait des sentiments pour un homme qui l'ignorait complètement et ne l'aurait sans doute jamais remarquée sans son incroyable talent de pâtissière.

Mais elle n'était plus cette femme, elle n'était plus la même. Cela ne faisait pas si longtemps qu'elle avait définitivement quitté New York, mais les choses étaient radicalement différentes depuis son installation à Sugarberry. Son existence en avait été bouleversée. Elle avait changé.

— Tu as peut-être raison.

Des acclamations se firent entendre au bout du fil.

— Tu as intérêt à tout me raconter, ordonna Charlotte.

— Fonce, *ma chérie d'amour*[*] ! l'encouragea Franco.

Une série de sonneries retentit à travers le haut-parleur.

— Il faut que j'y aille, les cupcakes sont prêts, ajouta précipitamment Charlotte.

— On a préparé des « cupcakes solidaires » ce matin pour te témoigner notre soutien, *ma chère*[*], précisa Franco. Spécialités du jour : tes cupcakes aux noix et aux épices avec un glaçage au *cream cheese* et à la cardamome. Ils sont à tomber par terre.

— Merci les amis, déclara Lani, sincère.

— Je veux tous les détails ! Appelle-moi ! ordonna Charlotte avant de raccrocher.

Lani, poche à douille en main, leva les yeux un instant pour regarder les grilles devant elle. Et pour penser à ses amis restés à New York. Des cupcakes pour la soutenir. Des cupcakes pour la sauver.

— Venir en aide aux insatisfaits, aux exilés et aux laissés-pour-compte, voilà votre mission, dit-elle en souriant. À chaque jour, son cupcake.

Lani et Charlotte en savaient quelque chose. Elles s'étaient rencontrées à l'école de cuisine. Charlotte avait davantage d'expérience dans les affaires : une fois son diplôme en poche, elle avait décroché un emploi comme pâtissière pour un petit hôtel de luxe dans le centre-ville, tandis que Lani avait poursuivi ses études en Belgique et en France. Ses parents avaient quitté Washington pour s'installer à Sugarberry peu de temps après son départ.

C'était une période de transition et de changement qui n'en avait pas moins été synonyme de joie et de promesses à venir. La meilleure amie de Lani débutait sa carrière, et Lani elle-même se voyait offrir l'occasion unique de suivre une formation auprès des étoiles de la gastronomie européenne. Son père avait pris sa retraite, quittant la police de Washington pour relever un nouveau défi en Géorgie. Et sa mère, qui avait grandi à Savannah, était heureuse de retrouver sa région natale, qui lui avait tant manqué.

Lani et Charlotte étaient restées en contact, leur amitié s'épanouissant au fur et à mesure que leurs choix de carrière leur offraient d'innombrables opportunités de réaliser leurs rêves. Lorsque Lani était revenue, Charlotte vivait toujours à New York, où elle occupait à présent le poste de chef pâtissier au sein du même hôtel. Franco, le bras droit de Charlotte, était rapidement devenu l'autre meilleur ami de Lani. Celle-ci avait reçu une offre pour travailler comme pâtissière dans le restaurant bien connu d'un hôtel cinq étoiles de l'Upper East Side. Le même hôtel qui venait d'engager le dernier chef anglais à la mode. Les États-Unis étaient le nouveau terrain de jeu du jeune, impétueux et terriblement charismatique Baxter Dunne.

Telle une météorite évoluant au sein d'un univers concurrentiel très fermé, il avait rapidement gravi les échelons et entraîné Lani avec lui. La prenant sous son aile, il en avait fait son assistante personnelle lorsqu'il avait ouvert *Gâteau* à peine dix-huit mois plus tard. Personne ne s'étonnait plus de son immense succès lorsqu'il avait décidé de présenter une émission culinaire trois ans après.

Lani s'efforça de le chasser de son esprit et d'oublier à quel point elle avait été séduite par son charisme et son talent dès son arrivée dans les cuisines de l'Upper East Side. Bon, c'est vrai, elle le désirait depuis bien plus longtemps que ça. Elle avait déjà entendu parler de lui durant son séjour en Europe et en savait bien plus à son sujet que la plupart des gens. De trois ans son cadet, il était pourtant à des années-lumière de Lani pour tout ce qui touchait à la cuisine. La pâtissière en elle voulait être Baxter Dunne. Et la femme qu'elle était voulait Baxter Dunne. C'était un fantasme totalement inoffensif qui ne se réaliserait jamais.

Puis il y avait eu cette occasion unique.

Lani était convaincue que le ciel et le destin avaient œuvré de concert pour qu'elle décroche un emploi qui lui permettrait de devenir sa partenaire, du moins en quelque sorte.

Sa partenaire.

Lani grimaça devant le sous-entendu et se tourna vers une autre grille de cupcakes, s'efforçant de se concentrer sur sa tâche.

Le plus pathétique, c'était qu'elle aurait aimé être vraiment sa partenaire, dans tous les sens du terme. Tout le monde avait supposé, non sans une certaine méchanceté d'ailleurs, qu'elle couchait avec lui. Alors que c'était faux ; elle n'avait même pas eu cette chance.

Dans toute cuisine, la concurrence était féroce, mais, avec une étoile montante comme Baxter pour chef, la bataille pour asseoir une quelconque domination sur ses collègues de travail devenait apocalyptique, le vainqueur étant assuré de gagner à la fois le succès et la célébrité. Baxter avait tout du parfait *golden boy* : le look, l'attitude, et un talent inégalé. Les rumeurs sur leur relation étaient au centre des préoccupations quotidiennes. Ces ragots, alimentés par la jalousie, la peur et la paranoïa, n'en devenaient que plus cruels et vicieux. Et pas particulièrement discrets.

Pour suivre la cadence infernale et satisfaire les demandes les plus folles, toute cuisine devait fonctionner comme une machine parfaitement huilée, ce qui impliquait de travailler en équipe. C'était un environnement fermé, une sorte de huis clos où il fallait vivre plus ou moins les uns sur les autres. Il était impossible de se cacher ou de s'isoler. Et encore moins de discuter en privé. Les mauvaises langues n'auraient de toute façon pas pris cette peine.

Ils avaient profité de la moindre occasion, du moins quand Baxter ne travaillait pas à ses côtés, et avaient fait tout ce qu'ils pouvaient pour la déstabiliser.

Comme elle avait gagné peu à peu l'estime de Baxter, celui-ci lui avait accordé un traitement de faveur, encourageant des ragots de plus en plus méchants et virulents. Que trouvait-il donc à cette fille originaire de Washington, effacée et trop gentille pour être honnête ?

Ces souvenirs étaient d'autant plus douloureux que Lani était certaine qu'à l'époque son regard brillait d'une adoration pitoyable chaque fois qu'elle posait les yeux sur Baxter. Elle s'était efforcée de se contrôler lorsqu'elle s'était aperçue de l'attitude de ses collègues et avait eu vent des ragots. Elle avait bien conscience que ses sentiments ridicules lui faisaient du tort tant sur le plan personnel que professionnel.

À mesure que la rumeur enflait, elle avait secrètement pensé – espéré – que Baxter viendrait à son secours. Il était censé être son prince charmant, après tout. Toutes ses illusions avaient rapidement volé en éclats.

Toutefois, elle était plus forte qu'ils ne le pensaient ; aucun d'eux n'aurait pu imaginer à quel point son séjour en Europe l'avait endurcie. Elle restait calme et polie en toutes circonstances parce qu'elle en avait décidé ainsi et non parce qu'elle n'était qu'une pauvre fille incapable de se défendre. Elle choisissait simplement de ne rien dire ; toute tentative de se rebeller aurait de toute façon été étouffée par ses nombreux détracteurs. Elle avait simplement espéré que son travail acharné et la confiance que lui accordait Baxter feraient le reste, mais cela n'avait pas été le cas. Elle avait fini par comprendre que, si elle voulait survivre dans un tel environnement, il serait plus judicieux de se retirer dans une sorte de bulle de quiétude où elle pourrait se concentrer sur son apprentissage. Et sur Baxter. De préférence, sur les deux à la fois. Mais pas en même temps.

Elle avait supporté cette folie pendant près de cinq ans. Sur le plan professionnel, ce qu'elle avait appris grâce à Baxter dépassait toutes ses espérances. Elle n'avait aucun regret. Était-ce vraiment si grave qu'il ne soit jamais venu à son secours ? Qu'il l'ait jetée en pâture aux loups lorsqu'il était parti tourner son émission en lui confiant la gestion de *Gâteau*, son bébé ? Elle avait relevé le défi, leur avait prouvé qu'ils avaient tort.

Mais il y avait eu un prix à payer. Si Lani était toujours restée calme et concentrée, elle n'en était cependant pas sortie indemne. Elle repensa à toutes les séances de thérapie culinaire qu'elles avaient organisées avec Charlotte à l'époque, le plus souvent aux aurores. Ces séances n'avaient rien à voir avec leurs postes respectifs.

C'était une question de salut.

Elles évoluaient peut-être dans un univers chaotique, mais la pâtisserie semblait toujours logique. La farine, le beurre et le sucre leur étaient aussi vitaux que l'oxygène.

Lani avait depuis longtemps cessé de compter les nuits passées dans sa minuscule cuisine ou dans celle de Charlotte, encore plus petite, à fouetter telle ou telle préparation en ressassant les problèmes du jour. C'était le seul aspect de sa vie new-yorkaise qui lui manquait vraiment.

À Sugarberry, personne ne comprenait à quel point la pâtisserie permettait de relâcher la pression. Certains aimaient déguster un martini sec. Pour Lani et Charlotte, la solution à une crise émotionnelle, c'était la confection de cupcakes à la vanille avec une ganache au chocolat. Le temps de préparation était légèrement plus long que celui du parfait cocktail, mais le sentiment unique de réconfort qu'elles éprouvaient en mesurant scrupuleusement les ingrédients et en regardant la pâte monter valait bien un martini. Sans parler du résultat, qui était mille fois meilleur.

Ces soirées n'étaient pas destinées à améliorer leur technique ou leur talent. Les recettes les plus simples étaient les meilleures. Lani aurait peut-être dû le comprendre depuis longtemps. Son destin n'était pas de réaliser les desserts les plus gourmands et les plus élaborés ou les pâtisseries françaises les plus délicates dans des villes comme New York, Paris ou Prague. Non, elle n'atteindrait son épanouissement professionnel – inséparable, pour elle, de son épanouissement personnel – que sur un îlot perdu au large de la Géorgie, où elle se satisferait de proposer des petits cupcakes sans prétention, remarquables de simplicité.

—Voilà ce que je suis, déclara-t-elle en levant sa poche à douille pour exécuter un salut. Une Barbie pâtissière !

Elle plaça l'embout de métal en position et envoya une première rafale de coulis de framboises, puis une autre, et une autre encore avant de se redresser et de déposer la poche à douille sur son épaule, comme une arme. Ce qu'elle était ? Une Barbie pâtissière qui ne faisait pas de quartier.

— Ouais. Bienvenue au Cupcake Club, dit-elle, dans sa meilleure imitation de Brad Pitt.

Elle sourit, s'efforçant de se convaincre qu'elle était prête à passer le test prouvant qu'elle était une vraie dure à cuire et qu'elle n'avait besoin de personne.

Un coup de téléphone.

Elle pouvait le faire. Elle allait le faire. Elle n'avait plus besoin de céder aux moindres caprices de Baxter Dunne. Ne se tenait-elle pas dans sa propre cuisine, n'était-elle pas son propre patron ?

— Tu as bien raison.

Elle s'approcha d'un plateau et prit une nouvelle poche à douille avant de se mettre en position tel un sniper s'apprêtant à éliminer sa cible.

— T'entends ça, chef Hot Cakes ? (Elle remplit les trois premières rangées avec une précision diabolique.) Je n'ai pas besoin de toi, affirma-t-elle, en pressant la poche à chaque mot.

Elle se redressa. Et jura.

— Ouais, c'est pour ça que je me retrouve à remplir des cupcakes avec du coulis de framboises aux aurores, comme si je maniais un AK-47.

Mais elle devait reconnaître que ça faisait du bien. Elle se sentait même puissante.

Le salut résidait dans les cupcakes.

Aussi se remit-elle au travail. Elle attaqua le dernier plateau tout en repensant au visage souriant de Baxter Dunne.

— Pourquoi tu m'as fait ça, Bax ?

Pan, pan, pan !

— Pourquoi tu viens envahir mon île ?

Bam, bam, bam !

— Mon île, ma cuisine, ma ville ?

D'innombrables questions tournoyaient dans sa tête. Elle n'arrivait pas à réfléchir et à se concentrer sur autre chose que…

— Nom d'un chien !

Lani s'immobilisa. Le coulis rouge vif qui s'échappait du cupcake faisait à présent ressembler le tout à une scène de crime.

Ça aussi, c'était la faute de Baxter.

Elle grogna, doucement. C'était complètement idiot de se mettre en colère pour si peu. Comme l'avait dit Franco, elle était en position de force. Qui se souciait de savoir pourquoi Baxter débarquait en ville ?

Ou ce qu'elle ressentirait quand elle le reverrait ?

Elle avait vu pire, bien pire. Sa mère était morte deux ans auparavant, et elle avait failli perdre son père quelques mois plus tard.

— Je peux gérer Baxter Dunne, murmura-t-elle.

Debout dans sa cuisine, de la farine dans les cheveux, une traînée de coulis de framboises sur le menton, la poche à douille à la main – heureuse d'être dans son élément –, elle se mit à réfléchir, s'efforçant de contrôler les ardeurs de la Barbie guerrière qui sommeillait en elle. Mais elle revit le visage de Baxter, se rappela sa voix et les mouvements précis de ses mains quand il travaillait, donnant l'impression que tout était si facile et si simple... Elle avait tant souhaité que ces mains si habiles se posent enfin sur elle. Elle tenta de penser à autre chose mais échoua, lamentablement.

Elle se retourna brutalement lorsque la porte réservée aux livraisons claqua. La poche à douille qu'elle tenait à la main emporta avec elle une demi-douzaine de cupcakes qui s'écrasèrent sur le sol.

Son cœur s'emballa lorsqu'elle le vit. Il n'y avait que Baxter pour lui faire cet effet-là.

Il était très grand. Ses membres fins et déliés, qui auraient pu lui donner un air gauche et dégingandé, conféraient pourtant de la grâce et une certaine élégance à son corps mince et musclé. Ses cheveux blonds décoiffés en permanence et ses yeux noisette la faisaient fondre plus efficacement que le meilleur chocolat du monde. Pour couronner le tout, il affichait un sourire en coin terriblement séduisant, qui poussa Lani à se demander quelle bêtise il était sur le point de commettre, tout en lui donnant secrètement envie de s'y jeter tête la première avec lui.

— Bonjour, ma belle. Contente de me voir ? Dis donc, tu as une tête à faire peur.

Comme toujours, elle se rappela un peu tard qu'il était responsable du pétrin dans lequel elle se trouvait.

Chapitre 2

Elle avait vraiment une tête à faire peur. Des mèches de cheveux châtains dorés par le soleil s'étaient échappées de son chignon. Quand elle travaillait chez *Gâteau*, elle les attachait avec de minces baguettes qui maintenaient tout parfaitement en place. De là où il était, il apercevait un élastique rose fuchsia qui offrait un contraste saisissant avec son teint.

Sa peau n'était plus aussi pâle que dans son souvenir. Elle était bronzée, ce qui changeait tout. Avec ses cheveux défaits, elle avait un air presque sauvage ; son joli regard bleu s'était fait aussi perçant qu'un laser. Elle avait toujours été mince, mais elle n'en était pas moins forte et solide. Ce matin-là, elle lui donnait pourtant l'impression de nager dans sa veste de chef, comme si celle-ci était trop grande ou que Lani avait soudain rétréci.

Mais rien de tout cela ne lui importait. Il avait eu l'impression que quelque chose s'était détendu à l'intérieur de lui au moment où il était entré dans la pièce. Quelque chose de vital, d'essentiel. Comme il l'avait espéré, comme il l'avait tant souhaité. C'était ce qui l'avait poussé à se rendre dans cette fournaise infestée de moustiques. On était en octobre : une telle humidité n'était pas normale.

Debout dans cette cuisine, les yeux rivés sur Lani, il se demanda comment il avait pu être assez stupide pour la laisser partir.

— Pourquoi ? demanda-t-elle, n'accordant pas un regard aux cupcakes écrasés à ses pieds.

Son menton, maculé de coulis de framboises, était relevé dans une attitude de défi. Elle ne semblait pas particulièrement heureuse de le voir, mais alors pas du tout.

— Tu devrais faire attention où tu mets les pieds, la prévint-il en montrant le sol.

Elle l'interrompit avant qu'il puisse lui offrir son aide.

— Pourquoi, Baxter ? Pourquoi est-ce que tu es venu ici ? ajouta-t-elle au cas où il n'aurait pas compris où elle voulait en venir.

Dérouté et convaincu que quelque chose lui échappait, il sourit et tendit les bras dans sa direction.

— Est-ce une façon de saluer un vieux copain ?

— Un copain ? s'esclaffa-t-elle d'un ton cassant.

Il grimaça, de plus en plus perplexe.

— Un compatriote, alors ?

— Il y a tout un tas de mots qui me viennent à l'esprit quand je pense à toi – ce qui n'arrive jamais –, mais si ça devait m'arriver... celui-là non plus ne serait pas sur ma liste.

— Oh ! (Son sourire s'évanouit.) Je comprends.

Sauf qu'il ne comprenait pas, mais alors pas du tout. Il ne s'était vraiment pas attendu à ça. Lani avait quitté *Gâteau* et New York dans la précipitation, sans lui donner l'occasion de lui souhaiter bonne chance pour la suite. C'était peut-être là que résidait le problème. Elle avait ensuite décidé de rester en Géorgie avec son père, et Baxter ne l'avait jamais revue ni retravaillé avec elle. Ce n'était quand même pas sa faute, si ? À l'époque, il n'avait pas du tout imaginé le bouleversement que représenterait son départ. Mais, à présent, il le savait.

— Tu as reçu les fleurs ? demanda-t-il, d'un air prudent. Pour l'ouverture de ta pâtisserie ?

— Oui. Tu n'aurais pas dû.

Il haussa les épaules et esquissa un sourire.

— J'en avais envie. Je sais que ça ne fait pas long-temps que tu as ouvert, mais j'espère que ça marche.

Il était nerveux, ce qui ne lui arrivait pas souvent. Presque jamais, en fait. La réaction de Leilani l'avait déstabilisé.

— Je vois que tu portes ta veste de chez *Gâteau*.

Il espérait qu'un sujet de conversation aussi inof-fensif pourrait désamorcer la dispute et arranger les choses entre eux.

— Tu n'as pas encore ta propre veste ? reprit-il.

Elle baissa les yeux sur sa tenue avant de les reposer sur lui. Il aurait pu jurer que le rouge qui colorait ses joues n'avait rien à voir avec le coulis de framboises. Mais pourquoi était-elle aussi embarrassée ?

— Euh, non… je n'en ai pas. Je porte des tabliers. Dans la boutique. Avec les clients. J'en ai toujours eu. Je les collectionne depuis… (Elle s'interrompit.) Je ne mets la veste que pour cuisiner parce que…

Elle s'interrompit de nouveau et fronça les sourcils, en colère – contre lui ou contre elle-même, il n'en avait pas la moindre idée.

— C'est sans importance, reprit-elle. J'aimerais savoir pourquoi tu débarques sans prévenir dans ma cuisine à… 6 h 15 du matin, poursuivit-elle, après avoir jeté un coup d'œil à l'horloge murale.

Il était sidéré. Elle s'était toujours comportée de façon parfaitement professionnelle avec lui. Toujours d'humeur égale, elle était son oasis de sérénité au cœur des tempêtes, qui avaient été nombreuses. Il avait toujours pu compter sur son calme, son efficacité et sa concentration en toutes circonstances. Le talent de Leilani était indéniable, mais ce qu'il admirait le plus chez elle était sa façon de gérer le chaos quotidien qui régnait dans la cuisine. Il aurait été prêt à parier que, même au milieu des bombes, elle aurait continué à travailler avec un petit sourire aux lèvres, comme protégée dans sa bulle.

Pour lui, elle était l'éternelle Blanche-Neige, charmante avec tous ceux qui l'entouraient, s'efforçant de leur rendre la vie plus facile. C'est pourquoi il n'avait pas tout de suite compris… tant de choses, en fait.

41

Mais la situation avait changé : elle ne travaillait plus pour lui et n'avait donc plus à se montrer professionnelle avec lui.

Il aurait peut-être dû prendre cet aspect des choses en considération.

— Pourquoi tu es venu, Baxter ? demanda-t-elle de nouveau, visiblement à bout.

— Je ne me souvenais pas que tu pouvais te montrer aussi…

— Garce ?

Il haussa légèrement les sourcils.

— J'allais plutôt dire impatiente. Ou irritée. Je ne t'ai jamais vue dans cet état-là.

— C'est parce que tu ne m'as jamais vraiment regardée.

Sa réponse le laissa déboussolé. Ils avaient travaillé côte à côte pendant des années. Bien sûr qu'il l'avait regardée.

— Tu as l'air contrariée. Je dirais même énervée. Je croyais qu'on s'était séparés en bons termes. Je n'avais pas envie que tu partes, surtout aussi rapidement. *Gâteau* ne sera plus jamais le même sans ton talent et tes idées. Mais je ne suis pas sans cœur. Je comprends l'importance des responsabilités familiales.

Il se força à ne pas regarder autour de lui, craignant de trahir ce qu'il ne pouvait pas s'empêcher de penser : elle méritait bien mieux que ça.

— J'ai été déçu d'apprendre que tu ne reviendrais pas, mais je ne t'en veux pas d'être partie, Leilani.

— M'en vouloir ?

Il voyait bien qu'elle s'évertuait à garder le peu de calme qui lui restait : elle se cramponnait à cette pauvre poche à douille.

Blanche-Neige en colère ? Il peinait à le croire.

— Tout ça ne nous mène nulle part, dit-il, espérant qu'ils pourraient reprendre à zéro.

— Comme d'habitude, tu refuses de m'écouter. Tu n'entends que ces petites voix dans ta tête qui t'ordonnent de te concentrer sur ce que tu veux, toi.

— De quoi tu parles ? Des voix dans ma tête ? Tu veux dire que je suis fou ?

— Tu n'écoutes rien, Baxter. Jamais rien. Sinon, tu saurais pourquoi je ne suis pas vraiment enchantée que tu débarques sur mon île, que tu envahisses ma ville et que tu te pointes dans ma pâtisserie. C'est chez moi, ici, Baxter. Ce n'est plus toi qui commandes.

— Bien sûr que non. (Il se demanda brièvement s'il n'avait pas basculé dans un univers parallèle.) Je n'ai pas envie de commander quoi que ce soit.

— Super ! On est enfin d'accord sur un point. Alors, dis-moi : qu'est-ce que tu veux ? articula-t-elle comme si elle s'adressait à un sourd.

— Je ne comprends vraiment pas pourquoi on se dispute. On n'a jamais eu de problème pour communiquer, avant. Je pouvais toujours compter sur ta franchise et ta lucidité.

Elle éclata de rire, les mèches encadrant son visage lui donnant un air un peu fou.

— Parce que ça ne servait à rien de te contredire. Je ne pouvais pas me permettre de gaspiller de

43

l'énergie. La communication passait bien entre nous parce qu'elle se faisait à sens unique. Mais c'est terminé tout ça, Baxter. Tu es charismatique et horriblement têtu – même si tu as sans doute du mal à me croire –, mais ça ne va pas t'aider à obtenir ce que tu veux. Et ne me dis pas que tu cherchais simplement une petite île perdue au large des côtes de la Géorgie pour y tourner ton émission et que, comble de malchance, c'est justement là où je vis. Il est évident que tu n'as pas choisi cet endroit par hasard. Je ne comprends pas ta démarche. Tu sais ce qui m'a poussée à quitter New York pour venir m'installer ici. Rien n'a changé. Je ne reviendrai pas.

— Tu crois que c'est pour ça que je suis là ? Pour te demander de retravailler pour moi ?

— Je ne vois pas d'autre raison. Ton show fait un carton, je crois que j'ai même lu un article qui disait que c'était un succès sans précédent pour une émission de cuisine. Je suis toujours en contact avec des collègues de chez *Gâteau*, je sais qu'Adjani fait du très bon boulot en cuisine et dans l'élaboration de la carte. Tu te passes très bien de moi.

— C'est vrai, je n'ai pas besoin de toi pour mon émission. Quant à *Gâteau*, les choses vont plutôt bien malgré ton absence, comme on pouvait s'y attendre.

— Alors pourquoi…

— Parce que, Leilani.

Il s'approcha pour lui faire comprendre qu'il était vraiment sincère. Il n'avait aucunement l'intention d'envahir son espace personnel, mais il se retrouva juste devant elle. Ils avaient souvent travaillé côte à côte, mais ils ne s'étaient jamais retrouvés nez à nez, et surtout pas hors du cadre professionnel.

— Parce que ? répéta-t-elle, d'une voix plus posée.

Elle n'était plus aussi crispée lorsqu'il posa les doigts sous son menton. Elle trembla légèrement, à moins que ce ne fût lui.

Sa peau était étonnamment douce. Comment se faisait-il qu'il ne l'ait jamais touchée auparavant ? Il fut enchanté de découvrir que des taches de rousseur constellaient ses joues hâlées. Il voulait se presser contre Lani, savourer son parfum, la goûter, satisfaire ses cinq sens en même temps. Se perdre en elle.

— C'est très simple, en fait, ma déraisonnable et furieuse compatriote.

Il dut fournir un effort remarquable pour lui parler. Du pouce, il caressa doucement ses adorables taches de rousseur et sourit en plongeant les yeux dans ce regard bleu si familier qui lui avait tant manqué.

— Je suis venu parce que je ne vais pas bien, loin de toi.

Il s'était juré de présenter les choses en douceur pour lui faire comprendre ce qu'il désirait, ce qu'il ressentait. Avec un peu de chance, elle découvrirait qu'elle partageait ses sentiments. Il devait absolument lui laisser le temps de réfléchir à ce qu'ils voulaient tous les deux. Pourtant, ses bonnes résolutions furent balayées en un instant, et il dut se maîtriser pour ne pas l'embrasser trop fougueusement.

Elle ne fit pas un geste pour le repousser. Elle ne réagit pas non plus lorsque ses lèvres se posèrent sur les siennes. Elle n'eut aucune réaction.

Il se redressa.

Elle ne le quittait pas des yeux, lèvres serrées.

Nom d'un chien!

Quel imbécile! Il venait de compromettre ce qui était peut-être une occasion unique. Il le regrettait d'autant plus que les secondes s'étiraient comme des heures et le mettaient mal à l'aise.

Il n'avait jamais été mal à l'aise en présence de Leilani.

— Je ne sais pas à quoi tu joues, finit-elle par dire d'une voix glaciale. Mais je te préviens. Ne refais jamais ça.

— Leilani…

— J'ai du boulot.

Pendant un court instant, il envisagea d'insister, de lui expliquer ce qu'il ressentait, mais elle lui fit comprendre d'un coup d'œil qu'il valait mieux battre en retraite. Du moins, pour le moment.

Il aurait pu accepter sa colère, même s'il en ignorait la cause. Il aurait préféré la voir furieuse et scandalisée, car il était certain qu'il aurait fini par découvrir pourquoi elle réagissait ainsi. Mais ce qu'il lut dans ses magnifiques yeux bleus n'avait rien à voir avec de la colère. Elle semblait déroutée et perdue.

C'étaient des sentiments qu'il comprenait parfaitement. Surtout lorsqu'il s'agissait d'elle.

Mais il y avait d'autres émotions qu'il n'aurait jamais pensé lire sur son beau et doux visage. Et il en était responsable.

— D'accord, déclara-t-il en reculant.

Ce n'est qu'à cet instant qu'il remarqua qu'elle agrippait toujours le plan de travail derrière elle. Il eut honte de son comportement. Qu'est-ce qui lui était passé par la tête ?

Mais c'était Lani qui l'inquiétait plus que tout. Que lui était-il arrivé ? Où était passée la jeune femme charmante et posée qu'il connaissait ? Cela dit, il avait toujours su qu'elle avait un caractère bien trempé – elle n'aurait pas survécu à une journée en cuisine si elle n'avait pas eu les reins solides. Il ne l'avait jamais surprise dans une situation compromettante et n'avait jamais entendu quiconque parler de sa vie personnelle. S'il y avait eu un homme – ou plusieurs – dans sa vie à l'époque où ils travaillaient ensemble, elle avait toujours fait preuve d'une grande discrétion. Il était presque certain qu'elle n'aurait pas réagi comme elle venait de le faire si un type avait eu des gestes déplacés envers elle. Elle aurait probablement assommé l'importun avec son rouleau à pâtisserie.

L'imaginer dans ce genre de situation suffit à le sortir de cette étrange torpeur. Il ne pouvait s'en prendre qu'à lui-même ; c'était lui, et lui seul, qui l'avait mise dans cet état. *Bon sang !*

Il se dirigea vers la porte réservée aux livraisons, conscient qu'il ferait mieux de s'en aller. Il pouvait au moins lui rendre ce service. Il se retourna pourtant, assez idiot pour croire qu'il était encore capable d'arranger les choses.

Elle n'avait pas bougé d'un pouce.

— Excuse-moi d'avoir si mal choisi mon moment, dit-il. Je suis désolé de ne pas t'avoir fait part de mes sentiments plus tôt, mais je ne regrette pas de t'avoir embrassée, Leilani. Je ne vais pas m'excuser d'en avoir envie.

Il s'interrompit, s'apercevant que son accent britannique devenait plus marqué.

Il sourit pour masquer le trouble que cette découverte provoquait en lui, sachant pertinemment qu'il se reposait sur ce célèbre sourire canaille qui, depuis sa plus tendre enfance, l'avait tiré d'innombrables mauvais pas. Durant de nombreuses années, il n'avait pu compter que sur son charme. Il ne parviendrait probablement pas à émouvoir Leilani, mais c'était un mécanisme de défense totalement incontrôlable.

— Je ne sais pas vraiment ce que j'espérais, mais je peux te promettre que je termine toujours ce que j'ai commencé.

Elle resta silencieuse.

Il se tourna et ouvrit la porte.

— Tu as envie de m'embrasser?

Il reposa les yeux sur elle et sourit de nouveau, sincèrement.

— J'y ai souvent pensé.

Il préféra ne pas lui parler des rêves passionnés qui le hantaient.

Elle ouvrit la bouche mais la referma aussitôt, apparemment convaincue qu'il valait mieux se taire. Elle était toujours agrippée au plan de travail, mais ne semblait plus aussi perdue ou déroutée.

C'était un bon début.

Chapitre 3

Après le départ de Baxter, Lani resta figée de longues minutes.

De toute évidence, elle s'était montrée légèrement plus agressive qu'elle n'en avait eu l'intention. Une vraie Barbie guerrière.

— Bienvenue au Cupcake Club, murmura-t-elle avant de s'effondrer sur le plan de travail.

Nom d'un chien!

Elle rejoua la scène dans sa tête, incapable de croire qu'elle n'avait pas été victime d'une hallucination.

Venait-elle réellement de se disputer avec Baxter Dunne?

L'homme qui lui avait permis de devenir une pâtissière nominée par la James Beard Foundation et d'acquérir les connaissances et la confiance en elle nécessaires pour progresser dans ce métier?

L'homme avec qui elle s'était imaginé faire sauvagement l'amour sur le plan de travail pendant plus de quatre ans venait de l'embrasser.

Moi?

Vraiment?

— Pourquoi? murmura-t-elle, aux prises avec les innombrables questions qui resurgissaient parce qu'il revenait dans sa vie.

Elle eut soudain une idée qui lui retourna l'estomac. Charlotte et elle étaient convaincues que Baxter était venu à Sugarberry pour lui offrir son aide. Lani envisageait à présent une tout autre possibilité : peut-être était-ce lui qui avait besoin d'aide.

Je ne vais pas bien, loin de toi.

Ces mots résonnaient dans son esprit. Une déclaration pareille, doublée d'un baiser, aurait poussé n'importe quelle femme normalement constituée à croire qu'il la désirait. Qu'il pensait à elle, d'une façon romantique, voire sexuelle.

Mais elle n'était pas dans son état normal : elle avait même au contraire l'impression d'être devenue complètement folle. Lorsqu'ils travaillaient ensemble, elle ne s'était jamais mise en colère contre lui ou, en tout cas, pas en sa présence. Avait-il espéré qu'avec un peu de bonne volonté elle se montrerait aussi gentille, serviable et conciliante que d'habitude ? Était-il vraiment aussi manipulateur ?

Comme elle, Charlotte et Franco étaient convaincus que Baxter n'était pas comme ça. Il n'hésitait pas à se servir de son charme pour obtenir ce qu'il voulait. Ce comportement, qui ressemblait à de la manipulation, semblait tellement inné chez lui qu'il en devenait totalement inoffensif. Sauf, peut-être, pour la libido de Leilani.

Avait-il toujours su qu'elle avait des sentiments pour lui ? Qu'est-ce qui avait pu le pousser à attendre si longtemps avant de réagir ? Il devait vraisemblablement se trouver dans une situation désespérée, bien que le succès de son émission tende à prouver le contraire. Mais qu'en savait-elle vraiment ?

Elle commençait à avoir la migraine.

Le festival d'automne débutait le lendemain. C'était sa première et meilleure occasion, depuis l'ouverture de sa pâtisserie, d'imposer *Cakes by the Cup* et de se faire accepter par la communauté. C'était un événement important pour les habitants de l'île, qui y apportaient tous leur contribution. Lani y avait consacré beaucoup de temps et d'argent, s'efforçant de mettre au point la meilleure stratégie pour frapper un grand coup et gagner le respect des autres commerçants. Elle espérait également se faire connaître de ses nouveaux voisins qui, avec un peu de chance, deviendraient rapidement ses amis.

Elle était à la fois enthousiaste et nerveuse, mais dans le bon sens du terme. Elle avait pu compter sur les nombreuses relations des Kiwanis pour réaliser son projet.

— Et c'est maintenant qu'il choisit de revenir dans ma vie ? Maintenant ! répéta-t-elle en levant les yeux au ciel, comme si elle s'adressait à sa mère, à une puissance supérieure, ou aux deux à la fois.

Pour m'embrasser ?

Elle s'appuya contre le plan de travail et posa ses doigts maculés de coulis sur ses lèvres.

— Il l'a fait. Il m'a vraiment embrassée.

— Tu es là, ma puce ? J'ai vu la lumière ; je suis entré avec ma clé.

Lani sursauta, se sentant soudain coupable – ce qui était complètement ridicule puisqu'elle n'avait rien fait de mal. Elle n'avait pas entendu le carillon de la porte d'entrée. Elle ne se gêna pas pour blâmer Baxter de ça aussi.

— Salut, papa ! cria-t-elle, se reprenant pour nettoyer rapidement le sol, jeter les cupcakes dans la poubelle et se laver les mains. Je suis dans la cuisine.

Il serait de toute façon venu voir, mais il s'annonçait toujours, même durant les heures d'ouverture. C'était une habitude de flic.

Elle sourit. Encore un aspect de sa vie qui avait changé. Ces derniers temps, elle se réjouissait d'être surprotégée et d'entendre cette voix rocailleuse et ronchonne qu'elle avait failli perdre à jamais.

Elle nettoya le sol avec une lingette qui finit dans la poubelle, se redressant juste à temps pour repérer le journal qui traînait sur le plan de travail. Elle le balança avec le reste des ordures. Si seulement elle avait pu se débarrasser aussi facilement du problème rencontré ce matin-là.

Le shérif Leyland Trusdale fit son entrée dans la cuisine alors qu'elle se lavait les mains une seconde fois ; il s'assit, comme à son habitude, au bout de la table, à proximité de l'entrée. De là, il pouvait surveiller la porte battante menant à la pâtisserie, l'accès réservé aux livraisons, la fenêtre à l'autre bout de la pièce située à côté du bureau, et sa fille – tout ça, sans se tourner. C'était également la table sur laquelle elle travaillait.

Encore légèrement perturbée par les événements de la matinée, Lani se pencha sur le volcan aux framboises en s'efforçant de réparer les dégâts.

— Laisse-moi m'en charger, ordonna son père en montrant le petit gâteau.

— Le docteur a dit…

— Je ne vais pas faire une crise cardiaque à cause d'un malheureux cupcake au chocolat.

— Ça irait si tu te limitais à un malheureux cupcake au chocolat. En plus, c'est une commande. Je suis un des sponsors du Kiwanis Club. C'est pour la vente aux enchères de ce soir.

— Tu en as en trop, non ?

— Oui, mais ça ne veut pas dire que…

Elle soupira lorsqu'il se pencha pour le lui prendre des mains. Elle n'essaya pas de le récupérer, renonçant même à lui faire la leçon. Du moins, pour cette fois. Elle avait appris à choisir ses batailles. Elle était déjà plus que soulagée qu'il ait accepté de suivre les recommandations d'une femme médecin.

Elle n'avait pas pu avouer à son père à quel point elle s'inquiétait pour lui. Mais il fallait que quelqu'un s'assure qu'il ne mangeait plus de friture ou d'aliments trop salés. Elle était sa seule famille, et la seule à pouvoir veiller sur lui.

Elle prit la poche à douille et décida qu'il valait mieux faire comme s'il ne s'était rien passé et retourner à ses cupcakes. Tout finirait par s'arranger. Le salut résidait dans les cupcakes.

— Et pour l'organisation des festivités, ça se passe bien avec le conseil communal ? demanda-t-elle pour faire la conversation, et penser à tout sauf à Baxter. Arnold ne t'en veut quand même plus pour la demande de permis ? Même le maire doit respecter la loi. Surtout le maire.

— Arnold Granby n'est qu'un prétentieux qui adore s'écouter parler. Je préfère le laisser râler un peu et flatter son ego surdimensionné. Barbara finira bien par se lasser de ses jérémiades et lui accordera ses fichus permis. Les bons citoyens de Sugarberry auront droit à leur festival d'automne avec les tentes, les tables, les chaises et les toilettes.

Barbara, l'assistante et la secrétaire du maire, résolvait les problèmes, et le reste. Elle gérait surtout Arnold. Étant sa femme, elle avait de très bons moyens de pression contre lui. C'était indispensable. Sans l'efficacité de Barbara, les bons citoyens de Sugarberry auraient exigé la démission d'Arnold depuis des années.

Son père engloutit le cupcake en trois bouchées et se pencha pour jeter l'emballage en papier avant qu'elle ait pu faire un geste pour l'en empêcher.

Il s'arrêta, vit ce que contenait la poubelle, puis leva les yeux vers sa fille. Comment avait-elle pu croire qu'elle parviendrait à cacher quoi que ce soit au meilleur détective de la capitale ? Il avait démissionné pour devenir le shérif d'une paisible petite île du sud, où les crimes les plus graves étaient généralement le fait de quelque animal errant. Mais il n'en avait pas pour autant perdu son instinct infaillible.

Leyland se racla la gorge, mais se contenta de triturer le papier d'emballage en silence. Il finit par le rouler en boule et le jeter. Celui-ci atterrit sur le visage séduisant et souriant de Baxter.

— Tu veux en parler ?

— Pas vraiment.

Lani s'était toujours tournée vers sa mère lorsqu'il s'agissait de parler de ses émotions ou de problèmes personnels. Elle savait que son père l'aimait de tout son cœur, mais il avait une façon bien à lui de le montrer. Elle pouvait toujours compter sur lui pour l'aider à choisir des pneus de voiture ou discuter des chances de qualification des Redskins pour le championnat. En dehors de ça, il était plutôt du genre à lui apprendre comment se défendre. Lani possédait assez de spray anti-agression pour affronter une foule en colère, et était probablement la seule personne sur terre à recevoir un Taser à Noël. Il était pourtant complètement désemparé quand il s'agissait de lui éviter d'avoir le cœur brisé.

Lani ignorait ce que sa mère lui avait raconté. Son père savait que l'ancien patron et mentor de sa fille ne lui avait pas rendu la vie facile, bien au contraire, en tout cas d'un point de vue professionnel. Mais Baxter n'avait fait que son boulot.

En regardant son père se dandiner sur sa chaise, visiblement mal à l'aise, Lani comprit que sa mère ne s'était pas contentée de lui faire part des frustrations professionnelles de sa fille.

À une certaine époque, il n'aurait jamais osé aborder le sujet. Il n'avait jamais tenté de combler le vide laissé par sa mère. Lani ne le lui avait d'ailleurs jamais demandé. Mais, depuis sa crise cardiaque, au début de l'année, et son déménagement à la fin du mois de mars, leur relation fonctionnait autrement. Ce n'était pas vraiment un changement négatif, mais leur rôle avait évolué. Et ni l'un ni l'autre ne savait vraiment comment réagir.

L'absence de sa mère ne s'en faisait que plus cruellement ressentir. Marilee Harper Wyndall Trusdale aurait su exactement ce qu'il fallait faire ou dire.

À cet instant précis, la tentative maladroite de son père pour la remplacer donnait à Lani envie de pleurer et de se réfugier dans ses bras pour qu'il la serre contre son cœur. Sachant pertinemment qu'il ne saurait pas comment réagir si elle le faisait, Lani baissa la tête et s'efforça de retenir ses larmes en garnissant rapidement les derniers innocents cupcakes.

— Je dois encore ajouter le glaçage et les emballer. Walter passera les chercher tout à l'heure.

D'ordinaire, ils étaient tous deux soulagés s'ils pouvaient éviter les conversations trop sentimentales. Elle s'attendait à ce que son père en profite pour filer, mais il n'en fit rien.

Lani gardait les yeux obstinément baissés, concentrée sur ses cupcakes.

Son père se racla la gorge de nouveau avant de demander :

— Tu veux que je fasse quelque chose ? Que je l'empêche de débarquer sur l'île ?

Surprise, Lani éclata de rire, et ravala ses larmes avant de lever les yeux vers son père.

— J'apprécie ton offre, papa. Mais, dis-moi, Arnold et toi allez faire passer un décret interdisant au chef pâtissier le plus célèbre du pays de présenter son émission culinaire à succès depuis Sugarberry Island ? Nos bons concitoyens risquent de vous lyncher tous les deux. Ils adorent Baxter. (Elle se retint de soupirer.) Tout le monde adore Baxter.

Elle vit les coins de la bouche de son père se relever – sa version bien à lui d'un sourire – et, plus grave, aperçut une lueur de détermination farouche dans ses yeux bleus. Elle gémit intérieurement. Elle n'aurait jamais dû lui mettre ce genre d'idées dans la tête. Elle aurait mieux fait de se taire.

— Je n'étais pas sérieuse. Tu ne peux pas...

— Tout le monde pense qu'on n'est qu'une bande de pauvres ploucs avec tout un tas de lois bizarres. Et si Arnold veut que j'oublie cette histoire de normes de sécurité...

— Papa, l'interrompit-elle avec toute la patience d'une fille qui avait appris à cadrer son père. Primo, tu es né et tu as grandi à Washington et, malgré tous tes efforts, tu ne pourrais jamais passer pour un gars du coin. Secundo, tu ne risquerais jamais de compromettre la sécurité de qui que ce soit simplement pour m'éviter de me retrouver face à…

—L'homme qui a fait de ta vie un enfer ? Tu parles, je n'hésiterai pas une seconde.

—Non, déclara-t-elle, médusée par son attitude de papa poule. Tu ne feras rien de tel. C'est Baxter qui a fait de moi la pâtissière que je suis aujourd'hui, c'est grâce à lui que ma carrière a décollé et que j'ai pu me lancer dans ce projet, ajouta-t-elle en montrant la magnifique cuisine.

Elle croisa son regard et décida de lui avouer la vérité. À présent que Baxter était sur l'île, ça finirait de toute façon par se savoir. Surtout si ce baiser signifiait quelque chose. Ce qui… Elle s'interdit de penser à ça.

—C'est vrai, dit-elle en prenant une grande inspiration, mes sentiments ont compliqué la situation, et il aurait peut-être dû se montrer plus attentif aux problèmes que j'ai rencontrés parce qu'il me traitait différemment. Mais j'ai réussi à maîtriser mes émotions et à faire taire tous ceux qui doutaient de moi. J'ai réussi à ne pas perdre la face devant Baxter. *(Ici même, dans cette cuisine.)* Et je peux certainement le refaire.

Elle espérait vraiment avoir raison. Elle ignorait combien de fois elle pourrait rebasculer en mode Barbie guerrière.

—Tu n'aurais pas dû avoir à le faire, affirma son père qui ressemblait davantage au policier ronchon et impitoyable qu'il était. Il t'a appris ce qu'il savait puis il est parti chercher la gloire et la fortune en te laissant endosser toutes ses responsabilités. Malgré l'hostilité de tes collègues de travail, tu as dirigé cette pâtisserie de main de maître, et c'est grâce à toi qu'elle a aussi bien marché. Puis, quand ton tour est venu, tu es partie pour lancer ta propre affaire. En ce qui me concerne, vous êtes quittes.

— Je suis d'accord avec toi, papa. C'est pour ça que je parviendrai à gérer la situation quelle que soit la raison de sa présence ici.

Vu la mauvaise humeur de son père, ce n'était peut-être pas le moment de lui avouer qu'elle avait déjà vu Baxter. Et surtout pas de lui parler du baiser. Petit détail sur lequel elle n'avait de toute façon pas prévu de s'étendre.

— Est-ce que tu sais pourquoi il est ici ? s'enquit-il. Tu lui as parlé ?

— Non, je n'en sais rien, répondit-elle, préférant éluder sa seconde question. J'ai discuté avec Charlotte et Franco ce matin. Baxter va probablement profiter de l'occasion pour faire la promo de sa prochaine saison dans les émissions matinales de cette semaine, mais il semblerait que personne ne soit au courant à New York. Les producteurs et la chaîne n'en ont parlé à personne. Je ne sais que ce que j'ai lu dans le journal de ce matin : qu'il vient à Sugarberry pour tourner une semaine d'émissions. (Elle haussa les épaules.) C'est peut-être uniquement pour ça qu'il est venu. Ce n'est peut-être qu'un coup de pub pour faire grimper l'audience.

Elle aurait tant aimé y croire.

À la tête que fit son père, elle comprit que son explication n'était pas convaincante.

Elle contourna l'extrémité de la table avant que son regard la trahisse.

— Je ne veux pas que tu fasses quoi que ce soit qui risquerait de compliquer davantage la situation. (Elle déposa un baiser sur le front de son père, un geste qui les surprit tous les deux.) Mais j'apprécie vraiment que tu envisages de le faire.

Ses yeux s'embuèrent et elle décida de mettre un terme à cette conversation avant que la situation devienne vraiment gênante.

— Je me charge de Baxter Dunne.

— Je sais bien. Tu es quelqu'un de bien, et tout le monde t'apprécie, mais je te connais, tu ne te laisseras pas faire. Tu es bien la fille de ta mère. (Il repoussa la chaise et se leva.) Tu ne devrais pas être obligée de te charger de lui, Lei-Lei. Pas si tu n'en as pas envie. C'est tout ce que je voulais dire.

C'était rare qu'il l'appelle ainsi : le prénom de Lani lui venait de son père, enfin, en quelque sorte. Il aurait aimé avoir un fils qui aurait porté le même prénom que lui, mais la naissance de Leilani avait été si difficile que ses parents avaient compris qu'ils n'auraient jamais d'autres enfants. Sa mère avait fait de son mieux pour faire plaisir à son époux. Il avait raccourci son prénom, la surnommant Lei-Lei lorsqu'elle était petite. C'était pourtant Lani, un surnom plus traditionnel, qui avait fini par s'imposer. Par obstination, son père préférait toutefois l'appeler Leilani, et n'utilisait que très rarement cet ancien surnom.

Cela faisait longtemps qu'elle ne l'avait plus entendu. Depuis l'enterrement de sa mère, en fait. Elle eut besoin d'un instant pour se reprendre et poursuivre, malgré la boule dans sa gorge.

—J'ai vu pire, papa.

Elle regretta immédiatement de ne pas avoir choisi ses mots avec plus de soin. Elle n'avait pas eu l'intention de lui rappeler la mort de sa mère, qui était de loin la pire chose qui leur soit jamais arrivée, bien plus dure que n'importe quel cauchemar professionnel dans lequel Baxter risquait malencontreusement de la plonger. Son père, comme certains, parlait souvent de sa mère comme si elle était toujours en vie. C'était simplement plus facile. Parler de sa mort et de ses conséquences, du gouffre béant qu'elle avait laissé dans leur vie, lui était toujours difficile.

Lani grimaça lorsque son père évita son regard et comprit soudain que ce n'était pas la seule chose qui pouvait le blesser. Elle posa la main sur son bras, un geste qu'elle ne se serait jamais autorisé en temps normal mais qui lui était pourtant venu naturellement.

—Je suis venue en Géorgie pour toi, affirma-t-elle d'une voix claire, sachant que c'était la seule façon de le convaincre. Mais je suis restée pour moi, parce que c'était ce que je voulais.

—Leilani…

—Papa, je vais bien. On va bien, l'interrompit-elle en lui serrant le bras avant de retirer sa main. Allez, va protéger nos concitoyens. Il faut que je termine ces merveilleux cupcakes qui m'amèneront des clients après la vente aux enchères. Ce sera une vraie réussite, et Baxter regrettera de ne pas avoir prêté plus d'attention à son ancienne employée, ajouta-t-elle en souriant pour détendre l'atmosphère et les ramener en terrain familier.

Mais, lorsqu'elle leva les yeux vers Leyland, son visage n'arborait pas son air indéchiffrable habituel mais plutôt une expression de... de quoi ? Elle l'ignorait, elle ne l'avait jamais vu ainsi.

—Tu as déjà réussi, dit-il avec un soupçon de colère. Je ne l'ai peut-être jamais rencontré, mais je sais que Baxter Dunne n'est qu'un crétin capable de laisser son principal atout lui filer entre les doigts, et un abruti qui n'a pas vu que tu étais la meilleure chose qui lui soit arrivée.

Lani resta un instant bouche bée avant de répondre de la seule façon possible.

—Papa, je ne veux plus travailler pour Baxter. Et je ne veux pas retourner à New York. Ou ailleurs. J'aime ma pâtisserie. J'aime Sugarberry. J'ai envie d'être ici. J'ai envie de faire ce que je fais. (Il n'avait toujours pas l'air convaincu, et elle sentit son cœur se briser.) C'est ça, n'est-ce pas ?

Elle s'efforça de ravaler les larmes qui menaçaient de couler mais pour une tout autre raison cette fois.

—Tu as... tu as honte de moi ? Du fait que j'aie choisi d'ouvrir une pâtisserie sur cette île au lieu de diriger *Gâteau* ?

Elle avait bien essayé de convaincre son père qu'elle n'était pas restée pour l'aider mais parce qu'elle en avait vraiment envie. Il savait se montrer obstiné et terriblement orgueilleux. Elle n'avait jamais imaginé qu'il puisse penser que *Cakes by the Cup* était tout simplement indigne de sa fille.

— J'ai toujours été fier de toi, affirma-t-il de sa voix rocailleuse. Mais tu cuisinais pour des fonctionnaires de l'ONU et des dignitaires étrangers. Des ministres et des présidents ont goûté tes desserts. Et tu voudrais me faire croire que tu peux te contenter de servir des cupcakes à une bande de…

— À des femmes et à des hommes qui travaillent dur pour soutenir leur communauté et font ce qu'ils peuvent pour améliorer le quotidien de ceux qui les entourent.

Elle posa la poche à douille, craignant de la faire exploser en la serrant trop fort. Elle ne savait ce qui, de la colère ou de la tristesse, l'emportait, mais elle ne pouvait pas passer outre les tremblements de sa main.

— Oui, papa. Oui, je suis heureuse. J'aime être mon propre patron. Non, attends, j'adore être mon propre patron. Et ce que j'aime vraiment, c'est rendre les gens heureux grâce à ma cuisine. Et pas n'importe qui : des gens que je connais et que je verrai plus d'une fois dans ma vie, des gens qui comptent pour moi et qui m'aiment vraiment.

Au fond d'elle, Lani savait que son père ne cherchait ni à l'offenser ni à la blesser. Il voulait ce qu'il y avait de mieux pour son unique enfant, tout simplement.

Mais c'était dur de l'entendre dire que sa pâtisserie n'était pas à la hauteur de sa carrière new-yorkaise.

Obéissant à une impulsion, elle refit le tour de la table et l'enlaça avec force avant de planter un baiser sur sa joue.

—Je suis heureuse ici, papa. Je n'ai jamais été aussi satisfaite tant sur le plan personnel que professionnel. Je te le jure. Je sais que tu ne comprends peut-être pas mon choix, mais je veux que tu sois fier de moi et que tu arrêtes de t'inquiéter pour moi.

—Je suis fier de toi, ma puce.

Ce fut son tour de la surprendre en l'enlaçant. Elle avait tant espéré qu'il le ferait. C'était aussi bon que dans son souvenir, peut-être même mieux.

—Et je te promets que j'arrêterai de m'inquiéter pour toi… dès que tu en feras autant pour moi, conclut-il d'un ton bourru.

Il s'écarta et se pencha pour prendre un autre cupcake avant qu'elle ait le temps de l'en empêcher. Il le leva dans sa direction comme pour porter un toast et sortit par la porte principale.

—Je fermerai, la prévint-il.

Il ne semblait plus particulièrement en colère, ou prêt à prendre une quelconque mesure contre Baxter. En fait, elle ignorait ce qu'il ressentait.

—Bienvenue au club, murmura-t-elle.

Elle s'était inquiétée de la réaction de son père vis-à-vis de Baxter, craignant même d'en discuter avec lui. Mais, à présent, elle avait bien d'autres soucis en tête.

Elle se retourna vers le plan de travail couvert de grilles de refroidissement, soulagée de découvrir qu'il lui restait plus d'une centaine de cupcakes à décorer.

Ici au moins, elle savait exactement ce qu'il fallait faire.

Plus de sept heures s'écoulèrent avant que Lani soit de nouveau confrontée au cas Baxter Dunne. Elle n'était pas plus avancée qu'à 6 h 30 du matin, ne savait toujours pas comment elle allait gérer le problème et encore moins ce qu'elle allait faire de lui. Elle ne l'avait pas vu depuis qu'il avait disparu par la porte des livraisons, ignorait où il logeait, ce qu'il faisait et qui, parmi son équipe de production, l'avait accompagné sur l'île.

Elle ouvrit la pâtisserie à 9 heures. Son café fraîchement torréfié et ses cupcakes au crumble tout juste sortis du four – très populaires auprès de ses clients matinaux, toujours plus nombreux – étaient prêts. Lani passa la matinée à sursauter chaque fois que le carillon de la porte d'entrée sonnait. Elle s'attendait à lever les yeux pour découvrir Baxter, l'observant de son regard rieur. Quand ce n'était pas lui – il ne s'était pas encore montré, du moins jusqu'à présent – elle s'attendait à ce qu'un client excité et débordant d'enthousiasme vienne lui annoncer qu'il l'avait aperçu en ville ou quelque part sur l'île.

Grâce au journal local, tout le monde ne parlait que du tournage, plusieurs de ses clients brûlant littéralement d'impatience de rencontrer la star de l'émission. Elle était certaine d'avoir vendu plusieurs dizaines de cupcakes avant midi simplement parce qu'ils espéraient interroger l'ancienne employée de Baxter pour découvrir où il était et obtenir des informations sur l'émission. À leur grand désarroi, elle ne leur était d'aucune aide. Elle espérait toutefois que les cupcakes les consoleraient.

Il était plus de 14 heures, et il n'y avait toujours pas la moindre trace du chef Hot Cakes. Sur une île de la taille de Sugarberry, si quelqu'un avait aperçu Baxter, chaque homme, chaque femme ou même chaque pélican aurait appris la nouvelle en moins de cinq minutes. À sa grande honte, Lani avait envisagé de confier la boutique à Dree, qui venait l'aider à mi-temps, pour aller se cacher jusqu'à ce que Baxter refasse surface. Elle avait pourtant rapidement rejeté cette idée, décidant qu'elle valait mieux que ça. Et Dree ne travaillait pour elle que depuis une semaine. Mais Lani préférait penser qu'elle ne s'était pas enfuie parce qu'elle était forte et indépendante, et se fichait pas mal de ce que Baxter faisait ou de l'endroit où il se trouvait.

Mais où est-il ? Qu'est-ce qu'il fait ?

Et comment était-il possible que personne ne sache qu'il était déjà arrivé à part elle ?

Elle réussit presque à se convaincre que, sous l'effet du stress, elle avait été victime d'une hallucination et avait tout imaginé, comme dans un rêve éveillé. C'était sûrement l'explication la plus logique et la plus rationnelle : après tout ne s'était-elle pas emportée contre lui et ne l'avait-il pas embrassée ? Il l'avait embrassée !

Alva Liles entra à l'instant où Patty Finch, la bibliothécaire de la ville, sortait en compagnie de Daisy, sa fille de neuf ans, anéantissant toutes les explications rationnelles de Lani.

— Bonjour, Patricia, mademoiselle Daisy, les salua Alva en souriant tandis qu'elles lui tenaient la porte. Ah, Lani Mae, vous êtes là !

La petite vieille se rua – il n'y avait pas d'autre terme pour qualifier sa démarche – vers le comptoir. Elle semblait très agitée.

Le cœur de Lani se serra, et son estomac se retourna. *Et c'est parti*, pensa-t-elle en se préparant à ce qui allait suivre. Il fallait que ce soit Alva ; elle aurait dû s'y attendre.

— Oui, mademoiselle Alva, je suis ici.

Lani s'interdit de lui faire remarquer qu'il était peu probable de ne pas la trouver dans sa boutique durant les heures d'ouverture. Et que son deuxième prénom était Marie, et non Mae. Elle avait appris que c'était un surnom affectueux typique du Sud et se rappela soudain Charlotte répétant ce nom à de nombreuses reprises, en s'efforçant d'imiter les inflexions nasillardes sudistes avec une pointe d'accent indien. Son sourire se fit plus sincère.

— Je suis sûre que vous avez lu le journal d'aujourd'hui, affirma Alva, ses boucles filasses, d'un blond presque blanc, se balançant autour de son visage. Alva Liles était une petite bonne femme toute menue, avec de minuscules lunettes à double foyer et à monture argentée perchées sur son mignon petit nez. En un mot, elle était adorable. C'était la Mamie Nova de Sugarberry.

En temps normal, Alva était l'une des clientes préférées de Lani, qui se réjouissait toujours de la voir entrer dans sa pâtisserie. En temps normal, car Alva racontait des histoires extraordinaires en donnant l'illusion qu'elle s'inquiétait sincèrement pour les habitants de l'île, alors qu'elle jouait surtout les commères. Lani l'adorait.

En temps normal.

Lani pressentait pourtant qu'elle allait se retrouver au centre des commérages du jour.

—J'y ai jeté un œil, répondit Lani. Je me suis levée tôt pour préparer mes cupcakes spéciaux pour le festival d'automne de demain. (Espérant éveiller l'intérêt d'Alva, elle se pencha sur le comptoir pour l'inviter à s'approcher.) Vous pouvez en goûter un si vous voulez, mais c'est une offre unique. Une nouvelle version des cupcakes à la crème pâtissière. La crème a un goût plus marqué, et le glaçage au chocolat est surprenant.

—Je suis certaine que vous vous êtes surpassée, dit Alva, sincère. Je n'en attendais pas moins de vous. Vous êtes merveilleuse. Mon tour de taille ne vous le pardonnera probablement pas, mais je suis incapable de passer devant votre pâtisserie sans y entrer.

—J'ai bien fait mon travail, dans ce cas, rétorqua Lani avec un sourire.

Les yeux d'Alva pétillaient de curiosité lorsqu'elle se pencha au-dessus du comptoir en baissant la voix.

— Dites-moi, ma chère, avec quelle petite douceur allez-vous nous tenter durant les enchères de ce soir ?

Lani écarquilla les yeux, consciente qu'Alva n'en attendait pas moins, et vit un sourire se dessiner sur ses lèvres parfaitement maquillées.

— La liste des sponsors est censée rester confidentielle, déclara doucement Lani, pas vraiment surprise.

— Vous savez que tout finit par se savoir sur cette île.

Lani faillit lui faire remarquer que c'était essentiellement son œuvre, mais se contenta de sourire.

— Qu'avez-vous découvert ?

— Que vous nous avez concocté des boîtes de délicieuses petites merveilles. (Alva fit la moue.) Walter, ce vieux grigou, a refusé de me donner plus de détails lorsque je lui ai posé la question ce matin en prenant mes petits pains à la confiture chez Laura Jo. Tant que j'y pense, vous l'avez croisée depuis qu'elle a convaincu Cynthia de lui teindre les cheveux ? On ne peut pas la rater, mais ça lui fait tellement plaisir d'être rousse. Elle dit que ça la rend plus audacieuse, que ça lui donne envie de prendre des risques. (Alva baissa quelque peu la voix.) Si elle tient tant à prendre des risques, elle devrait opter pour des couleurs unies et des vêtements plus cintrés au lieu de ces chemisiers à fleurs. Je lui ai déjà dit qu'il y avait une jolie silhouette sous toutes ces couches. Je suis certaine qu'elle ne cherchait qu'à attirer l'attention du type qui a repris le magasin de pêche *Bigger's Bait and Tackle* depuis que Donny Bigger est parti avec

Delia Stinson. Delia Stinson a vingt ans de moins que lui et, si vous voulez mon avis, elle pourrait trouver beaucoup mieux. Je n'avais rien vu venir. Il s'appelle Felipe Montanegro. Vous l'avez déjà rencontré ?

Lani secoua la tête, en faisant un effort pour suivre. Twitter ne faisait pas le poids face à Alva Liles. Facebook non plus, d'ailleurs. Alva était une mine d'informations à elle seule.

— Pas encore.

— Il est assez séduisant, à condition d'aimer les basanés du genre de Ricardo Montalban.

Lani n'avait jamais entendu parler de Ricardo Montalban mais ne posa aucune question.

— Remarquez que ses cheveux roux n'ont jamais empêché Lucy de séduire Desi.

Lani connaissait Ricky Ricardo, le personnage joué par Desi dans la série, mais ne savait que dire. Elle était complètement perdue, aussi décida-t-elle de changer de sujet.

— Vous voulez jeter un coup d'œil aux cupcakes du jour ? Ou goûter ceux à la crème pâtissière ?

Alva se pencha légèrement pour étudier la vitrine.

— Je suis tentée, mais votre Red Velvet est tout simplement irrésistible. C'est un péché. Votre plus belle réussite, si vous voulez mon avis. C'est peut-être ce que vous nous avez préparé pour les enchères ? demanda-t-elle en dévisageant Lani avec curiosité. (Celle-ci ne répondit pas.) Oh, allons, ne soyez pas timide. Vous savez bien que vous pouvez me le dire. Je n'en parlerai à personne.

Un sourire aux lèvres, Lani se retint de lever les yeux au ciel.

— Vous devrez attendre jusqu'au dîner de ce soir : ils affichent la liste officielle juste avant.

— Vous savez, j'ai essayé d'expliquer à Walter et à Arnold que ces enchères tenues secrètes n'étaient pas une très bonne idée. Si on connaissait les sponsors et les objets à l'avance, on pourrait commencer à enchérir avant même le début de la vente.

Lani savait exactement pourquoi ils avaient pris cette décision, mais cela ne servait à rien de débattre de la question avec la principale responsable de ce changement de règle.

— Je peux vous dire ceci, déclara Lani tandis qu'Alva se rapprochait, le regard brillant. Si vous remportez une boîte, les membres de votre groupe de poker seront aux anges. Je vous le promets. Ce sont les meilleurs cupcakes que j'aie jamais réalisés.

La plupart des femmes de l'âge d'Alva jouaient au bridge. La mère de Lani, sa grand-mère Winnie et son arrière-grand-mère Harper – Nanny, comme aimait l'appeler Lani – adoraient ce jeu, et Sugarberry pouvait se vanter de posséder un club de bridge très actif et populaire, réservé aux femmes. Lani avait toutefois appris que le club du troisième âge, qui finançait l'association de bridge, avait poliment demandé à Alva de quitter le groupe. Ils avaient découvert qu'elle organisait des paris entre les différentes équipes. Mamie Nova, bookmaker de quartier.

Alva avait alors décidé de fonder son propre tournoi de poker, qui avait littéralement décimé les rangs du club de bridge. Elles se réunissaient une fois par semaine à l'arrière du restaurant de Laura Jo Starkey et avaient la réputation d'être impitoyables. Moyenne d'âge : soixante-seize ans.

En fait, c'était parce qu'Alva avait tendance à parier sur tout et n'importe quoi, du nombre d'ouragans qui viendraient menacer les côtes de l'île durant la saison – mais attention, il fallait au minimum des tempêtes de catégorie 3, pas de pitoyables petites tornades – à l'objet qui remporterait la plus belle enchère lors du festival d'automne, que les règles des enchères avaient été modifiées. Aux dernières nouvelles, Alva avait également été bannie des soirées bingo organisées au club du troisième âge.

—Ma chère Lani Mae, j'ai eu une petite conversation avec Walter, déclara-t-elle, le regard fier. Je ne sais pas ce que ces boîtes contiennent mais j'ai pris une option sur deux d'entre elles. On organise notre tournoi nocturne mensuel ce lundi, ajouta-t-elle en se penchant davantage. Vous ne pourriez pas me donner un petit indice ?

—Comment avez-vous découvert que je faisais partie des sponsors ?

—Vous connaissez Beryl, la femme de Walter ? Elle est classée deuxième au club. (Alva baissa de nouveau la voix, même si elles étaient seules dans la boutique.) Tout le monde sait qu'elle veut redevenir numéro un. Dee Dee Banneker a pris la tête lors du tournoi précédent. Dee Dee est prête à tout. Beryl profitera de la moindre de ses faiblesses. Je crois qu'elle espère qu'une bonne dose de sucre suffira à déconcentrer ses adversaires. Surtout Dee Dee et ses deux meilleures amies, Suzette et Louise. Ces trois-là forment un trio redoutable. Mais vos cupcakes sont tout bonnement à tomber par terre, et Beryl sait bien que les trois autres ne sauront jamais se limiter à un seul. Beryl a réussi à rallier Laura Jo à sa cause. Laura Jo va leur servir de la sangria, une recette qu'elle a découverte durant sa croisière, l'année dernière, murmura-t-elle. Entre le cocktail et le chocolat… – je sais qu'ils sont au chocolat, j'ai raison, n'est-ce pas? Quoi qu'il en soit, entre les cupcakes et la sangria, si Beryl réussit à se contrôler, je suis certaine que c'est dans la poche.

Parce que les autres seront à moitié soûles, se dit Lani. Pour un groupe de vieilles dames qui avaient l'habitude de se coucher comme des poules, les cupcakes à la ganache forêt-noire et la sangria ne feraient pas bon ménage. Elle parvint néanmoins à garder le sourire. Elle n'avait qu'à imaginer Alva complètement pompette.

— Qu'est-ce qui se passera si vous ne remportez pas la mise? s'enquit la jeune femme.

Le sourire d'Alva s'élargit.

— Croyez-moi, Beryl s'arrangera pour faire de la vie de Walter un véritable enfer si on ne sert pas vos délicieux cupcakes lundi soir. Elle ne peut pas enchérir – ce serait un conflit d'intérêt –, alors elle s'est tournée vers moi. J'ai déjà misé sur Beryl, même si Dee Dee a toutes les chances de son côté.

Alva lui fit un clin d'œil et glissa sa minuscule pochette sous son bras pour s'écarter du comptoir en lui adressant un regard innocent.

— Ils ignorent que nous avons une arme secrète.

Lani ne put s'empêcher de sourire. Mamie Nova bookmaker, avec son arme secrète : les cupcakes.

— En parlant d'armes, comment ça se passe avec votre rubrique ? Vous avez réussi à convaincre Dwight ? (Lani s'appuya contre le comptoir en souriant.) Vous savez, j'ai entendu dire qu'il adorait les cupcakes. Juste pour que vous soyez au courant.

Dwight Bennet était le rédacteur du journal local, le *Daily Islander*, pour lequel Alva était déterminée à écrire une rubrique Conseils. Dwight en voulait une sur le jardinage ou ce qu'il appelait « les loisirs de ces dames ». Il était cependant convaincu qu'Alva qui n'hésitait pas à organiser des tournois de poker sauvage et des dégustations de bourbon ne correspondait pas au profil recherché.

Lani comprit, mais trop tard, qu'elle venait de ramener Alva sur le sujet qu'elle cherchait à éviter lorsque sa cliente était entrée dans la pâtisserie.

Nom d'un chien !

— Ce brave homme – que Dieu lui vienne en aide – est enfermé dans sa vision étriquée et dépassée du monde, répondit Alva, sans que Lani parvienne à savoir si elle s'inquiétait vraiment pour lui ou si elle souhaitait simplement la mort du malheureux. J'ai tenté de lui expliquer qu'il ne pouvait pas être impartial et juste en se limitant à publier des articles sur des sujets qui lui plaisaient. On pourrait tout aussi bien rebaptiser le journal le *Dwight Bennett Herald*. En fait, ma chère, c'est un article que j'ai lu ce matin qui m'amène. Il parlait de la venue de votre patron sur notre petite île ! Et il a amené son équipe avec lui ! ajouta-t-elle en tapant dans ses mains, sa pochette toujours bien en place sous son bras. N'est-ce pas la nouvelle la plus extraordinaire qu'on ait eue depuis longtemps ?

— Mon ancien patron, précisa Lani, même si cela ne servait à rien.

— Vous nous avez caché des choses, mademoiselle Lani Mae, la réprimanda Alva sans se départir de son sourire. Vous deviez savoir depuis longtemps qu'il comptait venir nous voir. Dites-moi, c'est vous qui avez organisé tout ça ? C'est la meilleure façon de faire parler de vous pour votre premier festival d'automne. (Elle se pencha en serrant son sac minuscule contre sa maigre poitrine.) Je voulais être la première à vous demander de le convaincre de se joindre à nous lundi soir. Vous parlez d'un événement ! Et, entre nous, si j'avais l'exclusivité pour écrire cet article, Dwight serait obligé de me donner cette rubrique.

— Je n'ai rien à voir avec… Attendez une minute, je croyais que vous vouliez écrire une rubrique Conseils ? Un genre de courrier des lecteurs du style : « Chère Alva… » Qu'est-ce que la présence de Baxter à votre tournoi de poker vient faire là-dedans ?

Alva redressa ses épaules étroites.

— Je veux écrire sur ce que les femmes de Sugarberry ont envie de lire. Quelques conseils par-ci, quelques potins par-là. Le genre de choses qu'on peut entendre dans le salon de coiffure de Cynthia. Ou chez Laura Jo. Mais vous savez comment ça se passe avec le bouche-à-oreille, tout est déformé ou exagéré. Même si ce n'est pas intentionnel.

— Bien sûr que non.

— Je souhaite simplement rassembler toutes ces informations et raconter ce qui s'est vraiment passé. Et, bien sûr, j'offrirai également des conseils utiles. Ce sera un vrai service public, ajouta-t-elle avec un sourire si sincère que Lani comprit qu'Alva était convaincue du bien-fondé de sa démarche.

— Vous pouvez me croire, c'est ce qu'ils liront en premier en recevant le journal.

Lani n'en doutait pas une seconde.

— On dirait que vous avez déjà tout prévu, Alva. J'aurais vraiment aimé vous aider.

Le carillon sonna, et Lani se pencha vers elle, pressée d'en finir et de changer de sujet avant que son prochain client pose d'autres questions. Alva avait raison sur un point, et pas des moindres : la vitesse à laquelle la vérité était transformée et exagérée.

— Malheureusement, je n'ai rien à voir avec l'emploi du temps de Baxter durant son séjour sur l'île, reprit-elle. J'ai découvert qu'il venait ici en même temps que vous. Je ne pourrai rien faire pour le convaincre de passer à votre club…

— De quel genre de club s'agit-il ?

Au son de cette voix, Lani s'interrompit et leva les yeux… Baxter se tenait devant elle. Comment faisait-il pour qu'on ne voie plus que lui, dès l'instant où il entrait dans une pièce ? *C'est son regard*, pensa-t-elle tandis qu'Alva se tournait vers lui avec un sourire à faire pâlir les néons de Las Vegas.

— Mon Dieu ! dit-elle en se tapotant les cheveux et en glissant son sac sous son bras. Je n'ose pas en croire mes yeux. Baxter Dunne, le chef Hot Cakes, en chair et en os. Ici, dans notre petite ville. Mon Dieu, mon Dieu, mais regardez-vous ! (Elle interrompit son examen juste le temps de jeter un coup d'œil à Lani.) Je ne savais pas que vous étiez aussi séduisant. Vous êtes beaucoup plus beau qu'à la télé. Personne n'a jamais aussi bien porté le tablier que vous.

— La veste, précisa-t-il avec un sourire désarmant.

Lani les observait avec l'impression d'être entrée dans la quatrième dimension – et se prit à regretter que ce ne soit pas le cas.

— Je vous en prie, appelez-moi Baxter, demanda-t-il en jetant un coup d'œil à Lani. Il n'y a que mes employés qui m'appellent « chef ». (Il dut en fait se plier en deux pour murmurer à l'oreille d'Alva.) Mais c'est à vous de décider si je mérite le surnom de « Hot Cakes ».

Lani s'attendait presque à ce qu'Alva s'écroule sur place. Du plus loin qu'elle s'en souvienne, elle ne l'avait jamais vue rougir. Alva semblait fragile, mais elle était coulée dans le même acier que la majorité des femmes de Sugarberry. La petite mamie était pourtant aussi rouge que les jolies framboises posées au sommet des centaines de cupcakes Kiwanis, qui avaient échappé au carnage du matin.

— Oh, écoutez-le ! s'exclama Alva. (Elle s'efforçait de paraître choquée par l'insolence du jeune homme, même si elle brûlait visiblement de joie.) Vil charmeur ! Je disais justement à Mlle Lani Mae que nous étions tous ravis de vous accueillir ici.

Baxter haussa les sourcils et regarda Lani, une étincelle de joie illuminant ses yeux bruns. Elle lui adressa un regard noir avant de faire un grand sourire à Alva, qui les observait.

— Et dire que vous allez tourner votre émission sur notre île, dit la petite vieille en se tournant vers Baxter pour reprendre son manège. Je n'arrive pas à croire qu'on ait autant de chance. Je pourrais peut-être vous offrir une tasse de café ? J'écris une rubrique dans le journal local et j'adorerais vous interviewer.

Alva sourit à Lani et lui adressa discrètement un regard – la priant de ne pas relever son mensonge. Radieuse, elle se tourna ensuite vers Baxter pour poser sa fine main aux veines bleutées sur son bras, telle une fragile petite chose qui avait besoin de s'appuyer sur lui.

— Qu'en dites-vous, monsieur Dunne ?

Aussi fragile qu'un pitbull, oui, songea Lani. Encore un mensonge de Mamie Nova.

— Baxter, la corrigea-t-il, tout sourires. Je suis honoré et flatté, mais je crains de ne pas avoir le temps pour l'instant.

Alva accusa le coup, mais Lani savait qu'elle ne renoncerait pas pour autant. Elle avait beau être déçue, elle n'en démordrait pas aussi facilement.

Baxter leva les yeux vers Lani, et son sourire s'élargit. Il prit la main d'Alva dans la sienne et la serra doucement.

—Voyez-vous, mademoiselle…

—Liles, précisa-t-elle sans hésiter tandis que ses joues reprenaient une jolie nuance rosée, Alva Liles. Mais vous pouvez m'appeler Alva.

—Mademoiselle Alva.

L'éclat de son sourire faillit faire rougir Lani, qui se croyait pourtant immunisée depuis longtemps.

—J'adorerais discuter avec vous, poursuivit Baxter. Mais il faut que je m'entretienne avec Mlle Trusdale des détails de l'émission.

—Avec Lani Mae ? demanda Alva en la regardant. Mais vous m'avez dit que vous ignoriez que…

—C'est une surprise, l'interrompit Baxter avant de poser ses yeux couleur chocolat sur Lani, qui comprit soudain qu'il lui serait beaucoup plus difficile que prévu de ne pas perdre la face devant lui.

—J'ai besoin d'une cuisine, et celle de la boutique de Leilani – euh, de Lani Mae – est parfaite. (Son regard pétilla lorsqu'il reprit son surnom en haussant les sourcils avec insolence.) J'espère qu'elle nous permettra de tourner nos épisodes de *Hot Cakes* ici.

Il sourit de toutes ses dents, les yeux rivés sur Lani, tandis qu'Alva poussait des cris de joie. Il lui adressa un petit signe malicieux.

—Surprise !

Chapitre 4

Tout ne s'était pas vraiment passé comme prévu.

En fait, rien ne s'était passé comme prévu. Il aurait voulu l'attirer hors de sa boutique pour discuter avec elle en tête à tête. C'était pour cette raison qu'il avait débarqué dans sa pâtisserie ce matin-là. Certain de la trouver en cuisine, il avait quitté son hôtel aux aurores et traversé le pont pour emprunter les routes étroites et mal éclairées menant à l'unique zone commerciale de l'île – si tant est qu'on puisse qualifier ainsi la place de la petite ville. Les pâtissiers et les livreurs de journaux commençaient à travailler avant même le lever du soleil. Et il comptait là-dessus.

Mais toutes ces précautions s'étaient révélées inutiles. Son plan avait tourné au fiasco. À en juger par la réaction de Lani, qui s'était contentée de le toiser, bras croisés, il n'était pas près de la convaincre. Le baiser avait été une erreur monumentale.

Il n'avait pas l'habitude de commettre des erreurs. En règle générale, il finissait presque toujours par obtenir ce qu'il voulait. Parce qu'il avait souvent de bonnes idées, mais également parce qu'il parvenait généralement à convaincre son entourage. Un soupçon de charme et un beau sourire faisaient des merveilles. La nature s'était montrée plus que généreuse envers lui, et il n'y avait aucune honte à se servir de ses atouts. Il n'allait tout de même pas se forcer à se montrer désagréable et froid ?

Il était réellement convaincu qu'ils auraient une conversation civilisée du style : « Salut, content de te voir ! » Il lui aurait ensuite demandé s'il pouvait utiliser sa cuisine, en termes tout professionnels. Même si ses raisons de travailler avec elle étaient d'ordre bien plus intime, il était persuadé qu'elle accepterait sa proposition. Après tout, une émission nationale lui ferait une très bonne publicité. Son plan était infaillible. Il ne lui resterait plus qu'à se concentrer sur la deuxième phase du plan, autrement plus complexe.

À présent, il n'était plus aussi confiant. Il admettait volontiers qu'il avait tout fait de travers en lui avouant ses motivations personnelles avant de lui présenter son projet professionnel. Mais il ne comprenait pas du tout la réaction de Leilani. Il commençait vraiment à se demander quel était son problème.

— Mes chéris, il faut que je file, déclara Alva en souriant à Baxter.

Il avait l'impression d'être un géant face à cette minuscule bonne femme.

— Ce fut un plaisir, mademoiselle Alva, déclara Baxter, en évitant de regarder Lani.

Il espérait qu'après le départ de l'octogénaire, elle se rendrait compte de l'occasion vraiment unique qu'il lui offrait.

Les yeux brillants, Alva lui serra la main avec une force étonnante.

— Je suis tellement impatiente d'annoncer à tout le monde que vous tournerez votre émission ici ! Dans notre petite pâtisserie ! Vous imaginez ça ? demanda-t-elle en souriant à Lani.

— Je l'imagine, oui, répondit Lani avec moins d'enthousiasme.

Ou plutôt, sans aucun enthousiasme, même si la jeune femme ne faisait rien pour gâcher le bonheur d'Alva ou la convaincre de se montrer discrète.

Baxter y vit un signe positif – ce qui prouvait bien à quel point il était désespéré.

— Attendez que j'annonce ça à Beryl ! Dee Dee et Suzette vont devenir folles !

Le carillon sonna lorsque la porte se referma sur une Alva radieuse.

Baxter n'aurait pas été surpris de voir l'énergique petite vieille traverser le modeste centre-ville en sautillant. Il l'imaginait gambadant avec ses chaussures orthopédiques ; ça devait valoir le coup d'œil.

— Comment oses-tu ?

Baxter se retourna pour l'affronter ; il avait vu bien pire dans sa vie et avait travaillé dans des cuisines autrement plus hostiles. Ce n'était pas son premier combat.

Il se sentit pourtant légèrement désavantagé lorsqu'il aperçut la détermination farouche qui brillait dans les yeux de la jeune femme. Si quelqu'un avait un jour l'idée de créer un *Top Chef : les pâtissiers de l'extrême*, Lani gagnerait par la seule force de son regard.

— Je suis désolé, dit-il en s'approchant. J'avais l'intention de t'en parler ce matin, mais on s'est laissé…

— Je ne me suis rien laissé du tout, je te signale, le reprit-elle. J'étais en train de travailler et de m'occuper de mes affaires. Au sens littéral.

Baxter l'étudia un instant et s'aperçut qu'elle n'était pas vraiment furieuse. Elle paraissait plutôt nerveuse, ce qui expliquait en partie sa colère. La femme avec qui il avait travaillé, à qui il avait appris ce qu'il savait et qui l'avait surpris en permanence, n'avait jamais montré le moindre signe de nervosité. En cet instant, Lani ne ressemblait absolument pas à la Blanche-Neige qui sifflotait – façon de parler – en travaillant. Elle tenait plus de sa belle-mère, la méchante reine, et semblait avoir quelque chose à cacher. La raison de sa nervosité peut-être.

Intéressant. Ça ne lui ressemblait pas du tout.

Baxter se dirigea vers le comptoir, bien décidé à régler le problème, une bonne fois pour toutes.

— J'allais dire qu'on s'était laissé distraire, ajouta-t-il en souriant, refusant de se laisser démonter.

Elle lui devait au moins une explication. Et s'il la rendait nerveuse… alors il voulait creuser le sujet.

— Si tu voulais qu'on se voie, tu aurais dû appeler pour prendre rendez-vous, déclara-t-elle, parlant de plus en plus vite, sur un ton de plus en plus agressif à mesure qu'il approchait. Tu débarques sans prévenir et tu bouleverses mon planning de la matinée…

— Je suis désolé, murmura-t-il.

Elle s'interrompit au beau milieu de sa tirade, frappée par sa sincérité. Il aurait aimé s'amuser de son agitation, et la calmer pour qu'ils puissent tous deux se mettre au travail. Mais son comportement le troublait, parce qu'il savait qu'il en était responsable.

Cet instinct protecteur était des plus curieux. Elle ressemblait peut-être à Blanche-Neige, mais c'était du sang froid qui coulait dans ses veines. Il était persuadé qu'elle aurait pu se débarrasser des sept nains et de la méchante reine d'une seule main, tout en gardant un beau sourire sur son doux visage. Elle l'avait démontré à maintes reprises durant le service chez *Gâteau*.

— C'est pour ça que je suis venu avant le tournage. Je voulais en discuter avec toi, en privé et avant l'annonce officielle.

— Alors pourquoi est-ce que tu as prévenu le journal, local de ton arrivée ? Dwight Bennet est un bon journaliste mais il n'est pas vraiment du genre à fouiner partout pour obtenir un scoop en matière d'émission télé. Pourquoi est-ce que tu aurais pris la peine d'être discret alors que tu es sûr d'obtenir ce que tu veux en me coinçant devant mes clients ? Alva est probablement en train de raconter à tout le monde que…

— Tu n'as rien fait pour l'arrêter.

— Une armée entière ne réussirait pas à l'arrêter.

Baxter s'efforça de réprimer un sourire, sachant que Lani avait raison. Il avait pu le constater lors de sa rencontre avec la mini-tornade.

— Dans ce cas, je suis désolé d'avoir dévoilé mon projet à la pire commère de l'île. Je n'avais pas l'intention d'en parler, mais son enthousiasme était tellement contagieux que je me suis…

— Laissé emporter ? Baxter, tu as probablement rencontré des milliers de femmes hystériques depuis que tu as commencé ton émission. Des foules entières de femmes en délire perdent la tête dès qu'elles t'aperçoivent. Tu es entouré de fans, en permanence. De jour comme de nuit, je parie. Elles te voient comme un homme accessible et terriblement séduisant, à la fois adorable et sincère, fort et passionné. Tu ajoutes cet accent *british* et tu es le Hugh Grant de la pâtisserie. Elles ne peuvent probablement pas s'en empêcher. Mais ne me dis pas que tu n'as pas l'habitude. J'ai du mal à croire qu'une octogénaire haute comme trois pommes ait réussi à te déstabiliser.

Il resta un instant silencieux, surpris par cette étonnante description. Était-ce l'image qu'elle avait de lui ? C'était plutôt flatteur, surtout à en juger par sa mine renfrognée. *Mais Hugh Grant, vraiment ?*

— Comme tu l'as dit toi-même, ce n'est pas n'importe quelle petite vieille. (Baxter s'arrêta de l'autre côté du comptoir où se tenait Lani, les bras croisés.) Mais tu as raison. J'ai peut-être suivi mon instinct. J'en ai parlé devant elle pour prendre l'avantage.

— Et c'est censé… Qu'est-ce que tu viens de dire ?

— Que tu avais peut-être raison et que j'ai profité de l'occasion qui se présentait. Ce n'était pas volontaire, je n'avais rien prémédité, mais c'est ce que j'ai fait. Et j'en suis désolé. C'était impulsif et déplacé.

— D'accord.

Sa colère retomba immédiatement, mais pas sa nervosité. Elle semblait encore plus tendue.

— Bon, explique-moi tout, lui demanda-t-elle. Je sais qu'il se passe quelque chose, je ne suis pas stupide.

— Bien au contraire.

— Merci.

— Qu'est-ce que j'ai fait pour te mettre en colère ? Je n'en ai pas la moindre idée.

— Je ne suis pas fâchée, je suis simplement…

Elle s'interrompit lorsqu'il croisa les bras à son tour. Elle prit une profonde respiration.

— C'est compliqué. Mais tu as raison, ce n'est pas juste vis-à-vis de toi. Je suis désolée. Je ne suis jamais comme ça.

— Au risque de me répéter : tu es tout le contraire.

Il sourit, soulagé que leurs relations reprennent un cours plus normal.

Mais elle ne lui rendit pas son sourire. Elle semblait perdue, comme lorsqu'il l'avait embrassée ce matin-là.

— C'est juste que… je ne comprends pas pourquoi tu es là et pourquoi tu tiens tant à mettre ma nouvelle vie – que j'adore – sens dessus dessous.

Elle leva une main dans sa direction. Son calme se révélait encore plus frustrant que sa colère.

— Et, s'il te plaît, épargne-moi ta réplique de ce matin. J'ai travaillé à tes côtés pendant trois ans, puis dirigé *Gâteau* à ta place pendant un an. Et, durant tout ce temps, tu n'as jamais manifesté qu'un intérêt purement professionnel pour moi. Nous sommes d'accord pour dire que je ne suis pas stupide, alors n'imagine pas que tu peux débarquer chez moi – *chez moi, Baxter* – pour me faire croire que tu ne peux pas vivre sans moi. Que ce soit sur un plan personnel ou professionnel, d'ailleurs. C'est blessant et… injuste, pour tout dire. Je mérite mieux que ça. Je mérite une réponse honnête.

— On dirait qu'aucun de nous deux n'a eu ce qu'il voulait aujourd'hui, déclara-t-il, les bras toujours croisés. Est-ce qu'il t'est venu à l'esprit que ton refus de me croire pouvait être blessant ? C'est moi qui devrais être en colère. Je ne vois pas ce que j'ai fait de mal, mis à part de ne pas te prévenir plus tôt, ce qui était impossible puisque la chaîne nous interdit de révéler quoi que ce soit sur ses projets secrets. En fait, je suis venu t'offrir une occasion inespérée.

— Je n'ai rien demandé et je n'en ai pas besoin. Si j'avais voulu me servir de toi ou de *Gâteau* pour me faire de la pub à Sugarberry, je l'aurais fait depuis longtemps. J'ai construit quelque chose de différent, ici. Je l'ai fait toute seule.

— Leilani…

— Tu aurais dû me poser la question avant, Baxter, au lieu de tout planifier sans moi. Je sais que ce n'est pas moi qui décide sur cette île ou pour ton émission, mais tu aurais pu choisir des dizaines d'autres endroits. Tu as choisi la seule petite île où je vis et où je travaille. Et même si tu étais sincèrement convaincu de me rendre service, n'essaie pas de me faire avaler que tu ne savais pas que ta venue chamboulerait ma vie. On a travaillé ensemble, tu aurais dû trouver un moyen de me prévenir malgré les ordres de la chaîne.

—Je…

—Tu aurais dû être honnête. Quelles que soient tes raisons de débarquer ici. Et non, je ne considère pas qu'un article publié pour susciter l'enthousiasme des habitants pour ton émission, le matin de ton arrivée et de celle de ton équipe, soit suffisant. Je suis vraiment désolée, mais ce que tu as à m'offrir ne m'intéresse pas. Maintenant, si tu veux bien m'excuser, je voudrais profiter du fait qu'il n'y a personne pour travailler. Je suis sûre que tu n'as pas besoin de moi pour trouver la sortie.

De ma pâtisserie, et de ma vie, ajouta-t-il mentalement. Elle semblait sincère ; elle ne risquait visiblement pas de regretter son départ.

—Tu ne veux pas que je réponde à ta question ? demanda-t-il doucement.

Leilani le connaissait assez pour savoir qu'il était furieux.

—Comme tu l'as probablement remarqué ce matin, je ne suis pas venu ici parce que j'ai besoin de toi pour réussir ma carrière, poursuivit-il.

—C'est exactement ce que j'ai dit.

—C'est aussi exactement ce que j'ai dit.

Il s'appuya contre le comptoir et s'aperçut qu'elle faisait des efforts pour ne pas battre en retraite.

C'était une attitude vraiment étrange pour quelqu'un qui avait passé près de quatre ans à travailler à ses côtés.

— Malgré ce qui s'est passé ce matin, je peux t'assurer que je n'ai aucunement l'intention de te sauter dessus. Tu n'as aucune raison d'être aussi nerveuse.

— Je ne suis pas nerveuse, je veux simplement me remettre au travail.

Il se pencha, et elle recula, se cognant contre le comptoir, ce qui fit trembler les plateaux de cupcakes.

— Tu es nerveuse. J'aimerais bien savoir pourquoi. Tu n'étais jamais nerveuse quand tu étais avec moi.

— J'ai toujours été nerveuse à ton contact.

— Depuis quand ? demanda-t-il, les yeux écarquillés de surprise.

— Depuis que j'ai eu la chance d'avoir un professeur aussi brillant que toi.

— Ah, c'était pour le boulot. Tu te maîtrisais plutôt bien.

— Je voulais ce travail et je voulais gagner ton respect, déclara-t-elle en haussant les épaules.

Elle tint ses bras serrés autour d'elle, son tablier attirant le regard de Baxter.

— Tu as toujours eu les deux. Est-ce que c'est vraiment…, s'enquit-il après avoir étudié son tablier avec attention.

— Le chapelier toqué d'*Alice au pays des merveilles*, répondit-elle. Je t'ai bien dit que j'en avais toute une collection.

— Tu collectionnes les tabliers ?

—Depuis que ma mère m'a appris à cuisiner, quand j'étais toute petite. (Le voyant sourire, elle haussa les sourcils.) Certaines personnes trouvent ça excentrique.

—Tu n'en portais jamais chez *Gâteau*.

—Étrange, n'est-ce pas? Je suis certaine que l'équipe aurait apprécié ce genre d'humour.

—Pas faux, admit-il en souriant davantage. Je dois avouer que ce petit côté ironique est étonnamment charmant. Qu'est-ce qui est écrit? voulut-il savoir en montrant l'objet du délit.

Elle leva les bras pour qu'il puisse lire l'inscription qui accompagnait un dessin à l'encre noire montrant le chapelier installé à une longue table, une tasse de thé à la main.

—«On n'est jamais trop vieux pour prendre le thé», lut-il à haute voix. Je suis d'accord. Tu fais une Alice plus charmante et plus excentrique que je ne l'imaginais. Si je me souviens bien, Alice est toujours nerveuse ou en colère. Tu aurais peut-être accepté plus volontiers de me consacrer un peu de temps si je t'avais apporté du thé et des petits pains, et si j'étais venu accompagné d'un lapin blanc à lunettes, tenant une montre de gousset dans sa patte.

Il esquissa un sourire insolent, et elle se retint pour ne pas éclater de rire.

Elle renonça à lutter, s'autorisant même quelques gloussements amusés malgré la colère qu'elle éprouvait toujours contre elle-même et contre lui.

—Tu es incorrigible. Tu sais très bien qu'on n'a pas la moindre chance contre toi. C'est vraiment honteux. Mais ne crois pas que je compte mettre ma pâtisserie entre tes mains ou entre celles de ton équipe de production, simplement parce que tu m'as fait rire. Je ne veux pas être entraînée dans le tourbillon de ta vie, pas de cette façon-là. Et ça ne veut pas dire non plus que tes explications m'ont convaincue, le prévint-elle en agitant un doigt menaçant dans sa direction.

— Pourquoi je serais là, sinon ? demanda-t-il en s'appuyant contre le comptoir et en levant les mains.

— Je n'en ai pas la moindre idée, répondit-elle. Et c'est bien ça qui m'ennuie.

— C'est vraiment inconcevable pour toi que je puisse dire la vérité ? Que tu me manques ? Que je suis venu pour toi ?

— Si je te manquais vraiment, tu as une drôle de façon de le montrer. Mis à part le bouquet de fleurs que tu m'as envoyé au nom de toute l'équipe de *Gâteau*, je n'ai pas eu la moindre nouvelle de toi depuis que j'ai quitté New York. Je ne m'attendais pas à en avoir, mais avoue que ce n'est pas très cohérent avec la déclaration que tu m'as faite ce matin. Et même si tu venais seulement de comprendre que tu as des sentiments pour moi, tu ne crois pas qu'il y aurait eu d'autres moyens plus discrets d'attirer mon attention, que de débarquer ici avec toute ton équipe de production pour tourner ton émission depuis ma cuisine, au beau milieu d'une petite île perdue ?

Il voulut lui répondre mais se retint, conscient qu'elle avait encore raison. Il mit les mains dans ses poches.

—Certains y verraient un geste à la fois excentrique et charmant.

Les lèvres de Leilani frémirent de nouveau.

—Arrête ton cinéma. Sérieusement.

—Oh, mais je suis très sérieux, rétorqua-t-il.

Elle écarquilla les yeux lorsque, prenant appui sur ses mains, il sauta par-dessus le comptoir pour venir de son côté.

Comme il s'approchait d'elle, elle fit un pas en arrière, puis continua à reculer.

—Tu sais ce qui est aussi excentrique et charmant? s'enquit-il.

—C'est une question piège? Baxter, qu'est-ce que tu es en train de f… Arrête!

—Non, déclara-t-il. Tu sais ce que je crois? Je crois que tu es toujours nerveuse, mais que ça n'a rien à voir avec le boulot.

—C'est peut-être parce que tu me poursuis?

Elle recula pour contourner les armoires et se retrouva acculée dans un coin.

—Je n'aurais pas besoin de te poursuivre si tu arrêtais de fuir, dit-il en se rapprochant davantage.

—Je ne fuis pas, je…

—Tu quoi? demanda-t-il en haussant les sourcils.

Elle se retrouva coincée lorsque son dos heurta l'évier en acier immaculé fixé au mur, à côté de la vitrine.

—Baxter…

—Leilani…

Il s'arrêta à quelques centimètres d'elle.

— Qu'est-ce que tu fais ?

— Je veux juste vérifier quelque chose, répondit-il en se penchant vers elle.

Elle avait les yeux écarquillés et les pupilles dilatées : une réaction qui n'avait rien à voir avec la peur.

— De plus en plus étrange, murmura-t-il.

— Non, Baxter, ne… Je… On risque de… on risque de nous voir.

Elle lui indiqua vaguement la vitrine du magasin, renversant au passage un porte-serviette en argent.

— D'aussi loin que je me souvienne, tu n'as jamais été maladroite. On dirait que je fais vaciller ta belle assurance.

— La vitrine, expliqua-t-elle. Les gens. De l'autre côté. Ils regardent. Ils…

Il avait posé un doigt sur sa joue pour la caresser. Elle poussa un léger soupir puis s'humecta les lèvres du bout de la langue, et Baxter sut qu'il avait vu juste.

Il posa la main sur son cou et sentit les battements frénétiques de son pouls sous ses doigts.

— Tu n'as pas peur de moi, Leilani.

— Non, je n'ai pas peur de toi, reconnut-elle d'une voix rauque tandis que son regard se posait sur sa bouche.

Il voulait simplement un signe lui indiquant qu'elle partageait ses sentiments. Il prit son visage entre ses mains et se pencha vers elle, pressé de satisfaire ce besoin irrépressible de goûter enfin des lèvres plus attirantes que le plus fin des chocolats belges.

C'est alors qu'elle croisa son regard.

—J'ai peur d'être de nouveau la cible de rumeurs cruelles et d'horribles ragots qui affecteront mon travail et menaceront le succès de ma pâtisserie. Je ne veux pas que ça recommence. À New York, c'était différent, Baxter. Mais je vis et je travaille sur cette petite île. Avec des gens que je connais et que j'apprécie. Je t'en prie, ne me fais pas ça. Pas maintenant. Pas ici. S'il te plaît.

Il n'aurait pas imaginé qu'elle trouverait les mots pour l'écarter aussi sûrement, mais, de toute évidence, il s'était trompé.

—Qu'est-ce que tu veux dire? demanda-t-il sans la quitter des yeux.

—Exactement ce que j'ai dit.

Elle le repoussa, et il leva les mains en reculant. La tension qui régnait entre eux n'avait plus rien à voir avec de la séduction.

—Explique-moi.

Il fit un autre pas en arrière et s'appuya contre la vitrine, mains dans les poches. Il ne cherchait pas à prendre une posture défensive; il était simplement curieux et déboussolé.

—S'il te plaît. Tout ça m'échappe, mais j'aimerais vraiment comprendre, insista-t-il.

Elle croisa son regard et soupira en baissant les yeux avant de murmurer quelque chose qui lui échappa. Ça ressemblait à:

—Pourquoi maintenant?

—Parce que c'est la première fois que j'en entends parler, dit-il.

—Ce ne serait pas le cas si tu faisais attention, déclara-t-elle en levant les yeux vers lui.

—Attention à quoi, exactement?

—À moi, à ton équipe. Et à tout ce qui se disait à propos de notre prétendue liaison.

—C'est pour ça que tu es en colère? demanda-t-il, surpris.

—Tu veux dire que tu étais au courant? s'exclama-t-elle.

—Bien sûr. Je suis au courant de tout ce qui se passe dans ma cuisine, tu devrais le savoir. C'étaient des conneries à l'époque, et ça l'est toujours. Il aurait fallu être aveugle pour ne pas voir que tu étais extraordinaire – que tu es extraordinaire. Ton talent parle de lui-même.

—Ça aurait fait une énorme différence si tu avais pris ma défense.

—Pour donner du poids à leurs ragots ridicules?

—Des ragots? demanda-t-elle, incrédule. Tu les trouvais peut-être ridicules, mais ils ont fait de ma vie professionnelle – qui était pour ainsi dire toute ma vie – un véritable enfer. C'était ton boulot, chef, pas le leur, ajouta-t-elle en s'efforçant vainement de sourire.

Elle expira profondément et roula des épaules pour libérer la tension accumulée dans sa nuque avant de joindre les mains devant elle. Si seulement elle avait pu se débarrasser de ses souvenirs aussi facilement.

— J'ai signé pour être ta cible, pour que tu fasses de ma vie un enfer. Et j'en ai apprécié chaque stimulante petite seconde, plus que tu ne pourras jamais le comprendre. Mais je n'ai pas signé pour être victime de mensonges cruels et de sabotage.

— Ça fait partie de la vie en cuisine, dit-il. Ce n'est pas une excuse, mais c'est la vérité. Et je suis beaucoup moins désagréable que certains autres chefs. Je suis convaincu que l'humour est plus efficace que les cris. Une bonne dose de charme peut également être utile. Mais ça ne sert qu'à garder un semblant de contrôle sur la situation parce qu'en vérité une cuisine est un terrain dangereux où la compétition fait rage. Il faut être prêt à poignarder un collègue dans le dos pour obtenir une promotion. Et tu faisais une cible de choix. Il vaut mieux éviter de s'en formaliser, et s'endurcir, poursuivit-il alors que Leilani ouvrait des yeux ronds comme des soucoupes. Au fond, si tu y réfléchis, c'était un compliment. Ça veut dire que tu étais la femme à abattre. Plus la rumeur était cruelle, plus tu avais la preuve de ton talent.

— Bizarrement, ce n'est pas vraiment ce que je ressentais. Comme tu l'as dit, c'était ton domaine, et tu en étais le roi. Un seul mot de ta part…

— … t'aurait rendu les choses encore plus difficiles. (Il s'écarta de la vitrine.) Pour ce que ça vaut, vu de l'extérieur, tu as réagi avec un aplomb incroyable. C'était brillant, tu les rendais complètement dingues. Tu ne leur as jamais laissé voir qu'ils pouvaient t'atteindre. J'étais très fier de toi, ajouta-t-il en faisant un pas dans sa direction. Et tu leur as renvoyé leur connerie à la figure quand tu es devenue l'héritière du royaume de *Gâteau*.

— C'est vrai. Mais l'histoire nous a prouvé que ce ne sont pas les plus méritants mais les plus sournois qui montent sur le trône. L'entourage du roi est rarement composé de sujets droits et honnêtes. C'est plutôt le contraire.

— Comme tu l'as dit, c'était mon royaume, et je ne dirige pas mon royaume de cette façon. Je le sais. Tu le sais. Et ils le savaient aussi. Je t'ai confié *Gâteau* parce que tu étais la meilleure. Et tous ceux qui ont eu la bêtise de croire le contraire ont eu la preuve de leur stupidité.

Il enfonça les mains plus profondément dans ses poches pour s'empêcher de la toucher. Il avait commis assez d'erreurs en une journée. Il contourna tranquillement le comptoir pour retourner dans l'espace réservé aux clients.

Alors qu'il atteignait la porte, il lui lança :

— J'ai géré la situation du mieux que j'ai pu en te laissant te défendre toute seule. Je savais que tu en étais capable. Sinon tu n'aurais pas eu ta place en cuisine. Si tu étais venue me trouver, je t'aurais expliqué pourquoi je réagissais ainsi. Ça n'aurait probablement rien changé, mais, au moins, tu aurais su que tu avais toujours mon soutien absolu. Ce qui me gêne le plus, c'est que je croyais que tu le savais. De toute évidence, ce n'était pas suffisant. (Il posa la main sur la poignée de la porte et se retourna pour la regarder une dernière fois.) C'est à cause de tout ce qui s'est passé que je ne te l'ai jamais dit.

Elle fit quelques pas jusqu'à la caisse et le dévisagea par-dessus le petit comptoir.

— Que tu ne m'as jamais dit quoi ?

— Ce que je ressentais pour toi. Dès le jour où tu as mis un pied dans ma cuisine, tu as eu immédiatement tout mon respect professionnel, et tu m'as fasciné. Mais je ne pouvais rien faire parce que j'étais ton patron et qu'on travaillait ensemble. Je n'aurais jamais pu faire quoi que ce soit qui puisse nous porter préjudice, à toi ou à moi, ou même nuire à *Gâteau*. Mais ça ne change rien au fait que j'avais envie de te toucher en permanence, à chaque minute de chaque heure. C'était une vraie torture. La proposition pour l'émission télé est arrivée au bon moment. C'était une occasion unique, mais tu sais ce qui m'a poussé à accepter ? Ça me permettait d'avoir enfin un peu de répit.

— Tu adores avoir ta propre émission. Tu es incapable de cacher ce que tu ressens. Ça fait partie de ton charme. C'est pour ça que j'ai du mal à…

Il traversa la boutique en quelques pas et contourna le comptoir sans laisser à Leilani le temps de réagir. Il l'attrapa par la nuque et, avant qu'elle puisse lui opposer une quelconque résistance, l'embrassa avec passion.

Cette fois, elle lui rendit son baiser.

Lorsqu'il s'écarta, ils étaient tous les deux à bout de souffle, comme s'ils venaient de courir un marathon.

— Ne me traite pas de menteur, Leilani. C'est blessant.

Il relâcha son étreinte et fit un pas en arrière tandis qu'elle s'appuyait au comptoir, tremblante. Il se dirigea vers la porte ; il devait partir. S'il la touchait de nouveau, il ne se contenterait pas d'un baiser. Les vieilles commères de Sugarberry auraient plus que de simples rumeurs à relayer.

— J'admets que tourner l'émission ici n'était qu'une excuse. Et utiliser ta cuisine comme décor n'était qu'une façon de me rapprocher de toi. De me donner – de nous donner – le temps et une chance de travailler ensemble, et de voir ce qui se passerait à présent qu'on est tous les deux libres de faire ce qu'on veut. Je n'avais pas l'intention de te blesser, je croyais que ça ferait une bonne publicité pour ta pâtisserie. En tout bien tout honneur. (Devant la porte ouverte, Baxter prit une profonde inspiration avant de croiser son regard.) Tout ce que je t'ai dit aujourd'hui est vrai, Leilani. Je ne vais pas bien quand je suis loin de toi. J'ai fait ce que je devais faire. Je suis venu ici pour découvrir comment serait la vie avec toi.

Il referma la porte derrière lui, regrettant de ne pas pouvoir fermer la porte sur leur passé avec la même facilité. Et en ouvrir une nouvelle sur leur éventuel avenir.

Chapitre 5

—Il t'a embrassée.

Lani battait les blancs d'œufs dans un bol en cuivre avec tant de force qu'elle s'étonnait qu'ils ne se soient pas déjà immédiatement transformés en ciment.

—Baxter, reprit platement Charlotte tandis que les blancs d'œufs de Lani refusaient obstinément de monter. Notre Baxter. (Elle s'interrompit.) Ouah ! C'est beaucoup mieux qu'un coup de fil.

Lani lança un regard noir vers le portable qui trônait sur une manique posée sur le plan de travail. Sa réaction aurait eu plus d'effet si Charlotte s'était trouvée dans la cuisine avec elle.

—Donc, il t'a simplement embrassée ? répéta Charlotte. Juste comme ça ? Deux fois ?

—Oui. Ne me force pas à le redire. C'est déjà assez difficile comme ça.

—Ça s'est passé hier, donc tu as attendu toute une journée avant de me le raconter. Quel genre d'amie es-tu ?

—Une amie qui a une pâtisserie à faire tourner, pâtisserie qui est restée ouverte toute la journée pour le festival. Ajoutes-y le dîner d'hier soir, la vente aux enchères, la préparation et la cuisson de cupcakes aux aurores, ce matin. Sans parler de la foule de touristes débarqués des Sea Islands plus tard dans la journée pour participer aux festivités et se mêler aux habitants, qui ont vidé mes réserves et mon réfrigérateur, et m'ont forcée à laisser cette pauvre Dree toute seule le temps d'aller cuire d'autres cupcakes. Je n'ai pas eu une minute pour souffler. J'ai multiplié par dix les recettes de ma meilleure journée de vente, puis je suis rentrée à la maison et j'ai dormi deux merveilleuses heures.

— Tu n'as pas l'air fatiguée. Tu cuisines. Et je suis presque certaine que ce n'est pas pour tes clients.

— Tu pourrais croire qu'avec toute cette folie je n'ai pas eu le temps de penser à… quoi que ce soit, mais tu te trompes. J'ai passé la journée à m'inquiéter, j'étais certaine que Baxter allait faire son show.

— Et ? demanda Charlotte. Aurais-tu oublié de me dire quelque chose ?

— Rien du tout, je t'ai tout raconté. Il n'est jamais venu.

— Tu as l'air… déçue.

— Non, non, ce n'est pas ça. Je ne suis pas déçue. C'est juste que… ça m'énerve, c'est tout. Comment ai-je pu être assez stupide pour le laisser me déstabiliser et gâcher une journée que j'attendais pourtant depuis longtemps ? J'étais persuadée qu'il allait profiter du festival pour annoncer à tout le monde qu'il voulait filmer son émission ici. Mais personne ne l'a vu. Je sais qu'il ne s'est pas installé à Sugarberry. Si c'était le cas, tout le monde serait déjà au courant. Il loge probablement à Savannah ou dans ses environs, de l'autre côté du pont. Ou peut-être sur une des grandes îles dans un de ces beaux hôtels. Pauvre Alva, ils ont tous pensé qu'elle avait perdu la tête. Elle avait annoncé à tout le monde qu'elle lui avait parlé et qu'elle l'avait invité à dîner, mais Baxter n'est jamais venu.

—Alva?

—Je t'ai déjà parlé d'elle. Une octogénaire rebelle joueuse de poker, la Mamie Nova locale?

—Ah oui! rétorqua Charlotte d'un ton évasif.

Elle avait passé les douze premières années de sa vie à New Delhi, ce qui avait laissé quelques lacunes dans sa culture.

—Ça n'a aucune importance. Sauf que j'ai dû confirmer ses déclarations, et maintenant tout le monde se demande ce qui se passe entre Baxter et moi. Dieu merci, personne n'est au courant pour le baiser.

—Les baisers, pluriel. (Lani grogna légèrement.) Je dis simplement que ce n'est qu'une question de temps avant que tout le monde soit au courant puisqu'il est visiblement décidé à…

—Oh, je sais ce qu'il veut et, pour l'instant, il ne se gêne pas pour le crier haut et fort. C'est justement ça, le problème. Je ne sais absolument pas ce qu'il va faire ensuite, ni où et quand il va le faire. Ça me rend complètement folle, Charlotte. Je sais bien que j'en fais toute une histoire, mais il faut que j'arrive à gérer tout ça, à le gérer, lui. Je te jure, j'ai l'impression que… C'est comme s'il avait regardé à l'intérieur de mon cerveau pour trouver le meilleur moyen de me faire du mal.

— À mon avis, ce n'est pas dans ta tête qu'il a lu ça, déclara Charlotte, songeuse.

— Tu es peut-être une pro en cuisine, Charlotte, mais tu n'es pas la délicatesse incarnée, question vocabulaire.

— Tu n'as pas besoin que je choisisse mes mots avec soin ou que je marche sur des œufs avec toi. Et je n'insinuais rien de sale, je voulais dire qu'il avait sans doute lu dans ton cœur, c'est tout…

— Ça va, ça va.

Le pire, c'était qu'il n'y avait justement pas que son cœur qui se réveillait chaque fois qu'elle pensait à lui.

— Ce n'est pas à ça que servent les amis, poursuivit Charlotte. Et si tu étais vraiment mon amie, tu me raconterais en détail ce qui s'est vraiment passé. Tu n'omettrais rien du tout.

— Charlotte…

— Tu sais, certaines femmes – des femmes qui rêvent du même homme depuis une éternité – seraient littéralement au paradis si le type en question les remarquait enfin. Pas toi. Tu es convaincue que c'est la pire chose qui pouvait t'arriver. Je ne te comprends pas.

— Tu me comprends mieux que quiconque, Charlotte. Je n'arrive pas à croire Baxter. Comment pourrait-il avoir des sentiments pour moi ? Pendant tout ce temps, il se consumait d'amour pour son invisible assistante ? Tu y crois, toi ?

— Tu étais loin d'être invisible. Il t'a gardée à ses côtés depuis le jour où il t'a rencontrée, et puis il t'a confié son précieux bébé. Si tu veux mon avis, il n'aurait pas pu te remarquer davantage.

— En tant que pâtissière, pas en tant que femme, rétorqua Lani en articulant parfaitement chaque mot.

— Pose ce bol, ordonna Charlotte. J'entends ces œufs monter en neige depuis New York.

— C'est ce qu'ils sont censés faire.

Lani déposa néanmoins le bol sur le plan de travail, incapable de décider ce qui l'ennuyait le plus : les œufs qui ne pouvaient plus lui servir de défouloir ou cette petite séance d'apitoiement.

— Ça ne te ressemble pas, Lani, affirma plus doucement Charlotte. Tu es censée être rationnelle, calme et terre à terre. C'est moi qui suis névrosée, cynique et égocentrique. Je suis inquiète pour toi. Je pense simplement que…

— Que quoi ? la pressa Lani, alors que Charlotte restait silencieuse. Comment veux-tu que je me sente ? Je viens de découvrir qu'il savait comment les autres me traitaient…

— Ses explications tiennent la route, assura Charlotte d'une voix posée.

— Je sais. Tout bien considéré, il a fait ce qu'il fallait, mais il aurait dû m'en parler. J'aurais dû lui en parler. Bref, après tout ce temps, ça fait beaucoup de choses à digérer. Je sais que ce genre de réaction ne me ressemble pas, mais j'ai l'impression d'être coincée. J'y ai beaucoup pensé.

C'est pour cette raison qu'elle était en cuisine après l'une des journées les plus épuisantes de sa vie, occupée à préparer une meringue fourrée aux fruits. Elle aurait dû être couchée depuis longtemps, la douce musique de sa caisse enregistreuse résonnant encore à ses oreilles.

—Et? s'enquit Charlotte.

Après un court instant, Lani décida de tout lui raconter, espérant que son amie pourrait l'aider à y voir plus clair.

—Je crois – non, je sais – que je n'ai jamais complètement été moi-même avec Baxter. Il m'a même avoué qu'il était surpris de découvrir que je pouvais me montrer caustique à ce point.

—Surpris ou déçu?

—Surpris, mais ce n'est pas la question.

—Comme tu veux.

—Il a aussi été surpris par ma collection de tabliers. Ce que j'essaie de te faire comprendre, c'est qu'il ne me connaît pas, Charlotte. J'étais toujours « Leilani, la chef pâtissière » en sa présence. Je devais l'empêcher de voir la faible jeune fille transie d'amour pour lui. Je n'étais jamais vraiment moi-même, ni avec lui ni avec l'équipe. Je crois que c'est pour ça que je me suis sentie aussi soulagée quand je suis venue ici. Je peux enfin être moi sans me poser des questions ou m'inquiéter de quoi que ce soit. Je suis juste une pâtissière spécialisée dans les cupcakes, la fille de mon père, une habitante de l'île propriétaire de sa boutique. Et tu n'imagines pas à quel point c'est merveilleux. C'est le paradis.

Charlotte resta silencieuse.

— Puis j'ai lu cet article idiot, hier matin, poursuivit Lani. Et je n'étais soudain plus aussi en sécurité dans mon petit coin de paradis. Et tout ce qui s'est passé depuis n'a pas vraiment arrangé les choses. C'est bien pire que tout ce que j'avais imaginé.

— Je ne comprends pas pourquoi tu es aussi têtue, finit par dire Charlotte.

— Têtue ? manqua de s'étrangler Lani.

— Tu refuses de croire qu'il ait des sentiments pour toi. C'est peut-être compliqué, voire gênant, mais c'est aussi excitant.

— Et un train qui déraille, tu trouves ça excitant ? Est-ce que tu as écouté ce que je viens de dire ?

— Tu as dit que tu étais convaincue qu'il ne te connaissait pas. Il ne connaît pas toutes les facettes de ta personnalité, mais il en sait assez pour vouloir en découvrir davantage. Tu n'étais peut-être que Lani, chef pâtissière, en sa présence, mais c'est une part essentielle de toi. C'est peut-être même la partie la plus importante de ta personnalité. Je crois que tu devrais avoir un peu plus confiance. En Baxter – qui, pour autant que je sache, n'est ni un manipulateur ni un menteur – et en toi-même. Vous êtes parfaitement assortis.

Leilani repensa à la réaction de Baxter lorsqu'elle l'avait traité de menteur.

— Dans la cuisine, en tant que chefs, oui, on était synchrones. Est-ce que je t'ai déjà dit que j'étais persuadée qu'il m'aurait davantage respectée en tant que chef si j'avais été un homme ?

— Quoi ? Qui t'a mis cette idée dans la tête ?

— Il avait du respect pour moi, c'est évident. Mais on s'est souvent plaintes des discriminations auxquelles on a été confrontées en tant que femmes dans le milieu de la cuisine, et même dans celui de la pâtisserie. Baxter n'a jamais rien dit, mais j'ai parfois eu la vague impression qu'il me respectait malgré le fait que je sois une femme.

— Depuis le premier jour, vous avez toujours été comme les rouages d'une machine parfaitement huilée. Tu étais son yin, il était ton yang, et vice versa. Il te rendait meilleure, tu le rendais meilleur. Tu n'étais pas la seule à profiter de cette relation Maître / Petit Scarabée. Pourquoi crois-tu que tes collègues étaient aussi jaloux ?

— Je sais ce que je dis, Charlotte. Et comment peux-tu faire une référence à *Kung Fu* et ignorer qui est Mamie Nova ?

— Je n'en ai pas la moindre idée, mais j'avais un faible pour David Carradine. Je le trouvais sexy et mystérieux, à la fois fort et sensible. Je regardais des rediffusions de la série à New Delhi et je voulais le garder pour moi toute seule. Pour en revenir à ce qui nous occupe, même si ta théorie tient la route, dit Charlotte, d'une voix qui indiquait clairement qu'elle était convaincue du contraire, tu n'as jamais pensé que cette impression, ou la gêne que tu ressentais, s'expliquait par ses sentiments?

Le bruit du mixeur de Charlotte résonna soudain dans le téléphone, ce qui fit sursauter Lani et l'empêcha – quel dommage! – de répondre.

Lorsqu'il s'arrêta, Charlotte reprit sans lui donner l'occasion de parler.

— Ça le gênait que tu sois une femme, mais, si tu veux mon avis, ça n'avait rien à voir avec de la discrimination.

Charlotte remit son mixeur en marche, ce qui força Lani à réfléchir à ce qu'elle venait d'entendre. Elle diminua le volume du téléphone, rajouta plusieurs cuillerées de sucre jusqu'à ce que la préparation s'épaississe, puis récupéra le bol contenant le café et la farine de maïs qu'elle avait mélangés auparavant. L'odeur du café lui donna envie de s'en servir une tasse. Elle jeta un coup d'œil à l'horloge murale: 22 h 30. Les bonnes petites pâtissières étaient déjà couchées depuis longtemps. En plus, elle devait se lever tôt le lendemain matin.

Même si elle avait passé l'après-midi à cuisiner pendant que Dree s'occupait des clients, il ne lui restait que quelques cupcakes à réfrigérer pour la nuit – comme elle le faisait d'ordinaire – pour les revendre le lendemain à prix réduit. Il y avait encore plusieurs fournées de cupcakes vanille-chocolat mi-amer à décongeler, sur lesquels elle rajouterait le glaçage le lendemain matin. Même si elle commençait aux aurores, elle n'aurait pas assez de cupcakes « tout juste sortis du four » pour satisfaire ses clients. Même si elle pouvait encore s'occuper du glaçage dès ce soir, elle devrait préparer le reste aux aurores.

Elle aurait déjà dû être en train de dormir. Au lieu de se trouver au milieu de la cuisine à réaliser une meringue aux fruits dont elle n'avait pas besoin et qu'elle ne pourrait pas vendre. Mais c'était thérapeutique, et elle avait bien besoin de ça.

Bien sûr, elle aurait pu utiliser sa petite cuisine personnelle, qui avait au moins l'avantage d'être à proximité de son lit. Mais elle ne s'y sentait pas encore tout à fait chez elle. Pas encore. Elle passait tout son temps à la boutique, pour savourer son petit coin de paradis, sa première cuisine professionnelle. Aussi s'était-elle contentée d'entasser ses affaires dans son modeste cottage, pourtant bien plus spacieux que son appartement new-yorkais. Elle savait qu'il lui faudrait s'en occuper un jour, mais ne s'était pas vraiment penchée sur la question, se contentant d'envisager l'aménagement d'un petit potager dans le sol sablonneux. La plupart de ses préoccupations et de son énergie étaient tournées vers sa cuisine et son commerce.

En plus, je me sens chez moi ici, songea-t-elle. Les cuisines lui avaient toujours fait cet effet-là. Elle se revoyait aidant sa mère à préparer le dîner dans leur maison de Washington et cuisinant avec sa grand-mère, Winnie, dans la grande demeure de Savannah. Plus elle grandissait, plus la cuisine était devenue, aux yeux de Lani, synonyme d'endroit joyeux et vivant, où il faisait toujours chaud, et où flottaient les plus merveilleux des parfums, qu'elle contribuait parfois à créer de ses mains. Elle adorait cuisiner et préparer des pâtisseries pour les autres. Sa satisfaction et son bonheur de réaliser un dessert qui plairait autant aux gens qu'elle aimait n'avaient fait que grandir avec le temps.

Lani sourit en y repensant. C'était exactement ce genre de souvenirs qu'elle voulait avoir de cet endroit, plus tard, même si sa mère lui manquait horriblement. Elle aurait adoré *Cakes by the Cup*. Lani aurait donné n'importe quoi pour avoir la chance de cuisiner avec elle et avec grand-mère Winnie dans cette pièce.

Le batteur électrique de Charlotte s'arrêta soudain, tirant brutalement Lani de ses pensées.

— Tu ne crois pas que j'ai raison ? demanda Charlotte. Je suis certaine qu'il avait déjà des sentiments pour toi. Pourquoi ne pas lui laisser une chance de te prouver qu'il est sincère ? Je comprends parfaitement que tu sois méfiante, mais tu n'auras qu'à te montrer prudente.

Lani posa le bol en cuivre et s'appuya contre le plan de travail immaculé.

— Et puis quoi, Charlotte ? Qu'est-ce que je suis censée faire ? Avoir une aventure avec lui ? Je ne peux pas faire ça.

— Pourquoi ? Aux dernières nouvelles, vous êtes célibataires et vous en avez apparemment tous les deux envie. Qu'est-ce qui t'en empêche ?

— Il pourrait me briser le cœur.

Il y eut un silence, et Lani attendit que le mixeur redémarre, en vain.

— Tu as peut-être raison, finit par concéder Charlotte. (Lani perçut le son d'une lame qui s'activait rapidement sur une planche.) Tu l'aimes toujours autant, n'est-ce pas?

Lani ne répondit pas. Elle se sentait déjà assez bête comme ça.

— Qu'est-ce que tu as ressenti quand tu t'es retournée et que tu l'as vu dans ta cuisine? s'enquit Charlotte. C'était de la peur ou autre chose?

— Autre chose, soupira Lani.

— Ah.

— À ton avis, pourquoi j'ai quitté New York? Enfin, ce n'est pas la seule raison. Je suis venue ici pour mon père, mais on sait toutes les deux que ce serait un mensonge de nier le rôle de Baxter dans ma décision.

— Tu ne le voyais presque plus puisqu'il tournait ses émissions.

— Je sais, mais ça n'avait rien changé. Je n'étais que la pauvre fille qui craquait pour lui, je n'avais pas de vie. C'était trop difficile de diriger sa cuisine. Il fallait que je m'en aille si je voulais avoir une chance de passer à autre chose et d'avancer sur le plan personnel. Mais je n'ai pas réussi à l'oublier.

— Mais tu n'étais pas obligée de tirer un trait sur ta carrière. Tu aurais pu te faire engager ailleurs. Tu aurais eu l'embarras du choix avec un CV comme le tien.

— Tu oublies que j'avais une autre raison de partir : mon père. Je sais que tu ne comprends pas mes choix, Charlotte, et je te suis d'autant plus reconnaissante de ton soutien.

Charlotte n'était pas très proche de ses parents, qui vivaient toujours en Inde. Lani ne les avait jamais rencontrés, mais savait que leur attitude froide, sévère et critique rendait toute discussion impossible.

Lani laissa échapper un petit rire sans joie.

— Maintenant que j'y pense, tu n'es pas la seule dans ce cas. Hier matin, j'ai découvert que mon père ne comprenait pas non plus mes choix. Mais je ne suis pas restée uniquement pour l'aider ou le voir plus souvent. J'ai découvert que ma famille ainsi que le fait d'appartenir à une communauté me rendaient heureuse. J'ai besoin de m'installer dans un endroit que j'aime et où on s'intéresse à moi. À New York, tout le monde se fiche de savoir ce que je fais.

— Moi, ça m'intéresse.

Lani soupira.

— Je sais. Vous me manquez horriblement, Franco et toi. Vous quitter a été la chose la plus difficile, dans cette histoire. Ça veut tout dire, n'est-ce pas ? Je ne regrette absolument pas la grande ville ni le train-train métro-boulot-dodo. Il n'y a que vous qui me manquez. Et, en venant ici, j'ai découvert que je n'étais pas faite pour la pression et le stress de ce mode de vie ou de ce genre de carrière. Pendant un temps, j'ai cru que c'était ce que je voulais, ce que je devais accomplir pour aller au bout de moi-même.

J'ai fait des études, et bien plus encore, mais ma place est ici. J'adore cet endroit, le rythme de vie, les gens... J'ai l'impression d'être enfin chez moi. C'est vrai que gérer ma propre affaire, c'est aussi une forme de stress, parce que je n'ai pas la moindre idée de ce que je fais et que je n'ai pas envie de me planter. Mais je suis absolument certaine que c'est ce que je veux faire de ma vie, Charlotte.

— Je sais, dit celle-ci, incapable de cacher sa tristesse malgré son soutien sans faille à Lani.

— J'avais vraiment l'impression d'être passée à autre chose, expliqua Lani. Et Baxter débarque pour m'annoncer qu'il a l'intention de m'offrir ce que j'ai cru vouloir plus que tout au monde. Je ne peux pas prendre le risque d'en profiter ne serait-ce qu'un petit peu, Charlotte. Tu comprends ? Qu'est-ce qui se passera, ensuite ? Si ça ne marche pas, il aura laissé son empreinte sur cet endroit, sur mon paradis. Ça craint. Sugarberry est une zone censée être épargnée par « le phénomène Baxter » jusqu'à la fin des temps.

— Et si ça marchait ? demanda Charlotte, d'une voix plus songeuse qu'auparavant. Tu ne crois pas que tu finiras par regretter de ne pas avoir tenté le coup ? Tu as réfléchi à ça ?

— Bien sûr que j'y ai pensé. Je n'ai pas réussi à me le sortir de la tête depuis qu'il est entré dans ma boutique hier – pour la deuxième fois. C'est pour ça que j'ai peur de le revoir. Je n'ai pas de réponse à lui donner. Je n'ai pas de réponse, tout court. Ou, en tout cas, pas celle qui pourrait tout arranger. Quand je pense à sa façon de me regarder, à ce qu'il a dit et à ce baiser… (Elle s'interrompit et posa la main sur son cœur qui battait la chamade.) Qu'est-ce qui se passera si je me laisse tenter et que ça marche entre nous ? Je n'ai absolument pas l'intention de retourner à New York, que ce soit pour diriger sa cuisine ou pour ouvrir ma propre pâtisserie. Je doute fort qu'il puisse enregistrer son émission à Sugarberry toute l'année, et encore moins ouvrir une boutique ici ou gérer *Gâteau* depuis cet îlot perdu. Quel genre de vie on aurait ? On devrait se contenter d'une sorte de relation à longue distance ?

Charlotte resta silencieuse, aussi Lani poursuivit-elle :

— Je trouve ça cruel qu'il soit venu me faire miroiter un rêve auquel j'ai déjà renoncé. Il n'aurait pas pu rester à New York et me laisser passer à autre chose ?

On frappa à la porte de derrière, et Lani se tourna brusquement, envoyant le bol vide au sol.

— Nom d'un chien ! Pourquoi est-ce que tout le monde s'obstine à me ficher la frousse ?

— Lani ? Qu'est-ce qui se passe ? voulut savoir Charlotte.

— Quelqu'un vient de frapper, et il est plus de 22 h 30.

— N'ouvre pas ! Attrape ton rouleau à pâtisserie ! Et ton Taser !

Lani sourit. Elle ramassa le bol et le déposa dans l'évier, s'essuya les mains et se dirigea vers la porte.

— Je ne suis plus à New York, Charlotte. Je ne risque pas de me faire tuer.

Seulement d'avoir le cœur brisé, songea-t-elle, en se préparant mentalement à affronter la situation. Ou plutôt à affronter son visiteur. Au moins, cette fois, il n'avait pas débarqué sans frapper. Cela dit, la porte était verrouillée.

Elle jeta un coup d'œil à travers les rideaux… et découvrit Alva Liles. Pas de Baxter en vue. Lani déverrouilla la porte et l'ouvrit en veillant à laisser la moustiquaire bien fermée. C'était le début du mois d'octobre, mais l'été indien semblait s'attarder, réchauffant l'air du soir.

— Tout va bien ? demanda Lani, incapable de s'imaginer pourquoi la vieille dame venait la voir à une heure aussi tardive.

— J'ai aperçu de la lumière. J'espère que je ne vous dérange pas. Je peux entrer ? Je n'en ai pas pour longtemps.

— Euh… Oui, bien sûr.

Alva fit un pas en arrière afin que Lani puisse ouvrir la porte-moustiquaire, puis entra.

Lani dut se retenir de sourire en voyant la tenue d'Alva. Elle portait un jogging en velours turquoise, orné sur la veste et le côté du pantalon de bandes blanches assorties à ses baskets. Son maquillage et sa coiffure étaient toujours aussi parfaits. Grand-mère Winnie lui avait un jour expliqué que les femmes du Sud ne sortaient jamais de la maison sans des sourcils parfaitement dessinés, un rouge à lèvres bien en place et un teint parfait. Comme Lani n'avait jamais vu Alva en pantalon, elle n'avait jamais pensé que la vieille dame puisse posséder une tenue aussi décontractée. Et encore moins qu'elle accepte de la porter en public.

—Lani? appela Charlotte. Tout va bien?

—Oh!… (Lani se rua sur le téléphone.) Je suis désolée, Charlotte. C'est une voisine.

—Ce n'est pas…

—C'est Alva, tout va bien, l'interrompit Lani en adressant un sourire à cette dernière. (Elle récupéra le téléphone et coupa le haut-parleur.) Il faut que j'y aille.

—D'accord, rétorqua Charlotte. On s'appelle demain?

—Il y a le pique-nique de la ville et le match de softball, demain.

—Je croyais que le festival avait eu lieu aujourd'hui?

—C'est le cas. Mais la ville organise un pique-nique et un match de softball tous les dimanches après-midi jusqu'au changement d'heure, le mois prochain. Ils seront ensuite remplacés par du *touch football* et un feu de joie.

—C'est tellement… pittoresque.

—Tu es tellement snob, sourit Lani.

—Je sais. Mes parents seraient très fiers de moi.

Lani s'autorisa à éclater de rire parce qu'elles avaient souvent parlé des parents de Charlotte et de son éducation psychorigide durant leurs longues séances de thérapie culinaire.

—S'ils pouvaient te voir en cet instant.

—À préparer des cupcakes Red Velvet au milieu de la nuit dans mon minuscule studio au-dessus du resto de plats à emporter de M. Lu.

—Et dire qu'ils voulaient que tu sois cardiologue.

—Difficile de comprendre que je préfère passer mes nuits, les mains plongées dans la pâte et les copeaux de chocolat plutôt que dans le sang et les organes d'un être humain.

—Beurk, rétorqua Lani, visiblement dégoûtée.

—Je suis tout à fait d'accord avec toi. J'organise une petite soirée cocktails et desserts demain, je serai là vers 10 heures pour tout préparer. Appelle-moi. (Charlotte s'interrompit.) Je veux que tu me tiennes au courant. Je ne veux pas passer mon temps à me demander ce qui se passe, c'est de la torture.

—Je te raconterai tout, c'est promis.

—Je t'embrasse.

—Moi aussi.

Lani raccrocha et se tourna vers Alva, un grand sourire aux lèvres.

—Alors… qu'est-ce qui se passe?

—Je suis désolée, je vous ai interrompue en plein travail. Vous préparez quelque chose de spécial pour nous, n'est-ce pas? demanda-t-elle en jetant un coup d'œil à la table, juste derrière Lani. Je n'aurais pas dû vous déranger.

—Non, non, c'est simplement…, commença Lani avant de s'apercevoir qu'elle était incapable d'expliquer le principe de la thérapie culinaire. C'est juste une expérience. Ça me permet d'avoir de nouvelles idées.

Ce n'était pas tout à fait faux, mais ça n'expliquait pas vraiment ce qu'elle faisait ce soir-là.

— Oh, tout va bien alors !

L'inquiétude d'Alva se dissipa, et ses yeux se mirent à briller. Elle s'approcha du plan de travail pour observer la préparation.

— C'est tellement excitant, déclara-t-elle, sincère. Ça doit être amusant d'inventer de nouveaux desserts. (Elle se tourna pour sourire à Lani.) Lorsque mon Harold était en vie, j'essayais de nombreuses recettes. Le pauvre, il ne faisait jamais de remarques désagréables. Et j'en ai pourtant raté quelques-unes, vous savez.

— C'est ce qu'il y a de mieux, cuisiner pour les gens qu'on aime.

Alva acquiesça et poursuivit son examen.

— Ne vous arrêtez pas à cause de moi. Je peux vous expliquer pourquoi je suis venue pendant que vous continuez à travailler.

Alors qu'Alva lui tournait le dos, Lani soupira doucement, sans se départir de son sourire.

— Que préparez-vous, ma chère ? demanda Alva.

Lani retourna à son plan de travail.

— Des fruits de la passion avec une meringue roulée au café. Une sorte de roulade de Pavlova.

— Ça semble exotique, le genre de desserts qu'on peut déguster pendant une croisière. Avec Harold, on a fait une croisière aux Bermudes. Il a été malade comme un chien. Je ne savais pas qu'on pouvait devenir aussi vert. (Elle s'interrompit et leva les yeux vers Lani.) Ce n'est peut-être pas le meilleur sujet de conversation quand on cuisine.

Lani éclata de rire. Alva était tellement… Alva.

— Et si vous m'expliquiez pourquoi vous êtes là ?

Lani récupéra le bol en cuivre et s'aperçut que les blancs et le sucre commençaient à retomber. Elle donna un rapide coup de fouet avant de les incorporer au mélange de farine de maïs et de café qu'elle avait préparé plus tôt.

— Eh bien, ma chère, j'ai besoin de vous parler et je n'ai pas envie que toute la ville soit au courant. Je suis passée chez vous, mais tout était éteint, alors je suis venue ici et j'ai vu de la lumière. J'espérais que vous auriez un peu de temps à m'accorder. Ça ne prendra qu'une minute.

— Pas de problème.

Lani commença à étaler la meringue en une couche uniforme sur le papier de cuisson qu'elle avait déposé dans des plateaux rectangulaires. Ça ferait l'affaire. De toute manière, elle ne comptait pas servir ce dessert à ses clients.

— Laissez, déclara Alva en contournant la table pour la rejoindre. Je peux faire ça pour vous. Vous n'avez qu'à vous occuper de la suite.

— Vous n'êtes pas obligée de…

— Ma chère, je préparais déjà des meringues fourrées aux fruits quand votre mère n'était qu'une gamine. Je suis parfaitement capable de l'étaler.

Lani lui tendit la spatule.

—Il faudrait en faire quatre. Quand vous aurez fini, ajoutez ceci au-dessus, dit-elle en lui tendant un bol de pistaches concassées.

—Oh, ça va être délicieux!

Alva se mit au travail tandis que Lani acquiesçait. Elle ignorait ce qu'elle ferait avec ses quatre roulades de fruits, comme elle les appelait, mais elle n'avait pas l'habitude de se contenter de préparer un seul dessert. Les pâtissiers réalisaient «des» pâtisseries, au pluriel. Et, ce soir-là, elle avait besoin de se changer les idées.

Lani observa Alva, qui se concentrait sur sa tâche en tirant légèrement la langue, et ne put s'empêcher de sourire. Elle n'avait pas besoin de se changer les idées à ce point-là. Ça ne ressemblait pas du tout aux séances avec Charlotte, où elles passaient leur temps à se plaindre de tout et de rien jusqu'aux petites heures du matin, mais ce n'était pas mal du tout. Alva emporterait peut-être une roulade, ou même deux.

—Je vais vous donner un tablier.

—Oh, ne vous inquiétez pas pour cette vieille chose.

—J'insiste…

Lani se dirigea vers la petite armoire installée à côté de la porte de son bureau. Elle ouvrit le premier tiroir et fouilla dans les tabliers, s'efforçant d'en trouver un qui conviendrait à la frêle Alva. Son sourire s'élargit lorsqu'elle ouvrit le troisième tiroir. Elle avait gardé les tabliers de son enfance et les avait rangés dans l'armoire de sa nouvelle cuisine, comme autant de porte-bonheur. Ces tabliers pouvaient toutefois se montrer utiles. Elle sélectionna le premier de la pile et le déplia. Elle éclata de rire.

— Qu'y a-t-il, ma chère ? s'enquit Alva.

— Que pensez-vous de Mon Petit Poney ? demanda-t-elle en examinant le tablier.

Elle manqua de le laisser tomber lorsque, en se retournant, elle découvrit Alva debout en équilibre sur un seau de dix-huit litres.

— Je ne parvenais pas à atteindre l'autre côté du plateau, expliqua Alva. Je crois que je vais accepter votre tablier. Quand je me penche, ma veste pend. Je n'ai plus ma silhouette d'antan. Le temps a fait son œuvre.

Lani réussit, non sans mal, à ne pas éclater de rire. Elle aida Alva à redescendre de son perchoir et glissa le tablier au-dessus de sa tête ; la petite vieille l'attacha prestement dans son dos.

Alva sourit et, bras levés, exécuta une petite pirouette.

— Qu'en dites-vous ? Cette teinte lavande me va-t-elle ? s'enquit-elle en imitant la pose du petit poney blanc à paillettes et à crinière mauve qui ornait le devant du tablier.

— C'est tout à fait vous, déclara Lani. (Elles éclatèrent de rire.) Mais je ne veux pas que vous montiez sur ce seau. Je me chargerai de l'autre côté des plateaux et je les mettrai dans le four. Vous sauriez couper des fruits ?

Les yeux d'Alva se mirent soudain à briller un peu trop vivement au goût de Lani.

— Ma chère, je crois que c'est exactement ce dont j'ai besoin ce soir. Qu'est-ce qu'il faut couper ? Je me débrouille bien avec les couteaux.

Lani fronça les sourcils en réfléchissant. Alva avait réalisé un très bon travail avec les meringues, aussi sortit-elle les mangues et les fruits de la passion du tiroir réfrigérant. Elle aurait dû s'en occuper en premier, mais battre les œufs correspondait davantage aux exigences de la thérapie culinaire. Vu son humeur, elle avait peut-être bien fait de se tenir à distance des couteaux.

Elle sortit les planches et sélectionna l'un des plus petits couteaux de son set.

— Ce n'est pas compliqué, dit-elle à Alva. Travaillez autour du noyau et coupez les fruits en carrés d'environ deux centimètres. Veillez à ne pas les manipuler plus que nécessaire pour éviter qu'ils ne ramollissent et essayer d'avoir des morceaux de la même taille. Et…

— Je ferai attention, ma chère, la rassura Alva avec un sourire patient. Je ne suis peut-être pas une grande chef comme vous, mais j'ai préparé de nombreuses tartes et confitures dans ma vie. Je suis certaine que je peux venir à bout d'une poignée de mangues sans perdre un doigt.

— J'en suis persuadée, affirma Lani avec un grand sourire en observant Alva un instant avant de s'occuper des fruits de la passion. Si vous m'expliquiez ce qui vous a donné envie de couper des fruits en petits morceaux ? reprit-elle tandis qu'Alva s'attaquait à la première mangue. Est-ce que ça a un rapport avec la raison de votre venue ?

— On pourrait dire ça.

Alva poursuivit son travail, réglant assez rapidement le sort de la première mangue.

— Vous vous rappelez quand je suis passée avant le dîner et la vente aux enchères, et que je vous ai parlé de Beryl et de Dee Dee ?

— Bien sûr. Je suis vraiment désolée que vous n'ayez pas remporté ces cupcakes. (Ignorant comment réagir, elle jeta un coup d'œil à Alva.). J'ai entendu dire que ce sont les pompiers bénévoles et le poste de police qui les ont gagnés, ce qui est une bonne chose.

Les acquéreurs potentiels avaient lutté avec acharnement. Et, maintenant, Lani allait devoir surveiller la consommation de sucre de son père.

— Oui, ils l'ont mérité, admit Alva, rythmant ses paroles de coups de couteau.

Le mari de Dee Dee, qui travaillait pour le shérif, avait pris sa retraite, mais était toujours très impliqué dans l'entraînement des nouvelles recrues. Le gendre de Suzette était le chef des pompiers, ce qui expliquait pourquoi les deux femmes avaient fait une offre pour les cupcakes. Mais Lani savait que ce n'était pas ce qui les avait poussées à dépenser une petite fortune pour les douze boîtes de cupcakes. Elles cherchaient visiblement à établir un record au sein du Kiwanis Club.

— Eh bien, Dee Dee a découvert que j'avais conclu un arrangement avec Beryl. Elle s'est donc associée avec Suzette pour me doubler. Je suis sûre que Louise a ajouté son grain de sel. Laura Jo m'a confié que Louise avait dit que le pouvoir m'était monté à la tête depuis que je dirigeais le groupe. Ce sont ses propres mots !

— Alva, c'est vous qui avez créé ce groupe, donc je ne crois pas que…

— Alors je leur ai répondu qu'au lieu de partager Baxter Dunne avec elles comme j'en avais l'intention – ce qui était assez généreux de ma part, je dois dire – je le garderais pour moi toute seule. Je vais l'inviter et lui préparer un bon repas traditionnel. Je choisirai peut-être l'une des recettes préférées d'Harold et j'aurai un scoop pour mon premier article.

— Mais vous n'avez pas encore invité Baxter, n'est-ce pas ?

— Je le ferai, ne vous en faites pas, s'exclama Alva avant de s'attaquer avec violence à la mangue suivante.

Lani eut la sagesse de ne pas faire de commentaire.

— Qu'est-ce que je peux faire pour vous ? Je ne crois pas que je pourrai convaincre Baxter de…

— Je n'ai pas besoin de votre aide en ce qui concerne Baxter, ma chère. Je viens vous voir à propos du tournoi de lundi prochain. Il faut que ça reste entre nous. Je sais que vous garderez le secret puisque votre père est le shérif. Et votre mère était la plus charmante des créatures. Je sais que je peux vous faire confiance.

— Alva…

— J'ai besoin d'une arme secrète, Lani Mae. Je sais que vous avez du travail et que vous êtes probablement fatiguée à cause du festival. Je ne vous le demanderais pas si ce n'était pas important. Mais ce n'est plus uniquement pour que Beryl récupère son titre.

Lani, qui écrasait des fruits de la passion, se figea.

— À quoi pensiez-vous ? demanda-t-elle, méfiante.

— Eh bien, ma chère, c'est à vous de voir, répondit-elle en adressant son plus beau sourire à Lani.

— À moi ?

Alva acquiesça.

— Il faut que ce soit quelque chose d'original, qu'elles n'auront jamais goûté. Quelque chose de délicieux et d'irrésistible, de préférence avec beaucoup de chocolat. Et pourquoi ne pas y ajouter un peu d'alcool, ça n'a jamais fait de mal à personne.

— C'est évident.

Lani secoua la tête et se remit au travail, se demandant si c'était vraiment sage de se retrouver au beau milieu de la guerre des tournois de poker de Sugarberry.

— Et si vous pouviez y ajouter les petites merveilles que vous avez préparées pour la vente aux enchères, ce serait… disons… la cerise sur le gâteau, ajouta Alva, les yeux pétillants.

Mais non, le pouvoir ne lui est vraiment pas monté à la tête. Lani s'efforça de s'imaginer quel genre d'hommes avait été Harold Liles — et se prit à se demander comment il était mort…

— Combien vous en faudrait-il ?

— Est-ce que j'oserais vous en demander trois douzaines ? Je paierai pour cette commande spéciale, votre prix sera le mien. (Alva abaissa rapidement son couteau pour achever la dernière mangue.) J'imagine déjà leur réaction quand je leur montrerai mes petits cupcakes, ajouta Alva avant de lui tendre les morceaux de fruits, un grand sourire innocent sur les lèvres. Voilà, ma chère. Ça vous convient ?

Lani avait décidé d'ôter le couteau des mains d'Alva quelle que soit la taille des morceaux, mais elle fut forcée d'admettre que celle-ci avait accompli un travail digne d'une école de cuisine.

— C'est bien, vraiment très bien.

Alva donna une petite tape sur le bras de Lani.

— Parfois, l'âge l'emporte sur la technique.

— Parfois, reconnut Lani. Laissez-moi un peu de temps pour y penser, on pourrait discuter de quelques idées demain ?

— Non, ma chère. Quelqu'un risquerait de se douter de quelque chose.

— Nous discutons tous les jours.

— Demain matin, alors ? Je passerai avant l'ouverture, avant la messe. Je passerai par-derrière, comme ce soir. Je frapperai une fois. Non, trois fois.

Visiblement, elle se réjouissait autant de jouer les agents secrets que de posséder un atout de choix.

Lani regrettait déjà de ne pas avoir renoncé à sa séance de thérapie culinaire pour aller se coucher, comme toute bonne petite pâtissière.

— D'accord.

—C'était très agréable, déclara Alva en ôtant son tablier. Et assez relaxant, ajouta-t-elle en regardant les morceaux de fruits parfaitement coupés. J'ai bien envie de cuisiner quelque chose en rentrant chez moi, dit-elle en souriant à Lani.

Lani ne prit pas la peine de lui rappeler qu'il était plus de 23 heures. Cette femme ne dormait peut-être jamais. Lani n'aurait pas été surprise d'apprendre que c'était le cas.

—Je commencerai peut-être à réfléchir au menu que je servirai à Baxter. Ça devrait être amusant, vous ne trouvez pas ?

—Tout à fait.

Si ses sentiments à l'égard de Baxter n'avaient pas été aussi confus, Lani l'aurait appelé pour le prévenir. Elle prit soudain conscience que l'exécution du projet d'Alva pourrait lui changer les idées.

Alva lui rendit son tablier.

—Bonne nuit, ma chère. Vous devriez aller dormir. C'est un grand jour qui nous attend ! À demain matin.

Elle passa la porte et disparut dans la nuit telle un fantôme aux cheveux blancs.

—Toi qui voulais faire partie de la communauté, murmura Lani en verrouillant la porte derrière la petite vieille. Voilà ta chance.

La minuterie du four annonça que les cupcakes mis à cuire avant la venue d'Alva étaient prêts.

Mais au lieu de penser à Baxter, à ses meringues, ou à tous les cupcakes qu'elle devrait préparer avant le lendemain, elle préféra réfléchir à une nouvelle recette. Celle de l'arme secrète d'Alva.

Après tout, cela pouvait se révéler thérapeutique, aussi.

Chapitre 6

Baxter traversa le pont qui enjambait Ossabaw Sound pour rejoindre Sugarberry. Il avait profité du trajet pour préparer ce qu'il allait dire à Leilani ce matin-là. Une partie de son équipe de production devait arriver dans la journée, et les autres ne tarderaient pas à les suivre. Il n'avait pas le choix, il fallait absolument qu'il règle ses problèmes avec la jeune femme.

La veille, il s'était rendu à New York pour participer à deux émissions matinales sur des chaînes nationales et trois émissions de variétés en tant qu'invité-surprise. Il était rentré tard, heureux de regagner sa suite à Savannah. À son grand étonnement, il avait trouvé la ville historique à la fois charmante, accueillante et plus agréable qu'il ne s'y était attendu, et ce, malgré des températures et un taux d'humidité inhabituels pour la saison. Savannah ne ressemblait pas du tout à l'Angleterre, mais il y régnait pourtant une atmosphère presque européenne qui lui semblait familière.

Baxter était un vrai citadin qui avait besoin de l'animation et de l'énergie vibrante d'une ville pour survivre. Savannah correspondait parfaitement à son caractère, et il appréciait l'excitation et l'agitation qui y régnaient en permanence. Il avait cru que le rythme lent et paresseux des villes du Sud le rendrait fou, mais il le trouvait pourtant étonnamment relaxant. Sa relation tendue avec Leilani expliquait peut-être cela.

Avant d'aller se coucher, il avait ouvert la fenêtre de sa chambre. Les sons étranges de la nuit lui avaient semblé presque apaisants par leur répétition. Aucun bruit de klaxon, aucune sirène ne résonnait. Ne lui parvenaient que le chant des insectes, quelques coassements et d'autres bruits typiques de la région, dont il valait probablement mieux ignorer l'origine. Il s'était réveillé plus en forme qu'il ne s'y était attendu après trente-six heures harassantes passées dans un avion ou sur un plateau de télé à promouvoir son émission. C'était l'aspect de son travail qu'il aimait le moins, mais il fallait bien s'y plier. Et il était sincèrement ravi de présenter la troisième saison de son émission au public car *Hot Cakes* était sa passion.

L'enregistrement, le montage et les différentes étapes de postproduction étaient déjà terminés, ce qui signifiait que son travail était fini. Il pouvait se concentrer sur la quatrième saison. En temps normal, une première série d'épisodes étaient prêts avant le lancement de la saison et, parallèlement à leur diffusion, le tournage des suivants se poursuivait. L'équipe avait travaillé d'arrache-pied pour mettre toute la troisième saison en boîte avant la diffusion du premier épisode, afin de préparer les émissions et de régler les problèmes logistiques liés au tournage à venir. Ce projet était l'une de ses plus brillantes idées. Ils risquaient pourtant de rencontrer quelques problèmes puisqu'ils n'enregistreraient pas l'émission dans un studio pourvu d'un excellent éclairage, d'un bon système audio et de caméras pouvant filmer les recettes et le chef sous tous les angles. Sans oublier la magnifique cuisine qui leur servait de décor et celle des coulisses qui leur permettait de réaliser les préparations indispensables à chaque épisode.

Ils n'auraient plus ce luxe puisque Baxter avait eu la merveilleuse idée d'ouvrir de nouveaux horizons à son émission – littéralement. Il avait décidé de quitter la grande ville pour découvrir le fin fond de l'Amérique et montrer à son public que ses magnifiques desserts raffinés pouvaient trouver leur place dans des menus simples et familiaux.

Il ignorait complètement comment il allait y arriver.

Ce projet – qui avait fait l'unanimité chez les grands patrons de la chaîne malgré l'augmentation des coûts de production – n'était qu'un moyen de parvenir à ses fins. À savoir, passer du temps avec Leilani et, avec un peu de chance, la convaincre de quitter Sugarberry pour le suivre. Il se fichait pas mal de ce qui se passerait ensuite. Il était prêt à faire tout ce qu'elle voulait tant qu'elle serait de nouveau à ses côtés.

Elle devait sûrement se sentir prisonnière sur cette petite île à imaginer des menus aussi peu ambitieux. Elle avait beau dire que c'était ce qu'elle voulait, Baxter pensait qu'il ne s'agissait que d'une façon de se cacher, ou de déserter le champ de bataille. Il la connaissait très bien : il savait que son talent exigerait un jour bien davantage.

Elle avait pris une décision et, à en juger par son attitude, comptait bien s'y tenir même si elle venait à le regretter un jour. Elle changerait peut-être d'avis s'il lui faisait une meilleure offre, sans la blesser ou lui donner l'impression qu'elle ne savait pas ce qu'elle voulait. Baxter espérait pouvoir incarner ce nouveau choix, ou, au moins, en faire partie.

Car il l'avait rapidement découvert : la vie – sa vie – était bien plus agréable quand Leilani y était présente.

C'est pourquoi il avait décidé de se rendre dans ce trou perdu.

Une myriade de moustiques écrasés décorait déjà son pare-brise lorsqu'il quitta le pont pour engager sa voiture de location sur les routes de la petite île. *Comment Leilani a-t-elle pu s'installer ici ?* Il savait que le père de la jeune femme vivait à Sugarberry et qu'elle avait déménagé pour se rapprocher de lui, mais Savannah était à moins d'une heure de route, à l'ouest. Comparée à New York ou à Chicago, la ville n'avait rien d'une métropole animée, mais son cachet historique, exceptionnel, correspondait davantage au talent hors du commun de Lani.

Le soleil se levait, forçant Baxter à plisser les yeux. Il regrettait de ne pas avoir acheté de lunettes de soleil. Il n'était pas habitué à sortir durant la journée. Depuis l'âge de douze ans, il entrait en cuisine avant l'aube pour n'en ressortir qu'à la nuit tombée.

Ces derniers temps, il passait ses journées sur un plateau de télé ou enfermé dans son bureau à préparer les tournages. Et, où qu'il soit, chaque fois qu'il mettait le nez dehors, il était toujours – toujours – accueilli par les sons et les odeurs de la ville. Que ce soit à Londres ou à New York, il se sentait en terrain familier dès qu'il apercevait un immeuble ou respirait les parfums de la métropole.

Le voilà pourtant qui roulait vers Sugarberry – alors qu'il ne possédait même pas de voiture ! – avec l'impression d'avoir atterri sur une autre planète. Les marécages, les dunes et les paysages sauvages lui étaient complètement étrangers. Seule une route goudronnée faisait le tour de l'île, et d'après ce qu'il voyait, elle ne devait pas mesurer plus de quelques kilomètres de largeur et le double en longueur.

La municipalité, également baptisée «Sugarberry», était située au sud de l'île. Elle était construite autour d'une jolie petite place, et les bâtiments détonnaient presque dans ce cadre plutôt sauvage tenant plus du marécage que de la terre ferme. Les habitants de l'île s'étaient peut-être inspirés des villes du Sud.

Il y avait des magasins aux quatre coins de la place et un petit parc en son centre. Au milieu de celui-ci, trônait une fontaine ornée d'une grande statue représentant probablement une personnalité importante de l'histoire de Sugarberry.

À la pointe sud de l'île, on pouvait apercevoir des jetées en bois le long desquelles les pêcheurs locaux amarraient leurs bateaux lorsqu'ils ne sortaient pas en mer pour gagner leur vie. Aucun voilier de plaisance ni yacht amarré à Sugarberry. C'était une île où l'on était habitué à travailler dur, et le port reflétait ce style de vie. Baxter savait pourtant qu'il y avait des country clubs et d'autres complexes prestigieux, équipés de parcours de golf, de restaurants et de yacht clubs, sur d'autres îles du littoral.

Tout le contraire de Sugarberry. Baxter aurait été surpris d'apprendre que le conseil municipal faisait des efforts pour attirer les touristes.

Parmi les rues étroites qui partaient de la place en s'éloignant des jetées, certaines étaient goudronnées et d'autres simplement recouvertes de centaines de milliers de morceaux de coquillages, donnant à Baxter l'impression qu'il roulait sur les vieux pavés londoniens. Dans cette partie de la ville s'alignaient des maisons en bois, blanches ou grises, dotées de porches rustiques et de petits jardins sans pelouse. La plupart étaient couverts d'épines de pins ou aménagés pour accueillir des arbustes, des fleurs ou quelques rares palmiers nains.

Certaines habitations possédaient des jardins de plus grande taille qui les séparaient de la route. Des portes et des volets colorés ornaient les façades auxquelles on avait ajouté de grands porches qui faisaient tout le tour des maisons. Ces imposantes constructions suivaient la rue jusqu'au tronçon ouest de la boucle qui menait à la route principale.

À l'ouest, le littoral, dépourvu de plages, offrait une succession de lagons et de marais débouchant sur le chenal formé par le détroit entre Sugarberry et les innombrables marécages déserts de la côte géorgienne.

À l'est de la place, les rues rejoignaient la boucle qui faisait le tour de l'île. Quelques maisons avaient été construites de l'autre côté de la route, mais elles laissaient rapidement place à une étendue de dunes et de plantes menant à la plage et, enfin, à l'océan Atlantique. Baxter n'était jamais allé jusque-là, c'était inutile. Cela faisait partie des informations que son équipe avait rassemblées lorsqu'il avait proposé de tourner à Sugarberry. Il ne savait pas s'il y avait d'autres cottages ou d'autres maisons construits au milieu ou à proximité des dunes. Il se fit la réflexion que c'était l'endroit idéal pour quelqu'un qui souhaiterait vivre en ermite. Encore fallait-il le vouloir.

La partie nord de l'île n'était que nature sauvage, lagons et marécages. Grâce à son équipe, Baxter avait également appris que plusieurs centres de recherche rattachés à des universités locales étudiaient la flore et la faune, notamment une espèce de petits cerfs et une colonie de tortues caouannes, s'il avait bonne mémoire. La première fois qu'il s'était rendu sur l'île en voiture, la région lui avait semblé terriblement inhospitalière, voire dangereuse. Dieu seul savait quel genre de bestioles vivait dans l'obscurité froide et humide des marais. Il n'était pas vraiment pressé de découvrir si cette partie de l'île comptait d'autres habitants que ces rares scientifiques.

Baxter préférait s'en tenir à la partie civilisée. Il roula en direction de la place, dépassa plusieurs bâtisses avant de tourner dans une allée étroite, derrière les magasins alignés du côté est du square. Le *Cakes by the Cup* de Leilani se trouvait au milieu de la rangée de commerces. Il s'engagea dans le parking délimité par des graviers et des morceaux de coquillages, et s'arrêta devant une porte sur laquelle on pouvait lire « Cupcakes ».

— Cupcakes, répéta-t-il en coupant le moteur.

Il se rappelait parfaitement les magnifiques desserts raffinés que Lani réalisait chez *Gâteau*. Ses créations étaient de pures merveilles. Sa nomination par la James Beard Foundation, dès la première année où elle avait satisfait aux conditions d'éligibilité, ne devait rien au hasard. Elle avait travaillé d'arrache-pied pour peaufiner le moindre petit détail de ses œuvres, non pas parce qu'elle savait que les défauts n'échapperaient pas aux clients ou au jury mais parce qu'elle était déterminée à faire de son mieux. C'était son éthique professionnelle et son sérieux qui avaient d'abord attiré l'attention de Baxter.

Contrairement à certains qui étaient prêts à tout pour se faire remarquer, elle ne faisait jamais étalage de son talent. Elle laissait son travail parler pour elle. Et ce dernier était particulièrement éloquent. Dès le premier instant, Baxter avait été captivé par son comportement, radicalement différent de celui des autres aspirants-chef. La vantardise, une bonne dose de confiance en soi et une touche d'arrogance étaient le propre de la profession. Certains affirmaient qu'elles étaient indispensables. Le charme tranquille de Leilani, son optimisme à toute épreuve et ce que Baxter appelait son « calme implacable » l'avaient marqué à jamais. Elle ne ressemblait à aucun des chefs pâtissiers qu'il avait pu rencontrer, et encore moins aux meilleurs des meilleurs.

Comme tout grand chef, elle s'investissait, travaillait, respirait et vivait pour la cuisine. Mais, contrairement à de nombreux noms prestigieux, elle ne se mettait jamais en colère et ne piquait jamais de crise de nerfs. Presque toute sa vie, Baxter avait évolué dans un environnement professionnel pesant. Leilani était aussi enthousiaste et passionnée que lui, mais sa passion s'exprimait différemment. Elle la laissait émaner doucement d'elle comme une rivière suivant son cours. Tel le joli petit ruisseau qui finit toujours par emporter la plus lourde des pierres, Leilani était tranquillement venue à bout des défenses qu'il avait érigées pour la tenir à l'écart.

La personne qu'il avait retrouvée deux jours auparavant n'avait rien à voir avec la chef qu'il avait formée et avec qui il avait travaillé d'une façon aussi intime. Il croyait connaître la moindre facette de sa personnalité et de son caractère léger et optimiste. Mais la femme anxieuse qui l'avait froidement mis à la porte de la pâtisserie l'avait complètement déstabilisé. En fait, le seul élément familier auquel il avait pu se raccrocher était sa veste de chez *Gâteau*.

Il se rappela son tablier orné du chapelier toqué prenant le thé, ses cheveux défaits et soyeux, mais aussi son attitude fermée et distante quand elle s'était adressée à lui. Elle était très différente lorsqu'il l'avait vue discuter avec sa cliente – Mlle Alva – juste avant qu'elle s'aperçoive de sa présence. Il avait entraperçu la femme qui lui avait fait tourner la tête, celle qui avait bouleversé sa vie, son existence tout entière. Une existence qu'il s'efforçait de réinventer, pour elle.

Elle s'était montrée souriante, posée et heureuse d'évoluer dans ce nouvel univers, jusqu'au moment où elle l'avait remarqué.

Baxter sortit de la voiture, s'efforçant de se convaincre que ce changement brutal de comportement était la conséquence de son geste à la fois imprudent et démonstratif. Il avait beaucoup repensé à ce baiser. Énormément, même.

Il aurait aimé éprouver davantage de remords pour son impatience, car cela risquait de faire échouer son plan, mais il en était incapable.

Ç'avait été aussi parfait qu'un soufflé léger et aérien fondant dans sa bouche et réveillant ses papilles. Il sentait encore le goût de ce baiser sur ses lèvres et dans sa mémoire, plus exquis que le plus savoureux des desserts.

Et sa gourmandise lui donnait envie de la goûter à nouveau. D'aussi loin qu'il s'en souvienne, son existence avait toujours tourné autour de son amour pour la cuisine. Lani était semblable à la passion qui l'habitait : elle le poussait à imaginer des mariages de saveurs hors du commun afin de réaliser les plus merveilleux desserts.

Il ouvrit la porte-moustiquaire et tourna la poignée, sans prendre la peine de frapper : Lani refuserait probablement de le laisser entrer. C'était le seul risque qu'il prendrait, cette fois.

Il poussa la porte et fut soudain assailli par la musique – si l'on pouvait appeler ça ainsi – qui résonnait dans la petite cuisine.

Il se glissa à l'intérieur, prêt à annoncer sa présence, mais lorsqu'il aperçut la jeune femme il s'immobilisa, oubliant même de fermer la porte derrière lui.

Elle portait sa veste de chez *Gâteau*, mais ce n'est pas ce qui l'arrêta, ou le fit sourire.

Elle dansait.

Les cheveux de Lani étaient rassemblés en un chignon lâche. Poche à douille à la main, elle était penchée sur le plan de travail, couvert de plateaux de cupcakes. Aucun être humain n'aurait dû se trouver confronté à un aussi grand nombre de gâteaux, et surtout pas en une fois. S'il n'avait pas été aussi fasciné par le mouvement de ses hanches, qui se balançaient en rythme, il aurait pris une seconde pour se demander comment elle pouvait satisfaire sa passion créatrice en réalisant des dizaines de ces petits gâteaux insignifiants. Mais il était trop captivé pour s'en inquiéter.

Il aurait dû la prévenir qu'il était là. La catastrophe était imminente, ce serait un vrai désastre lorsqu'elle se retournerait et s'apercevrait de sa présence. Mais… qui aurait pensé qu'elle puisse remuer ainsi ?

Balancer les hanches avec tant d'énergie et de souplesse ? Elle se mit soudain à chanter.

Il aurait probablement repris ses esprits si elle avait chanté faux ou d'une voix stridente. Mais c'était tout le contraire. Elle l'acheva en reprenant le refrain de cette maudite chanson d'une voix rauque qui n'avait rien à envier à celle des meilleures rockeuses.

La musique était atroce, mais pas la voix de la jeune femme. D'où lui venait-elle, d'ailleurs ? D'où venait ce brusque changement de personnalité ? Elle était censée être une collègue à la fois posée et réfléchie, un havre de paix en cas de tempête. Ou, en tout cas, elle l'avait été.

—Qui es-tu ?

Il s'aperçut qu'il avait parlé à haute voix lorsqu'elle se retourna, prête à mimer un riff de guitare très sexy avec sa poche à douille. Elle manqua de s'étrangler et poussa un petit cri de surprise. D'un geste involontaire – du moins l'espérait-il – elle pressa la poche à douille et lui envoya une giclée de ganache au chocolat qui l'atteignit en pleine poitrine et vint s'écraser sur la chemise de lin faite sur mesure, qui lui avait coûté une petite fortune. Une chemise blanche, bien sûr. Du moins, jusque-là.

—Qu'est-ce que tu…

Elle s'interrompit pour éteindre – non sans rage – la chaîne stéréo posée sur une étagère, plongeant la petite cuisine dans un silence apaisant.

—Merci, mon Dieu, murmura-t-il avant de s'apercevoir de son erreur.

— Je te demande pardon? Tiens, au fait, j'ai beaucoup de choses à te demander. Pour commencer : qu'est-ce que tu fais là? Pour qui tu te prends? Tu ne peux pas entrer comme ça dans ma cuisine sans prévenir, et surtout pas par la porte de derrière!

— Tu devrais peut-être la verrouiller, dit-il d'un air absent.

Il se tenait toujours bras légèrement écartés, le regard rivé sur la giclée de ganache au chocolat qui commençait à couler.

— Tu ferais mieux de t'en aller. On dirait que tu as besoin de changer de chemise.

— C'était une jolie chemise, déclara-t-il.

Il leva les yeux et s'aperçut qu'elle le toisait, furieuse, toujours armée de son ustensile.

— Je suppose que je l'ai mérité. Je t'ai fait peur, une fois de plus, ajouta-t-il avec un petit sourire.

— Tu supposes? demanda-t-elle en haussant les sourcils, visiblement insensible à son charme.

— Tu as raison, j'aurais dû te prévenir. J'avais l'intention de le faire dès je serais entré, tu sais, affirma-t-il en levant une main pour l'empêcher de répliquer. Bon, d'accord, je devrais m'excuser pour ça aussi, mais je n'étais pas certain que tu m'ouvrirais la porte. J'avais prévu de te dire que j'étais là, mais il y avait de la musique – si tu peux vraiment appeler ça de la musique – et tu étais… eh bien, tu étais en train de danser.

— Oh, je suis vraiment désolée! Suis-je en violation d'une règle sanitaire dont j'ignorerais l'existence?

— Bien sûr que non, c'était simplement inattendu. Je ne t'ai jamais vue danser dans ma cuisine. Tu ne t'es jamais ne serait-ce que dandinée. À mon grand regret, d'ailleurs, si j'en juge par ce que je viens de voir.

Elle esquissa le plus timide des sourires.

— J'ai de nouveau tout gâché, n'est-ce pas ? demanda-t-il en baissant les bras avec un soupir. Je te promets que je n'en avais pas l'intention.

— J'espère bien. Et quelles étaient tes intentions ?

— Je voulais te parler, en privé.

— Me parler de quoi ?

— Depuis quand es-tu devenue aussi…

— On n'a pas déjà eu cette conversation ?

— Si. Mais je ne comprends toujours pas ce qui se passe. Je… Tu étais toujours si calme, si gentille et souriante. Je ne cherche pas à te provoquer, mais je t'ai vue dans des situations horriblement stressantes, et tu n'en devenais que plus calme et souriante. Ça m'a toujours semblé bizarre, mais ça avait l'air de marcher pour toi. Donc ça marchait pour moi. Et, à présent, tu es si impatiente, presque agressive. Ça ne te ressemble pas du tout. C'est la boutique ? Tu as des problèmes ?

— Quand tu es entré, j'étais parfaitement heureuse. Les gens stressés, énervés ou en colère ne s'amusent pas à chanter et à danser, que je sache.

— Pas faux.

Il baissa les yeux sur sa chemise et récupéra une dose de ganache avec le doigt avant de croiser son regard.

— Alors, c'est moi? C'est moi qui provoque ce genre de réaction chez toi?

— Je crois bien.

— Pourquoi?

— Parce qu'en ce moment tu es le seul à ne pas me donner envie de danser ou de chanter.

Il lécha son doigt couvert de chocolat et se figea. Ses traits s'adoucirent, tandis que ses épaules se détendaient. Connaissant Lani, elle était parfaitement sincère. Il la regarda droit dans les yeux.

— Je suis navré que tu le prennes comme ça.

— Qu'est-ce que je suis censée ressentir, Baxter? Tu débarques pour transformer ma vie en cirque médiatique sans prendre la peine de me prévenir. Je suis venue ici pour trouver un peu de tranquillité et de calme. Cette île est un vrai paradis. Je n'ai rien à faire si ce n'est profiter de ce qu'elle peut offrir. Si j'avais voulu tout ce cirque, je serais restée à New York.

— Ta ganache est assez extraordinaire, tu sais? déclara-t-il en récupérant un peu de chocolat sur sa chemise. Qu'est-ce que tu as mis dedans?

— Baxter…

— Désolé, ajouta-t-il, craignant qu'elle ne s'en prenne de nouveau à lui. Je suis vraiment désolé. C'est simplement que je ne m'attendais pas à goûter quelque chose d'aussi…

— Élaboré? Pourquoi? Parce que je ne fais que décorer des cupcakes? Après tout, seuls les ploucs mangent des cupcakes. Qu'est-ce qu'ils y connaissent, à l'équilibre des saveurs? Hein? Est-ce que tu te rends compte à quel point ta remarque est méprisante ? Je ne sais même pas par où commencer. Je préfère renoncer. Dégage.

— Leilani…

— Sors de ma boutique. Et de ma vie.

Il soupira de nouveau, en jurant doucement pour faire bonne mesure.

— Ne me fais pas dire ce que je n'ai pas dit.

— Tu veux vraiment me faire croire que tu as regardé le plan de travail couvert de cupcakes en pensant que c'était une merveilleuse idée d'utiliser son talent pour créer des desserts aussi délicieux ?

— Ta réaction me prouve une chose : tu sais très bien que ça n'arrive pas à la cheville des merveilleux desserts que tu réalises d'habitude. Je n'ai fait aucun commentaire sur le choix de tes produits.

— C'était inutile. Ton expression m'a suffi pour comprendre quand tu as goûté la ganache. Je ne veux pas que tu déboules dans ma vie sur un coup de tête pour juger ma façon de gagner ma vie. J'ai plus d'estime pour toi que pour n'importe quel autre cuisinier avec qui j'ai eu la chance de travailler et dont j'ai eu le plaisir de goûter les créations. Je croyais que j'avais gagné ton respect et…

— Tu sais bien que c'est le cas, affirma-t-il. Je ne serais pas là si je n'éprouvais aucun respect pour ton travail.

— À condition que je m'en tienne à des desserts qui ont ton approbation. C'est ça ? Je croyais que la raison de ta venue n'avait rien à voir avec mon talent. Tu as dit que…

— Mon respect pour toi en tant que chef va de pair avec celui que j'éprouve pour toi en tant que femme.

— Je vois. Puisque l'un ne va pas sans l'autre, il faudrait que j'arrête de préparer des cupcakes. Tu veux que je te dise ? Cette femme que tu vois en face de toi, elle prépare des cupcakes. Alors on dirait bien qu'elle va perdre ton respect.

S'il n'avait pas été aussi énervé, Baxter aurait remarqué à quel point elle était embarrassée de discuter de ses sentiments et de l'intérêt qu'il lui portait en tant que femme, et non en tant que chef. Il avait l'impression de voir ses rêves et ses espoirs voler en éclats, exploser comme un soufflé trop cuit sous ses yeux.

— Tu es vraiment heureuse de préparer des cupcakes, Leilani ? demanda-t-il, incapable de se contenir plus longtemps. Tu es prête à gâcher ton talent, ta créativité et ton génie pour…

Il s'interrompit soudain en voyant l'expression de la jeune femme. Elle l'avait accusé de n'avoir que du mépris pour son choix de carrière alors qu'elle éprouvait de l'admiration pour lui. Il réfléchit à ce qu'il venait de dire et eut soudain envie de prendre la poche à douille et de se suicider avec, histoire d'en finir une bonne fois pour toutes.

— Je ne suis qu'un crétin.

— Ne compte pas sur moi pour te contredire.

— Je te respecte. J'ai de l'estime pour toi en tant que chef et en tant que femme. Je ne condamne pas ton choix, vraiment, je t'assure, ajouta-t-il en la voyant lever les yeux au ciel. Je cherche simplement à comprendre.

— Ce n'est pas parce que tu n'aurais jamais fait ce choix que ça veut obligatoirement dire que je commets une erreur.

— Je sais bien. Je voudrais… Je croyais que je te connaissais, mais à présent…

— Baxter, quand j'étais avec toi, j'étais un chef. Uniquement, en permanence. Tu connais cette facette de ma personnalité, Baxter. Tu connais Leilani Trusdale, chef pâtissière. Mais tu ne sais rien de moi. Je suis plus que ça. Je suis une femme qui a de nombreux centres d'intérêt, des sautes d'humeur, et qui cherche à atteindre ses nouveaux objectifs et à réaliser ses rêves. Et tu veux que je te dise ? Je ne crois pas que tu l'aimeras. Si tu es incapable de comprendre ce que je fais ici – ou plutôt ce que je m'efforce de faire – et les raisons de mon choix, je peux t'assurer que je ne suis pas celle que tu voudrais. Et je ne le serai jamais.

Il entendait chaque mot qui sortait de sa bouche, mais n'arrivait pas à assimiler ce qu'elle cherchait à lui dire. Ce n'était pas qu'il avait l'impression qu'elle mentait, au contraire. Elle était sincère et disait les choses comme elle les voyait.

— Tu m'accuses d'être snob ? s'enquit-il, piqué au vif.

Il n'était absolument pas snob. Même si ses commentaires désobligeants et sa réaction tendaient à prouver le contraire.

— Tu n'es pas snob avec les gens. Mais en ce qui concerne la nourriture, c'est une autre histoire. Tu ne penses qu'au palais des fins gourmets. Et c'est vrai, les gens qui vivent ici sont incapables de faire la différence entre une *panna cotta* et un *semifreddo*. Mais la cuisine est une forme d'art. Les gens de Sugarberry ignorent peut-être pourquoi ils aiment un dessert, mais, quand ils aiment quelque chose, ils n'ont pas peur de le montrer. Je n'ai pas besoin d'éduquer leurs palais, je veux simplement leur faire découvrir mes desserts et les satisfaire. Et si je peux en profiter pour créer des équilibres de saveurs un peu complexes dans un dessert aussi simple qu'un cupcake, tant mieux. En fait, c'est justement ce qui me motive, j'ai envie de relever ce défi. Je n'ai pas besoin que quelqu'un vienne juger mon travail. Je n'ai qu'à regarder mes clients se lécher les babines lorsqu'ils ont goûté l'une de mes nouvelles créations. Je suis contente, ils sont contents. C'est tout bénef, Baxter. Pour moi.

— D'accord, finit-il par dire en secouant la tête.

— Quoi, d'accord ?

— Ne sois pas si méfiante. Je ne vais pas te mordre. Depuis que j'ai posé un pied sur cette île, j'ai l'impression d'être un chien dans un jeu de quilles. Je suis à peu près aussi subtil qu'un saint-bernard dès qu'il s'agit de toi.

Elle leva les sourcils d'un air malicieux. Cette étrange facette de sa personnalité n'aurait pas dû le fasciner, et pourtant… Elle le rendait complètement fou.

— Parce qu'il t'arrive d'être subtil ?

— Oui, à New York, répondit-il, sincère. C'est d'ailleurs là-bas que j'ai élaboré ce plan.

— Quel plan ?

— Je t'ai dit que je voulais te revoir pour découvrir ce qui pouvait se passer entre nous. Et pour ne plus regretter ce qui est arrivé – ou plutôt, ce qui n'est pas arrivé entre nous.

— Comme c'est pratique !

— S'il te plaît, je fais des efforts.

— C'est vrai, concéda-t-elle en levant une main. Tu as raison. Au point où nous en sommes, je ne comprends pas pourquoi tu en prends la peine, mais bon… J'ai encore beaucoup de travail avant l'ouverture du magasin. On est dimanche, c'est le jour du dernier match de softball de la saison. Il faut que je termine mes cupcakes au crumble et l'arme secrète d'Alva avant de m'attaquer au reste. J'ouvre dans quatre heures, et il me reste au moins six heures de boulot. Plutôt sept, en fait, ajouta-t-elle en montrant la chemise de Baxter, sur laquelle dégoulinait la moitié du contenu d'une poche à douille.

— L'arme secrète d'Alva ?

— C'est une longue histoire. Je doute que ça t'intéresse.

— Tu te trompes, Alva est… inoubliable.

—Vraiment? Où étais-tu, hier?

—À New York, pourquoi?

—Tu y es retourné? demanda-t-elle en fronçant les sourcils. On a des hôtels ici, tu sais.

—Je sais. Je compte d'ailleurs m'installer dans un joli petit hôtel de Savannah. Il fallait que je retourne faire la promo de la nouvelle saison, dont la diffusion commence la semaine prochaine. Pourquoi tu me demandes ça?

Elle haussa les épaules.

—Comme tu avais tout raconté à Alva, j'étais certaine que tu profiterais d'un de nos plus grands événements officiels pour annoncer à tout le monde que tu venais tourner à Sugarberry. À moins, bien sûr, que tu n'aies changé d'avis, dit-elle avec une pointe d'espoir, ce qui accentua le désarroi de Baxter.

—Je comptais sur Alva, dit-il en esquissant un timide sourire. Et je n'avais pas encore réglé les détails avec toi, poursuivit-il, plus sérieusement. Je sais bien que je me suis montré maladroit, et même brutal, pourrait-on dire, quand je t'ai fait cette offre. Mais je suis toujours aussi décidé. En fait, je n'ai pas le choix.

—Vraiment?

—Vraiment. On a fait des projets, entamé certaines démarches. Je tournerai ici. On n'est pas obligés d'utiliser ta cuisine, mais, après t'avoir écoutée, je suis sincèrement convaincu que c'est encore plus important qu'on fasse ça ensemble.

—Qu'est-ce qui te fait dire ça? l'interrogea-t-elle, surprise.

Il haussa les épaules et se sentit soudain plus déterminé. Il ne pouvait pas renoncer et ne devait surtout pas échouer.

— Je dois avouer que tu as raison en ce qui me concerne, même si ce n'est pas très flatteur pour moi.

— Waouh !

Il aurait préféré qu'elle n'ait pas l'air aussi étonnée, mais elle semblait prête à croire qu'il était sincère.

— Eh bien, on finit enfin par avancer, ajouta-t-elle. J'ai pourtant l'impression que ça te mène tout droit vers la porte.

— C'est pourtant évident. Si je veux comprendre ce qui te rend si heureuse de posséder ta propre pâtisserie – tu vends des cupcakes, nom d'un chien ! – il faut que je tourne mon émission ici. Je n'ai pas d'autre choix. Je n'ai pas l'intention de te juger, Lani. Quelle meilleure façon d'apprendre à vraiment te connaître qu'en travaillant à tes côtés ?

— Sauf que tu ne veux pas travailler à mes côtés. Tu veux prendre le contrôle de ma boutique pour y faire le show du chef Hot Cakes. Tu veux m'imposer tes créations et tes desserts. Et après ? Je devrai me contenter de retourner à mes petits cupcakes que tu trouves tellement insignifiants ? Je te l'ai déjà dit, les gens d'ici ne possèdent peut-être pas le plus sophistiqué des palais, mais je leur propose quelque chose que je suis certaine qu'ils apprécieront et que j'aime préparer. Si je voulais réaliser des pâtisseries d'un raffinement ridicule, je le ferais. Mais ils ne comprendraient pas ma démarche, et je ne serais pas satisfaite.

—Dans ce cas, ils auront peut-être des difficultés à comprendre la mienne.

—Ne dis pas de bêtises. Tu es célèbre et tu plais aux femmes. Je ne peux pas te battre sur ce terrain-là. Et je sais qu'ils seront déçus quand tu partiras, affirma-t-elle, sincère, sans la moindre trace de colère dans la voix. (Elle déposa la poche à douille pour le regarder droit dans les yeux.) Je ne cherche pas à trouver une excuse pour rejeter ton offre. Je… j'aurais préféré que tu ne sois jamais venu ici. Je suis désolée. Ça n'a rien de personnel, Baxter. J'aimerais que personne d'autre ne vienne ici. Je sais bien que je me montre terriblement égoïste. Mais c'est pour ça que je suis venue sur cette île et que j'ai décidé de rester. Cet endroit, ces gens, ils m'appartiennent. Je n'ai pas envie de les partager. Je ne veux pas entrer en compétition avec qui que ce soit. Je ne travaille plus dans ces conditions-là, c'est fini. On est tous les deux un peu égoïstes. On tente d'obtenir ce qu'on veut sans s'inquiéter des autres. Mais je te signale que je suis arrivée la première.

Elle le regarda, l'air perdue, fatiguée peut-être, mais pas vaincue. Il ne devait pas la sous-estimer.

—Tu es convaincu que je me montre injuste envers toi parce que je refuse de te laisser une chance, déclara-t-elle. Mais, au moins, je suis honnête.

Baxter se sentait également un peu perdu. Il n'était pas habitué à se retrouver dans cette position, et il ne pouvait s'en prendre qu'à lui-même.

— Je sais que je me suis montré terriblement maladroit. Je le reconnais, tout est ma faute. Je n'aurais jamais dû demander à mon équipe de tout préparer et de débarquer ici, ajouta-t-il en levant la main pour l'empêcher de l'interrompre. Tu as tous les droits de refuser de m'écouter, mais, s'il te plaît, laisse-moi finir.

— Baxter…

— Je vais tourner *Hot Cakes* ici pendant une ou deux semaines. Ensuite, je ferai mes valises et je disparaîtrai.

— Tu retournes à New York ?

Il secoua la tête.

— Sugarberry n'est que notre première étape.

Elle le regarda, ébahie.

— Donc tu comptes emmener ton émission de desserts raffinés avec toi… Et puis quoi ?

— On ira dans une autre petite ville où je cuisinerai. Pour le même genre de personnes qui t'a poussée à venir t'installer ici. Je veux leur apprendre à utiliser leur imagination en cuisine et j'aimerais également qu'ils m'apprennent ce qu'ils savent. La seule différence, c'est que j'ignore comment je vais tenir pendant une saison. Et toi, tu prévois d'en vivre. (Il traversa la pièce.) Montre-moi comment tu fais.

— Tu veux que je sois ton mentor ? C'est pour ça que tu es venu ici ? Tu as eu cette grande idée pour la nouvelle saison et tu ne sais pas comment la mettre en pratique ?

— Non, j'ai imaginé tout ça afin d'avoir une excuse pour débarquer à Sugarberry, te revoir et retravailler avec toi.

— C'est ça, oui! Tu aurais peut-être pu imaginer un truc pareil s'il ne s'agissait que d'une émission. Attention, ça ne veut pas dire que je te crois! Mais une saison entière? Tu es sérieux?

— On ne peut plus sérieux.

Elle le regarda pendant plusieurs minutes, et son expression changea.

— Tu es vraiment sincère? demanda-t-elle, ébahie. Et ils ont accepté?

— Je peux me montrer très convaincant quand je veux vraiment quelque chose, affirma-t-il avec un petit sourire sardonique. Sauf en ta présence, apparemment. (Il se rapprocha.) Tu as toujours été mon mentor. Ça te surprend vraiment?

— Qu'est-ce que tu veux dire?

— Que j'ai autant appris de toi que tu as appris de moi. Tu me poussais dans mes derniers retranchements, tu me provoquais. C'est en cherchant à t'impressionner que je suis devenu meilleur.

— Tu voulais m'impressionner? Baxter, le monde entier envie ton talent. Tu les impressionnes sans fournir le moindre effort. Je suis certaine que je n'y suis pour rien.

— C'est faux. Tout ça, c'est grâce à toi.

Oubliant toute prudence – et la ganache qui maculait sa chemise –, il prit le visage de Leilani entre ses mains. Il espérait qu'elle sente sa sincérité, à défaut de l'entendre dans ses mots.

—Montre-moi ton monde, Leilani, ton nouveau monde. J'adorais t'avoir dans le mien. J'ai toujours été émerveillé par la facilité avec laquelle tu es entrée dans ma vie, avec laquelle tu l'as bouleversée et en as fait quelque chose de complètement nouveau. Je ne devrais sans doute pas être surpris que tu aies choisi un chemin que je n'aurais jamais pensé te voir prendre. Tu as toujours fait tes propres choix. Je ne te connais peut-être pas aussi bien que je le croyais, Leilani, mais je suis complètement fasciné par toutes les facettes de ta personnalité que j'ai eu la chance de découvrir. Je suis certain que tu vas réussir à me surprendre de nouveau.

Elle le regardait, impassible, comme si elle cherchait à se protéger. Il sentit son cœur se fendiller lorsqu'il comprit que c'était de lui. En fait, il eut l'impression qu'il allait carrément se briser. Au moins acceptait-elle de lui parler : elle n'avait pas quitté la pièce.

—Tu n'imagines pas à quel point tout ça me perturbe, à quel point tu me perturbes. Je ne sais plus quoi penser. Je suis une sorte de muse pour toi, c'est ça ? demanda-t-elle en s'écartant et en secouant doucement la tête. C'est compliqué. Tu es compliqué. Je veux quelque chose de simple, de banal.

Pour la première fois depuis qu'il était entré dans la cuisine, il esquissa enfin un vrai sourire.

— Tu peux vérifier auprès de tous ceux qui t'ont rencontrée, que ce soit à New York, à Washington ou encore à Bruxelles, mais je suis certain qu'ils s'accorderont tous pour dire que tu es loin d'être banale. Ton talent, ton regard sur le monde… y compris la vie que tu mènes ici. Je déteste avoir à te l'annoncer, Leilani, mais ceci n'a rien de banal, dit-il en montrant la pièce du menton. Surtout venant de toi.

Elle l'observait attentivement. Il aurait tant aimé savoir ce qu'elle pensait trouver en lui.

— Je ne veux pas de ça, souffla-t-elle.

Il savait qu'elle ne parlait pas de la boutique, mais de lui. Et de tout le bagage qu'il apportait.

— Je suis désolé, je n'avais pas l'intention de te causer des problèmes ou de te blesser. Mais je suis là, et on va tourner l'émission ici. Je ne peux pas revenir en arrière. Alors pourquoi n'accepterais-tu pas d'y participer ? Essaie. Je suis sûr qu'on trouvera un moyen pour travailler ensemble et pas l'un contre l'autre. Je sais que tu es inquiète et je ne cherche pas à minimiser ce qui se passe, mais fais-moi confiance, d'accord ? Je ferai tout pour que ça se passe bien.

— Et quand le tournage sera terminé ? Tu disparaîtras ?

— Je disparaîtrai ?

— Tu as dit que tu irais dans une autre ville. Je n'arrive pas à croire que tu comptes enregistrer une saison entière dans des petites villes. Je ne parviens pas à t'imaginer cinq minutes loin de New York sans que tu deviennes complètement fou ou attrapes de l'urticaire. On dirait qu'il y a un cordon ombilical qui te connecte à l'énergie de la ville. En fait, les métropoles tirent leur énergie des gens comme toi. Tu les nourris, et elles te nourrissent. Je n'ai jamais ressenti ça. Quand je vivais là-bas, j'avais l'impression qu'on me vidait et que je devais trouver un moyen de recharger mes batteries, mais je ne pouvais pas parce que je ne quittais jamais New York. Je ne peux pas t'apprendre à apprécier cet endroit, ou ce que j'ai ici. Soit tu le comprends et tu en as besoin, soit tu ne le comprends pas.

— Je crois que je vois ce que tu veux dire.

Elle lui adressa un regard qui signifiait clairement qu'elle en doutait.

— Je suis sérieux, insista-t-il. Quand je suis retourné à mon hôtel, hier soir, j'ai cru que le silence allait me rendre dingue, mais j'ai dormi comme un bébé. Je me suis réveillé en pleine forme, ce matin. Ça ne m'était plus arrivé depuis une éternité. Je ne sais pas ce qui se passera, ajouta-t-il alors qu'elle restait silencieuse. Tout ce que je sais, c'est que je vais tourner cette émission. S'il te plaît, accepte d'y participer, de travailler avec moi. Quoi qu'il arrive, je ferai en sorte que tu en retires des bénéfices sur le plan professionnel.

— Je viens de m'apercevoir de quelque chose.

— Ah, oui ? Quoi ?

Elle prit les mains de Baxter pour les écarter de ses joues, les tint un moment dans les siennes, puis les lâcha.

— Tu es comme une grande ville. Tu es enthousiaste et plein d'énergie, mais également terriblement épuisant. Tu veux plein de choses ; tu prends, tu prends, et tu as l'impression que tu donnes en retour parce que tu es un type bien. Tu fais en sorte que les autres profitent de tes choix. Mais tu ne m'écoutes pas. Je ne veux pas de ce que tu as à m'offrir. Pas d'émission, pas de bénéfices, rien, je ne veux rien de tout ça. Tu es persuadé que tu m'aides, mais ça m'épuise complètement.

» Pourquoi est-ce que tu refuses de comprendre ? demanda-t-elle, avec plus de lassitude que de colère. Je me fiche que tu comprennes pourquoi je suis venue ici et je n'ai pas envie d'essayer de te l'expliquer. Je ne veux pas de ton aide et je n'en ai pas besoin pour réussir. Je veux y arriver toute seule. C'est très important pour moi. Je veux découvrir de quoi je suis capable. Mais qu'est-ce que je peux faire, à présent ? Si j'accepte de travailler avec toi, la vie que je mène aujourd'hui sera à jamais liée à celle que j'ai quittée, à toi et à ton succès. Et toi, tu repartiras. Je ne saurai jamais si j'aurais pu réussir par moi-même. Je serai incapable de dire à quel point ta notoriété aura joué un rôle dans le succès de ma pâtisserie. (Elle mima un panneau imaginaire au-dessus de sa tête.) Le chef Hot Cakes a cuisiné ici ! (Elle baissa les bras.) Où suis-je censée aller pour recharger mes batteries ?

Baxter fit un grand pas en arrière. Dans tous les sens possibles. Il avait vraiment commis une erreur monumentale.

—Je suis… Je ne sais pas comment te dire à quel point je suis désolé.

Il n'avait jamais été aussi sincère, ne s'était jamais senti aussi inutile.

—Je n'ai jamais voulu ça… J'aurais dû y réfléchir davantage. Enfin, j'y ai réfléchi mais j'ai cru… J'ai cru que tu… que nous…

Il s'interrompit, conscient que ça ne les aidait pas, ni l'un ni l'autre.

—Tu as raison. Je n'ai pas pensé à toi. Pas assez, avoua-t-il.

Il évita son regard et soupira en se passant la main dans les cheveux, oubliant que ses doigts étaient encore maculés de ganache au chocolat.

—Je vais… je vais tout arrêter, déclara-t-il en se redressant pour la regarder droit dans les yeux. Je trouverai un moyen et, si nécessaire, je rembourserai la chaîne moi-même. On tournera dans une autre ville ou… Ça n'a aucune importance. Je n'aurais jamais dû faire ce que j'ai fait.

—Non, tu n'aurais jamais dû. Mais tout le monde sait que tu es ici. J'aurais vraiment aimé que tu puisses aller tourner ton émission dans une autre ville, mais, à présent que j'y réfléchis, je ne crois pas que tu pourrais, Baxter, même si tu le voulais.

—Je te le répète, je ferai tout ce qu'il faut pour…

—Non. Aucun de nous deux n'a vraiment le choix. Tu dois tourner ton émission ici.

—Mais…

— Il y a des gens qui comptent sur toi. Si tu ne tournais pas ton émission à Sugarberry, je me ferais lyncher par les habitants de l'île. S'ils découvrent que je suis responsable de ton départ, ma vie sera foutue. Ma pâtisserie, en tout cas.

Elle lui tourna le dos et s'appuya un instant contre le plan de travail avant de récupérer sa poche à douille.

— C'est trop tard. On ne peut pas revenir en arrière.

En la voyant aussi tendue, il avait peine à croire qu'à peine quelques minutes auparavant elle dansait en chantant à tue-tête.

— Et puisque tu vas tourner ton émission ici, autant utiliser ma cuisine, déclara-t-elle sur un ton pragmatique. Tout le monde s'y attend. Ils sont surexcités et ne parlent que de ça. Je ne vois pas vraiment où tu pourrais tourner, sinon. L'épicerie la plus proche qui soit équipée d'une cuisine se trouve de l'autre côté du pont ; même l'église de la ville n'en a pas. On a réussi à récolter de l'argent pour ajouter une petite salle des fêtes à notre club du troisième âge pendant le festival. Mais ce n'est vraiment pas l'endroit idéal…

— Tu ne m'as pas dit que vous aviez organisé un grand dîner ? Avant le festival ? Vous aviez quand même besoin d'un endroit pour tout préparer, non ?

— Ça s'est fait à la fortune du pot.

— Et c'est où, ça ?

— Ce n'est pas un lieu, c'est une façon de faire. On installe des tentes et des tables, et chacun apporte quelque chose. Non, on fera ça ici. Ne t'inquiète pas, je serai souriante et je me mettrai en quatre pour que les habitants de cette île soient heureux, parce que ces gens comptent pour moi. Je ferai tout ce qu'il faut pour que tu tournes ta maudite émission, puisque tout le monde pense que c'est la seule raison de ta présence ici. C'est le moins que je puisse faire pour ceux que j'aime. (Elle se dirigea vers la chaîne stéréo.) Je trouverai bien un moyen de gérer la situation après ton départ, mais je tiens à le faire seule. Je ne veux pas de ton aide, alors ne songe même pas à venir mettre ton grain de sel.

» À présent, si ça ne te dérange pas, j'aimerais me remettre au travail. Il faut que je prépare les meilleurs cupcakes que tu aies jamais goûtés. Verrouille la porte en sortant.

Elle ralluma la musique et se replongea dans son travail, sans même lui accorder un regard.

Chapitre 7

—Chef? Il y a quelqu'un qui veut vous voir. Je ne crois pas que ce soit un client…

Lani consulta l'horloge murale de la cuisine. Il restait cinq minutes avant la fermeture.

—Au moins, il a choisi la porte d'entrée, cette fois, marmonna-t-elle. Merci, Dree, ajouta-t-elle, plus fort. J'arrive dans une minute.

Ou dans dix.

À sa connaissance, personne n'avait aperçu Baxter ou un membre de son équipe depuis qu'elle l'avait chassé de sa cuisine la veille. Elle savait que ce n'était qu'une question de temps ; il finirait par revenir, tôt ou tard. Probablement plus tôt que tard. Même si elle se réjouissait d'avoir eu une journée et demie de répit pour se ressaisir et récupérer après le festival, elle n'était pas encore prête pour le quatrième round. Malgré ses efforts, Baxter avait réussi à la déstabiliser à chacune de leur rencontre. Il n'avait pas hésité à employer les grands moyens, des moyens… très physiques. Elle pourrait peut-être demander à Dree de rester quelques heures de plus. Le lundi, elle fermait plus tôt – à 18 heures –, mais il y avait encore pas mal de boulot, et une paire de mains supplémentaire ne serait pas du luxe.

Lani rejeta immédiatement cette idée. Était-elle vraiment tombée aussi bas? Envisageait-elle réellement de faire pression sur une étudiante pour la forcer à s'immiscer dans sa vie personnelle? Dree était très douée. À vingt ans, la jeune assistante pâtissière de Lani, qui était également vendeuse, avait l'aplomb d'une femme de quarante. Le terme «aplomb» n'était peut-être pas le plus approprié. Dree était certes très directe, parfois même un peu trop. Mais cette franchise souvent brutale était compensée par son éthique, son investissement professionnel et sa volonté farouche d'apprendre.

—Attendez! Vous ne pouvez pas ent…

Un petit homme trapu et corpulent, avec une barbe en broussaille et une paire de lunettes à monture noire, surgit dans la cuisine, Dree sur ses talons.

—Désolée, chef. Je n'ai pas réussi à…

—Tout va bien, Dree. Tu pourrais fermer? Je vais m'occuper de ce monsieur.

Dree adressa un regard peu amène au petit homme avant de retourner dans le magasin. C'était le genre de regard qui, associé à des cheveux violets coupés en brosse, à des yeux soulignés d'eye-liner noir et à un piercing à chaque arcade sourcilière, suffisait généralement à arrêter n'importe qui. Surtout si on y ajoutait la version Tim Burton du tablier Willy Wonka qu'elle portait.

Le type aux lunettes ne broncha même pas. Il se contenta de regarder autour de lui en clignant des yeux, sans paraître s'apercevoir du remue-ménage qu'il causait, de la réaction ou de la présence de Dree.

Il tendit la main en direction de Lani tout en observant attentivement la cuisine.

— Bonjour, je suis Bernard.

Bien sûr, songea Lani. Elle serra rapidement sa main moite, juste avant qu'il se mette à déambuler dans la pièce.

Il la regarda, presque surpris par son geste. Il esquissa un sourire. Ou, plus exactement, il plissa les yeux en découvrant brièvement les dents, avant de poursuivre son examen.

— Je viens pour préparer l'émission de ce soir. C'est la production qui m'envoie.

— OK.

Lani aurait dû se douter, avant même que sa cuisine soit envahie par cet énergumène, que ce n'était pas Baxter qui demandait à la voir. Si ç'avait été le cas, Dree n'aurait jamais réagi de cette façon. Sa jeune assistante s'efforçait de convaincre le monde entier qu'elle était bien trop cool pour jouer les fans hystériques. Lani savait pourtant que Dree éprouvait énormément de respect pour les grands chefs. Elle connaissait la biographie de tous les noms célèbres de l'histoire de la cuisine, et de quelques autres qui n'étaient connus que dans les cercles professionnels. Étudiante dans une petite école d'art située de l'autre côté du pont, Dree, en plus de posséder un talent extraordinaire, était complètement obsédée par la cuisine.

Lani avait rencontré Dree lorsque celle-ci s'était présentée à la boutique pour lui proposer ses services gratuitement, dans le cadre d'un projet de l'école. Il s'agissait de créer un logo, qui pourrait également être reproduit sur des tasses, des tee-shirts et tout autre support auquel Lani aurait pu penser. Désireuse d'en savoir plus sur le projet en question et sur la personnalité de l'artiste, Lani avait demandé à Dree de lui montrer quelques échantillons de son travail afin de s'assurer que la jeune femme pourrait dessiner, malgré un style personnel plutôt sombre, un logo représentant quelque chose d'aussi saugrenu qu'un cupcake.

Il lui avait suffi d'un regard pour constater le talent de Dree, mais c'était surtout le choix de ses sujets qui avait fasciné Lani. Sans surprise, les œuvres de Dree appartenaient plutôt au genre fantastique. Mais, en lieu et place des dessins post-apocalyptiques à la Mad Max auxquels elle s'était attendue, elle avait découvert des jardins utopiques richement colorés et peuplés de créatures ailées, des univers féeriques pleins de détails subtils. Il ne manquait plus que la route de brique jaune pour y entrer.

Elle avait accepté de travailler avec Dree sur-le-champ. Puis, ce qui était au départ une collaboration ponctuelle et scolaire avait évolué en une relation très différente lorsque Dree avait goûté l'une des dernières créations de Lani et fait des commentaires sur chaque ingrédient de la préparation. Elle lui avait également expliqué pourquoi, selon elle, les différentes saveurs fonctionnaient si bien ensemble.

Lani avait appris que Dree n'était pas entrée dans sa pâtisserie par hasard. Elle avait suivi l'extraordinaire ascension de Baxter et la carrière de Lani en tant que chef pâtissière chez *Gâteau*. Cette déclaration avait quelque peu surpris Lani, mais l'avait aussi beaucoup flattée.

Comme Dree était toujours étudiante, elle ne cherchait pas de boulot et n'envisageait pas de se lancer dans le monde de la gastronomie. Sa passion pour la cuisine tenait davantage du hobby que d'un choix de carrière. Puis, au début des vacances, Lani s'était aperçue qu'elle devait engager une assistante.

Tandis qu'elles discutaient du logo de la pâtisserie, Dree lui avait donné un coup de main en cuisine et, lorsque les clients avaient soudain afflué, Dree s'était glissée derrière le comptoir pour s'occuper d'eux et répondre à leurs questions. Grâce à elle, les ventes avaient même augmenté. Dree était réellement indispensable : aussi était-elle devenue officiellement, le soir même, la première employée de *Cakes by the Cup*.

Une employée qui insistait pour suivre les règles du milieu et appeler son nouveau patron « chef » malgré les demandes de Lani, qui aurait préféré un titre légèrement moins formel. Après tout, elle tenait une boutique de cupcakes ; elles n'étaient pas chez *Gâteau*. Lani était pourtant bien forcée d'admettre qu'elle appréciait cette marque de respect. C'était assez déstabilisant de découvrir que certains aspects de son ancienne vie lui manquaient toujours.

En souriant, elle secoua la tête : c'est à ce moment-là qu'elle prit réellement conscience de ce que Bernard venait de dire.

— Ce soir ?

Il faisait les cent pas dans la cuisine et se tourna vers elle.

— C'est l'heure de la fermeture, n'est-ce pas ? Baxter nous a dit qu'on devait attendre la fermeture pour entrer. Je crois qu'il vaudrait mieux qu'on apporte tout le matériel par la porte de derrière. Je ne crois pas que vous aimeriez qu'on salisse votre carrelage. On devra installer l'éclairage devant, mais Baxter veut qu'on mette tout en place ici. On commence à filmer dans la matinée et on est déjà en retard sur le planning.

Il la toisa d'un air offusqué.

Pourquoi ? Parce que son équipe et lui ne pouvaient pas entrer dans son magasin durant les heures d'ouverture ? Comment osait-il ?

— Dans la matinée ? Demain matin ? Mais je dois…

Elle s'interrompit en voyant Bernard froncer les sourcils. De toute évidence, ce n'était pas à lui qu'elle devait s'adresser.

— Il faut que je passe un coup de fil. Avant que vous… fassiez quoi que ce soit.

Il prit un bloc-notes et d'autres appareils électroniques qui ressemblaient à un compteur Geiger, ou à un truc du genre.

—Je prends simplement quelques notes. Il faut que je mesure la pièce et que j'examine votre tableau électrique pour voir quels générateurs on va utiliser. Il ne faut pas que les plombs sautent.

Oh, mais je pète déjà les plombs, moi, eut-elle soudain envie de hurler.

Et cela ne fit qu'empirer lorsqu'il ajouta :

—Les camions arriveront d'ici à une heure.

—C'est ça, dans une heure.

Elle commençait à se sentir vraiment anxieuse lorsque Dree passa la porte battante menant à la pâtisserie.

—Tout est bouclé, je me suis occupée de la caisse, dit-elle en désignant le sac contenant les recettes. Est-ce que…

Elle jeta un coup d'œil à Bernard, qui semblait fasciné par le tableau électrique, avant d'indiquer discrètement le bureau en articulant silencieusement le mot «coffre-fort».

Lani acquiesça.

—Vous voulez que je reste ?

—Non, ça va, je…

Elle tendait déjà la main pour prendre son portable lorsqu'elle se souvint que Baxter ne lui avait pas donné son numéro. Elle ignorait également dans quel hôtel de Savannah il s'était installé.

—Nom d'un chien !

—Vous êtes sûre que vous ne voulez pas que je reste ? insista Dree.

Lani faillit lui dire qu'elle n'avait pas besoin que quelqu'un la surveille, mais comprit soudain que Dree ne s'inquiétait pas de la laisser seule avec Bernard. Elle mourait d'envie de participer aux préparatifs de l'émission et peut-être même d'apercevoir le chef Hot Cakes en personne. Contrairement aux autres habitantes de Sugarberry, Dree ne lui avait pas posé une seule question du style : « Quel genre d'hommes est Baxter ? » Ou encore : « Qu'est-ce que ça fait de travailler avec le docteur Mamour de la cuisine ? » Lani était convaincue que Dree en savait déjà plus sur Baxter que n'importe qui.

— Je... Alva va probablement passer pour récupérer ses cupcakes.

— Ah oui, c'est ce soir, le championnat de poker. J'ai parié avec un type de ma classe de dessin que la police interviendrait. On était d'accord pour dire qu'elle débarquerait de toute façon, alors on s'est limités à avant ou après minuit. (Dree réfléchit un instant.) À quelle heure Alva vient-elle chercher ses cupcakes, déjà ?

— Très amusant. Tant que tu y es, pourquoi tu ne l'appelles pas pour lui demander quelle est la cote ? Je suis certaine qu'elle prend déjà des paris.

— Bonne idée.

Lani lui expliqua rapidement comment ôter les caissettes et ajouter le glaçage sur le dessous des cupcakes avant de les emballer, têtes en bas, dans les boîtes qu'elle avait préparées.

— Glace-les tous et mets-en trois douzaines de côté pour Alva. Tu n'auras qu'à choisir les plus beaux. Elle passera les prendre un peu avant 19 heures.

Dree se lavait déjà les mains.

— Vous comptez les ajouter à la carte ? Ils ont l'air exceptionnels.

Lani et Alva s'étaient décidées pour des moelleux renversés. Ces cupcakes allaient à l'encontre de toutes les lois limitant la quantité de chocolat dans un petit gâteau. Ils représentaient la version personnelle qu'avait Lani du délice ultime : un cœur moelleux de cacao amer légèrement épicé, et une ganache au chocolat crémeuse et brillante. Selon Alva, ils étaient à mourir de plaisir.

La veille, celle-ci était arrivée de bonne heure, vêtue de ses plus beaux habits du dimanche. Ce qui ne l'avait pourtant pas empêché d'enfiler son tablier Mon Petit Poney, qu'elle avait accroché à une patère, juste à côté de celui de Dree – comme si elle travaillait à la pâtisserie – et de donner un coup de main à Lani pour préparer ses cupcakes en discutant du choix des armes secrètes pour le tournoi de poker. Au début, Lani s'était montrée un peu réticente, se reprochant d'avoir laissé Alva participer à sa séance de roulades thérapeutiques de la veille, mais avant que Lani puisse lui expliquer, poliment bien sûr, qu'il y avait des limites à respecter, Alva avait déjà parfaitement décoré la moitié d'un plateau de cupcakes. Aussi Lani avait-elle décidé de la laisser continuer. Tandis qu'elles bavardaient, Alva s'était montrée tellement efficace que Lani avait proposé de lui accorder une remise sur les moelleux pour la remercier.

Alva, en joueuse invétérée, avait fait semblant d'étudier son offre avant de la refuser en expliquant qu'elle s'était amusée durant leurs petites séances improvisées, mais ne voulait surtout pas que Lani pense qu'elle cherchait à obtenir un traitement de faveur si jamais elle venait lui donner un coup de main. Lani, qui voulait se montrer juste, lui fit pourtant un prix avant d'annoncer à Alva qu'elles régleraient les détails d'éventuelles futures commandes en temps voulu. Après le départ de la vieille dame, elle était de si bonne humeur qu'elle avait allumé sa chaîne stéréo et dansé de longues heures en préparant ses cupcakes pour l'ouverture de la boutique.

C'était à ce moment-là que Baxter avait fait son apparition. Son envie de danser s'était aussitôt volatilisée.

— Ils pèsent près de deux cent cinquante grammes chacun, affirma Dree en ôtant prudemment les caissettes en papier. Je devrais peut-être changer mon pari et miser sur la capacité de ces dames à venir à bout de ces petites merveilles.

Lani jeta un coup d'œil à Bernard avant de reporter son attention sur Dree.

— On voit que tu ne les as jamais rencontrées. Je ne sais pas encore si je vais ajouter ces cupcakes à la carte. La préparation est assez longue, et ils ne se conservent pas longtemps. Je préfère attendre de voir ce qui va se passer ce soir. Excuse-moi une minute.

— Bien sûr, chef.

Lani esquissa un petit sourire et rejoignit Bernard qui étudiait la boîte à fusibles.

— Ne vous inquiétez pas, on amène notre propre réseau électrique, affirma-t-il.

— Pourquoi je m'inquiéterais ?

Il lui adressa un sourire en coin.

— La production aurait pu faire exploser votre facture d'électricité.

— Ah bon !

Sa facture aurait pu augmenter ? Elle n'avait pas pensé à ce genre de choses. Elle s'était plutôt efforcée de réfléchir à la façon dont elle allait réussir à travailler aux côtés de Baxter. Avec des caméras qui suivraient le moindre de ses mouvements, en plus. Elle aurait dû s'inquiéter pour sa pâtisserie, ou du prix que l'émission risquait de lui coûter, et non pas de sa santé mentale. Après tout, n'avait-elle pas affirmé à Baxter que c'était ce qui comptait réellement à présent ? C'était peut-être le moment de se concentrer uniquement sur sa boutique et d'oublier les réactions qu'il provoquait chez elle. Il était vraiment temps qu'elle se décide à régler ce problème. Il suffisait qu'elle pense à lui pour que ses hormones s'affolent. *Nom d'un chien !*

Elle sortit son portable de sa poche, bien décidée à obtenir de Bernard un numéro à appeler. C'est alors que la porte de derrière s'ouvrit sur son père.

— Bonsoir, Dree, dit-il avec un petit signe de la tête avant de l'interroger du regard en apercevant Bernard, qui se tenait derrière elle.

— Bonsoir, commissaire, rétorqua Dree, toujours concentrée sur son travail.

Comme sa fille, il esquissa un petit sourire et ne prit pas la peine de corriger son erreur. Il était shérif et non commissaire. Dree, venant de Boston, éprouvait quelques difficultés à comprendre le concept de shérif. Ou alors, elle voyait en lui le flic de Washington qu'il avait été. Comparé à ses autres collègues, il avait toujours l'air d'un policier de la capitale.

Lani remarqua qu'il observait de nouveau Dree – son tablier Willy Wonka, ses cheveux violets, sa peau pâle et la fée tatouée dans son cou –, puis il secoua doucement la tête et se dirigea vers sa fille.

Lani sourit en faisant le tour du plan de travail pour aller à sa rencontre.

— Qu'est-ce qui t'amène si tard ? Tu ne crois quand même pas que je vais t'offrir des cupcakes ? Ils sont pour les amies d'Alva. Si tu en veux, tu devras les confisquer ou les réquisitionner pendant le tournoi de poker.

— Ils ont l'air d'en valoir la peine, mais ce n'est pas pour ça que je suis venu.

— Non ?

— C'est pour le boulot ; je suis censé rencontrer ton M. Dunne.

— Ce n'est pas mon M. Dunne, ni mon quoi que ce soit, d'ailleurs.

— On a reçu des demandes pour différents permis de la part de son équipe de production. J'ai besoin d'obtenir quelques informations avant de les accorder. Où est-il ?

— Pas ici.

Du moins pas encore.

— Le chef Dunne vient ici ? Ce soir ? demanda Dree, en interrompant son minutieux glaçage pour les regarder. Pardon, je ne voulais pas vous espionner, j'ai juste…

— Ça va, Dree. Tu n'as qu'à rester, je vous présenterai.

Dree acquiesça et s'efforça de ne pas afficher l'air béat des gagnants du loto ou des enfants le matin de Noël, mais Lani ne l'avait jamais vue aussi radieuse, ou aussi heureuse. Lani aurait dû s'en amuser. Après tout, Baxter provoquait ce genre de réaction même chez les plus endurcis. Elle n'arrivait pas à comprendre pourquoi le comportement de Dree l'énervait. Elle avait envie de lui expliquer que le merveilleux chef Hot Cakes risquait de transformer leur existence en un véritable cirque.

— Je deviens complètement folle à cause de lui.

— Je te demande pardon ? demanda son père.

— Quoi ? Oh, ce n'est rien. Je ne peux pas te dire quand il compte se montrer parce que je ne connais pas le planning. Il n'a pas pris la peine de me mettre au courant.

Son père fronça les sourcils. Lorsqu'elle aperçut la lueur de détermination farouche qui brillait dans son regard, elle regretta amèrement ses paroles. Elle savait qu'elle devait faire attention à ce qu'elle disait devant lui, surtout lorsqu'il s'agissait de Baxter.

— Tu veux que je suspende les permis ? Pour que tu aies le temps d'arrêter tout ça ? Je peux même y mettre un terme moi-même, si…

— Papa, non. Je suis désolée, je ne voulais pas t'inquiéter. J'ai déjà donné mon accord, et tout le monde est très enthousiaste. Ça m'embête un petit peu, c'est tout. Hors de question de retarder les permis, d'accord ? demanda-t-elle en le regardant droit dans les yeux. Plus tôt on commencera à tourner, plus tôt ce sera terminé.

— Ça va durer combien de temps ?

— Je ne sais pas. On n'en a pas vraiment discuté…

Elle s'interrompit lorsque Alva entra, tout sourires.

Lani inspira profondément, tentant de juguler la poussée d'adrénaline qu'elle ressentait chaque fois que la porte de derrière s'ouvrait.

— Regardez ces petites merveilles.

Alva, aussi radieuse que Dree, mais dans un style très différent, s'extasia devant les magnifiques rangées de cupcakes renversés. Elle joignit les mains devant son cœur.

— Je sens ma chance qui augmente à chaque minute.

— J'ai presque fini de les emballer, indiqua Dree.

— Pas de problème. Je suis en avance, je vais vous aider.

Avant que Lani ait le temps de réagir, Alva avait déjà filé vers l'armoire, enfilé son tablier Mon Petit Poney et rejoint Dree.

— Qu'est-ce que j'ai fait ? interrogea Lani en secouant la tête.

— Je te demande pardon ? demanda son père, pour la seconde fois.

Lani quitta des yeux le duo Dree / Alva – plutôt mal assorti, question look – pour se concentrer sur son père.

— Tu devrais peut-être t'adresser à Bernard, là-bas. Je crois que c'est lui qui gère l'éclairage, l'équipement et le reste. Il pourra peut-être répondre à tes questions.

Son père acquiesça et regarda un instant les deux femmes emballer les cupcakes, d'un air dubitatif. Il se dirigea vers Bernard qui s'efforçait de déchiffrer… quelque chose.

Lani s'apprêtait à suivre son père, déterminée à découvrir le genre d'équipement qu'ils comptaient amener dans une cuisine qui semblait déjà bondée, lorsque la porte de derrière s'ouvrit une fois de plus.

Elle eut la surprise de découvrir…

— Charlotte ?

— Surprise ! la salua celle-ci en entrant.

— Quoi ?

Lani contourna les tables en vitesse tandis que Charlotte se précipitait à sa rencontre. Elle la serra avec force dans ses bras, tout en sautillant.

— Comment ? voulut savoir Lani, toujours persuadée d'être victime d'une hallucination.

— Tu m'as invitée, tu te souviens ? Plusieurs fois, même.

— Je sais bien, mais comment tu as réussi à te libérer ? Ton emploi du temps était sur…

— Il y a eu un incendie.

— Oh, non ! Tout le monde va bien ? demanda Lani en s'écartant mais en tenant toujours Charlotte par le bras.

Celle-ci acquiesça.

— Heureusement, le restaurant était fermé quand ça s'est passé. Tout le monde va bien, mais on ne pourra pas rouvrir avant deux semaines, voire plus si l'inspection sanitaire ne donne pas son feu vert.

— Et Franco ? demanda Lani en jetant un coup d'œil à la porte toujours ouverte.

— Il n'a pas pu venir. Tu le connais, il a toujours une dizaine de projets en cours dans je ne sais plus combien de cuisines différentes. Il ne quitterait jamais la ville.

— Toi non plus, normalement, rétorqua Lani en riant.

— Tu avais besoin de moi, alors me voici. (Charlotte regarda autour d'elle.) Il semble pourtant y avoir beaucoup de monde ici.

— Je me disais justement la même chose. Mais c'est ton arrivée qui me réjouit le plus. Viens, je vais te présenter.

Lani glissa le bras sous celui de Charlotte et le serra avec douceur pour se prouver que sa meilleure amie était bien là, en chair et en os.

— Tu comptes rester deux semaines ? Je t'offre le gîte – j'ai une chambre pour toi –, mais tu devras te débrouiller seule pour les repas. Je n'ai jamais le temps d'aller faire les courses. Si tu es partante pour une nuit de thérapie culinaire, on pourra vivre de farine et de crème pâtissière pendant quelques jours.

— Ce ne serait pas la première fois.

Charlotte adressa un petit signe aux autres, qui s'étaient tous arrêtés pour les regarder. Sauf Bernard qui faisait… des trucs de Bernard. Elle baissa la voix et pencha la tête vers Lani.

— Tu n'es pas trop occupée pour une nuit de thérapie culinaire ?

— On n'est jamais trop occupé pour une nuit de thérapie culinaire.

— Ça, c'est vrai, sourit Charlotte.

— En fait, je crois même que je vais en avoir besoin très bientôt.

— Je suis ici pour servir et cuisiner, déclara-t-elle en exécutant un bref salut.

— Je n'arrive pas à croire que tu sois vraiment là, dit Lani en lui serrant le bras d'un geste affectueux.

— Moi non plus.

Charlotte reporta son attention sur les quatre autres et leur adressa un sourire prudent – tel un étranger s'efforçant de déterminer si la population locale était hostile.

— Bonjour. Je suis Charlotte Bhandari. J'étais dans la même école de cuisine que Leilani.

Lani sembla enfin sortir de sa petite bulle de bonheur et s'avança au milieu de la pièce.

— Charlotte est l'une des meilleures pâtissières de New York. Elle dirige l'équipe du restaurant *La Mandragore*. Charlotte, voici Dree, qui m'aide pendant ses vacances. Et Alva…

— Moi, je l'aide pendant ma retraite ! poursuivit Alva avec un sourire amical mais une petite étincelle presque inquiétante au fond des yeux.

— Et tu connais déjà mon père, ajouta Lani tandis que le shérif laissait Bernard à ses occupations et se dirigeait vers elles.

— Je suis heureux de vous revoir, Charlotte. Ça fait bien trop longtemps.

Depuis l'enterrement de la mère de Lani, en fait, mais ils préférèrent s'abstenir de le préciser.

— Je suis bien d'accord avec vous, rétorqua Charlotte. Lani m'a dit que vous alliez bien. Je suis très heureuse pour vous, monsieur Trusdale – pardon, shérif Trusdale.

— Vous pouvez m'appeler Leyland.

— Ça risquerait de déplaire à ma mère, affirma Charlotte avec un sourire. Et, croyez-moi, il vaut mieux ne pas lui déplaire.

— C'est noté, acquiesça le père de Lani en souriant. (Il se tourna vers sa fille.) Tu as visiblement beaucoup à faire. Bernie m'a donné les infos dont j'avais besoin, je vais y aller. Dis à M. Dunne que j'aurai besoin de lui parler, à lui ou à Rosemary.

— Rosemary ? demanda Lani en fronçant les sourcils.

— Sa productrice, répondirent en chœur son père et Charlotte.

— Je lui ai parlé plus tôt dans la journée, précisa-t-il.

— Je la connais parce que l'un de mes collègues sort avec son assistant. Brenton, articula Charlotte à l'adresse de Lani.

— D'accord, dit Lani en faisant un grand sourire à son père. Ne t'inquiète pas, je lui transmettrai le message, ajouta-t-elle pour l'empêcher de poser d'autres questions.

— C'était un plaisir de vous revoir, shérif, déclara Charlotte, mettant ainsi un terme à la conversation.

Lani lui serra brièvement le bras pour la remercier.

Le shérif acquiesça et se dirigea rapidement vers la sortie.

— Je fermerai devant, pas la peine de m'accompagner, prévint-il en disparaissant par la porte de la cuisine.

— Brenton est ici ? demanda Lani à Charlotte.

— Franco se serait glissé dans mes bagages si c'était le cas, répondit son amie en secouant la tête.

— C'est vrai, j'oubliais. Il n'hésiterait pas à quitter New York pour un homme, mais pour moi…

— Sans blague ? rétorqua Charlotte, et elles éclatèrent de rire. Brenton est toujours à New York parce qu'il travaille dans l'équipe de postproduction de la saison qui commence cette semaine. Franco m'a promis qu'il nous téléphonerait s'il apprenait quelque chose d'important.

— On a fini, déclara Dree.

Lani se tourna pour reporter son attention sur les cupcakes, tandis qu'Alva et Dree fermaient les dernières boîtes.

Charlotte s'approcha du plan de travail pour les examiner d'un peu plus près sans les toucher.

— Ils ont l'air exquis, affirma-t-elle en levant les yeux vers Lani. Tu partages?

— Vous jouez au poker? demanda Alva.

— Malheureusement non, sourit Charlotte. Mais si vous avez une équipe de mah-jong vous pouvez compter sur moi.

— Je m'en souviendrai, rétorqua Alva, avec un petit sourire cachottier.

— Dree, tu peux aider Alva à charger les boîtes dans sa voiture?

— Bien sûr. Et, après, j'y vais? demanda-t-elle en regardant derrière Lani et Charlotte.

— Hum… (Lani regarda Charlotte, puis Bernard.) Je ne sais pas vraiment comment ça va se passer au niveau de l'installation de l'équipement ou du tournage, mais je vais sans doute avoir besoin de toi. Est-ce que tu pourrais m'envoyer un e-mail avec ton emploi du temps pour les deux prochaines semaines? Je te donnerai les dates et les heures où j'aurai besoin de ton aide, et on essaiera de se mettre d'accord. Ça te va?

— Super.

— Et je te promets que tu pourras le rencontrer.

En général, le sourire de Dree tenait davantage de la grimace, mais, pour le coup, elle dévoila quelques dents.

— Génial.

Sa démarche sembla également plus légère lorsqu'elle partit aider Alva.

— Elle en pince pour le chef Hot Cakes ? chuchota Charlotte en se penchant vers Lani.

— Et pas qu'un peu, murmura Lani.

— Ça arrive même aux meilleures, soupira Charlotte avant d'adresser un sourire entendu à son amie.

— Et dire que je comptais t'accueillir chez moi.

— Je sais, dit Charlotte sans simuler le moindre remords. Heureusement pour moi que je suis une excellente thérapeute culinaire. Et je ne fais pas payer les heures supplémentaires. Je peux même apporter mon propre chocolat.

— Non ?

— Oh que si.

— Du chocolat de chez *Frustat* ? Sur la VIIᵉ Avenue ?

Charlotte hocha la tête.

Lani l'enlaça de nouveau et alla même jusqu'à pousser des petits cris de joie.

Alva passa la tête par la porte.

— Je suis ravie de vous avoir rencontrée, mademoiselle Charlotte. Lani Mae et ses amis sont les bienvenus chez Laura Jo ce soir. N'hésitez pas à amener tout autre chef pâtissier de votre connaissance, ajouta-t-elle avec un sourire malicieux.

— Merci, Alva. Je vais probablement être coincée ici pour la soirée, mais votre invitation me touche beaucoup. Il faudra que vous me disiez si elles ont aimé les cupcakes.

— Vous saurez tout, la rassura-t-elle. Ce sera le sujet de ma première rubrique.

— Vous avez réussi à convaincre Arthur ? demanda Lani, surprise. Vous ne lui avez quand même pas dit que vous aviez une interview exclusive de Baxter ? s'enquit-elle, méfiante. Parce que vous savez bien que je ne peux pas vous promettre que…

— Ma chère, j'ai déjà réglé ce petit détail. Le chef Dunne est un gentleman qui tient ses promesses. Il vient dîner chez moi cette semaine.

Vraiment ? Lani eut envie de lui poser des dizaines de questions, mais, puisqu'elle avait précisé à Baxter qu'elle ne tenait pas à ce qu'il se mêle de sa vie privée, elle n'avait aucun droit de chercher à savoir comment il occupait son temps sur l'île.

— C'est… merveilleux ! lança-t-elle, en s'efforçant d'avoir l'air sincère. Je suis contente pour vous. Je suis assez surprise que vous n'utilisiez pas l'interview pour votre première rubrique.

— Il faut battre le fer tant qu'il est chaud, ma chère. M. Dunne est pris dans les prochains jours, et le tournoi de poker de ce soir promet de battre beaucoup de fer chaud, si vous voyez ce que je veux dire. Ce sera même du fer en fusion, ajouta Alva, dont le sourire se fit de plus en plus malicieux.

—Vous avez raison, rétorqua Lani qui s'amusait de la situation même si elle savait qu'elle aurait mieux fait de ne pas encourager la parieuse invétérée qu'était Mamie Nova.

—Ce sera dans l'édition de demain ! On en parlera encore jusqu'à la suivante, et c'est justement à ce moment-là qu'ils découvriront mon article sur le chef Hot Cakes.

—Ça promet d'être intéressant.

—Vous n'avez pas besoin de moi pour que ça devienne intéressant, ma chère, déclara Alva en haussant les sourcils.

Sans attendre la réaction de Lani, elle disparut, et la porte se referma sur elle dans un dernier « clic ».

—Je vois ce que tu voulais dire, affirma Charlotte, les yeux rivés sur l'entrée de derrière.

—Ça fait partie des choses que tu dois voir par toi-même pour les comprendre.

—Tu as raison, acquiesça Charlotte. Dis-moi, tu as bien conscience qu'elle va écrire un article sur Baxter et toi, n'est-ce pas ? Tu crois que c'est pour ça qu'elle joue les joyeuses petites assistantes ?

—Je ne la vois pas faire ce genre de choses, mais elle était dans un tel état quand il y a eu les scandales du tournoi de poker… Je ne sais pas, elle a peut-être pensé qu'elle pourrait profiter de la situation.

—Et qu'est-ce que tu comptes faire ?

—Rien du tout.

—Sérieusement ? demanda Charlotte, surprise.

—Tu l'as rencontrée. Tu crois vraiment que je parviendrais à l'arrêter ? Et elle est plutôt efficace.

Charlotte réfléchit un instant avant de hocher la tête.

—Ah, oui. « Connais ton ennemi », comme dit le proverbe.

—Alva n'est pas mon ennemie, sourit Lani. Mais je vois ce que tu veux dire.

—Mademoiselle Trusdale ?

En entendant la voix de Bernard, Charlotte et Lani se retournèrent. Lani avait complètement oublié qu'il était encore là.

—Oui ?

—J'ai reçu un appel de Baxter. Il est en réunion avec notre productrice et notre directeur. On ne va rien pouvoir installer avant demain.

—Je dois travailler, demain.

—Euh, oui…, dit-il, visiblement embarrassé pour la première fois depuis son arrivée. À propos de ça…

—Bernard…, le prévint Lani.

Il se mit à cligner des yeux avec frénésie tout en tenant son bloc-notes comme un bouclier.

Lani eut soudain l'impression d'avoir frappé un chiot, un chiot complètement myope. Elle soupira.

—D'accord. Mais j'ai besoin de parler à Baxter. Le plus vite possible.

—Très bien, rétorqua-t-il, soulagé. Il aimerait passer chez vous après la réunion. Pour discuter du planning des tournages et… de ce que vous voulez, ajouta-t-il de plus en plus rapidement alors qu'elle haussait les sourcils. Je suis certain qu'il est en train de demander des précisions pour pouvoir vous informer…

—C'est bon, Bernard. Détendez-vous.

Lani n'éprouvait aucun plaisir à s'en prendre au messager. Et si Baxter avait des raisons bien à lui – *sans blague?* – de la coincer chez elle, il ignorait qu'elle avait sa propre arme secrète ce soir-là. Elle glissa son bras sous celui de Charlotte.

—Dites-lui que c'est d'accord.

Une heure plus tard, elles avaient nettoyé et fermé la cuisine, et Lani montra le reste du magasin à sa meilleure amie. Charlotte était la première personne de son passé – en dehors de Baxter, bien sûr – à découvrir un aperçu de sa nouvelle vie. De tous les gens qu'elle avait connus à New York, y compris Baxter, Charlotte était la seule dont l'opinion comptait réellement.

Charlotte regarda lentement autour d'elle, appréciant les vitrines vintage aux montants d'acier qui formaient un L le long d'un mur et donnaient une impression d'espace. Elle s'arrêta sur les étagères en bois bleu pâle alignées derrière la caisse. Chacune contenait divers anciens ustensiles et livres de cuisine que côtoyaient, çà et là, des figurines et des personnages rappelant les nombreux tabliers que portait Lani.

— Je ne t'aurais jamais imaginée dans un tel endroit. En tout cas, pas la New-Yorkaise que tu étais, dit Charlotte en se tournant vers Lani. Mais, quand je te vois ici, aussi fière qu'une mère présentant son nouveau-né, je… Tu es à ta place, ici.

Lani se sentait aussi fière que la mère imaginaire dont parlait Charlotte.

— Merci. Tu n'imagines pas ce que ça représente pour moi.

— Oh, je sais exactement ce que ça représente pour toi, sourit Charlotte. Tu n'as qu'à m'épargner le « je te l'avais bien dit » pour me remercier.

— Ça marche, rétorqua Lani en riant. Ça te donne envie de t'installer à ton compte ?

— Pas le moins du monde.

Elles éclatèrent de rire. Charlotte avait toujours écouté Lani lorsque celle-ci parlait d'ouvrir sa propre pâtisserie, mais, personnellement, cette idée l'horrifiait. Elle affirmait qu'elle n'était pas faite pour diriger une équipe. Ces déclarations ne manquaient pas d'amuser Lani, qui savait à quel point Charlotte pouvait se montrer autoritaire.

— Je veux pouvoir laisser mon boulot… au boulot.

— C'est ce que je fais ici, dit Lani.

Ce n'était pas tout à fait faux. La plupart du temps, elle vivait et respirait pour son travail, mais son comportement s'expliquait surtout par son enthousiasme pour sa pâtisserie, une dose de stress nécessaire et sa volonté de réussir.

— C'est justement ce petit « ici » qui me turlupine, affirma Charlotte. Tu es vraiment à ta place dans cette pâtisserie, mais je n'arrive toujours pas à comprendre ce qui t'a poussée à t'installer sur cette île. Tant d'un point de vue personnel que professionnel.

— C'est peut-être parce que je peux avoir une vie, ici.

Charlotte la regarda comme si elle s'efforçait de s'imaginer quel genre de vie pouvait valoir la peine d'être vécue dans un endroit comme Sugarberry. Mais toutes les deux avaient le sourire aux lèvres. C'était pour ça que Lani aimait autant Charlotte. Elles n'avaient pas besoin d'être d'accord pour se soutenir mutuellement en toutes circonstances.

— Je suis vraiment contente que tu sois venue, lui confia Lani.

Charlotte sourit de plus belle.

— Si on fait abstraction de cet endroit et du trajet pour y arriver, moi aussi je suis contente.

Lani éteignit progressivement les lumières tandis qu'elles se dirigeaient vers la porte de derrière.

— Je n'arrive pas à croire que tu aies fait le trajet en voiture. Je ne savais même pas que tu avais le permis.

— Qui a dit que je l'avais ? demanda Charlotte en se tournant vers elle. (Lani en resta bouche bée tandis que son amie éclatait de rire.) J'ai grandi à New Delhi, tu te rappelles ? Les routes américaines sont un vrai jeu d'enfant comparées à celles de mon pays.

Lani sourit.

—Je n'arrive toujours pas à t'imaginer derrière un volant. Et surtout pas aussi longtemps.

Elles sortirent, riant toujours, tandis que Lani fermait et verrouillait derrière elles. En se retournant, Lani heurta le dos de Charlotte. Les deux amies agrippèrent la rampe du porche au même moment.

—Nom d'un…, murmura Lani.

D'un air hébété, elle contemplait les trois gigantesques mobil-homes blancs garés derrière son magasin, sur les places de stationnement réservées à sa boutique et aux autres commerces alentour. Lorsqu'elle aperçut Baxter qui descendait les marches de la seconde caravane, elle reprit enfin ses esprits.

—Je peux tout expliquer, affirma-t-il en dégainant son plus beau sourire.

Chapitre 8

Baxter parcourut la courte distance séparant les marches du mobil-home de la boutique de Lani, et s'aperçut soudain qu'elle n'était pas seule.

— Charlotte ?

— Chef, répondit-elle poliment en veillant à rester impassible.

Lani s'efforça de cacher son sourire narquois, mais n'y parvint pas entièrement. Le titre de « chef » était censé inspirer le respect et la considération, en temps normal.

Baxter acquiesça.

— Chef Bhandari, dit-il en souriant.

— Ne commencez pas, vous deux, les prévint Lani.

Baxter sourit. Il appréciait et respectait Charlotte, et savait pourquoi elle se montrait aussi froide avec lui. Il n'imaginait que trop bien ce que sa chère Lani avait bien pu lui raconter. Elle faisait simplement preuve de solidarité, et il enviait leur relation.

Il fut néanmoins surpris par sa réaction lorsqu'elle se tourna vers Lani.

— Le trajet était assez fatigant, et j'ai eu une longue journée. Je vais vous laisser… discuter. On se retrouve chez toi ?

Charlotte avait quitté son milieu naturel pour affronter la jungle géorgienne afin de soutenir sa meilleure amie, mais ne rechignait pas à laisser celle-ci fraterniser avec l'ennemi. Voilà qui était intéressant. À moins, bien sûr, qu'elle n'ait mis un sens connu d'elles seules dans le mot « discuter ».

Redoublant de prudence, il s'apprêtait à parler, mais Lani fut plus rapide que lui.

— Laisse-moi au moins te conduire et t'aider à t'installer, annonça-t-elle à Charlotte, sans accorder le moindre regard à Baxter. Tu as eu une longue journée, et je suis certaine que Baxter pourra s'accommoder de mon modeste emploi du temps pour discuter de son planning de production ultrasecret à un autre moment.

D'accord. Bernard n'avait apparemment pas été le meilleur des porte-parole pendant que Baxter était coincé en réunion avec Rosemary.

— Mais non, ne t'en fais pas. Vous n'avez qu'à en parler maintenant. Je suis morte de fatigue. J'ai entré les adresses de ta boutique et de ta maison dans le GPS de mon portable. Je devrais arriver à destination, n'est-ce pas ? demanda Charlotte en sortant son téléphone. Tu me passes tes clés ?

— Pas besoin.

— Quoi ? Tu plaisantes ? s'enquit Charlotte en fronçant les sourcils.

— Ce n'est pas comme si l'île était un coupe-gorge. Et, en plus, mon père est shérif.

— Tu n'as pas tort.

— Tant mieux, ça me change. Laisse-moi au moins t'aider à t'installer, c'est un vrai souk, chez moi.

— Oh, je t'en prie, je ne suis pas si difficile. Je te rappelle que j'ai partagé un studio à New York avec toi. Ça ne peut sûrement pas être pire. (Elle s'interrompit lorsque Lani haussa les sourcils.) Non !

— Je passe le plus clair de mon temps ici, rétorqua Lani avec un petit sourire embarrassé.

— Je suis sûre que ça ira, affirma Charlotte. Je... je me débrouillerai.

— Pourquoi est-ce que je ne vous accompagnerais pas ? proposa soudain Baxter. Tu pourrais aider Charlotte à s'installer, et on pourrait aller prendre un café, ou dîner si tu n'as pas encore mangé ? On n'a pas besoin de rester à la boutique pour discuter.

— Il faut vraiment qu'on en parle toute la nuit ? Je n'ai pas vu Charlotte depuis...

— J'ai besoin de dormir, l'interrompit Charlotte en levant la main. On jouera à la Barbie pâtissière demain.

— Barbie pâtissière ? répéta Baxter.

— Et oui, répondit Charlotte. C'est un truc de fille, conclut-elle, comme si ça expliquait tout.

Ce qui était peut-être le cas.

Baxter n'avait pas manqué de remarquer le regard implorant que Lani avait lancé à Charlotte, ou la réaction de celle-ci.

Vraiment très intéressant, songea-t-il. Charlotte était peut-être une meilleure alliée qu'il ne l'aurait cru. Il savait pertinemment qu'elle se fichait complètement des états d'âme qu'il ressentait, mais son aide était plus que bienvenue si elle cherchait à convaincre Lani d'accepter sa proposition.

— J'aimerais vraiment pouvoir reporter cette discussion, avoua-t-il, mais je viens de recevoir le planning complet, et il faut vraiment qu'on discute de la suite. On n'a pas le temps, on commence à tourner demain matin.

— Je sais, affirma Lani. Bernie m'a prévenue.

— Bernie?

— Ton homme de main.

— Bernard? demanda-t-il en fronçant les sourcils.

— Lui-même. (Lani se tourna vers Charlotte tandis que Baxter articulait « Bernie? » d'un air éberlué.) Tu n'as qu'à me suivre.

Quelques minutes plus tard, ils étaient tous en voiture. Ils dépassèrent plusieurs bâtiments sur la petite route du littoral. Leilani ralentit avant d'atteindre une allée faite de coquillages écrasés, menant à un petit cottage situé au pied des dunes. La nuit tombait rapidement, empêchant Baxter d'étudier la maison comme il l'aurait voulu, mais le cottage lui semblait… douillet.

Lani engagea son 4x4 rouge dans l'allée, et Charlotte la suivit avec sa petite voiture de location. Il n'aurait jamais imaginé que Lani choisirait ce modèle et, encore moins, cette couleur rouge.

Il l'aurait plutôt imaginée dans un véhicule à la fois petit et pratique, comme elle. Cela dit, elle avait besoin d'espace si elle voulait travailler comme traiteur ou faire des livraisons, mais ce rouge plutôt tape-à-l'œil ne lui correspondait pas du tout.

Non pas que Lani soit insipide, mais ses desserts étaient réputés pour leur complexité, leur délicatesse et leur élégance. La fougue qui l'habitait s'exprimait à travers des créations toujours raffinées.

Il pensa aux superbes cupcakes qui étaient alignés sur son plan de travail le matin où il était entré pour la première fois dans sa cuisine, et aux nombreux autres qui ornaient les vitrines de sa boutique. Ils étaient ouvertement sensuels, presque érotiques. Il y avait également la musique qu'elle écoutait, les tabliers fantaisistes qu'elle portait et l'étrange décor de sa boutique…

Il était forcé d'admettre, bien malgré lui, qu'elle avait probablement raison à son sujet. Il ne connaissait que la professionnelle qui avait travaillé pour lui dans un établissement comme *Gâteau*. Il avait simplement supposé que le chef et la femme étaient une seule et même personne.

De toute évidence, il s'était fourré le doigt dans l'œil.

Il se gara dans l'allée et observa Lani et Charlotte qui descendaient de voiture. Il aurait aimé découvrir l'intérieur du cottage mais renonça, pensant qu'il valait mieux laisser les deux amies s'installer.

Dans la cuisine de Baxter et dans celle de sa pâtisserie, Leilani avait toujours été à la fois ordonnée et précise. Malgré son goût pour les surprenants mélanges de saveurs et son choix de tabliers, il ne parvenait pas à se représenter une Leilani désordonnée. Il souhaitait en apprendre davantage sur la vie qu'elle menait ici, en dehors d'une cuisine professionnelle. Il voulait vraiment comprendre ce qui l'avait poussée à s'installer sur cette île.

Par les fenêtres ouvertes de la voiture, il entendait une symphonie nocturne de sifflements, de gazouillis, de coassements et de bruissements. Il y avait même une sorte de gargouillis à proximité. La brise nocturne était chaude et légèrement humide ; il perçut un son continu qu'il finit par associer à celui des vagues. Il ne s'était pas trompé, il était à proximité de l'océan. Seuls ces quelques bruits venaient rompre le silence. C'était encore plus tranquille qu'à Savannah. Comparé à New York, cet endroit ressemblait à une crypte. Dans la grande ville, les pneus crissaient continuellement sur la chaussée, des New-Yorkais sifflaient les taxis à toute heure du jour ou de la nuit, et des sirènes remplaçaient le chant des oiseaux. Quant aux cris étranges qu'il entendait, ils venaient probablement de créatures qu'il n'avait aucune envie d'examiner de plus près, qu'il soit à Manhattan ou sur cette île.

Il prit soudain conscience qu'ils avaient tous les deux choisi de s'installer sur une île et que l'attrait que la ville exerçait sur lui devait probablement être aussi incompréhensible pour un étranger que celui que Sugarberry exerçait sur Lani. Il voyait l'île de Leilani comme une région sauvage, alors que la sienne était à la fois raffinée et sophistiquée. Même s'il admettait volontiers l'existence de certains éléments moins civilisés tant à New York qu'à Sugarberry, New York l'emportait largement.

Il faisait de plus en plus noir, et il s'aperçut qu'il ne serrait plus le volant avec autant de force que quelques minutes plus tôt. La tension dans ses épaules et dans sa nuque — les conséquences d'une longue journée de réunions interminables — semblait se dissiper. La douce brise du soir et les sons réguliers de la nuit l'enveloppaient. Il lui était difficile de nier que les deux îles offraient leur propre version d'une vie agréable et raffinée.

Les lumières s'allumèrent, conférant au cottage un éclat chaleureux. Amusé, Baxter sourit en repensant à sa comparaison entre Leilani et Blanche-Neige.

— Bien sûr qu'elle vit dans un cottage, murmura-t-il. Il ne lui manque plus que les nains.

Depuis son mobil-home, il avait remarqué les nombreuses allées et venues dans la boutique ; Leilani semblait se constituer sa propre petite armée.

Baxter disposait également de la sienne, sans doute légèrement plus imposante et plus envahissante. Installer les équipes de production à Savannah s'était révélé trop compliqué. Les installer dans une autre ville, de l'autre côté du pont, était également un vrai cauchemar logistique. Ils avaient donc décidé de louer davantage de camions et de remorques pour s'installer derrière la boutique de Leilani – et derrière toutes les autres boutiques de la rue. De nombreuses discussions et une grande partie du budget, qui venait d'être augmenté, avaient permis de régler le problème sans trop gêner l'économie locale.

Il espérait sincèrement que le tournage d'une émission télévisée aussi populaire engendrerait des retombées importantes pour la petite île. Du moins, dès qu'il aurait quitté Sugarberry avec son équipe et libéré les chambres monopolisées durant son séjour. Même s'il n'avait jamais tenté un projet aussi ambitieux que ce voyage à travers le pays, ce n'était pas la première fois que la chaîne choisissait un coin aussi reculé. Les grands patrons possédaient des dossiers entiers de chiffres et d'études démontrant les bienfaits de leurs émissions en extérieur sur les localités concernées. Des documents qu'ils n'hésitaient pas à ressortir pour obtenir les permis, les locaux, ou tout ce qui était nécessaire pour continuer le tournage.

Il se demanda comment Leilani allait réagir lorsqu'elle apprendrait qu'ils allaient littéralement envahir son île et sa vie. C'était bien pire que ce qui était initialement prévu, et il n'était pas vraiment pressé de le lui annoncer.

— La portière est fermée. Baxter ?

La voix de Lani le fit sursauter. Il s'aperçut alors qu'il avait incliné son siège vers l'arrière et fermé les yeux.

— Tu te sens bien ?

Il se tourna. Elle l'observait par la fenêtre du côté passager.

Il retrouva ses esprits, lui lança un bref sourire et entama un court combat avec la poignée. Il sortit de la voiture et s'apprêtait à contourner le capot lorsqu'il se rappela qu'il lui fallait les clés.

—Zut !

—Je n'ai pas besoin que tu viennes m'ouvrir la portière, affirma-t-elle en souriant. En revanche, il faudrait que tu la déverrouilles.

—Ça tombe sous le sens. Charlotte est bien installée ?

—Oui. Elle est vautrée sur le canapé avec un pot de glace aux morceaux de cookies, une énorme cuillère et des épisodes de *Top Chef*. Elle n'a pas besoin de moi.

—C'est un programme… appétissant.

Lani sourit.

—Le canapé est assez petit, et Charlotte a une conception très particulière du pyjama. Et elle ne partage ni sa glace ni la télécommande.

—Elle a amené sa propre glace ?

—Comme je te l'ai dit, elle refuse de partager.

—J'ai aperçu sa glacière. Qu'est-ce qu'elle a apporté d'autre ?

—Des accessoires pour Barbie pâtissière.

—Heu…, sourit-il. Tu serais surprise de découvrir que les accessoires pour Barbie pâtissière ressemblent probablement énormément à ceux de Ken pâtissier.

— Ah bon ? Est-ce que Ken emporte partout avec lui des cerises enrobées de chocolat noir faites maison et un moule à gâteau en forme de… ?

Elle s'interrompit et désigna une zone située juste sous la ceinture du jeune homme.

Baxter éclata de rire.

— Du chocolat, oui, et peut-être même des cerises, mais je préfère utiliser des moules plus traditionnels.

Une étrange petite étincelle brillait dans le regard de Leilani. Il l'imagina soudain glisser les fameuses cerises entre ses lèvres et en lécher le délicieux chocolat, avant de déguster… ce gâteau. Il valait peut-être mieux retourner dans la voiture avant qu'elle jette un autre coup d'œil à cette zone, dont la topographie changeait rapidement.

— Attends, je t'ouvre.

Bénissant l'obscurité, il remonta en voiture et déverrouilla la portière en se penchant vers le siège passager.

— Merci, dit-elle en s'installant.

Il referma sa portière avec l'impression que l'atmosphère de l'île était soudain devenue plus… intime.

C'était étrange. Ils avaient travaillé côte à côte durant de longues heures et des jours qui n'en finissaient pas, bien plus proches physiquement qu'ils ne l'étaient à présent, séparés par une petite console. Mais, à l'époque, ils se trouvaient dans l'énorme cuisine de *Gâteau* et non dans une voiture qui lui semblait extrêmement étroite. Et si l'on y ajoutait l'image des lèvres de Lani se refermant sur des cerises enrobées de chocolat… Baxter éprouvait énormément de difficultés à se concentrer. Il fallait vraiment qu'il fasse un effort, pourtant. Il ne lui restait plus beaucoup de temps, et la patience de Leilani était à bout depuis déjà un moment.

—Baxter? l'interrompit-elle tandis qu'il s'efforçait d'ordonner ses idées. Tout va bien?

Il se rendit compte qu'il était assis, les mains sur le volant, à contempler le pare-brise, aveugle au monde extérieur, obsédé par ces maudites cerises.

—Ça va, tout va bien. Tu as mis ta ceinture?

Il lui jeta un coup d'œil en démarrant la voiture. Malgré l'obscurité, il distinguait parfaitement son air amusé.

—Oui, je suis parfaitement attachée pour entamer notre périple sauvage à travers l'île. La vitesse maximale sur la route est de quarante kilomètres-heure. Mais, grâce à mes relations, je crois que je peux nous éviter la contravention. À moins que mon père ne soit dans sa phase de papa poule, ce qui, si tu veux mon avis, est toujours le cas. Il pourrait demander à un de ses adjoints de t'embêter un peu, simplement pour te montrer qu'il peut le faire si l'envie lui en prend.

—Il ferait ça? demanda Baxter en fronçant les sourcils. Bernard m'a dit qu'il était prêt à travailler avec notre équipe de production pour l'obtention des permis.

—Ça n'a rien à voir avec le tournage de ton émission. Il voit ça comme un casse-tête professionnel, mais il sait aussi que c'est bon pour les finances de l'île et le moral des habitants. Ce n'est pas le genre de proposition qu'on reçoit tous les jours. Il est prêt à supporter tout ça, mais il ne se gênera pas pour se plaindre.

— Le harcèlement par adjoint interposé, c'est…

— … entièrement personnel, déclara-t-elle en souriant de plus belle. Tu as contrarié sa fille, c'est son rôle de père. Et il se trouve que mon père est le shérif.

Baxter sourit, même si le scénario qu'elle dépeignait ne le mettait pas très à l'aise.

— C'est noté.

— Bon, ajouta-t-elle, alors que le moment semblait s'éterniser et qu'il lui souriait toujours. On y va ?

— Oui, oui, répondit-il en sortant de l'allée avant de lui jeter un nouveau coup d'œil. Ça fait du bien de te voir sourire. Tu sembles plus… détendue. C'est un compliment. Ça… ça te va bien.

— Tu peux remercier Charlotte.

— Je n'y manquerai pas, dit-il en souriant. Je n'ai pas vraiment été surpris qu'elle se soit montrée à peine moins froide avec moi que la glace qu'elle déguste en ce moment. Elle contient vraiment des morceaux de pâte à cookie ? (Il secoua la tête lorsque Lani acquiesça.) Enfin, peu importe, ça m'étonne qu'elle n'ait pas tenté de saboter notre rendez-vous.

— Je souris et je suis détendue parce que je suis contente que Charlotte soit là, pas parce qu'elle m'a conseillé de baisser ma garde devant toi.

— Ah.

—Ça me fait du bien d'avoir quelqu'un qui me soutienne, mais je suis surtout ravie de la retrouver. On se téléphone tout le temps, mais ça faisait un bail qu'on ne s'était pas vues. Elle me manque beaucoup. Mais tu as raison, elle ne veut pas qu'on se dispute. Elle sait que l'émission se fera, quoi qu'il arrive. Et, pour être tout à fait honnête, elle n'a rien contre le reste.

—Vraiment ? demanda-t-il en ralentissant.

—Vraiment, sourit Lani. Mais ce n'est pas parce que Charlotte pense que ça vaut la peine de s'amuser sans s'inquiéter des conséquences que je suis d'accord avec elle. Charlotte n'est pas vraiment une experte en matière de relations amoureuses, c'est plutôt le parfait contre-exemple.

—Charlotte ?

—Je ne devrais probablement pas te dire ça, mais elle est la première à l'admettre. Elle est… disons, impulsive.

—Vraiment ? répéta-t-il avec plus d'insistance.

—Tu veux faire demi-tour pour lui demander d'animer l'émission avec toi ? s'enquit Lani.

—Quoi ?

Il se tourna vers elle. Elle avait les sourcils froncés, mais ses lèvres esquissaient un sourire.

—Non, non, Charlotte ne m'intéresse pas. Pas de cette façon, en tout cas. Je suis simplement surpris. Elle a l'air tellement… posée.

—Ses parents pourraient donner une nouvelle définition de ce terme. Ils ont des idées radicalement opposées aux siennes. J'ajouterais même qu'ils s'affrontent souvent avec une certaine virulence.

—Ah.

—Elle ne comprend pas non plus pourquoi j'ai décidé de m'installer ici. Ses conseils ne sont pas toujours désintéressés.

—Je vois, dit-il en souriant.

Tout ce qui pouvait rendre Leilani plus réceptive à ses efforts était bienvenu.

—Je suis désolé.

—Pourquoi ? demanda-t-elle en l'étudiant longuement sans se départir de sa bonne humeur.

—Pour tout ça. Je sais que je me suis déjà excusé, mais je veux que tu saches que je t'ai écoutée. Vraiment. J'y ai beaucoup réfléchi, et tu avais raison. Ma décision de tourner l'émission ici était totalement excessive et ridicule. Sur le coup, ça semblait une bonne idée, ajouta-t-il avec un sourire penaud.

Il croisa son regard et le soutint un instant avant de reporter son attention sur la route.

—J'aurais dû y réfléchir davantage, murmura-t-il.

—Je suis contente que tu t'en sois rendu compte, déclara-t-elle, sincère, d'une voix dénuée de cette colère qui semblait ne jamais la quitter ces temps-ci. Je sais que tu n'avais pas l'intention de me blesser et que tu pensais que c'était une bonne chose pour moi. Je te connais, tu as tendance à te focaliser sur un objectif et à oublier tout le reste, mais je sais aussi que tu ne serais pas la moitié du chef que tu es aujourd'hui si tu agissais différemment. C'est ce qui te fait avancer, la concentration et une détermination aveugle. C'est ta façon de fonctionner et d'avancer.

—Je croyais que c'était toi qui me faisais avancer, ne put-il s'empêcher de dire.

—Oh, Baxter.

Du coin de l'œil, il vit ses épaules s'affaisser.

—Je n'ai pas dit ça pour que tu aies pitié de moi. J'ai beaucoup réfléchi. Tu m'as dit que je ne te connaissais pas, que j'ai des sentiments pour la femme qui travaillait pour moi, mais que tu n'es pas cette femme-là.

—Des sentiments?

—Je te l'ai déjà expliqué, affirma-t-il avec un sourire. Je te l'ai même prouvé, il me semble. Ça t'a peut-être moins marquée que moi.

Elle passa un doigt sur ses lèvres puis reposa prestement sa main sur ses genoux lorsqu'elle eut conscience de son geste. Plusieurs minutes s'écoulèrent en silence.

—Je m'en souviens très bien, finit-elle par dire.

Le cœur de Baxter se serra. Il se demanda combien de temps il faudrait pour qu'elle cesse de lui faire cet effet-là. Il était presque certain de connaître la réponse à cette question : ça ne cesserait jamais.

—Qu'est-ce que tu essaies de me dire? reprit-elle. Tu t'es aperçu que j'avais raison? Tes sentiments ont changé depuis que tu as découvert cette facette de ma personnalité, qui n'est pas aussi merveilleuse et adorable que tu ne le croyais?

— Non, déclara-t-il sans hésitation. Ce n'est pas ce que j'ai dit. Mais il y a beaucoup de choses que j'ignore à propos de toi, Lei. Bon, peut-être pas autant qu'avant que je décide de bouleverser des dizaines de vies pour te récupérer.

— Comme je te l'ai déjà dit, ce qui fait de toi un chef brillant, c'est que tu n'es qu'une horrible tête de mule.

— Euh… merci ? rétorqua-t-il avec un sourire crispé.

— Je t'en prie, dit-elle avec légèreté.

— Cela dit, j'aimerais croire que je ne suis pas assez impulsif pour débarquer dans la vie des autres comme si j'étais le seul à savoir ce qui est bon pour eux, que je ne profite pas des avantages de ma célébrité et que je n'excuse pas mon comportement en me répétant que j'aide les autres.

— Mais tu les aides vraiment. Pour les gens qui vivent à Sugarberry, tu n'es pas qu'une célébrité, tu es aussi une sorte de héros. Ils sont fous de joie que tu aies décidé de tourner ton émission sur notre petite île. Je suis surprise que personne n'ait proposé d'organiser une parade ou de construire une jolie statue à ton effigie.

— Oh, je t'en prie ! la réprimanda-t-il avant de rire avec elle.

— OK, j'exagère, mais je suis sérieuse en ce qui concerne le reste. Les commerçants installés autour de la place sont ravis parce que leurs bénéfices vont très probablement augmenter. En tout cas, ils augmenteront quand les camions seront partis et que les clients pourront se garer à proximité des magasins, le taquina-t-elle sans le laisser placer un mot. Je suis la seule à ne pas être enchantée par ce qui se passe.

Il ralentit pour l'observer de nouveau.

— Tu te rends compte que je m'efforce de m'excuser d'être un crétin égoïste et que, toi, tu prends ma défense ?

— Que veux-tu, je suis une vraie perverse, dit-elle avec un battement de cils malicieux. Tu aurais pu épargner des dizaines de milliers de dollars si tu avais su ça.

Il éclata de rire en secouant la tête. Il y avait tant de facettes de sa personnalité dont il avait jusqu'alors ignoré l'existence. Même sa colère envers lui ou sa sincérité lorsqu'elle lui avait expliqué que sa présence sur l'île bouleversait sa nouvelle vie le touchaient au vif. Il était captivé, autant par ce qu'il savait d'elle que par ce qu'il découvrait. Elle avait une personnalité à la fois plus complexe et plus profonde que ce qu'il croyait. La vraie Leilani – ou plutôt cette Leilani aux mille facettes – était bien plus intéressante que la femme douce, optimiste, intelligente et passionnée, qu'il avait désirée et qui lui avait tant manqué.

Lani lui manquerait davantage lorsqu'il quitterait Sugarberry que lorsqu'elle avait démissionné de chez *Gâteau*.

— J'ai beaucoup réfléchi, moi aussi, dit-elle, l'arrachant à ses rêveries. Je me suis montrée un peu désagréable avec toi tout à l'heure, mais je fais vraiment des efforts pour m'habituer à la situation. Avant que tu arrives, Bernard traînait dans ma cuisine pendant que Dree et Alva emballaient les cupcakes, ou plutôt les armes secrètes pour l'ultime tournoi de poker de ce soir. Mon père jouait les papas poules, et Charlotte venait de débarquer sans prévenir. J'étais contente de la voir, mais je ne m'y attendais pas du tout. Et, quand on est sorties, je me suis retrouvée nez à nez avec une armée de mobil-homes que je n'avais même pas entendus arriver. Je m'efforce de jouer le jeu – je sais que c'est la meilleure chose à faire –, mais j'ai besoin de savoir ce qui va se passer, déclara-t-elle en lui adressant un sourire sincère. Je me sens un peu tenue à l'écart.

— Je comprends, rétorqua-t-il, tout aussi sincère. Je suis désolé, pour Bernard ; j'aurais dû t'expliquer ce qui allait se passer plus tôt. J'avais prévu de le faire, mais on travaillait toujours sur le planning, et les choses se sont révélées plus compliquées que prévu. Si je n'avais pas été retenu par ces fichues réunions avec l'équipe de production, j'aurais pu te donner des infos avant qu'il débarque.

— C'est bien que tu aies pensé à me prévenir. Tu n'imagines pas le nombre de personnes qui m'ont dit à quel point elles étaient heureuses que tu tournes ton émission ici. En plus, Charlotte ne s'est pas gênée pour me donner son avis. Elle m'a affirmé que tu n'avais que de bonnes intentions et que tu ne cherchais pas à me causer des problèmes, comme tu me l'as dit toi-même. Je n'ai jamais vraiment douté de toi, c'est juste que… j'avais besoin d'un peu de temps pour m'habituer à tout ça. Tout ce que je te demande, c'est de me tenir au courant pour m'éviter des surprises.

Baxter vérifia rapidement qu'aucune voiture ne les suivait avant de se garer puis de se tourner vers Lani.

— Lei, je sais que rien n'a changé et que rien ne changera pour toi après le passage de l'ouragan *Hot Cakes*. J'apprécie ta générosité. C'est bien plus que ce que j'espérais ou que je méritais.

— Je sais, affirma-t-elle avec un sourire narquois.

— Je te tiendrai au courant, affirma-t-il avec un sourire. J'aime beaucoup quand tu restes calme et charmante en toute occasion, mais je crois que je commence à apprécier ton côté pervers.

— Bien, rétorqua-t-elle avec un petit rire, le tableau de bord illuminant ses yeux d'une lueur presque diabolique. Ne t'avise pas de l'oublier.

— Je suis sûr que tu te feras un plaisir de me le rappeler. Et Charlotte n'a pas tort, tu sais.

— Charlotte ? À propos de quoi ?

— Je suis un type plein de bonnes intentions. Qui, avec un peu de chance, apprendra de ses erreurs et fera mieux la prochaine fois qu'il sera tenté d'agir sur un coup de tête.

Elle ne se gêna pas pour éclater de rire.

— Je pourrais me sentir insulté, sourit-il d'un air piteux, mais je suppose que je l'ai bien mérité.

— Au moins, ton impulsivité a un certain charme, le consola-t-elle en posant la main sur son bras.

— Et je suis plein de bonnes intentions.

— Tout à fait. C'est pour ça que je sais que tu t'en tireras toujours à bon compte.

— Sauf avec toi, déclara-t-il, un sourire aux lèvres, en posant une main sur la sienne pour la retenir.

— Il faut bien que quelqu'un t'enseigne la modestie, affirma-t-elle en jetant un regard sur leurs mains posées l'une sur l'autre, avant de lever les yeux vers lui.

— Je suis reconnaissant pour tout ce que j'ai. J'ai travaillé dur pour en arriver là, mais je sais que j'ai eu de la chance.

— Modeste et honnête, en plus, le taquina-t-elle. Alors… quel est le programme pour la suite ?

— On parle de l'émission ou… ?

— Oui, de l'émission, répondit-elle en libérant sa main, sans cesser de sourire.

Baxter aurait préféré discuter de leur relation, mais il avait bien conscience qu'il risquait de s'aventurer en terrain dangereux s'il insistait. Il avait à peine effleuré sa main que son corps réagissait déjà violemment.

— D'accord, rétorqua-t-il, bien décidé à se concentrer sur leur relation professionnelle. L'équipe de production va installer son matériel demain. Ça devrait leur prendre la journée. Ensuite, on aura besoin d'un jour supplémentaire pour tester l'éclairage, le son, choisir les recettes, les essayer et s'assurer qu'on a tous les ingrédients nécessaires. On n'aura plus qu'à se mettre d'accord sur le déroulement des émissions. Je pense qu'on tournera la première jeudi, ou, du moins, qu'on commencera le tournage. On verra bien comment ça se passe. Ce sera plus facile par la suite.

— Il y aura combien d'émissions ?

— Cinq, si tu es d'accord. Une semaine de diffusion. Rosemary est persuadée que ça permettra aux téléspectateurs de découvrir les villes dans lesquelles on va tourner. J'aurai l'occasion de goûter et d'expérimenter les desserts et les spécialités locales, et je pourrai moi aussi leur apporter quelque chose, ajouter ma petite touche personnelle.

— Et les camions ? Ils vont rester là pendant tout le tournage ou simplement le temps de décharger ?

— Pendant tout le tournage. Les autres commerçants ont tous été informés, comme le stipulait le permis. Il n'y a aucun problème de ce côté-là.

— Tant mieux, rétorqua-t-elle. (Sa posture trahissait pourtant une certaine nervosité, et même sa voix devenait plus tendue.) À quoi servent les camions ? demanda-t-elle.

— La plupart sont occupés par les équipes de production, mais il y a aussi le maquillage, l'habillage et une cuisine entièrement équipée.

— Une cuisine ?

— On a pas mal de choses à préparer avant et pendant l'émission. Les préparations se font dans la cuisine mobile pendant qu'on filme dans la tienne.

— Qui est parfaitement équipée, je tiens à le souligner.

—Oh, je sais bien, acquiesça-t-il. Je connais aussi le nombre exact et la taille des grilles de refroidissement que tu possèdes. Bernard est très méticuleux.

—Ce bon vieux Bernard, sourit-elle.

—Quand on commencera à tourner, certaines parties de ta cuisine seront inaccessibles à cause des caméras, des lumières, sans parler de mon équipe et du reste. C'est plus pratique d'en avoir une deuxième.

Pensive, Lani hocha la tête.

—Combien de personnes accompagnent ce…

—Ce cirque?

—Je n'oserais pas, mais puisque c'est toi qui le dis…, rétorqua-t-elle avec un sourire. Dites-moi, Monsieur Loyal, combien de personnes?

—Tu risques d'avoir l'impression que trois cirques différents se sont installés en ville, mais j'ai dû me contenter d'un peu plus de la moitié de mon équipe. Ils devront tous faire des heures supplémentaires.

—Combien de temps ça prendra?

—On a obtenu des permis pour trente jours, mais on espère tout boucler en dix à douze jours. En général, il faut presque une journée pour tourner vingt-deux minutes d'émission. Il faut aussi tout préparer, s'occuper de la postproduction, gérer les retards… On a prévu un planning assez souple parce que c'est la première fois qu'on travaille dans ces conditions. La chaîne a l'habitude des tournages hors studio, mais seulement pour des émissions ponctuelles. J'ai contacté leurs équipes pour obtenir des infos sur ce qui nous attendait, ainsi que des conseils sur le matériel à emporter. Avec un peu de chance, on parviendra à éviter les problèmes qu'ils ont rencontrés.

—Donc tu comptes rester quelques semaines, et puis tu passeras à la ville suivante?

Il croisa son regard et acquiesça.

Elle l'observa plus longuement avant de se tourner vers la fenêtre.

—On va le boire, ce café? Tu m'avais bien promis un café, n'est-ce pas?

—Leilani…

—Tu te rappelles ce que tu m'as dit? demanda-t-elle en le regardant de nouveau. Tu as dit que tu ne me connaissais pas. Tu as bien conscience que ce ne sont pas quelques semaines qui vont changer ça, n'est-ce pas? Et, quand bien même, ça ne ferait aucune différence. De toute façon, tu vas repartir.

—Je sais.

—Tu es peut-être d'accord avec moi, là, maintenant, mais je te connais. Tu ne renonces jamais. Je ne veux pas que tu croies que j'ai changé d'avis simplement parce que je fais des efforts pour accepter la situation ou que je plaisante avec toi. Je n'ai pas changé d'avis et n'en changerai pas.

—Je sais. C'est ce que j'essayais de te dire.

Il regarda devant lui, posa les mains sur le volant et le pied sur l'accélérateur. C'était plus facile de discuter quand il ne croisait pas son regard.

—Je l'admets, j'ai cru qu'il me suffirait de débar-quer sur mon beau cheval blanc pour prendre le château et repartir avec la princesse. (Il crut l'entendre souffler mais ne prit pas le risque de se tourner vers elle.) Je n'avais pas vraiment réfléchi à ce qui se passerait ensuite. Qu'est-ce que j'allais faire ? Te kidnapper et t'emmener à travers le pays avec ma bande de joyeux chefs pâtissiers ?

— Bernard ferait un bon frère Tuck. (Il la regarda, mais il faisait trop sombre pour distinguer ses yeux.) Continue, le pressa-t-elle, sur un ton plus sérieux.

Il aurait préféré qu'elle plaisante.

— Qu'est-ce qui se serait passé si j'avais réussi à te séduire ? On aurait parcouru le pays pour apporter des douceurs au chocolat à nos concitoyens ? Je ne peux pas te ramener dans mon château, tout simplement parce que je n'en ai pas. Je n'ai qu'un studio, un bureau et une maison dans le Village, où je ne vais presque jamais.

Il suivit les routes étroites de l'île sans y prêter attention et se retrouva bientôt sur la boucle principale.

— J'ai la chance d'avoir tout ce dont je rêvais et bien plus encore, pourtant je n'ai rien à t'offrir. Rien qui pourrait t'intéresser, du moins.

Ils restèrent tous deux silencieux durant plusieurs minutes.

— J'aurais dû réfléchir avant d'agir, finit-il par avouer. Mais je ne l'ai pas fait. (Il la regarda et ralentit.) Je suis désolé d'avoir eu besoin de tout ce cirque et d'une armée de joyeux chefs pour comprendre ce que tu voulais dire. Il ne s'agit pas de renoncer, mais d'admettre que je n'aurais jamais dû me comporter de la sorte.

Chapitre 9

C'étaient exactement les mots qu'elle avait espéré entendre, sans toutefois oser trop y croire. Mais il venait de le faire, et il semblait sincère. Il l'avait écoutée, et elle avait visiblement réussi à le convaincre.

Les conséquences de ce désastre médiatique étaient moins graves que ce qu'elle avait imaginé en découvrant dans le journal local l'article qui annonçait la venue imminente de Baxter.

Alors pourquoi n'était-elle pas plus heureuse ? Pourquoi n'était-elle pas soulagée ?

Elle pouvait parfois se montrer garce, mais ce n'était pas le genre de filles à rechercher les attentions d'un homme qui n'avait aucune chance de la séduire. Elle n'était pas perverse à ce point, si ?

Elle commençait à avoir mal à la tête ; tout était si compliqué.

D'une certaine façon, Leilani se sentait un peu soulagée quand même. Elle pouvait se détendre à présent, baisser sa garde. Elle n'avait plus à se montrer aussi prudente ni à craindre que Baxter ne se trompe sur ses intentions. Il lui suffirait de faire quelques efforts et de profiter au mieux de la situation actuelle.

Émotionnellement, les choses étaient pourtant très différentes. Cela faisait longtemps que Baxter était le seul homme qui comptait vraiment pour elle. Elle avait fait des rencontres et avait même cru tomber amoureuse durant son séjour en Europe, mais Baxter Dunne était le premier et le seul qu'elle ait jamais aimé. Ce n'était pas une histoire de phéromones ou de papillons dans le ventre. Ils s'étaient compris dès le début sans même avoir besoin de parler, malgré leurs différences.

Lani avait pris conscience qu'il ne s'agissait pas seulement d'une amourette lorsque Baxter était arrivé à Sugarberry. Elle l'aimait, depuis toujours. Mais c'était terminé à présent, n'est-ce pas? Les choses avaient changé, et ils étaient amis.

Elle avait pris cette décision à New York. Baxter n'était pas le bon, pour tout un tas de raisons. Il ne voyait en elle qu'un chef pâtissier parmi tant d'autres.

Lani avait décidé de s'installer à Sugarberry pour tourner la page, vivre de nouvelles aventures, rencontrer des gens, rêver de nouveau et réaliser ses rêves. C'était le moment de passer à autre chose et de renoncer à cette obsession ridicule. Elle avait réussi à se convaincre qu'elle réussirait à oublier Baxter en mettant de la distance entre eux. Mais ni le temps ni l'éloignement n'avait eu le moindre effet sur ses sentiments. Elle n'était quand même pas pathétique à ce point? Elle ne pouvait pas aimer un homme qui se fichait complètement d'elle?

Baxter lui manquait, mais c'était terminé. De longues séances nocturnes de thérapie culinaire, en solitaire ou au téléphone avec Charlotte, avaient été nécessaires, mais elle avait fini par comprendre. Baxter ne l'aimait pas et ne l'aimerait jamais. Lani s'était efforcée de croire qu'elle rencontrerait quelqu'un d'autre, un homme qui trouverait une place dans sa nouvelle vie. Elle l'espérait de tout son cœur. Elle était jolie, en bonne santé et impatiente de découvrir ce que l'avenir lui réservait. Elle avait enfin accepté l'idée qu'elle ne finirait pas ses jours avec Baxter Dunne et n'aurait jamais aucune relation avec lui.

C'était très cruel de la part de Baxter de débarquer dans sa vie au moment où elle était enfin passée à autre chose.

C'était une bonne nouvelle que Baxter se soit rangé à son avis après lui avoir fait miroiter le rêve auquel elle avait renoncé. Ils n'avaient aucun avenir commun, et il était bon qu'il l'admette.

Ce n'était pas comme si elle avait secrètement espéré qu'il la fasse changer d'avis en lui prouvant qu'ils pouvaient être ensemble et qu'il était son prince charmant. Bien sûr que non, elle n'était pas stupide à ce point.

Ils étaient tombés d'accord. Tout était pour le mieux.

Alors pourquoi n'était-elle absolument pas soulagée, assise dans cette voiture avec lui, à parcourir les rues de l'île ?

—Je…, commença-t-elle avant de s'interro͟[
la gorge nouée. Merci beaucoup de m'avoir dit t͟[
ça. Je te suis vraiment reconnaissante.

Sauf que j'ai l'impression que mon cœur est brisé en
mille morceaux.

Lani eut envie de le regarder mais en fut tout
simplement incapable. Elle baissa les yeux vers ses
mains et s'aperçut qu'elle avait serré les poings. Elle se
força à se détendre et à reprendre le contrôle de ses
émotions, qui menaçaient de la submerger. Ce n'était
que la fatigue. Ces derniers jours avaient été à la
fois difficiles et épuisants sur le plan émotionnel.
Quelques heures de sommeil, une bonne séance de
thérapie culinaire avec Charlotte – heureusement
qu'elle était là – et tout irait mieux. C'était une
recette infaillible.

Elle se redressa et réussit même à parler d'une
voix légère.

—Puisque tout est arrangé, pourquoi est-ce qu'on
n'irait pas boire ce café pour discuter du planning
de production ? Je suppose que tu as un contrat à me
faire signer pour l'utilisation de ma boutique et de
mon talent ?

Elle sentit le regard de Baxter se poser sur elle, mais
il se contenta de répondre à sa question.

—Oui, bien sûr. Il va falloir que tu fermes ta
boutique, donc tu recevras une compensation pour les
jours de tournage et pour ta participation à l'émission.
Je crois que tu accepteras nos conditions, mais si tu
préfères que ton avocat y jette un coup d'œil…

— Je veux que ma boutique soit protégée contre tous les dégâts éventuels liés à l'éclairage ou aux caméras. Je veux un contrat qui stipule que vous réparerez ou remplacerez ce qui doit l'être et je veux que tout soit remis en l'état après votre départ.

— Ne t'inquiète pas, la rassura-t-il. On en prendra grand soin. Tu seras présente, donc tu pourras tout surveiller.

Voilà exactement le comportement à adopter. Elle devait se concentrer sur l'émission et les étapes de production, s'impliquer dans le projet et jouer son rôle coûte que coûte. Elle était déjà assez stressée à l'idée de se retrouver devant les caméras avec Baxter.

Il lui suffirait de dire et de faire ce qu'on attendait d'elle. Elle rentrerait ensuite chez elle pour un marathon culinaire avec Charlotte, bien à l'abri dans sa cuisine. Et tout recommencerait le lendemain ; ce serait sa routine pour les deux prochaines semaines. Elle en était capable. De toute façon, elle n'avait pas vraiment le choix.

Elle aurait peut-être intérêt à ramener le contenu du garde-manger de sa cuisine chez elle. Elle allait très certainement en avoir besoin pour les séances de thérapie culinaire nocturnes. Baxter et son équipe n'auraient qu'à acheter leurs propres ingrédients.

Lani fut soudain tirée de ses pensées en voyant Baxter chercher à récupérer un grand thermos vert sur le siège arrière. Elle s'aperçut alors qu'ils s'étaient arrêtés.

Baxter lui indiqua un panneau situé au bord de la route.

—Apparemment il y a une aire de pique-nique par là. C'est la pleine lune ce soir, donc on devrait y voir assez clair.

Elle regarda le panneau et se tourna vers lui en s'efforçant de comprendre où il voulait en venir.

—Tu veux qu'on aille se promener ?

—Tu te souviens de Carlo ? demanda-t-il en agitant le thermos. De chez *Gâteau* ?

—Tu parles du Carlo que tu as convaincu de quitter *Gâteau* pour rejoindre ta petite émission alors que j'avais vraiment besoin de lui ? Alors que n'importe quel autre chef aurait fait l'affaire ? Ce Carlo-là ? s'enquit-elle en haussant les sourcils.

—Mon restaurant, mon émission, rétorqua-t-il avec un sourire mutin. Je n'ai fait que le transférer. Ça n'a pas eu l'air de te déranger, à l'époque.

—Je te rappelle que je bossais pour toi. Ce qui n'est plus le cas aujourd'hui, espère de voleur de Carlo.

Baxter se contenta d'éclater de rire.

Lani posa les yeux sur le thermos et comprit.

—C'est le café de Carlo ? voulut-elle savoir, les yeux brillants. Il est ici ? À Sugarberry ? Et son café aussi ? demanda-t-elle avec espoir, les mains jointes sous le menton.

Baxter sourit en acquiesçant ; Lani soupirait déjà de bonheur.

—J'avais l'intention de te soudoyer pour qu'on discute de l'émission chez toi. Je me suis dit qu'on risquait d'être dérangés si on restait en ville. Puis, j'ai aperçu ce panneau. Je crois qu'on sera tranquilles, ici. Ce n'est pas dangereux de se promener dans le coin, je suppose, dit-il en observant le sentier qui serpentait à travers les dunes. (Lani sourit, et Baxter se tourna vers elle en prenant l'air offensé.) Je t'offre ce délicieux nectar, et tu oses te moquer des craintes parfaitement fondées d'un pauvre citadin ?

— Parfaitement fondées ? Tu t'es fait attaquer par un chat à Central Park ou quoi ? En fait, je n'arrive même pas à t'imaginer à Central Park, et encore moins dans des régions sauvages.

— J'ai bien l'intention de ne pas commettre les mêmes erreurs que ceux qui m'ont raconté ces horribles histoires concernant des bêtes sauvages. Je tiens quand même à préciser que j'irais me promener à Central Park si j'en avais le temps. Bon, d'accord, tu as raison, je n'irais probablement pas, ajouta-t-il alors qu'elle haussait les sourcils. Ce genre de choses ne fait pas partie de mon éducation, c'est tout.

— C'est ça. Allez, viens. Je protégerai le citadin que tu es contre les méchantes créatures de la plage.

Il sortit et fit le tour de la voiture pour lui ouvrir la portière tandis qu'elle se débarrassait de sa ceinture.

— Je peux le porter si tu veux, proposa-t-elle en montrant le thermos. À moins que tu ne préfères que je prenne un bâton pour repousser les serpents ?

— Très amusant. Les dames d'abord, ajouta-t-il en la laissant passer devant lui.

— Comme tu es galant.

Lani sourit. Il était tellement anglais. Et si ridiculement charismatique. Baxter Dunne aurait pu donner des leçons de charme à Hugh Grant.

— Je suppose que, si c'était vraiment dangereux, tu aurais refusé de venir, dit-il en courant pour la rattraper. Cela dit, si tu as peur, sache que je te porterai jusqu'à la voiture.

— Et chevaleresque avec ça.

— Comme je dis souvent, il faut toujours se servir de ses atouts.

Lani éclata de rire alors qu'ils empruntaient le sentier goudronné qui disparaissait sous le sable par endroits. Les gardes forestiers l'entretenaient régulièrement pour éviter qu'il ne soit définitivement englouti par les dunes.

C'était une nuit magnifique ; la lune et les étoiles brillaient dans le ciel. Malgré la brise marine, il faisait étonnamment chaud pour la saison.

Leilani sentit ses muscles se détendre et sa migraine diminuer à mesure qu'ils s'approchaient de l'océan. Il était pratiquement impossible d'être nerveux dans un endroit comme celui-ci. Le mouvement des vagues était à la fois hypnotique et étrangement rassurant. Lani songea à quel point la vie serait plus facile si elle se laissait porter par le courant. Si elle oubliait le stress de l'émission et sa peur d'être blessée pour prendre les choses comme elles venaient. C'était peut-être ça, la solution ; elle pourrait toujours en faire son mantra. Elle en arriverait sans doute même à apprécier la compagnie de Baxter. Pour l'instant, sa seule présence était pour elle une véritable torture, mais uniquement parce qu'elle se complaisait à jouer les victimes. Baxter ne comptait rester à Sugarberry que pour la durée du tournage. Alors, pourquoi ne pas en profiter un petit peu?

— Je crois que je n'ai jamais vu autant d'étoiles. En une fois, je veux dire, ajouta-t-il. Je n'imaginais même pas qu'il puisse y en avoir autant. Le ciel en est rempli.

Souriante, elle se retourna. Il se tenait au milieu du sentier, les yeux levés vers le ciel ; son visage arborait une expression de surprise étonnamment enfantine pour un homme de sa stature. Il était à la fois touchant et sexy : le parfait mélange entre le magnétisme de Cary Grant et le charme de Hugh Grant.

— C'est toujours comme ça, affirma-t-elle. Je me dis parfois que j'exagère et qu'il ne peut pas y en avoir autant. Puis je lève les yeux, et elles sont là.

— C'est tout bonnement extraordinaire. Ça permet de relativiser, n'est-ce pas ?

— Je pensais justement la même chose en écoutant le bruit des vagues, dit-elle en s'approchant de lui. Quoi qu'il arrive, les vagues viendront toujours s'échouer sur la plage. (Elle leva la tête et s'émerveilla à son tour du spectacle qui s'offrait à eux.) Tu voulais savoir pourquoi je suis venue ici et pourquoi je suis restée ? C'est une des raisons, affirma-t-elle en montrant la voûte étoilée. Je ne pourrai jamais me lasser de ça.

— Je comprends, déclara-t-il sur un ton respectueux, qui reflétait parfaitement les sentiments de Lani.

Elle s'aperçut soudain qu'il l'observait, et ils restèrent ainsi, les yeux dans les yeux, durant de longues minutes ; seul le bruit de l'océan venait troubler le silence.

Il se détourna le premier.

— C'est par là ? demanda-t-il en agitant le thermos.

C'était peut-être un effet de son imagination, mais la voix de Baxter semblait un peu rauque. Le cœur battant, Lani s'efforça de penser à autre chose. Il valait mieux oublier à quel point elle voulait que ce moment se prolonge et que Baxter l'embrasse. Elle désirait ce baiser de tout son être.

— Euh, oui, c'est par là, répondit-elle en chassant cette image de son esprit.

Lorsque Lani arriva, Baxter était occupé à débarrasser le sable accumulé sur les bancs de bois. Il s'installa en prenant soin de placer la grande table de pique-nique entre eux.

Il ôta le couvercle du thermos et remplit deux tasses. Lani se pencha pour prendre la plus petite.

Elle but une gorgée en poussant un soupir de bonheur.

— C'est encore meilleur que dans mon souvenir. Comment est-ce que c'est possible ?

— Je me pose la même question, la rassura Baxter. Si Carlo n'était pas aussi doué pour la pâtisserie, je l'engagerais comme assistant personnel en charge du café. Il me suivrait toute la journée et me préparerait son délicieux breuvage sur commande.

— Je dois dire que les avantages de la célébrité me semblent de plus en plus séduisants, déclara-t-elle en savourant le parfum entêtant.

— Je ne vais pas te mentir, la célébrité a ses avantages, affirma-t-il dans un grand sourire. Mais je n'en suis pas encore au point d'engager mon propre personnel. Quoique ce n'est pas tout à fait vrai, j'ai une femme de ménage. Je dois être son client préféré, je ne suis presque jamais à la maison.

— J'ai honte d'avouer que j'ai envisagé d'en engager une, admit-elle en souriant. Elle me ferait probablement payer un supplément. Je me dis que je dois ramasser mes affaires, mais je les laisse toujours traîner un peu partout.

— Tu répètes tout le temps que tu es bordélique, mais j'ai du mal à te croire. N'oublie pas que je connais ta façon de travailler.

— Je n'avais pas vraiment le choix, tu nous surveillais en permanence.

— Je ne veux pas que l'inspection sanitaire puisse me faire le moindre reproche.

— Je suis certaine qu'ils trouvent toujours quelque chose, juste par méchanceté.

— Tu as raison. C'est pour ça que je prends un malin plaisir à contrarier leurs inspecteurs les plus zélés.

— Et moi qui te prenais pour un Felix, dit-elle en prenant une seconde gorgée.

—Un Felix?

—Felix Ungar, dans *Drôle de couple*. C'est une pièce de Broadway qui a été adaptée au cinéma, avec Jack Lemmon et Walter Matthau dans les rôles principaux. On en a même fait une série dans les années 1970. Je crois qu'on diffuse toujours de vieux épisodes.

—Je ne connais pas. Je n'ai jamais vraiment été passionné par le cinéma ou la télé. Et quand bien même je m'y serais intéressé, on n'avait pas de télé.

—Pas de télé? Quelle horreur! le taquina-t-elle avant de s'apercevoir que sa remarque ne l'amusait qu'à moitié. Je plaisante. Beaucoup d'enfants grandissent sans télé. Bon, bien sûr, ils souffrent de problèmes émotionnels et manquent de références culturelles. Mais ce n'est pas aussi rare qu'on pourrait le croire. Et ces pauvres petits anges finissent toujours par s'en sortir, poursuivit-elle sur sa lancée, lui arrachant enfin un franc sourire.

—J'en conclus que les choses étaient quelque peu différentes pour toi, rétorqua-t-il, ses yeux se faisant plus brillants alors que la conversation se concentrait de nouveau sur elle.

—Ma mère m'appelait Miss Cartoon parce que je passais des heures devant les dessins animés. Pour ma défense, je tiens à préciser que je faisais mes devoirs en même temps. (Comme il haussait les sourcils d'un air interrogateur, elle lui décocha un grand sourire.) Bon, d'accord, pas toujours. (Elle posa les coudes sur la table et prit sa tasse à deux mains.)

Tu as probablement baigné dans l'art, la musique, la culture et tout un tas d'autres choses typiquement anglaises auxquelles tu es profondément attaché et dont tu te sers pour que les pauvres Américains que nous sommes se repentent d'avoir osé mettre les voiles pour repartir de zéro à l'autre bout du monde.

Baxter éclata de rire.

—Je te garantis que mon enfance n'avait rien d'aussi extraordinaire. Mais si j'avais songé aux conséquences mondiales, j'aurais probablement fait des efforts considérables pour étudier l'une ou l'autre de ces matières.

Un sourire aux lèvres, Lani termina son café. Les doigts de Baxter frôlèrent les siens lorsqu'il récupéra sa tasse, et, aussitôt, son rythme cardiaque s'accéléra. Son corps réagissait comme s'il venait de la caresser intimement. Elle frissonna et remarqua que ses tétons pointaient.

Elle récupéra la tasse qu'il lui tendait en s'efforçant de garder le contrôle de ses émotions. Mais elle ne put s'empêcher de trembler lorsqu'il la toucha. Comment allait-elle réussir à se détendre et à apprécier la compagnie de Baxter si elle réagissait ainsi en sa présence ? Les longues heures de tournage à venir, sous l'œil des caméras, lui apparaissaient de plus en plus insupportables.

Elle allait vraiment devoir régler ce problème, au plus vite.

—Donc, si je résume : pas de télé, de musée ni d'œuvres d'art, dit-elle pour relancer la conversation.

Lani n'avait aucune difficulté à discuter avec Baxter, tant qu'il ne la touchait pas ou ne croisait pas son regard trop longtemps.

— Maintenant que j'y pense, je n'ai jamais lu un seul article sur ton enfance. Je ne vais pas te poser de questions, ce ne sont pas mes affaires. C'est juste que je trouve ça un peu bizarre. Tu es très connu, les journaux devraient te consacrer des centaines d'articles.

— Tu as tapé mon nom dans Google ? demanda-t-il d'un air coquin.

— Non, répondit-elle en levant les yeux au ciel, mais je savais ce qu'il y avait sur le site de *Gâteau* quand je travaillais pour toi. Et j'ai parcouru ta biographie sur celui de la chaîne quand tu as commencé à tourner *Hot Cakes*. Elle est assez maigre. Il n'y a qu'une longue liste reprenant les récompenses que tu as gagnées, les moments forts de ta carrière… Pas la moindre petite anecdote croustillante à se mettre sous la dent, ajouta-t-elle alors qu'il haussait les sourcils.

— Je crains qu'il n'y ait pas grand-chose à raconter. J'ai passé la plus grande partie de ma vie à accumuler ces récompenses. Si tu veux du croustillant, tu devras te contenter de ma cuisine.

— Très amusant. Je plaisantais. Tu devrais être fier de cette liste. Tout le monde rêve de ces récompenses.

— Ce n'est pas pour ça que j'ai choisi ce métier. Ces prix m'ont simplement permis de continuer à faire ce que j'aime.

—Alors, parle-moi de toi. Tu as des frères et sœurs ? Et tes parents, qu'est-ce qu'ils font ? Tu es né où ? Tu as grandi à Londres même ?

—Je croyais que tu n'allais pas poser de questions.

—Tu n'es pas obligé de répondre, rétorqua-t-elle sans l'ombre d'un remords, imitant à la perfection Charlotte.

Baxter leva les yeux vers Lani qui s'aperçut soudain qu'il n'était plus aussi détendu. Elle le connaissait bien et pouvait décrypter la moindre des expressions de son visage. Certains chefs éprouvaient quelques difficultés à communiquer avec leur équipe. Il valait donc mieux apprendre à les connaître pour anticiper les éventuels changements d'humeur. C'était la première règle en cuisine.

—Laisse tomber, dit-elle rapidement. Je plaisantais. Ce ne sont pas mes affai…

—À Londres, répondit-il, dans l'East End. Je n'ai pas de frère ni de sœur. Je pourrais te poser les mêmes questions, mais je sais déjà que tu as grandi à Washington et que tu es fille unique.

—Tu avais un avantage, tu as lu mon dossier quand tu m'as engagée.

—J'ai peut-être laissé traîner une oreille, aussi… À moins que je ne me sois renseigné sur Google, ajouta-t-il avec un sourire.

—Mais bien sûr. Je suis tellement connue !

—Tu as été interviewée à de nombreuses reprises, Mme la Nominée de la James Beard Foundation. Ta liste s'allonge. Mais j'admets que j'ai peut-être jeté un coup d'œil à ton dossier. Dès que j'ai goûté ton soufflé au chocolat noir pimenté et aux cerises accompagné de *dulce de leche*, affirma-t-il, les yeux fermés, plongé dans ce délicieux souvenir, j'ai su que je devais te convaincre de travailler pour moi, et uniquement pour moi. Et c'est ce que j'ai fait, conclut-il en ouvrant les yeux.

— Je suis contente que tu n'aies pas découvert ma passion pour les objets coupants.

— Ça a dû m'échapper.

— J'étais en fin de primaire, en atelier cuisine. J'ai coupé les cheveux de Caroline Haxfield, je te garantis qu'elle ne l'a jamais oublié.

— Tu as un – comment ça s'appelle déjà ? – un casier judiciaire bien rempli ? s'enquit-il en s'esclaffant.

— J'étais une vraie petite délinquante.

— J'ai du mal à te croire.

— Demande à Caroline Haxfield. Je suis certaine qu'elle n'est pas du même avis.

— Et qu'avait-elle donc fait, cette Mlle Haxfield, pour mériter une nouvelle coiffure ?

— Elle a prétendu que j'avais triché et que je n'avais pas fait mon strudel moi-même. C'était la recette de mon arrière-grand-mère Harper. Elle était très compliquée, mais je me suis débrouillée toute seule. Je l'avais déjà réalisée des dizaines de fois chez ma grand-mère Winnie, à Atlanta. J'aurais pu faire ce strudel les yeux fermés. J'étais prête à expliquer toutes les étapes de la recette à la maîtresse. Mais, avant qu'elle ait pu le goûter, Caroline l'a accidentellement fait tomber par terre. Ça comptait pour la note finale, et, naturellement, j'ai été recalée. J'avais toujours eu d'excellentes notes.

— Je comprends ton point de vue. J'espère que tu n'avais pas les yeux fermés quand tu as décidé de délester Mlle Haxfield de sa queue-de-cheval ?

— Oh, j'en aurais été capable, tu sais ! Comment est-ce que tu sais que je lui ai coupé sa queue-de-cheval ?

— J'ai peut-être lu ton dossier en fin de compte.

— Ça ne figurait pas dans mon dossier. La mère de Caroline avait prévenu la police, mais mon père m'a assuré qu'il n'y avait pas eu de rapport. Le directeur m'avait renvoyée chez moi ce jour-là, ce qui était déjà une punition en soi. J'étais super assidue. Je n'avais jamais raté un seul jour d'école ! J'avais dix ans. J'ai dû donner toutes mes économies à cette peste pour qu'elle puisse aller chez le coiffeur. Elle n'allait jamais chez *Alexandre*. Elle a choisi ce salon-là parce que ça coûtait cher.

— Ça en valait la peine ?

Les yeux de Baxter semblaient étrangement brillants, mais ce n'était peut-être qu'une impression.

— Oh, oui !

— Bien joué, alors.

— Mais comment tu as eu vent de cette histoire ?

— J'ai deviné, sourit-il.

— Ah ! dit-elle en le regardant avec méfiance.

— Alors, comme ça, ta grand-mère vient d'Atlanta ?

— Ma grand-mère maternelle, grand-mère Winnie, vient d'Atlanta. Sa mère, mon arrière-grand-mère

Harper, vivait à Sugarberry. C'est ici que ma grand-mère a grandi, et ma mère a passé presque tous ses étés sur l'île. Les Harper sont très respectés, ici. Et maman a toujours adoré cette île.

— C'est pour ça que tes parents ont déménagé ?

— Mon père était prêt à prendre sa retraite, et ma mère ne supportait plus de s'inquiéter pour lui en permanence. Quant à moi, j'allais partir en Europe. Une ancienne amie de maman lui a dit que la ville cherchait un shérif. Elle avait vraiment envie de retourner vivre dans le Sud, alors elle a tout fait pour convaincre mon père de déménager. Elle savait bien qu'il n'était pas prêt à arrêter de travailler, elle voulait simplement l'éloigner de la grande ville. Mon père est la preuve vivante que les habitants de cette île adorent les Harper. Il a eu le job même s'il n'est pas né ici. Je dois une fière chandelle à tous les Harper de Sugarberry et à mon père. Grâce à eux, la population locale m'a accueillie chaleureusement.

— Je suis certain que tu aurais pu te débrouiller toute seule.

— Merci, c'est très gentil, dit-elle en souriant, mais je leur suis quand même reconnaissante. À moi de me montrer à la hauteur de la réputation des Harper. Et ça ne va pas être facile, c'est pour ça que je veux y arriver, affirma-t-elle en lui adressant un petit salut. Cela dit, je crois que j'ai gagné mes galons. Après tout, j'ai réussi à t'attirer ici, même si je n'ai pas cessé de répéter à tout le monde que je n'y étais pour rien.

—Je n'arrête pas de penser à ce que tu as dit, affirma-t-il soudain, plus sérieux. (Il n'avait même pas prêté attention au geste de Leilani.) Que tu voulais réussir par toi-même et non grâce à l'émission, à ma célébrité ou à toutes ces bêtises. Je te remercie des efforts que tu fais, mais je suis vraiment désolé de m'être immiscé dans…

—Arrête, Baxter, l'interrompit-elle. Laisse-moi parler, ajouta-t-elle pour l'empêcher de poursuivre. Je suis sincère, tout va bien. Charlotte m'a dit une chose, l'autre nuit. On ne peut pas tout contrôler dans la vie. Ma mère était trop jeune pour mourir, et mon père a failli la rejoindre quelques mois plus tard. Je ne sais pas comment j'aurais réagi ou comment leur mort aurait affecté mes projets et mes rêves. Je ne sais pas quel genre de vie j'aurais pu avoir si ma mère et sa famille n'avaient pas été aussi appréciées à Sugarberry. Mais j'ai décidé d'en profiter, et je leur en suis reconnaissante. Alors pourquoi je ne pourrais pas en faire autant avec toi?

—Ils faisaient partie de ta famille, c'est ton héritage. Ça n'a rien à voir avec moi.

—Peut-être, mais tu comprends mon point de vue, n'est-ce pas?

—Oui, acquiesça-t-il. Mais ça ne change rien au fait que je suis désolé.

—Ce qui est fait est fait. Je me suis montrée un peu dure avec toi quand tu es arrivé. Tu ne sais pas grand-chose de moi, mais je peux te garantir que je ne suis pas comme ça. D'ailleurs, je m'en veux d'avoir réagi ainsi. D'habitude, quand je suis confrontée à une situation délicate, je m'efforce de trouver un moyen de la gérer. Ça ne veut pas dire que j'aime ce qui se passe, mais j'essaie toujours d'en retirer quelque chose de positif. C'est ce que j'ai fait quand ma mère est morte. J'aurais pu m'apitoyer sur mon sort ou passer mon temps à la pleurer. Avec mon père, on a décidé de célébrer sa mémoire et de vivre comme elle l'aurait voulu. On voulait s'assurer que personne n'oublierait à quel point elle était joyeuse et souriante. C'était un vrai rayon de soleil pour tous ceux qui la connaissaient. J'aurais vraiment aimé que tu puisses la rencontrer.

— Tu parlais si souvent d'elle que j'ai l'impression de la connaître. J'étais vraiment triste pour toi quand elle est morte. Tu semblais anéantie. L'amour et la complicité que vous partagiez transparaissaient dans chacune de tes histoires et dans chaque coup de téléphone. Je suis vraiment désolé que tu aies dû vivre une telle tragédie.

— Merci, dit-elle, sincère. J'avoue que je ne me souviens pas de grand-chose, mais je sais que tu m'as beaucoup soutenue. Je te remercie vraiment de m'avoir laissée partir et de m'avoir donné l'occasion de faire ce qui me tenait à cœur.

— Tu n'es pas restée à Sugarberry après sa mort. Ton père était tout seul, mais tu n'es pas restée. Tu songeais déjà à t'installer ici ?

— Pas vraiment. Les choses étaient tellement différentes à l'époque. Je ne travaillais chez *Gâteau* que depuis un an et je venais à peine d'être nominée par la James Beard Foundation. Mon père était totalement anéanti par le deuil, et moi aussi. Je crois que ça m'a fait du bien de venir ici. Tout le monde partageait notre chagrin, c'était réconfortant. Mais mon père ne m'aurait jamais laissée rester ici. En fait, c'est lui qui m'a poussée à retourner à New York avant que je sois prête. Les Trusdale ne sont pas du genre à s'apitoyer sur leur sort. Quand on tombe, on finit toujours par se relever. On se concentre sur un objectif positif et on fait tout ce qu'on peut pour que la personne qu'on a perdue soit fière de nous.

Ces mots, répétés plus d'une fois par son père, résonnaient toujours aux oreilles de Leilani.

— Je crois qu'il ne supportait pas de pleurer devant moi, reprit-elle. Il voulait se montrer fort et me pousser à avancer. C'est ce qu'il a fait, et j'ai fini par retourner à New York. C'était probablement ce qu'il y avait de mieux à faire. Ça nous a permis d'avancer, comme maman l'aurait voulu.

— Tu étais toujours charmante, calme et enthousiaste, mais je savais bien que tu avais une volonté de fer. Ça se voyait dans ta façon de gérer le chaos en cuisine. J'étais vraiment triste pour toi quand elle est morte, mais je savais que tu t'en sortirais. J'avais peur de te perdre ; j'étais certain que tu te sentirais obligée de rester avec ton père. Mais je savais que tu ne te laisserais pas submerger par le chagrin et que tu finirais ce que tu avais commencé.

— Merci, dit-elle, touchée par sa sincérité. C'est exactement ce que j'ai fait deux ans plus tard. Ce qui est assez ironique, finalement.

— C'est ce que je me suis dit à l'époque, admit-il en secouant la tête. Mais tu venais de perdre ta mère, et ton père était gravement malade. Tu t'inquiétais pour lui ; c'était tout à fait normal que tu décides de rentrer. Je dois avouer que j'ai été surpris – stupéfait, même – quand tu m'as annoncé que tu t'installais sur cette île. Mais j'ai fini par comprendre les raisons de ta décision. La famille passe parfois avant tout le reste.

Leilani pencha la tête pour étudier le visage de Baxter. Il faisait trop noir pour qu'elle puisse distinguer son expression, mais c'était inutile.

— Tu n'aurais jamais fait ça, n'est-ce pas ? T'installer ici, changer de carrière ?

— Je ne peux pas répondre à cette question.

— Parce que ça ne t'est jamais arrivé ?

— Parce que ça n'aurait jamais pu m'arriver.

Perplexe, Leilani fronça les sourcils avant de comprendre ce qu'il cherchait à lui dire.

— Oh, je suis désolée. J'imagine à quel point ce doit être horrible de perdre ses parents quand on est enfant.

— Je ne les ai pas connus.

— Tu es orphelin ? Tu n'as jamais été adopté ?

— Je ne suis pas Oliver Twist, affirma-t-il avec un petit sourire. Je m'en suis plutôt bien sorti.

— C'est vrai.

Lani réfléchit à ce qu'il venait de lui confier. Elle était prête à parier que son enfance ressemblait plus à *Oliver Twist* qu'à *Annie*. C'était probablement le genre de circonstances qui avait fait de lui l'homme qu'il était devenu.

Baxter s'était mis à remuer sur son banc et à étendre ses jambes.

— Désolé, dit-il lorsqu'il cogna Lani. J'essaie simplement de me débarrasser du sable dans mes chaussures.

— Allez, viens, ordonna-t-elle en finissant son café avant de lui tendre sa tasse.

— On part déjà ? demanda-t-il en la récupérant.

— On va se promener, affirma-t-elle devant son air interrogateur. Quitte à avoir du sable entre les orteils, alors autant faire ça bien.

— Tu te fiches de moi, là ?

— Allez, viens, dit-elle en riant. C'est par là.

— Mais… par là, c'est la mer.

— Exactement, et la plage.

— Oh, génial ! conclut-il, sans enthousiasme.

Chapitre 10

— D'accord, dit Baxter alors qu'ils avaient parcouru près de cinquante mètres. Tu as peut-être raison.

Ils avaient traversé des dunes et des bosquets, et enjambé de nombreux morceaux de bois flotté avant d'atteindre une magnifique plage de sable blanc. Les chaussures de Baxter en étaient pleines, à tel point qu'il les avait abandonnées, ainsi que ses chaussettes, quelque part sur la plage.

Lani et lui parcouraient l'étroite bande de sable fin, pieds nus, le pantalon roulé sur les chevilles. L'eau était fraîche, mais le sable était encore tiède.

— Je suis convaincue que, si tu dois écouter le bruit des vagues et regarder les étoiles, tu dois sentir le sable sous tes pieds, dit Lani. D'habitude, il fait trop froid pour se promener, mais, avec la chaleur de ces derniers jours, c'est parfait. C'est l'un des avantages des étés indiens.

— Eh bien, je ne suis pas du genre à m'étendre sur une serviette sous un soleil brûlant, avec du sable s'insinuant dans des endroits gênants. Mais je dois dire que c'est très agréable de finir la journée en se promenant près de l'océan, juste sous les étoiles, conclut-il en souriant.

Baxter s'efforçait de ne pas toucher ni bousculer Lani en trébuchant ; le sable et les vagues venant s'écraser sur la plage ne lui rendaient pourtant pas la tâche facile. En revanche, il ne pouvait pas s'empêcher de la regarder tandis qu'ils se promenaient. Enfin, Baxter se promenait ; Lani, elle, avançait à grands pas.

Il sourit intérieurement. Elle n'était pas aussi calme qu'elle voulait bien l'admettre. Pourtant, comparé au stress constant de sa vie à New York, il était bien forcé d'admettre que Lani semblait détendue.

— La compagnie est plutôt agréable, aussi, déclara-t-il alors que le silence s'installait.

Elle lui sourit mais ne ralentit pas, au contraire. Baxter se demanda soudain si sa nervosité ne s'expliquait pas par le fait qu'il soit présent plutôt que par la vie qu'elle avait menée dans la grande ville. Depuis qu'elle était montée en voiture avec lui, son comportement avait radicalement changé. Il avait été soulagé et heureux que les choses se soient arrangées entre eux, mais ne pouvait s'empêcher de ressentir une certaine déception car il savait qu'il devrait quitter Sugarberry avec une semaine d'émissions en poche et quelques jolis souvenirs.

Baxter aurait aimé s'en contenter, mais il sentait qu'il faudrait davantage qu'une promenade sur la plage pour y arriver. Il lui faudrait également plus de temps pour accepter la dure réalité : il allait devoir quitter Lani.

Il envisagea un instant de s'interdire de revoir Leilani en dehors du cadre strictement professionnel, mais rejeta aussitôt cette idée. Elle faisait de son mieux pour accepter le cirque médiatique qu'il amenait avec lui. Il savait que, malgré les sourires et les plaisanteries, ce n'était pas facile pour elle. Il ferait des efforts ; il lui devait bien ça.

Aussi continua-t-il simplement à cheminer à ses côtés.

— Je croyais que tu étais une vraie citadine, dit-il. Depuis quand est-ce que tu aimes le sable et l'océan ?

— Nanny – mon arrière-grand-mère Harper – est morte quand j'étais toute petite. Je crois que je devais avoir six ans. Chaque fois qu'on venait à Atlanta pour rendre visite à grand-mère Winnie, on allait jusqu'à Sugarberry pour voir Nanny. Il n'y avait pas de pont à l'époque. On prenait le ferry. Je me souviens davantage des trajets en ferry que du temps que je passais sur l'île, mais je me rappelle très bien la cuisine de Nanny.

— La maison existe toujours ?

Lani acquiesça.

— Oui, elle est dans la famille depuis quatre générations. Cinq, avec moi. Roy, le mari de Nanny, a grandi ici. Il ne reste pas beaucoup de maisons datant de cette période, mais celles qui restent sont assez extraordinaires. À l'époque, la ville se limitait à quelques cabanes de pêcheurs et à un magasin qui faisait aussi bureau de poste.

— Si je comprends bien, tu n'y vis pas.

—Non, c'est mon père qui y habite. Nanny l'a léguée à grand-mère Winnie, qui la louait. Ensuite ma mère en a hérité. Elle a continué à la louer jusqu'à ce que mes parents décident de revenir s'installer ici. Ils ont tout refait avant d'emménager. C'est très joli à présent.

—Tu as dû être heureuse là-bas, affirma-t-il en souriant.

—Oui. Nanny m'a appris plein de choses dans sa grande cuisine. Ma mère a voulu la garder en l'état. Elle s'est contentée de la moderniser un peu. C'est une immense cuisine typique du Sud, avec un grand îlot central et un énorme four. Les placards du haut sont équipés de portes en verre et ceux du bas sont en bois d'érable. Maman a changé le plan de travail, mais elle n'a pas touché à l'îlot central. C'est là que j'ai appris à faire un crumble et des conserves de pêches maison. J'étais trop jeune pour couper les fruits et les mettre en boîte, mais je m'asseyais sur une chaise pour regarder. Nanny me laissait toujours l'aider pour battre la garniture du crumble.

—Tu as gagné tes galons de pâtissière à la sueur de ton front, conclut-il.

Cette plongée dans les souvenirs avait adouci le sourire de Leilani. Baxter eut de nouveau l'impression que son cœur se brisait. Il était en paix avec son passé. Devant la joie et l'amour qui brillaient dans les yeux de Leilani lorsqu'elle parlait de sa famille, il se demanda pourtant ce qu'il aurait ressenti s'il avait eu la chance de partager ce genre de souvenirs.

— C'est ce que j'aime à penser, dit-elle. Maman était une merveilleuse cuisinière. Mon père, lui, se débrouille plutôt bien avec un barbecue. Il sait aussi préparer du chili. Pour le reste, il se limite aux sandwichs, aux œufs brouillés et à la soupe en boîte.

Baxter sourit, se représentant une cuisine débordant de joie et de rires. Celles de son enfance n'étaient que cris, jurons et chaos, même si cela avait quand même constitué une sorte de foyer pour lui.

— C'est vraiment génial que les anecdotes et les traditions familiales soient transmises de génération en génération.

— Tu as des informations sur ta famille ?

— Non, mais ce n'est pas grave. Il n'y a pas grand-chose à dire. Mes parents m'ont abandonné quand j'étais bébé.

— Tu n'as jamais fait de recherches ou consulté les registres ?

Il secoua la tête.

— S'ils avaient voulu de moi, ils seraient venus me chercher. Ils ne l'ont pas fait, alors je ne vois pas pourquoi j'aurais tenté de les retrouver.

— Mais tu es célèbre à présent. Personne n'a jamais essayé de revenir dans ta vie pour te soutirer de l'argent ?

— Ça n'arrivera pas.

Malgré son sourire, l'expression du visage de Lani indiquait clairement qu'elle n'en était pas aussi certaine que lui.

— Si personne n'a tenté de te contacter jusqu'à présent, tu as peut-être raison. Alors, où est-ce que tu as grandi ?

— Je suis resté à l'orphelinat jusqu'à mes douze ans. Comme je n'ai pas été adopté, j'ai ensuite été transféré dans un foyer de l'East End.

— Tu y es resté combien de temps ?

— Je faisais en sorte d'y être le moins possible, dit-il avec un petit sourire.

— Je vois, affirma-t-elle en souriant à son tour. Donc la cuisinière du foyer n'est pas devenue une mère de substitution et ne t'a pas pris sous son aile pour t'apprendre tous ses secrets ? Ce n'est pas elle qui t'a poussé à devenir un grand chef ?

— Non, répondit-il en manquant de s'étrangler de surprise. Me prendre sous son aile, tu es sérieuse ?

— Je suis pâtissière, pas romancière. J'imaginais une grosse bonne femme du style Helga ou Brunhilde.

— Le cuisinier qui travaillait à Peckham s'appelait Harry. Ce qu'il préparait était tout simplement immangeable. Quand il était assez sobre pour se rappeler qu'il fallait cuisiner, s'entend. J'allais déjà régulièrement faire les poubelles des restaurants de Londres quand j'avais huit ans. Quand j'en ai eu dix, je me suis dit qu'il valait mieux décrocher un job dans les cuisines. Je pourrais manger sans avoir à voler quoi que ce soit, et au moins je serais au sec et au chaud.

— Tu n'es pas sérieux, ça fait très *Oliver Twist*.

— Je ne suis pas très doué pour raconter des histoires, avoua-t-il en haussant les épaules.

— Baxter, c'est horrible, souffla-t-elle alors que son sourire s'évanouissait.

— Ce qui explique pourquoi ce n'est pas dans ma bio.

— Les journaux à scandales adorent ce genre d'histoires. Je n'arrive pas à croire qu'ils n'aient jamais publié ça.

— Ça n'arrivera jamais parce que personne n'est au courant. Personne ne se souvient de moi. Ils n'arriveront pas à faire le lien entre mon enfance et moi.

— Ça, j'ai peine à le croire. Tu n'es pas facile à oublier. Et je suis presque certaine que tu étais un incorrigible charmeur. Ça devait marcher du tonnerre quand tu étais gosse.

— Tu as raison sur un point : j'étais incorrigible. Mais je n'avais rien de charmant. Je n'ai appris à me servir de mes atouts que des années plus tard, quand j'ai commencé à m'intéresser aux serveuses.

Lani commença à lever les yeux au ciel, puis se retint.

— Je sais que tu n'as probablement pas envie d'entendre ça, mais je suis désolée.

— De quoi ? On ne choisit pas son enfance. Ce n'est pas comme si j'étais traumatisé. C'était comme ça, c'est tout, et ça m'a permis de découvrir ma passion. Regarde-moi aujourd'hui. Je ne peux pas vraiment me plaindre, n'est-ce pas ? Ce serait malvenu.

— Je ne sais pas quoi penser. Mais je suis contente que tu voies les choses de cette façon.

— Les Dunne… Non, plutôt ce Dunne-ci, dit-il en pointant un doigt en direction de son torse, ne s'apitoie pas sur son sort. Je me suis accommodé de la situation.

— Je te comprends parfaitement, affirma-t-elle en souriant. Ce que tu as fait est assez extraordinaire. Je ne pense pas que beaucoup d'enfants auraient eu la force de supporter ce genre de choses.

— J'ai fait ce qu'il fallait pour survivre. Il n'y a rien d'extraordinaire là-dedans. J'ai été assez malin pour ne pas gâcher ma seule chance.

— Tu as su que tu voulais devenir chef dès que tu as mis un pied dans une cuisine ?

— Au début, je voulais seulement manger à ma faim. Je faisais la plonge et, un jour j'ai décidé que je voulais devenir chef de partie. Avec de la chance – beaucoup de chance – je pourrais devenir sous-chef. J'étais motivé ; j'étais certain qu'un jour j'atteindrais mon objectif. Ce n'était pas un grand rêve, mais c'était le mien. Les cuisines dans lesquelles tu as travaillé ne sont rien en comparaison de celles où j'ai grandi. J'avais dix ou douze ans, je ne pouvais pas me permettre de me mettre les autres cuisiniers à dos. En grandissant, j'ai appris qu'il valait mieux la fermer si je ne voulais pas crever de faim.

— Quand est-ce que les choses ont commencé à changer ? Tu es plutôt grand, ajouta-t-elle en le regardant. Et tu n'es ni timide ni particulièrement réservé.

— Je n'ai jamais été timide, j'étais simplement prudent. Il valait mieux se faire discret. J'ai commencé à grandir vers douze ou treize ans, mais j'étais assez maladroit, avec mes grands bras et mes longues jambes. À quatorze ans, j'ai commencé à m'étoffer, et, à seize, j'ai gagné plus de dix centimètres en moins de six mois.

—Waouh!

—Comme tu dis.

—J'ai toujours du mal à t'imaginer à dix ans dans une cuisine. Comment est-ce qu'on peut laisser un enfant travailler dans une cuisine?

—Ma belle, je n'ai jamais vraiment été un enfant. À treize ans, j'en avais vu plus que de nombreux adultes. Ma tête était simplement en avance sur mon corps.

—Qu'est-ce qui s'est passé?

—J'ai découvert que ça ne servait à rien de jouer les gros durs dans les cuisines d'un petit resto de quartier, sourit-il. Même Caroline Haxfield y aurait perdu beaucoup plus que sa queue-de-cheval.

—C'est tellement…, commença Lani, trop stupéfaite pour réagir. C'est horrible, ajouta-elle avant d'éclater de rire. Amusant mais horrible. Qu'est-ce que tu as fait?

—Eh bien, c'est aussi à cette époque que j'ai découvert que j'avais certains atouts, affirma-t-il en souriant de plus belle. Disons que ma taille m'avantageait plutôt en dehors des cuisines.

—Oh!

—Comme tu dis, rétorqua-t-il en s'esclaffant. (Lani lui donna un coup de coude, en s'efforçant en vain de garder son sérieux.) Je me suis dit que si je voulais devenir sous-chef je ferais bien de trouver une cuisine qui en emploie un.

— Et tu es allé où ?

— Je me suis… disons, lié d'amitié avec une dame qui venait d'un quartier de Londres où je n'avais jamais mis les pieds.

— C'est salace, dit-elle en haussant les sourcils. Du genre Mrs Robinson ?

— Un gentleman se doit d'être discret, déclara-t-il en levant la main comme pour prêter serment. Elle m'a aidé à perdre mon accent de l'East End et m'a rendu plus présentable.

— Elle était ton Pygmalion, quoi.

— C'était un ange. Je la trouvais merveilleuse, sourit Baxter. Et, oui, elle était aussi mon Pygmalion. Avec un corps à damner un saint.

— Que lui est-il arrivé ?

— J'ai perdu l'éclat de ma jeunesse ; elle s'est trouvé d'autres amis.

— Ah ! se contenta de dire Lani d'une voix douce, pleine de compassion. Je suis désolée. Tu en as souffert ? Ça n'a pas dû être facile.

— C'était dans l'ordre des choses, affirma-t-il en haussant les épaules. Elle aura toujours une place à part dans mon cœur.

— Tu l'as revue ? Depuis…, tu sais bien ? Je suis sûre qu'elle serait très fière de toi. Enfin, j'espère que c'était le genre de femmes à être fière de toi.

—Je n'ai jamais rencontré quelqu'un comme elle. Je suis parti à sa recherche quelques années plus tard, mais je n'ai jamais pu la retrouver. Je ne serais pas surpris d'apprendre qu'elle est morte. C'était une femme passionnée et intrépide. En tout cas, c'est le souvenir qu'elle m'a laissé.

—Qu'est-ce que tu as fait, après?

—C'est grâce à elle que j'ai découvert le chocolat et tout un tas d'autres choses. Elle adorait les sucreries; son père était confiseur. Je me suis lancé dans la pâtisserie parce que je voulais absolument subvenir à tous ses... euh, besoins, mais c'est rapidement devenu ma passion. Quand on s'est séparés, je ne travaillais déjà plus dans un restaurant. J'avais été engagé dans une pâtisserie. Je travaillais comme un fou pour en apprendre le plus possible. Je suis resté dans cette voie-là. Je savais que j'avais trouvé ma place. Je vivais, mangeais, dormais et rêvais pour la pâtisserie. C'est à Emily que je le dois, conclut-il, un sourire aux lèvres, en s'apercevant soudain qu'il avait au moins un souvenir heureux remontant à sa jeunesse.

Ils continuèrent à marcher en silence jusqu'à ce que Lani lui donne un coup de coude.

—C'était pour quoi, ça? demanda-t-il en la regardant.

—Pour rien, je...

Elle s'interrompit et leva les yeux vers lui, la lune soulignant les traits de son visage et faisant briller ses yeux d'une étrange lueur.

—Tu es à la fois courageux et gentil. Et ça, ça ne s'apprend pas.

—Merci, dit-il, bouleversé par l'affection de sa remarque.

Baxter s'arrêta soudain. Lani continua d'avancer avant de s'apercevoir qu'il ne la suivait plus.

—Baxter? demanda-t-elle en se retournant.

—Mon vrai nom est… Enfin, je ne sais pas si c'est mon vrai nom, mais c'est celui que les sœurs m'ont donné. Bref, je m'appelle Charlie Hingle.

Lani s'approcha de lui d'un air sérieux.

—Quand est-ce que tu l'as changé? demanda-elle, curieuse.

—Oh, pas tout de suite, enfin pas officiellement! J'ai menti pendant plusieurs années.

—Pourquoi? Quelqu'un s'est moqué de toi? Ce nom n'a rien de particulier.

—Je crois que ça manquait un peu de panache, répondit-il légèrement embarrassé.

—C'est pour ça que tu l'as changé? s'enquit-elle en souriant.

—Non. Je ne sais pas pourquoi j'ai commencé à mentir. Quand je suis entré dans cette cuisine pour la première fois, j'ai eu l'impression que… Je n'en sais rien. J'ai eu l'impression d'être moi. Plus rien d'autre n'avait d'importance, ni mes parents ni mon enfance. Je pouvais être n'importe qui.

—Tu voulais une chance de choisir qui tu étais, affirma-t-elle.

—C'est ça.

— Comment as-tu trouvé ce nom ? Tu y avais déjà pensé ?

Il secoua la tête.

— Ils m'ont demandé mon nom, et je leur ai dit la première chose qui me passait par la tête. Ils s'en fichaient, en fait, mais pas moi. Il leur fallait simplement un nom à appeler quand ils avaient besoin de moi. Je suis presque sûr que certains de mes collègues de l'époque étaient dans le même cas. On ne travaillait pas vraiment dans les quartiers chics. Personne ne se mêlait de nos affaires.

— Quand est-ce que tu es devenu Baxter Dunne ?

— Quand j'ai commencé à me débarrasser de mon accent et à me rendre plus présentable.

— C'est toi qui l'as trouvé ? Ou c'est une idée de ta « pygmalionne » ? demanda-t-elle avec un grand sourire.

— C'était mon idée, sourit-il. Un assemblage de deux noms que j'avais déjà utilisés par le passé.

— Et les démarches nécessaires pour que ce soit officiel ?

— Je l'ai fait dès que j'ai décroché mon premier job. C'était la première fois que je recevais un vrai salaire. Avant, j'étais payé au black. Je recevais de l'argent, de la nourriture ou un abri pour la nuit. J'ai eu un moment d'hésitation quand j'ai dû remplir mon dossier. Je ne voulais pas utiliser mon vrai nom parce que j'avais l'impression qu'il ne m'appartenait pas vraiment. Ce n'était pas moi. Alors j'ai écrit

«Baxter Dunne». J'ai fait le changement quand j'ai reçu mon premier salaire.

— Tu as fait ça à l'envers. Ça n'a posé aucun problème que tu sois encore mineur à l'époque?

— Les choses se sont arrangées, répondit-il en haussant les épaules.

— Je comprends pourquoi tu n'as pas inclus ces infos dans ta biographie, mais je suis surprise que personne n'ait jamais découvert la vérité.

— Personne n'est au courant, affirma-t-il en haussant de nouveau les épaules. À part moi. Et toi, à présent. Je ne l'ai jamais dit à personne.

— Pourquoi? Il n'y a rien de honteux là-dedans.

— Non, mais c'est ma vie privée.

— Qu'est-ce que tu racontes aux journalistes qui te posent des questions sur ton enfance?

— Que j'ai eu une enfance compliquée et que j'ai passé toute ma vie dans des cuisines. Ils n'ont pas besoin de connaître les détails.

— Pourquoi tu m'as confié tout ça? s'enquit-elle en levant les yeux vers lui.

— Parce que tu m'as dit que je ne te connaissais pas. Tu m'as parlé de ta famille et de toi. Je voulais te faire comprendre que ça valait pour moi aussi. Tu ne me connaissais pas vraiment, et je voulais y remédier.

— Je comprends, déclara-t-elle après un instant.

— Est-ce que ça compte? Maintenant que tu es au courant?

— Qu'est-ce que tu veux dire?

— Est-ce que ça change quelque chose?

— Je suis contente que tu m'aies raconté tout ça. Et tu peux me faire confiance. Tu le sais, n'est-ce pas ? Je n'en parlerai à personne, même pas à Charlotte.

— Ce n'est pas ce que je voulais dire. Est-ce que tu me vois différemment ?

— Bien sûr que non, affirma-t-elle sans hésiter. Pourquoi ça changerait quoi que ce soit ? Je comprends un peu mieux qui tu es, mais ça ne change rien du tout. Tu es le même… mais avec quelque chose en plus.

Baxter eut soudain envie de prendre le visage de Leilani entre ses mains. Il avait envie – presque besoin – de la toucher. En cet instant précis, il se sentait plus proche d'elle que jamais. Mais il voulait la découvrir davantage, en mettant tous ses sens à profit. Scruter son visage sous la lune, respirer son parfum, se laisser emporter par sa voix, caresser sa peau…

Goûter ses lèvres.

— Leilani…

Elle leva les yeux vers lui, comme si elle espérait lire quelque chose dans son regard.

— Depuis que je suis arrivé ici, j'ai appris à mieux te connaître. Tu es toi, mais en plus vrai. Tu comprends ce que j'essaie de te dire ?

— Baxter, dit-elle en reculant. Tu étais d'accord, tu te rappelles ? Tu étais d'accord avec moi, on ne peut pas…

— Je sais, Lei. Je tenais simplement à te le dire, c'est tout, ajouta-t-il en serrant les poings.

— On devrait rentrer, il est tard, dit-elle soudain, en baissant les yeux vers le sable à ses pieds.

Elle lui sourit, mais la petite étincelle qui brillait dans ses yeux quand elle était montée en voiture avait disparu.

— D'accord.

Trop tard, songea-t-il soudain.

Il avait eu raison de tout lui dire. Il ne regrettait rien, sauf la disparition de cette petite étincelle.

Il se retourna en lui faisant signe de passer devant. Il observa Lani marcher, perdue dans ses pensées, et s'autorisa à l'imiter.

Il s'était toujours efforcé de réaliser ses rêves. Toujours. Il était convaincu que rien n'était impossible à condition qu'on s'en donne les moyens. Il avait du mal à admettre qu'il n'allait pas obtenir ce qu'il voulait avec Leilani. Son acharnement ne changerait rien. Leilani méritait d'atteindre l'objectif qu'elle s'était fixé. Il n'y avait pas de place pour lui ; leurs rêves étaient tout simplement incompatibles.

Baxter savait exactement ce qu'il voulait. Il voulait la Leilani Trusdale qu'il connaissait et celle qui lui restait à découvrir. Il était sûr de lui, n'avait pas besoin d'en apprendre davantage. Leilani était la femme de sa vie.

Il n'avait malheureusement rien à lui offrir. Elle ne voulait pas de la vie qu'il menait.

Il ne lui restait plus qu'à découvrir comment il allait réussir à vivre sans elle.

Chapitre 11

Leilani enfonça son poing dans la pâte.

— Tu devrais vraiment voir ça, Charlotte. (Elle donna un autre coup.) Tous ces câbles, ces caméras, ces spots (« Paf ! ») et ces intrus dans mon adorable petite boutique (« Paf ! »). Ils sont partout. Ils mettent leurs vilaines mains sur mes affaires, poursuivit-elle en tremblant avant de frapper à nouveau.

— Martyriser notre pain n'y changera rien, affirma Charlotte en poussant doucement Lani.

— Je sais, mais c'est la seule chose qui me retient de m'en prendre au type qui tripote mes tabliers.

— Qu'est-ce qu'il leur veut ? demanda Charlotte.

— Tu te souviens de Rosemary, la productrice ? Je l'ai surnommée Rosemary's Baby, si tu vois ce que je veux dire. Elle a une soixantaine d'années, mesure dans les un mètre cinquante et a les cheveux gris coupés en un carré parfait. Elle a le regard froid et les lèvres pincées en permanence. Tu vois le tableau ? Elle me fiche la frousse. Quoi qu'il en soit, elle a appris que je collectionnais les tabliers et que je les portais pour travailler. Elle pense que ça fera une jolie anecdote pour l'émission. Il faut croire que je suis incapable de choisir mon propre tablier toute seule, ajouta-t-elle en croisant les bras. Ma boutique est envahie par des câbles et des fils électriques, des inconnus posent leurs pattes partout, et moi je suis une jolie anecdote, dit-elle en mimant des guillemets. Tu veux bien me rappeler pourquoi j'ai accepté de me lancer là-dedans ?

— Pour le bien de la communauté ? proposa Charlotte avec un sourire narquois.

— C'est ça. Tant qu'à œuvrer pour le bien de la communauté, je préférerais encore me présenter à l'élection de Miss Kiwanis et défiler dans un bikini en feuilles de palmier.

— Pas sûr que ce soit une bonne idée. Allez, continue de pétrir. J'ai envie de sentir cette merveilleuse odeur de pain frais. On en profitera pour se goinfrer et critiquer les hommes. Tu te sentiras beaucoup mieux demain matin, promit Charlotte en posant une main sur l'épaule de Lani.

— Je dois y retourner aux aurores.

— Tu te lèves toujours très tôt.

— Je sais, mais d'habitude il n'y a que moi, une énorme tasse de café, trois cents cupcakes et le générique de *Hawaii Police d'État* pour me tenir compagnie. Ça ne me dérange pas de me lever tôt pour ça.

Charlotte attrapa le poing de Lani pour l'empêcher de porter un autre coup.

— Du vin, on a besoin de vin. Je me charge du pain. Verse-nous un bon verre de vin.

—Je te sers un verre ; moi, je me contenterai de la bouteille.

—Comme tu voudras, mais ne martyrise plus ce pauvre pain.

Lani passa derrière Charlotte et récupéra deux verres et une bouteille de vin.

—Combien d'alcool est-ce que je dois te faire ingurgiter pour que tu me dises comment s'est passé ton rendez-vous d'hier soir ? demanda Charlotte.

—Ce n'était pas un rendez-vous, rétorqua Lani en s'acharnant sur le bouchon avec plus de force que nécessaire. C'était une réunion professionnelle.

—J'ai trouvé tes chaussures pleines de sable sur la terrasse et ton jean dans le bac à linge sale. Plein de sable, lui aussi. J'aime bien votre façon de régler vos affaires sur cette île, ajouta-t-elle avec un clin d'œil.

—Il ne s'est rien passé. Je peux savoir pourquoi tu fouilles dans mon linge ?

—Tu étais déjà repartie quand je me suis réveillée ce matin. J'ai regardé tous les épisodes de *Top Chef* que j'avais ratés, puis j'ai préparé des roulés à la cannelle. J'avais besoin de m'occuper en attendant l'émission de Tyler Florence. C'était une spéciale « cheesecake » ! Imagine un peu ça, Tyler et du cheesecake, soupira Charlotte, une main sur le cœur. Crois-moi, j'en avais bien besoin. Je n'ai pas eu d'orgasme digne de ce nom depuis le mois de février. Au fait, j'ai aussi rangé ta réserve. Tu peux m'expliquer pourquoi il y a un sac de cinquante kilos de farine là-dedans ?

—Il vient de ma boutique, je l'ai volé. Je savais qu'on allait cuisiner. Baxter et son équipe n'ont qu'à acheter leur propre farine, je leur laisse déjà ma pâtisserie.

Lani but une gorgée de vin et, tandis que le goût acidulé des raisins s'attardait sur sa langue, elle soupira de plaisir.

—Je devrais peut-être emmener cette bouteille avec moi demain. Je suis sûre que ça m'aiderait à tenir le coup.

Charlotte glissa le pain dans le four et saisit son verre en s'appuyant sur le plan de travail.

—Tu veux vraiment me faire croire que tu es dans cet état à cause du tournage ?

—Dans quel état ?

—Je ne suis plus à New York ; on ne se parle plus par haut-parleurs interposés. Je me tiens devant toi, et je ne suis pas aveugle.

—Je suis dans cet état à cause du tournage, affirma Lani en vidant son verre d'un trait. Et peut-être que le rendez-vous d'hier soir y est un tout petit peu pour quelque chose, aussi.

—Je croyais que ce n'était pas un rendez-vous.

—Ça n'en était pas un.

Lani se servit un autre verre, mais se contenta de le faire tourner entre ses mains, sans toucher au vin.

—Mais j'avais envie que ce soit un rendez-vous, finit-elle par avouer en levant les yeux vers Charlotte. J'en avais vraiment envie, ajouta-t-elle en soupirant.

À un moment, j'ai même cru que…, commença-t-elle avant de secouer la tête.

—Que quoi?

—J'ai cru qu'il allait de nouveau m'embrasser.

—Et? s'enquit Charlotte avec un grand sourire.

—Et j'ai préféré rentrer avant qu'il soit trop tard.

—Pourquoi? demanda Charlotte, visiblement déçue.

—Parce que Baxter est d'accord avec moi. On n'a aucun avenir ensemble, Charlotte.

—Alors explique-moi pourquoi vous êtes allés vous promener sur la plage, au clair de lune? Tu ne crois pas que c'est un peu risqué?

—Je ne sais pas pourquoi on a fait ça. On s'amusait bien, et Baxter n'avait jamais marché pieds nus sur une plage, et sur le coup… ça allait de soi. Mais c'est resté amical. Pour la première fois depuis son arrivée à Sugarberry, j'ai apprécié de passer du temps avec lui. Je me suis efforcée de me détendre et d'accepter la situation. Ce n'est pas comme si j'avais le choix. Je vais travailler avec lui pendant le tournage, et il repartira dans quelques semaines. Alors pourquoi est-ce que je n'en profiterais pas un peu?

—Et tu te sens comment? s'enquit Charlotte en la dévisageant d'un air inquiet.

—Le tournage n'a pas encore commencé, et j'en suis déjà à massacrer un pauvre pain innocent. Voilà comment je me sens. Et le pire, c'est que j'adore le pain, ajouta-t-elle, les yeux pleins de larmes.

— Oh, ma chérie! s'exclama Charlotte en posant son verre pour enlacer Leilani.

— C'est vraiment idiot, murmura Leilani. Je ne suis qu'une idiote. Pourquoi est-ce que je n'arrive pas à gérer la situation?

Charlotte s'écarta et prit la main de Leilani pour l'empêcher de renverser son verre.

— Parce que tu l'aimes, idiote, déclara-t-elle en la regardant droit dans les yeux.

— Je sais, rétorqua Lani en soupirant. Je m'en suis aperçue la nuit dernière.

— Il était temps, dit Charlotte en prenant une gorgée de vin.

— Sympa, la copine, râla Lani en lui adressant un regard noir.

Charlotte se contenta de hausser les épaules, sans le moindre remords.

— Je t'ai toujours soutenue. Je n'ai rien dit parce que tu es mon amie. Je t'ai laissé l'occasion de découvrir la vérité par toi-même. Mais il faudrait vraiment être aveugle ou sourde – voire les deux à la fois – pour ne pas se rendre compte que tu es amoureuse de Baxter Dunne. (Elle leva le verre de Leilani, qui prit une gorgée de vin.) Je n'ai rien dit quand tu es partie parce que je pensais que ça ne servirait à rien. C'était trop tard. Je pensais que vous passeriez tous les deux à autre chose. Mais, quand j'ai appris qu'il venait tourner son émission sur ton île, j'ai compris que je ne pouvais pas te laisser tout foutre en l'air.

— Tout foutre en l'air? répéta Lani, surprise.

— Parfaitement, rétorqua Charlotte, sur un ton décidé.

— C'est pour ça que tu es venue ? Pour t'assurer que je ne vais pas tout foutre en l'air ? Il y a vraiment eu un incendie dans ton resto ? demanda-t-elle, méfiante.

— Oui.

— Tu me jures que c'est la vérité ? s'enquit-elle alors que Charlotte semblait soudain étrangement intéressée par son verre de vin.

— Une friteuse a pris feu. On doit attendre l'autorisation de l'inspection sanitaire pour rouvrir. Ça devrait prendre trois jours. J'ai trouvé quelqu'un pour me remplacer. Franco se débrouillera très bien sans moi. De toute évidence, tu avais besoin de moi, ajouta-t-elle sur un ton de défi, nullement embarrassée à présent que Lani connaissait la vérité.

— Je ne vais pas te mentir. Je suis vraiment heureuse que tu sois là. (Lani prit une nouvelle gorgée de vin, prenant le temps de la savourer avant de poursuivre.) Dis-moi, je fais quoi exactement pour tout foutre en l'air ?

— Tu refuses de lui accorder une chance. Tu as envie de lui, tu es amoureuse de lui, mais tu étais convaincue qu'il n'avait jamais pensé à toi de cette façon. Et là, il vient jusqu'ici pour te dire qu'il n'arrive pas à t'oublier et qu'il ne peut pas vivre sans toi. Il t'embrasse au milieu de ton magasin, sans se soucier de ce que les gens pourraient penser. Et toi, tu le rejettes !

Charlotte était énervée. Elle vida son verre d'un trait et le reposa avec tant de force que Lani fut surprise de ne pas le voir se briser sous le choc.

— Alors, oui, bien sûr qu'il fallait que je vienne.

— Qu'est-ce que tu voulais que je fasse ? s'enquit Lani. Il repart dans deux semaines. Ma vie est ici, à présent.

— Tu préférerais rester sur cette île plutôt que passer le restant de tes jours avec l'homme que tu aimes ? Je sais que ton père habite ici, mais tu l'as dit toi-même, ton choix l'a déçu. Rien ne t'empêche d'ouvrir un magasin ailleurs.

— Je sais. Et, crois-moi, quelques soirées comme celles d'hier pourraient me faire changer d'avis. Mais ce n'est pas si simple, Charlotte. Baxter a peut-être des sentiments pour moi, mais il n'a rien à m'offrir, même s'il était prêt à essayer. Il me l'a dit hier soir. Il m'a dit qu'il n'avait pas vraiment réfléchi avant de débarquer ici. Maintenant, il sait qu'il n'aurait jamais dû venir sur cette île, il sait que ça ne marchera jamais entre nous.

Cette déclaration calma aussitôt Charlotte, qui avait semblé sur le point d'exploser. Elle ouvrit la bouche, puis se ravisa.

— Je vois, finit-elle par dire en se versant un autre verre. Tu as dit qu'il avait failli t'embrasser, ajouta-t-elle après un court silence.

— J'ai cru qu'il allait m'embrasser. Ça n'a pas duré longtemps. Ce n'était peut-être que mon imagination. De toute façon, ça n'a aucune importance.

— Qu'est-ce qu'il a dit ? demanda-t-elle en reprenant une gorgée de vin. Répète-moi exactement ce qu'il a dit, ordonna-t-elle en pointant son verre en direction de Lani.

— Il a dit qu'il allait passer pas mal de temps par monts et par vaux pour tourner son émission mais que, même quand il rentre chez lui, il ne s'y sent pas vraiment à l'aise de toute façon. Son travail, c'est toute sa vie. Il sait à quel point c'est important pour moi d'avoir ma propre pâtisserie. Il ne dirige peut-être plus *Gâteau*, mais il ne compte pas y renoncer. Il en est incapable. Nos objectifs et nos pâtisseries ne pourraient pas être plus différents, mais je suis convaincue qu'il comprend mieux que personne la fierté et la satisfaction que l'on peut éprouver en réalisant ses rêves. Il a un emploi du temps de dingue, et je sais que ce serait pareil pour moi, surtout au début. Tu imagines le genre de vie qu'on aurait si je décidais de déménager ? On ne se verrait pratiquement jamais. Avec un peu de chance, on arriverait peut-être à se croiser dans le hall d'entrée.

— Vous auriez un très grand hall d'entrée et une jolie cuisine, affirma Charlotte sans grand enthousiasme.

— Je sais, soupira Lani. On habiterait dans une maison en grès, rénovée de fond en comble, dans le Village.

Charlotte vint se placer à côté de Lani. Elles en profitèrent pour reprendre une gorgée de vin.

— Tu vivrais avec un mec, dit Charlotte. En permanence.

— Ouais, acquiesça Lani. Il laisserait traîner toutes ses affaires de mec un peu partout.

— En plus, les mecs puent, renchérit Charlotte, et elles firent une grimace.

— Mais il y a le sexe, dit Lani.

— C'est vrai, reconnut Charlotte.

— Je suis certaine que ce serait génial.

— Et ça vaut presque la peine de supporter l'odeur.

— Ouais ! s'exclama Lani en finissant son deuxième verre de vin avant de se tourner vers son amie. Je suis sûre que Baxter vaut la peine de son odeur, il est tellement bien foutu, murmura-t-elle avant d'éclater de rire.

Charlotte ne tarda pas à l'imiter.

— Je crois qu'on a un peu trop bu, dit soudain Lani.

— On n'a bu que deux verres, rétorqua Charlotte en lui montrant deux doigts.

— Deux grands verres, précisa Lani en désignant l'objet du délit. Et très rapidement.

La minuterie du four les fit sursauter, et elles se mirent à rire de plus belle.

— On n'a peut-être pas le sexe, commença Charlotte en sortant le pain parfaitement doré du four, mais on a ce parfum.

— Ce délicieux parfum, précisa Lani en inspirant à pleins poumons.

— Ce merveilleux parfum, confirma Charlotte. On devrait peut-être faire du thé. Je m'en charge, tu n'as qu'à t'occuper du beurre aux fines herbes.

Bobby Flay commence dans dix minutes, précisa-t-elle après avoir jeté un coup d'œil à l'horloge du four.

— Bobby Flay, dit Lani dans un souffle. Je me demande s'il pue.

— Je n'en sais rien, rétorqua Charlotte. Mais je suis prête à aller vérifier. Je te tiendrai au courant, ajouta-t-elle, déclenchant une nouvelle crise de fou rire.

— J'apporte les assiettes, déclara Lani en s'efforçant de reprendre son souffle. La dernière arrivée sur le canapé n'est qu'un mec puant.

Leur course maladroite fut interrompue par la sonnette de la porte d'entrée.

— Tu as de la compagnie, on dirait.

— Je ne savais même pas que j'avais une sonnette, dit Lani. J'y vais, occupe-toi du thé.

— Sois prudente, conseilla Charlotte. C'est peut-être un mec puant.

Lani pouffa en songeant qu'elles auraient besoin de vin pour leurs futures séances de thérapie culinaire.

— Bienvenue au Cupcake Club, annonça-t-elle en ouvrant la porte. (Elle était ivre de fatigue et d'alcool, mais s'en fichait complètement.) Entrée interdite aux mecs puants.

— Oh, ma chère !

Lani avait levé la tête en pensant découvrir Baxter : elle ne l'attendait pas, mais il semblait toujours débarquer aux pires moments. Mais quand elle baissa les yeux…

— Alva ?

263

— Oui, ma chère. Je tombe mal ? Oh, mon Dieu, ça sent délicieusement bon !

Lani fit machinalement un pas en arrière, comme pour inviter Alva à entrer, avant de s'apercevoir de ce qui se passait.

— Re-bonjour, dit Alva en s'adressant à Charlotte. Je suis désolée, ma chère. Je crains d'avoir oublié votre nom.

— Charlotte. Je peux vous offrir un verre de vin ?

Lani fit un signe discret à Charlotte, mais celle-ci était déjà en train d'ouvrir le placard.

— Qu'est-ce qui sent si bon ?

— Du pain avec du beurre aux fines herbes, précisa Charlotte, qui s'était soudain transformée en parfaite hôtesse. On s'apprêtait justement à le goûter. Vous voulez vous joindre à nous ?

Lani articula les mots « Bobby Flay » quand elle croisa le regard de son amie, mais celle-ci se contenta de lever son verre en souriant.

Apparemment, quand Charlotte se sentait bien, tout le monde devait suivre.

— Oh, ma chère, je ne voudrais pas vous déranger ! déclara Alva, le regard brillant. J'en prendrai bien un morceau, cela dit.

Il était déjà pratiquement impossible de lui refuser quoi que ce soit en temps normal, aussi Lani se contenta-t-elle de soupirer doucement.

— Je vais sortir une autre assiette, dit-elle.

— Et un verre, ma chère, ajouta Alva. Je prendrai bien un peu de vin, s'il en reste.

Lani lança un regard meurtrier à la petite vieille quand celle-ci lui tourna le dos. Mais Charlotte s'interposa entre elles et se mit à découper le pain. Elle tendit ensuite les assiettes à Alva, qui les posa sur la petite table de la cuisine.

Une fois installées, les trois femmes commencèrent à manger.

—C'est vraiment délicieux, dit Alva. J'ai une chance de vous convaincre de me donner la recette ? Je n'ai pas préparé de pain depuis longtemps, mais c'est l'activité idéale quand le temps se rafraîchit.

—J'espère que c'est pour bientôt, ajouta Lani en repoussant son verre de vin.

Il valait mieux s'en tenir aux sucres lents pour l'instant.

—Ma chère Lani Mae, je n'arrivais pas à dormir, alors j'ai décidé d'aller faire un tour. J'ai vu de la lumière, et je me suis dit que je pourrais passer vous remercier pour les merveilleux cupcakes que vous avez préparés pour le tournoi d'hier soir.

—Je vous en prie. Je suppose qu'ils ont eu du succès ?

—Le chocolat et la sangria ont coulé à flots. C'était mémorable.

—Beryl a regagné son titre ? demanda Lani, souriant malgré elle.

—Oui, mais tout ne s'est pas passé exactement comme elle l'avait prévu. Elle l'a gagné par forfait.

—Les autres participantes auraient-elles fait quelques excès ? s'enquit Lani.

—Oui, mais c'est la bagarre qui a suivi qui a interrompu le tournoi. La police est même intervenue.

—Hum, ça s'est passé avant ou après minuit? voulut savoir Lani.

Elle s'efforça de garder son sérieux, mais l'alcool semblait lui avoir fait perdre le contrôle de ses nerfs.

—Oh, c'était bien après minuit! répondit Alva. Pourquoi posez-vous cette question?

—Pour rien. (Il ne restait plus qu'à espérer que Dree avait misé sur la bonne plage horaire.) Mon père ne m'a rien dit, mais je ne crois pas qu'il travaillait hier soir. J'étais injoignable; j'ai passé presque toute la journée à la boutique. J'espère que tout s'est arrangé.

—Disons que ma première chronique fera sensation, affirma Alva avec un petit sourire satisfait.

Charlotte mordit dans son pain pour cacher son amusement. Elle se leva lorsque la bouilloire se mit à siffler.

—Je m'en occupe. Vous voulez du thé?

—Non, le vin me suffit, ma chère, répondit Alva.

—J'en prendrai une tasse, ajouta Lani.

—Je suis passée au magasin, poursuivit Alva tandis que Charlotte s'occupait du thé. Je pensais vous trouver en train de cuisiner. J'ai vraiment apprécié notre petite séance de la dernière fois, dit-elle en soupirant d'un air rêveur.

Charlotte lança un regard interrogateur à Lani lorsqu'elle revint en portant un plateau avec la théière, des tasses et des soucoupes.

Lani haussa les épaules comme pour faire comprendre à son amie qu'elle n'y était pour rien. Alva continua sur sa lancée, empêchant Charlotte de poser la moindre question.

— J'ai à peine reconnu la place, affirma Alva. Il y a des camions et des techniciens un peu partout, ajouta-t-elle en reposant son verre. Est-ce que c'est aussi excitant que ça en a l'air ? demanda-t-elle en tapant des mains avant de se pencher en avant.

Tout en servant le thé, Charlotte ne quittait pas Lani du regard.

— Oui, raconte-nous à quel point c'est excitant, Lani, ordonna Charlotte d'une voix sirupeuse.

— C'est un peu compliqué. J'ai beaucoup à apprendre. Pour le moment, on se concentre sur la logistique pour que tout se passe bien pendant le tournage.

— Le tournage, répéta Alva. Ça a un côté tellement glamour. Vous devez être ravie de passer à la télé. Votre boutique sera célèbre ! Et, en plus, vous avez la chance de cuisiner avec le chef Hot… euh, le chef Dunne, corrigea-t-elle avec un petit sourire malicieux. Je vais dîner en tête à tête avec lui.

— C'est ce que vous m'aviez dit, rétorqua Lani. Jeudi, c'est ça ?

— On a reporté à vendredi. Il y a eu un changement de planning.

Avec un peu de chance, ils termineraient un peu plus tôt ce jour-là. Elle savait que les journées seraient longues. D'ordinaire, ils tournaient entre dix et douze heures par jour. Elle ne se gênerait pas pour râler un peu en compagnie de Charlotte, mais elle ne pouvait pas se plaindre non plus : elle allait recevoir une jolie compensation pour la durée du tournage.

Lani avait lu le contrat à deux reprises pour s'assurer qu'il n'y avait pas d'erreur. Elle ignorait à combien la chaîne estimait son manque à gagner, mais l'offre était plus que généreuse. L'émission lui assurerait également une belle publicité, ce qui générerait probablement des bénéfices supplémentaires. Ce calvaire médiatique allait lui rapporter gros.

Mais c'était sans compter les morceaux de son cœur que Baxter emporterait avec lui quand il quitterait l'île.

— Vous avez décidé du menu ? demanda-t-elle à Alva, pour changer de sujet.

La sonnette retentit avant que la petite vieille ait eu le temps de répondre. Lani jeta un coup d'œil à l'horloge ; il était plus de 23 heures.

— Je me demande qui ça peut bien être, dit Alva en se frottant les mains.

Il ne fallait pas être extra-lucide pour deviner qu'elle espérait la venue de Baxter.

— Je peux y aller si tu veux, proposa Charlotte, mais Lani s'était déjà levée.

— Je m'en charge. Alva, pourquoi ne pas discuter de votre menu avec Charlotte ? C'est une très bonne cuisinière. Je suis sûre qu'elle serait heureuse de vous donner des conseils.

Charlotte lui lança un regard noir, auquel Lani répondit par un sourire. Celui-ci s'évanouit rapidement lorsqu'elle se dirigea vers la porte de la cuisine. Elle n'était pas prête à affronter Baxter, même en présence de ses deux invitées.

— Qui est là ? demanda-t-elle, sans ouvrir la porte.

Il était déjà très tard. La porte n'était pas verrouillée, mais elle tenait à ce que Baxter se rende compte de l'heure.

— Chef ? C'est Dree.

— Dree ? répéta Lani qui ouvrit la porte pour découvrir son employée, un tablier à la main.

— Tout va bien ? demanda-t-elle, inquiète.

— Ouais. Pardon, oui, chef. Tout va bien. Je suis désolée, je sais qu'il est tard. Je suis passée à la boutique, mais tout était verrouillé, et les lumières étaient éteintes.

— C'est qu'il est un peu tard, en fait.

— Je sais, mais ils étaient censés tester les recettes aujourd'hui. Bernard avait dit qu'ils travaillaient très tard les premiers jours. Alors je me suis dit que je devais venir ici.

— Pourquoi ?

— Pour tester les recettes, répondit Dree, soudain inquiète. Quand je vous ai envoyé mon emploi du temps, vous m'avez dit que je pouvais passer dès que j'en avais l'occasion. J'ai terminé mon rapport il y a près d'une heure. Je sais qu'il est tard, mais je me suis dit que les tests prendraient du temps. Alors je suis venue vous donner un coup de main. La boutique était fermée, alors j'ai cru que je devais venir ici. Puis j'ai vu les voitures et la lumière. J'ai peut-être mal compris. J'ai cru que vous faisiez les tests ici.

La voiture de location de Charlotte, ainsi que celle d'Alva, étaient garées devant la maison. Avec les lumières allumées, il était facile de comprendre la méprise de Dree.

— Je n'ai pas saisi un seul mot, mais puisque tu es ici, pourquoi tu n'entrerais pas ?

Des voix résonnaient depuis la cuisine. Soudain embarrassée, Dree commença à se dandiner.

— Non, c'est gentil. Il est tard, je n'aurais pas dû venir. Je suis désolée de vous avoir dérangée. J'ai probablement mal lu le planning.

— Quel planning ? demanda Lani, les sourcils froncés.

— Bernard nous a envoyé les plannings de production pour le reste de la semaine, répondit Dree, tout aussi perplexe. J'ai cru que vous lui aviez donné mon adresse e-mail. Quoi qu'il en soit, il faut que j'y aille. J'ai cours demain matin. Je serai de retour vers 19 heures. On se verra demain, conclut-elle en repartant.

— Attends. Quand est-ce que tu as reçu ce planning ? voulut savoir Lani.

— Vers 16 heures. Ils ne vous l'ont pas envoyé ?

Lani aurait probablement dû se sentir un peu bête. Elle venait de se ridiculiser devant son assistante. Mais elle était bien trop énervée pour s'en soucier.

— Il y a probablement eu un problème quelque part parce que je n'ai rien reçu. Tu n'aurais pas une copie, par hasard ?

— Non, je ne l'ai pas imprimé. Mais, sinon, je peux consulter mes e-mails sur mon portable. Je peux me connecter ici et vous l'envoyer, si vous voulez.

— Ce serait génial. Allez, viens. Charlotte et Alva sont dans la cuisine en train de goûter le pain qu'on a préparé.

— Ça sent bon.

— Et c'est délicieux, sourit Lani.

Dree hésita une seconde avant d'entrer.

— Merci.

— Je t'en prie. Plus on est de fous plus on rit.

— Je suis vraiment désolée de débarquer sans prévenir, chef.

— Il est plus de 23 heures, on n'est plus au boulot. Tu peux m'appeler Lani.

— C'est impossible, rétorqua Dree.

— Pourquoi ?

— Parce que vous êtes le chef, chef, répondit-elle comme si c'était suffisant.

Ce qui était probablement le cas pour Dree.

— Comme tu voudras, dit Lani avec un petit sourire.

Elles entrèrent dans la cuisine pour découvrir Charlotte et Alva qui s'affairaient autour d'un batteur électrique.

— Je m'absente cinq minutes…

Charlotte haussa les épaules, nullement embarrassée. Elle semblait de plus en plus douée pour ça.

— Elle me montre comment préparer des mini-cheesecakes dans un moule à muffin, expliqua Alva, les yeux brillants. Ce sera des cheesecupcakes ! Si ça marche, je pourrai les mettre au menu de vendredi. On pourrait les décorer avec des myrtilles, des framboises ou des fraises. C'est une bonne idée, non ?

— Une délicieuse idée, renchérit Lani.

— Bonsoir, ma petite Dree, dit Alva. Vous voulez nous donner un coup de main ? Il faut écraser les biscuits et les mélanger avec le beurre. Je le ferais bien moi-même, mais je crains que mes forces ne m'aient abandonnée.

— Pas de problème, la rassura Dree, qui enfila son tablier en un rien de temps.

— Émiettez-les, ordonna Alva en lui confiant le paquet de biscuits et un malaxeur. Doux Jésus ! Qu'est-ce que c'est que ça ? Ou plutôt qui est-ce ? demanda Alva, le regard rivé sur le tablier de la jeune femme.

— Le capitaine Jack Sparrow, répondit Dree, visiblement incapable de concevoir que quelqu'un puisse ne pas le reconnaître. Johnny Depp ? ajouta-t-elle alors qu'Alva la regardait toujours.

— J'aime bien les pirates, finit par dire Alva, en retournant à sa préparation, le regard malicieux.

— Moi aussi. (Dree prit le beurre des mains de Charlotte.) Je peux utiliser la table, chef ?

— Bien sûr, répondirent en chœur Charlotte et Lani.

— Merci, rétorqua Dree avec un sourire narquois, avant de se mettre au travail.

— Ma vie a changé pendant que j'avais le dos tourné, on dirait, confia Lani à Charlotte.

— C'est vrai. Tu as enfin une vie, rétorqua-t-elle, les yeux rivés sur une recette écrite à la main.

— Tu peux parler, murmura Lani, qui sortit le *cream cheese* du frigo.

Puisqu'elle n'avait aucune emprise sur ces dames, autant leur donner un coup de main.

Charlotte croisa son regard et fit un petit signe en direction de Dree.

— Apparemment, on est censées tester des recettes, ce soir. C'est du moins ce qui est prévu dans le planning de Bernard.

— Quel planning ?

— C'est ce que j'aimerais savoir, dit Lani.

— Pourquoi il ne te l'a pas envoyé ?

— Je n'en ai pas la moindre idée. Bernard est légèrement autoritaire, mais rien ne lui échappe. Il n'a pas pu oublier. Cet homme est une machine.

— On était censées – enfin, tu étais censée – tester les recettes pour l'émission de demain ?

— Je n'en ai pas la moindre idée. Si c'était le cas, j'ai raté la réunion. Personne n'a remarqué mon absence. (Lani sortit le *cream cheese* pour que Charlotte le coupe en morceaux.) Il était plus de 18 heures quand on est parties. Et personne n'a rien dit. Dree s'est peut-être trompée dans les dates.

— Mais elle a un planning, elle, dit Charlotte.

—Oui.

—Et?

—Et quoi? demanda Lani en croisant son regard.

—Tu ne vas pas l'appeler pour découvrir ce qui se passe?

—Appeler Bernard? À minuit? C'est hors de question.

—Je ne parlais pas de Bernard.

—Baxter? Tu plaisantes? J'ai déjà du mal à supporter sa présence dans une pièce remplie de techniciens qui parlent tous en même temps. Je n'ai pas la moindre envie de me retrouver seule avec lui ou de lui parler, à moins d'avoir une caméra pointée sur moi.

—C'est un bon prétexte pour l'appeler. Tu devrais le faire.

—Je n'ai pas besoin d'un prétexte pour lui parler.

—Bien, sourit Charlotte. Alors qu'est-ce que tu attends?

—Que les poules aient des dents? Je croyais que tu étais d'accord avec moi. Depuis quand as-tu basculé du côté obscur de la Force? Je dois résister à la tentation.

—Tu as dit qu'il était bien foutu. C'est plutôt tentant.

—Je m'en fiche, je suis une femme forte.

—Tu devrais plutôt laisser ce genre de choses à Baxter, ce beau mâle viril et bien foutu. Tu es vraiment trop bête, Lani. La vie est imprévisible. Tu pourrais mourir demain, sous le fouet d'un batteur électrique!

—Oublie le thé. Je crois qu'on va avoir besoin de plus de vin.

—Qui est bien foutu ? voulut savoir Alva.

Charlotte resta silencieuse et regarda Lani, en haussant les sourcils.

—Le chef Dunne va-t-il venir à notre petite fête ? demanda Alva avec espoir.

Lani s'aperçut que Dree les écoutait avec attention.

—Non. Ce n'est pas une fête, c'est une séance de…

—… pâtisserie et potins, l'interrompit Charlotte.

—De quoi ? demanda Alva.

—Quand on vivait toutes les deux à New York, on se retrouvait souvent le soir pour se détendre en cuisinant. On discutait et on se plaignait de tout et de rien, expliqua Charlotte.

—Je disais justement à Lani Mae à quel point ça m'a fait du bien de l'aider à préparer ses meringues aux fruits.

—Aux fruits de la passion, précisa Lani à l'intention de Charlotte.

—Quoi qu'il en soit, j'ai passé un très bon moment. J'ai aussi eu l'occasion de l'aider à préparer des cupcakes dimanche dernier. C'était merveilleux. Je ne me souviens pas à quand remontait la dernière fois où je m'étais autant amusée, conclut-elle, radieuse, en retournant à son batteur électrique.

Dree acquiesça et reprit son travail.

—Charlotte, je t'interdis de hausser les épaules, la prévint Lani. Je n'ai pas l'intention de l'appeler. Alors, laisse tomber. Je demanderai à Bernard de me donner un planning demain.

— Puisque c'est une soirée pâtisserie et potins, commença Alva en coupant le batteur, il faut que je vous dise que le tournoi de poker a tourné au fiasco. La sangria de Laura Jo était plus corsée que dans nos souvenirs. Vos délicieuses petites merveilles au chocolat n'ont rien arrangé. Les choses ont légèrement dérapé quand Dee Dee s'en est pris à Laura Jo. Elle lui a dit que, même en se teignant les cheveux en orange et en se baladant à moitié nue, elle ne pourrait pas séduire Felipe, qui était trop bien pour elle. Je ne sais pas exactement quand la police est arrivée. L'adjoint Maxwell était le premier sur les lieux. Ça ne me dérangerait pas du tout de me faire fouiller par ce charmant garçon. Et je ne suis pas la seule dans ce cas.

— Minuit quarante-cinq, dit soudain Dree. Il était 0 h 45, répéta-t-elle alors que tous les regards se tournaient vers elle. J'ai gagné 25 dollars.

— Tant mieux pour vous, approuva Alva. Dee Dee aurait dû parier. Elle aurait pu utiliser cet argent pour payer sa caution.

Luttant pour garder son sérieux, Lani donna un coup de coude à Charlotte, qui était à deux doigts d'éclater de rire. *Comment est-ce que j'en suis arrivée là ?* s'interrogea Lani alors que son regard se posait sur les trois femmes qui se tenaient dans sa minuscule cuisine, au beau milieu de la nuit. C'était plutôt amusant, en fait.

— Bienvenue au Cupcake Club, murmura-t-elle en souriant.

Chapitre 12

— Leilani, vous devez déplacer votre main. Elle bloque…

— Désolée, dit Lani en s'exécutant pour que la caméra puisse filmer la préparation.

Elle s'aperçut soudain qu'elle avait parlé à haute voix alors qu'elle n'était pas censée répondre aux instructions transmises dans l'oreillette.

— Coupez! cria le réalisateur.

— Je suis vraiment désolée, répéta-t-elle.

En colère contre elle-même, Lani se força pourtant à garder le sourire. Il était plus de 13 heures, et ils n'avaient même pas enregistré la moitié de l'émission. Le tournage avait pourtant débuté à 6 heures du matin.

— Je ne comprends pas pourquoi je n'y arrive pas.

— Tout va bien, la rassura Baxter. Il faut un temps d'adaptation. Tu n'as qu'à demander à Rosemary combien de fois on a refait les prises quand j'ai commencé l'émission. Je suis certain qu'elle se fera un plaisir de te raconter tout ça dans les moindres détails.

Baxter faisait preuve d'une gentillesse et d'une patience infinies avec elle. Il l'avait encouragée toute la matinée.

Lani sourit pour le remercier de son soutien, regrettant pourtant qu'il ne se mette pas en colère. Ne pouvait-il pas se montrer plus humain, moins parfait ? Tout aurait été beaucoup plus facile si elle avait pu râler. Elle aurait pu l'accuser d'être responsable de ses erreurs.

Il y avait tant de choses à retenir. Il fallait regarder par ici ou par là, mettre ses mains à tel endroit pour que la caméra puisse filmer la préparation. Il fallait expliquer chaque étape, décrire le parfum, le goût, la texture. Elle devait aussi improviser tous ses dialogues avec Baxter – ils n'avaient donc jamais entendu parler de fiches ? Et tout ça en n'oubliant pas de garder le sourire.

Et il y avait Baxter qui se tenait à ses côtés depuis plus de huit heures. Il était à la fois charmant, gentil et terriblement sexy. Et, pour couronner le tout, il sentait diaboliquement bon. Lani ne parvenait pas à oublier ce qu'elle avait dit la veille à Charlotte : il était bien fichu.

Elle s'était efforcée en vain de s'enfermer dans sa bulle. D'ordinaire, elle était capable de se couper du monde extérieur. Il lui suffisait de se concentrer sur son travail : couper, mélanger, cuire. Les différentes étapes d'une recette l'apaisaient aussi efficacement qu'un bon massage. Elle puisait du réconfort dans cette routine familière qui la rassurait et lui permettait d'oublier tout le reste.

Le problème, c'était la caméra. Elle devait se montrer charmante et souriante tandis que des centaines d'inconnus envahissaient sa merveilleuse petite bulle.

La veille, on lui avait expliqué ce qu'elle pouvait et ne pouvait pas dire ou faire, où regarder, où se placer… De toute évidence, ils auraient dû y consacrer beaucoup plus de temps, car elle était loin d'être au point. Cela dit, Lani était convaincue qu'un mois entier n'aurait pas suffi.

—Allez, on reprend ! cria Rosemary. Seulement les plans aériens pour le moment. On fera le reste plus tard.

Génial, songea Lani. Ça signifiait que la caméra était placée au-dessus d'elle. Elle n'avait rien à dire et devait simplement s'assurer qu'elle posait les mains au bon endroit. Ça, c'était dans ses cordes. En début de séance, on lui avait expliqué qu'il fallait tourner la même prise sous différents angles et enregistrer plusieurs fois les dialogues, les explications et les plaisanteries à la noix tant redoutées par Lani. Il ne resterait alors plus qu'à envoyer ça au montage.

Lani ne s'était jamais doutée de la quantité de travail à fournir pour le tournage d'une émission. Elle songea aux nombreuses heures qu'elle avait passées devant sa télé, à se détendre en compagnie d'un chef qu'elle n'avait jamais rencontré, et dont elle était pourtant certaine qu'ils auraient pu devenir amis. Lani avait apprécié la douce musique et la charmante présentatrice qui semblait si détendue, si heureuse de s'affairer dans sa jolie cuisine.

Elle savait à présent que ça ne se passait pas tout à fait comme ça.

Elle n'était pas stupide ; elle avait toujours su que c'était du cinéma. Mais elle ne s'était jamais imaginé à quel point c'était compliqué. Il fallait choisir les recettes, trouver un moyen de préparer les desserts d'une façon à la fois ludique et compréhensible pour le téléspectateur, les goûter, vérifier l'équipement, les préparations… positionner les caméras sous le bon angle en s'assurant que ses mains – qui semblaient être devenues énormes – ne gênaient pas les prises de vue. Comment les présentateurs de ces émissions y arrivaient-ils ?

Et Baxter… Comme à son habitude, il n'avait absolument aucun problème. Elle avait souri lorsqu'il avait tenté de la réconforter, mais le cœur n'y était pas. En le voyant, personne n'aurait pu se douter qu'il n'avait pas passé toute sa vie à cuisiner sous le feu des projecteurs. La caméra, l'équipe et même Rosemary – qui était pourtant assez effrayante quand elle hurlait des ordres – l'adoraient. Probablement parce qu'aux yeux de la productrice Baxter était un sac de dollars ambulant. Il réussissait l'exploit d'être à la fois l'enfant prodige de la cuisine et des émissions de télé.

Leilani avait l'impression d'être dans la peau de l'assistante maladroite. Baissant les yeux sur son tablier *Charlie et la Chocolaterie*, elle se sentit soudain ridicule. Même les Oompa Loompas auraient eu honte d'elle.

— Rosie, si on faisait une pause après cette prise ? proposa Baxter. On pourrait aller manger un morceau avant de filmer les autres plans et le final.

Rosemary acquiesça à contrecœur. Lani avait du mal à comprendre comment Baxter pouvait appeler sa directrice de production « Rosie ».

— Gus, on commence sur la gauche, ordonna cette dernière au caméraman. Lani, posez votre main gauche sur le plan de travail. Utilisez la droite pour lever la tête du batteur afin que la caméra puisse filmer le contenu du bol. Ensuite, Baxter, tu dis ton texte. Puis vous remplirez tous les deux les moules et vous les mettrez au four.

— C'est parti, dit Baxter en regardant Lani, qui acquiesça et sourit.

Bien sûr, songea-t-elle. *C'est du gâteau !*

— Silence, s'il vous plaît, demanda Rosemary en tapant des mains. Action !

Les techniciens furent agréablement surpris – et probablement soulagés – que Lani réussisse à tourner la scène en une seule prise. L'équipe se réjouit lorsqu'on annonça la pause-déjeuner. Comme Sugarberry était un endroit assez isolé, les producteurs avaient engagé Laura Jo pour la durée du tournage. Des tentes avaient été installées dans le parc, de l'autre côté de la rue. En moins de dix minutes, toute l'équipe, à l'exception de Baxter, avait quitté la cuisine et la boutique de Lani. Complètement épuisée, la jeune femme s'apprêtait à sortir à son tour. Elle n'avait pas faim ; elle voulait simplement souffler un peu.

— Leilani, attends.

Baxter ôta son tablier, qui reprenait l'affiche de *Certains l'aiment chaud*.

La veille, Dree était arrivée à la boutique à la fin des vrais tests de recettes – Lani avait reçu le planning par fax, mais ne s'en était rendu compte que le lendemain de leur séance pâtisserie et potins. Dree et d'autres étudiants en art graphique avaient créé des tabliers spécialement adaptés à la taille de Baxter.

Rosemary et le jeune homme les avaient adorés. Dree était tellement ravie qu'elle était ressortie de la boutique en sautillant presque.

Lani sourit et ôta son tablier, grimaçant lorsqu'elle leva la tête. Elle était habituée à rester penchée sur son plan de travail durant des heures, mais n'était d'ordinaire pas si tendue. La dernière chose dont elle avait besoin était de rester seule avec Baxter.

— Ça ne pourrait pas att… Oh, bon sang!

Baxter venait de poser les mains sur ses épaules pour la masser.

Elle aurait dû s'écarter doucement, mais se contenta de pousser un horrible petit soupir de bonheur, les doigts experts de Baxter s'attaquant aux muscles noués de sa nuque.

— Comment se fait-il qu'on ait travaillé ensemble pendant des années sans que je découvre que tu étais aussi doué pour faire les massages? demanda-t-elle, tandis que la tension accumulée dans l'ensemble de son corps s'évanouissait.

S'il continuait comme ça, elle n'allait pas tarder à fondre.

— Ma belle, commença-t-il en la tournant vers lui, il valait mieux que je me contente de malaxer la pâte.

Il sourit tandis que ses doigts s'attardaient sur ses épaules, provoquant un autre genre de réaction.

— Baxter…

— J'ai beaucoup pensé à notre promenade sur la plage.

Lani eut l'impression qu'un signal d'alarme venait de retentir quelque part à l'intérieur de son crâne.

— Rien n'a changé, rétorqua Lani, tendue.

Baxter raffermit sa prise sur ses épaules, comme pour la soutenir. Du pouce, il se mit à lui caresser le cou, la rendant incapable de faire le moindre geste.

— Ces derniers jours passés avec toi dans cette cuisine et sur le plateau ont été…

— Rien n'a changé, chef, l'interrompit-elle.

Les doigts de Baxter s'immobilisèrent soudain.

Lani se sentit perdue lorsqu'il la relâcha. Cette réaction lui prouva qu'elle devait se méfier de ses émotions. Elle aurait aimé être moins sensible au charme de Baxter, mais c'était tout bonnement impossible. Il valait mieux garder ses distances, tant sur le plan physique qu'émotionnel.

— Tu étais d'accord, lui rappela-t-elle. On a admis tous les deux que ce n'était pas une bonne idée.

— Tous les deux ?

Lani croisa son regard et soupira. *Nom d'un chien!* Elle devait absolument le convaincre qu'ils n'avaient aucun avenir commun. Baxter l'avait lui-même reconnu : il n'avait rien à lui offrir. Peu importait qu'elle rêve de lui toutes les nuits. La réalité était tout autre : ils n'avaient aucune chance d'y parvenir.

— Lei ?

Quoique grand et fort, Baxter n'en restait pas moins sensible. Ce n'était pas correct de lui donner de faux espoirs. Lani prit une profonde inspiration, bien décidée à régler le problème une bonne fois pour toutes.

— Tu as dit que tu avais agi sur un coup de tête et que tu n'avais pas réfléchi aux conséquences de tes actes. Tu as regretté ta décision dès l'instant où tu as compris qu'on ne pourrait pas être ensemble.

— Je crois que tu prends les choses à l'envers, rétorqua-t-il avec un petit sourire.

— Ça ne change rien du tout entre nous, mais il faut que tu saches que tu n'es pas le seul à… faire des efforts.

— Des efforts ? répéta-t-il, perplexe.

— Pour te contrôler… Parce que tu ressens une certaine attirance…

— Tu veux dire que toi aussi ? demanda-t-il, les yeux brillants.

— Ça ne change rien du tout, tu te rappelles ?

— D'accord, d'accord. Quand est-ce que tu t'es rendu compte que je t'attirais, exactement ?

Lani réfléchit un instant. Elle aurait pu se contenter de répondre qu'elle s'en était aperçue lorsqu'il lui avait expliqué la raison de sa venue. Ils savaient tous les deux qu'elle n'était pas restée insensible à son baiser. Elle n'avait qu'à le reconnaître : au moins, il saurait qu'il n'avait pas complètement tort d'être attiré par elle.

— Tu m'as dit que tu avais accepté de te lancer dans la télévision pour t'éloigner de moi, répondit-elle pourtant.

— Oui, c'est vrai, Leilani. C'était risqué, mais je n'aurais jamais imaginé que cette décision changerait ma vie à ce point. Je ne cherchais pas la gloire ou la fortune, je voulais simplement m'éloigner de la seule chose que je pensais ne jamais pouvoir obtenir.

— Emménager à Sugarberry était ma façon de m'éloigner de toi.

— Quoi ? demanda-t-il, plus sérieux.

— Tu n'étais pas le seul à devoir faire des efforts pour rester professionnel quand on travaillait chez *Gâteau*.

— Pourquoi est-ce que tu ne me l'as jamais dit ? voulut-il savoir en la prenant par les épaules.

— Tu n'as rien dit parce que tu étais mon patron, rétorqua-t-elle en faisant mine de se dégager, mais Baxter lui prit la main. Et je n'ai rien dit… parce que tu étais mon patron.

— Je l'ignorais, Lei. Comment est-ce que j'ai fait pour ne pas m'en apercevoir ?

— Et moi donc? Peut-être qu'inconsciemment on le savait tous les deux. Mais je ne t'ai rien dit parce que je pensais sincèrement que tu n'éprouvais rien pour moi. J'avais l'impression d'être une élève qui craque pour son professeur. C'était tellement ridicule! Puis il y a eu toutes ces rumeurs horriblement blessantes... L'équipe n'avait aucun respect pour moi ou pour mon talent. C'est assez ironique quand on y pense parce que, si tu m'avais donné la moindre raison de croire que ces sentiments étaient réciproques, je n'aurais pas hésité une seconde à devenir cette fille-là...

— Non, affirma Baxter sur un ton de défi. (Il se rapprocha d'elle pour la regarder droit dans les yeux.) Tu méritais ta place. Je te connais, Lani; je sais que tu as travaillé dur pour en arriver là. Ils étaient simplement jaloux, de ton talent ou de notre relation, je n'en sais rien et je m'en fiche. Mais personne ne peut prétendre que tu n'étais pas digne des responsabilités que je t'ai confiées.

— Je le sais, mais je ne peux pas m'empêcher de me demander si j'aurais pu résister... Si j'étais restée, est-ce qu'on aurait...

— Ça n'a pas d'importance, il ne s'est rien passé entre nous.

— Je sais, affirma-t-elle en baissant les yeux.

— Pourquoi est-ce que tu me dis ça maintenant? demanda-t-il sans lâcher ses mains.

— Tu fais tellement d'efforts pour que ça se passe bien. Tu prends ma défense devant Rosemary, l'équipe...

— C'est la première fois que tu fais ce genre de choses. Ce n'est pas facile, tout le monde le sait. Ils ne s'attendent pas à ce que tu sois…

— Oh, je suis certaine qu'ils ne s'attendaient pas à ce que je sois aussi empotée ! Mais j'apprécie ton aide. Tu as proposé de faire une pause parce que tu savais que j'étais à deux doigts d'exploser.

— Il nous arrive de manger, tu sais, plaisanta-t-il pour détendre l'atmosphère.

— Si tu avais été seul, est-ce que tu aurais vraiment pris une pause ? Tu n'aurais pas terminé la recette avant ? s'enquit-elle.

— Ça n'a aucune importance, répondit Baxter. On y arrivera. Tout le monde se fiche de l'heure à laquelle on déjeune.

— Je sais que tu fais énormément d'efforts parce que tu te sens coupable de m'avoir forcé la main. Je veux que tu saches que j'apprécie vraiment ce que tu fais pour moi. Comme je te l'ai dit l'autre soir, cette émission sera bénéfique pour ma pâtisserie. Alors, tu n'as aucune raison de culpabiliser d'avoir débarqué dans ma vie sans prévenir. Ce n'est pas juste que… Quoi ? Pourquoi tu me regardes comme ça ? demanda-t-elle alors qu'il souriait.

— Tu t'embrouilles, ma belle, et tu parles de plus en plus vite quand tu te sens coincée.

— Je ne suis pas coincée. J'essaie juste de nous débarrasser de tous ces sentiments ridicules.

Baxter se rapprocha davantage, en gardant les mains de Lani dans les siennes.

— Tu ne comprends pas que je n'ai aucune envie d'être débarrassé de toi ? Tu me dis que tu as des sentiments pour moi, et pourtant tu voudrais te débarrasser de moi ? Vraiment ?

Il l'embrassa avant qu'elle puisse répondre à sa question.

Ce baiser n'était pas aussi étrange que le premier, ni aussi possessif que le deuxième. C'était un vrai baiser, tout simplement. Un baiser tendre et passionné.

Lani essaya de se convaincre qu'elle l'aurait repoussé s'il n'avait pas retenu ses mains prisonnières. Elle lui avait expliqué clairement, une bonne fois pour toutes, qu'ils ne pouvaient pas succomber à leur attirance réciproque. Ce baiser était une erreur.

Mais elle ne fit pas un geste, s'abandonnant au contraire aux délicieuses sensations qui naissaient au creux de son ventre. Un léger goût de pain d'épices s'attardait sur les lèvres douces et tièdes de Baxter. Sous ses caresses, Lani se détendit et entrouvrit les lèvres. Elle gémit lorsque son baiser se fit plus profond. Elle se pressa contre lui et agrippa sa chemise.

Elle poussa un soupir quand il s'éloigna un peu pour effleurer du bout des lèvres la ligne de son menton, sa joue et sa tempe, avant de lui mordiller le cou. Lani se dressa sur la pointe des pieds, impatiente de sentir sa peau contre la sienne.

— Dis-moi que ce n'est pas ce que tu désires, Leilani, murmura-t-il à son oreille. Dis-le-moi, et je te promets que ça n'arrivera plus. Mais c'est tellement bon, tellement parfait…

— Oh, mon…

Ils s'écartèrent brutalement comme s'ils venaient de se brûler.

Leilani porta une main à ses lèvres, espérant peut-être que ça suffirait à lui faire oublier ce qui venait de se passer et ce qu'elle avait ressenti. Elle se tourna : Alva se tenait dans la cuisine, tenant dans les mains deux énormes assiettes de poulet frit, de purée et de maïs, assortis de biscuits préparés par Laura Jo. Ça sentait divinement bon, et l'estomac de Lani choisit cet instant pour gargouiller bruyamment, ajoutant encore à l'embarras de la jeune femme.

— Euh… Bonjour, Alva, dit Lani en posant une main sur son ventre dans l'espoir de le faire taire.

— Je me suis dit que vous deviez être affamés, répondit Alva faisant mine de ne pas s'apercevoir qu'ils étaient sur le point de se jeter l'un sur l'autre quand elle était entrée. (Elle posa les assiettes sur une table.) J'avais raison, dit-elle d'un air espiègle. Rosemary m'a demandé de sortir les cupcakes préparés pour les tests d'hier soir. Je n'arrive pas à croire que vos collègues aient encore faim pour un dessert. Vous auriez dû voir à quelle vitesse ils ont englouti les plats de Laura Jo. Les cupcakes au pain d'épices et au mascarpone ? demanda Alva alors qu'ils la regardaient avec des yeux ronds.

— Ah, oui ! dit Lani, reprenant enfin ses esprits. On manquait de place, alors Dree les a mis dans la vitrine.

— Vous avez besoin d'aide? proposa Baxter, d'une voix rauque qui fit frissonner Lani de plaisir.

— Il n'y a qu'un grand plateau, je crois que je peux me débrouiller toute seule, rétorqua Alva en sortant. *Bon appétit*[*], dit-elle en leur adressant un regard amusé.

Lani se tourna vers les assiettes. Le parfum épicé qui s'en échappait lui mettait l'eau à la bouche, à moins que ce ne soit Baxter. L'odeur de la nourriture, le goût des lèvres de Baxter et la sensation de ses mains sur son corps l'enivraient. Elle se sentit soudain affamée.

— On devrait manger, affirma-t-elle, sans bouger pour autant. On doit recharger nos batteries et se concentrer.

— Oui, tu as raison, rétorqua Baxter, d'un air distrait.

Il n'accorda même pas un regard à la porte par laquelle Alva avait disparu, ni à la nourriture qui refroidissait. Il n'avait d'yeux que pour la jeune femme.

— Leilani…

— Non, l'interrompit-elle en détournant le regard. Ne me dis pas qu'on devrait profiter du temps qu'on a. Si j'en étais capable, j'aurais déjà…

— En fait, j'allais te demander si tu ne voulais pas rattraper Alva pour…, commença-t-il en agitant la main.

— Pour l'empêcher de parler? grimaça Lani. Tu crois vraiment que ça servirait à quelque chose?

— Tu n'as pas tort.

— Elle doit déjà être en train de raconter ce qu'elle a vu. À moins qu'elle ne préfère l'annoncer dans sa première rubrique. Ou les deux.

Lani se demanda si le désir qu'elle lisait dans les yeux de Baxter se reflétait autant dans les siens. Elle y aperçut également une pointe de regret.

— Je suis désolé de te causer encore plus de problèmes.

— Je crois qu'il est un peu tard pour ça. Les rumeurs vont bon train, et je suis sûre que notre octogénaire préférée est loin d'y être étrangère, affirma Lani avec un soupir résigné. Ce qui est fait est fait. Je savais que ça finirait par arriver, mais ce n'est pas aussi grave que je le croyais. La plupart des gens semblent trouver ça mignon. Ça n'a rien à voir avec ce que j'ai vécu à New York, probablement parce qu'ici tout le monde se fiche de savoir si on est ensemble ou pas. Ils sont simplement curieux, ajouta-t-elle en souriant. J'aime à penser qu'ils veulent ce qu'il y a de mieux pour moi, mais qu'ils ne peuvent pas s'empêcher de prêter l'oreille aux scandales. Et, là, je crois qu'ils en ont pour leur argent, chef, conclut-elle, heureuse de voir que Baxter semblait de nouveau d'humeur joyeuse.

— Tu as raison, c'est la meilleure attitude à adopter.

Il ramena une mèche de cheveux derrière son oreille. Elle leva la main, surprise que sa coiffure n'ait pas tenu malgré toutes les épingles et autres instruments de torture que la coiffeuse de l'émission avait utilisés. Ses doigts frôlèrent ceux de Baxter, qui lui prit la main pour la poser contre son torse.

— Tu cherches les problèmes, dit-elle en tentant de préserver l'atmosphère de légèreté qui s'était installée.

— Tu as peur qu'Alva revienne, ou qu'on reprenne où on en était restés ?

— Je pensais à Alva, et à mon père, déclara-t-elle. (La subite pâleur de Baxter la fit éclater de rire.) Mais je dois avouer que je pensais davantage à la seconde proposition. Tu crois vraiment que tu ne me fais aucun effet ? demanda-t-elle alors qu'il la regardait d'un air surpris.

Il secoua la tête, non parce qu'il ne la croyait pas, mais parce qu'il ignorait comment réagir. Elle savait exactement ce qu'il ressentait.

— Tu es différente, finit-il par dire. Ce n'est peut-être qu'une impression, maintenant que je sais que… enfin, tu vois, quoi. Je dois reconnaître que ça complique quelque peu les choses.

Lani sentit son estomac se nouer et son cœur battre la chamade. *Danger, danger*, murmura une petite voix dans sa tête. Comme si elle ne le savait pas.

— Eh bien…, commença-t-elle en s'efforçant de parler d'une voix égale, d'ordinaire, j'arrive toujours à m'enfermer dans ma bulle. J'en ai besoin pour rester efficace. Bizarrement, aujourd'hui, j'ai eu beaucoup de mal à me concentrer. Je ne m'attendais pas à ce que le tournage soit aussi difficile, admit-elle avec un sourire narquois. Au cas où tu ne l'aurais pas remarqué, je ne suis pas vraiment à mon aise devant une caméra. En fait, ça me terrifie. Je n'ai pas envie de me ridiculiser devant des milliers de téléspectateurs.

—Il faut s'y habituer, ça prend du temps. Tu te débrouilles bien.

—Ce n'est pas l'impression que j'ai. Il faut que j'arrive à oublier tout le reste. C'est très difficile de travailler à tes côtés, devant une caméra, tout en tenant mes bonnes résolutions.

—Mais… ? Je sais qu'il y a un « mais », dit-il avec un sourire quand elle lui adressa un regard étonné.

—Mais, admit-elle, tu es mon seul repère au milieu de toute cette folie. Je n'arrive pas à me calmer, mais toi, oui. J'ai l'impression que je dois te faire confiance, et tu es le seul sur qui je peux compter.

—Tu peux me faire confiance.

—C'est encore pire après ce qui vient de se passer. Et, en plus, on nous a vus… Je ne sais pas si je vais y arriver. Alva est sûrement déjà en train d'annoncer la nouvelle à tout le monde, Rosemary doit s'arracher les cheveux parce que je vais lui coûter une fortune en enregistrement… Comment veux-tu que je me concentre sur mon boulot ? demanda-t-elle en croisant le beau regard brun de Baxter.

Lani eut soudain l'impression que son cœur se brisait. Baxter allait vraiment lui manquer quand il partirait.

—Donc, j'ai vraiment besoin de te faire confiance, conclut-elle.

—Tu peux me faire confiance, Lei, toujours.

—J'ai besoin d'être sûre que, quand on sera sur le plateau et que j'essaierai de penser à des millions de choses différentes – éviter de répondre à haute voix aux indications que je reçois dans l'oreillette, entre autres –, tu seras là pour moi. Et je n'y arriverai jamais si je me laisse distraire par ce qui s'est passé.

— Par ça ? demanda-t-il en lui caressant les doigts avec le pouce.

— Oui, répondit-elle dans un souffle.

Elle attendait de lui qu'il l'aide à rester concentrée. Mais, lorsqu'il la regardait et la touchait de cette façon, elle n'avait plus la force de lui résister.

— Je m'efforce d'être honnête avec toi. (Elle n'avait pas le choix : il fallait vraiment qu'il comprenne.) Si tu insistes, je sais que je céderai. Mais je dois – on doit – résister. Ce serait trop facile de se laisser aller. Les habitants de cette ville feront tout pour nous pousser dans les bras l'un de l'autre.

— Je n'ai pas besoin de leurs encouragements.

— Je cherche simplement à t'expliquer qu'il n'y a pas que nous dans cette histoire. Mais, quoi qu'il arrive, ça ne changera rien. À la fin du tournage, tu partiras, et moi, je resterai ici. Ce n'est peut-être pas très correct de te demander ça, mais j'ai besoin de ton soutien pour enregistrer cette émission. Et il faut que tu me promettes que tu ne feras plus… ce genre de choses, précisa-t-elle en écartant doucement la main de Baxter de son visage.

— Tu sais que tu peux compter sur moi, affirma-t-il.

— Et… pour le reste ? Je peux compter sur toi ?

— Tu as ma parole, mais n'oublie pas qu'on est deux dans cette histoire.

— Qu'est-ce que ça veut dire ?

— Je ne ferai rien pour te tenter, mais, si c'est toi qui me provoques, je ne réponds plus de rien.

— Mais…

— Parce que si toi, tu as du mal à me résister, tu n'as aucune idée de la difficulté que c'est pour moi. Ce n'est que justice, ma belle.

— Mais tu es d'accord avec moi, on ne devrait pas sortir ensemble ? Ça ne sert à rien de nous torturer de la sorte.

— Je respecte ta décision, Leilani, déclara-t-il en levant les mains comme s'il se rendait. Je ne te toucherai pas, à moins que tu ne le demandes. Ni avec mes mains, ni avec mes lèvres, ni avec ma langue.

Lani déglutit avec difficulté. Il ne s'était jamais montré aussi explicite.

Baxter sourit lentement, ses yeux brillant soudain de malice. Pour la première fois, il ressemblait vraiment à un homme qui avait grandi dans les quartiers malfamés. Il y avait quelque chose d'animal dans son regard. Il lui donnait l'impression d'être prêt à tout, même à se battre à mains nues, pour obtenir ce qu'il voulait.

Lani frissonna des pieds à la tête. Elle le désirait tellement que ça en devenait douloureux.

— Il faut quand même que tu saches que t'embrasser et sentir que tu me rendais ce baiser…, ça n'avait rien d'une torture, Lei.

Il se pencha vers elle, mais s'arrêta à quelques centimètres de sa bouche.

Lani sentit le parfum épicé des lèvres de Baxter. Elle frémit lorsqu'il traça les contours de son corps avec sa main, sans la toucher.

— Et ceci ne disparaîtra pas, que nous le voulions ou non, conclut-il d'une voix rauque qui la laissa pantelante.

Chapitre 13

—Je ne sais pas ce que tu lui as dit pendant la pause, Baxter, mais l'enregistrement de cet après-midi est…

Rosemary s'interrompit le temps de rembobiner.

—Bon sang! murmura-t-elle en s'éventant tandis qu'elle visionnait la bande pour la troisième fois.

Debout derrière Rosemary, Baxter regardait l'enregistrement en silence. *Comme tu dis, Rosie!*

Lani et lui se comportaient exactement de la même façon que dans la matinée, mais une sorte d'énergie nouvelle circulait entre eux. Ils donnaient l'impression de résister pour ne pas se sauter dessus à tout moment, là, sur le plan de travail.

Baxter comprenait parfaitement la réaction de Rosemary. Les dix heures qui venaient de s'écouler avaient été un véritable calvaire, mais il ne pouvait s'en prendre qu'à lui-même.

C'était plus fort que lui : il ne pouvait pas s'empêcher de regarder Leilani avec la même gourmandise que si elle avait été un délicieux dessert qu'il aurait eu hâte de goûter et de dévorer jusqu'à la dernière miette.

Il étouffa un gémissement et baissa les yeux sur le tablier qu'il portait, remerciant mentalement la jeune assistante de Lani. C'était Dree qui l'avait décoré avec l'affiche de *Certains l'aiment chaud*. La collection de tabliers de Lani apportait une petite touche fantasque qui convenait parfaitement à l'émission.

Lani était peut-être excentrique, mais elle était mille fois plus sensuelle que Marilyn Monroe à l'apogée de sa gloire.

Tandis qu'il se tenait à ses côtés, enivré par le puissant arôme du chocolat noir, il n'avait qu'une envie : se perdre dans son corps. Il était prêt à tout, même à ramper devant elle, pour la goûter de nouveau. Elle n'avait qu'un mot à dire ; il aurait fait n'importe quoi pour elle.

— Si tu veux bien m'excuser, dit-il en se raclant la gorge. J'ai besoin de prendre un peu l'air. Je reviens tout de suite.

— Ce n'est pas nécessaire, tu peux rentrer. On a fini, rétorqua Rosemary d'un air absent, sans quitter l'écran des yeux.

Elle souriait, ce qui était assez rare, mais son sourire avait quelque chose de carnassier, presque effrayant. Baxter se dépêcha de sortir. Rosemary, heureuse ? C'était une première.

Il n'avait pas le temps de réfléchir aux changements d'humeur de sa productrice. Il devait trouver un moyen de se calmer, de se contrôler.

Il s'aperçut soudain qu'il n'avait aucun endroit où aller. S'il suivait la petite allée, il arriverait sur la place de la ville ou dans une des rues principales. Il savait qu'à cette heure tardive, il risquait de tomber sur des gens du cru, qui ne seraient que trop heureux de lui faire la conversation. En temps normal, Baxter ne s'en formalisait pas, au contraire. Mais il avait besoin de s'isoler pour mettre un peu d'ordre dans ses émotions.

Il fit demi-tour et se dirigea vers la seconde cuisine, réservée aux préparations. Baxter était à peu près certain qu'il n'y aurait personne, même si les lumières étaient toujours allumées. Il ne s'en inquiéta pas. Le dernier à quitter les lieux n'avait pas éteint, pensant certainement que quelqu'un d'autre le ferait. Baxter s'assura que le reste de l'équipe était parti : la plupart d'entre eux avaient en effet réservé une chambre dans l'un des nombreux bed and breakfast de l'île. Comme la haute saison était terminée, les propriétaires de ces établissements avaient été plus que ravis de les accueillir. Les patrons de la chaîne avaient envisagé de lui offrir une caravane privée, mais Baxter avait refusé : ça faisait un peu trop rock star à son goût. Il s'était donc installé dans un des hôtels locaux.

Ça faisait à peine trois jours qu'il était là, mais sa présence avait provoqué pas mal de remous. Les habitants de Sugarberry étaient pétris de bonnes intentions, mais leur hospitalité semblait sans limites. Baxter ne se formalisait pas des cartes laissées à son intention à l'accueil, ou des fleurs et des corbeilles de fruits qui l'attendaient dans sa chambre. Les tartes, les cookies ou les petits plats mitonnés n'étaient pas non plus un problème. C'était plutôt gentil, et il se sentait flatté. Mais il refusait qu'on lui serve le petit déjeuner au lit sans prendre la peine de frapper avant d'entrer. Même si Dee Dee, l'amie d'Alva, ne pensait sûrement pas à mal.

C'était décidé : quand ils s'installeraient dans la prochaine ville, il aurait sa caravane personnelle.

Baxter monta les quelques marches de la remorque et se glissa à l'intérieur avant que quelqu'un l'aperçoive. Il n'avait pas envie de penser à la prochaine ville ou à son départ. Il ne voulait pas penser au moment où il quitterait Sugarberry et Leilani.

Il y eut un petit cri de surprise quand il ferma la porte.

— Nom d'un chien, tu m'as fait peur !

Baxter se tourna pour découvrir l'objet de ses pensées, attablée au fond de la cuisine, un cupcake à moitié déballé à la main.

— Je pensais que tu en avais assez de ces machins, dit-il en désignant le cupcake au pain d'épices.

Il s'efforça de calmer les battements de son cœur.

Ce matin-là, elle en avait goûté une bonne dizaine devant les caméras, en s'extasiant sur leur saveur inimitable. Elle avait dû ensuite répéter l'opération avec quatre autres recettes.

— Je suis pâtissière. Je n'en aurai jamais assez. Pourquoi crois-tu que j'aie choisi ce métier ?

Elle s'efforçait visiblement de plaisanter, mais elle semblait fatiguée et évitait son regard. Toute son attention était concentrée sur le cupcake dont elle ôta la caissette en papier. Les yeux fermés, elle commença par lécher le glaçage puis, en trois bouchées, dévora le petit gâteau avec un soupir de plaisir. Ses gestes n'avaient rien de sensuel ; ils ressemblaient davantage à l'acte d'une femme désespérée qui cherchait le salut.

— Est-ce que ça va ? demanda-t-il, inquiet.

Dès la fin du tournage, Baxter avait accompagné Rosemary pour visionner la bande, et Lani avait été autorisée à rentrer chez elle. L'après-midi et la soirée s'étaient très bien passés, mais la journée n'en avait pas moins été très longue. Ils avaient fait une pause pour le dîner, puis terminé le tournage vers minuit. Il était près de 1 heure du matin.

— Je croyais que tu étais rentrée depuis longtemps. Pourquoi est-ce que tu es encore là ?

Lani récupéra un peu de glaçage au mascarpone au coin de ses lèvres avant d'ouvrir les yeux.

— Parce qu'il y a plein de gens chez moi, en train de cuisiner. Je n'en ai plus la force pour aujourd'hui. Manger ce qui a déjà été préparé, sans problème. Mais mettre la main à la pâte ? Sans moi, affirma-t-elle en frissonnant.

— Je suis certain que Charlotte comprendra que tu as besoin de dormir.

— S'il n'y avait qu'elle…

— Quelqu'un d'autre a débarqué de New York pour te remonter le moral ? demanda-t-il.

— Non, c'est une longue histoire, répondit-elle. Apparemment, j'ai réussi à former une sorte de… club.

— Un club ?

— Un Cupcake Club. On se réunit, on cuisine, on parle de notre journée et on mange. Au début, il n'y avait que Charlotte et moi.

— Et vous êtes combien, maintenant ? s'enquit Baxter en s'asseyant près d'elle.

— Pour le moment, il y a Alva, Dree, Charlotte et moi.

— Dree travaille pour toi.

— Je sais.

— Tu ne peux pas la renvoyer chez elle ?

— Pourquoi ? Je n'en ai pas vraiment envie. La plupart du temps, c'est assez sympa. C'est même mieux que ça. On est toutes très différentes, mais on discute et on rigole. (Elle se redressa et se mit à jouer avec l'emballage en papier.) C'est assez intéressant. Dree a vingt ans, Charlotte en a trente et moi trente et un. Quant à Alva, elle approche des quatre-vingts bougies. Charlotte a été élevée dans une autre culture, et moi… (Elle éclata de rire, épuisée.) Je ne sais pas ce que je suis, mais ces séances me font du bien. Je ne sais pas comment l'expliquer, et je n'en ai aucune envie d'ailleurs. Mais, ce soir, j'ai juste envie de m'écrouler dans mon lit, sans penser à rien.

— La journée a été longue. Je te promets que ça ira mieux demain.

— Je ne veux vraiment penser à rien, répéta-t-elle en croisant son regard.

— Oh, d'accord, dit-il lorsqu'il comprit qu'elle ne parlait pas uniquement de l'émission.

— Pourquoi tu es encore là ? finit-elle par demander.

— Je visionnais les bandes avec Rosemary.

Lani acquiesça et se détourna, évitant délibérément de lui poser la moindre question. Cela arrangeait Baxter, qui n'avait aucune envie d'en parler.

— Tu es venu récupérer quelque chose ? voulut-elle savoir.

— Quoi ?

Il n'arrivait pas à se sortir ces images de la tête. Mal à l'aise, il se redressa.

— Tu voulais récupérer quelque chose ? dit-elle en montrant la cuisine.

— Oh, tu veux savoir pourquoi je suis là.

— C'est ça.

— Je… je crois que je suis venu me cacher.

— De Rosemary ? demanda Lani, soudain inquiète. C'est horrible, c'est ça ? Je le savais, ajouta-t-elle dans un souffle.

— Tu n'y es pas du tout. Rosemary est plutôt contente.

Leilani leva la tête et le regarda d'un air dubitatif.

— C'est ça, oui.

— Non, vraiment, je suis sincère. Quand je suis parti, elle était tout sourires.

— Rosemary souriait ? s'enquit-elle, incrédule. C'est encore plus flippant, ajouta-t-elle en se frottant le bras.

Baxter sourit lui aussi pour la première fois depuis son entrée dans la cuisine.

— Je comprends parfaitement ta réaction, je crois que cette image va me hanter pendant longtemps, plaisanta-t-il devant l'expression amusée de Lani. Mais ce n'est pas pour ça que je me cache.

— Je te promets que je ne te dénoncerai pas. Moi aussi, j'envisageais de me planquer, si tu veux tout savoir.

— Tu prévois de passer la nuit ici ?

— Je pensais me glisser dans ma boutique quand tout le monde sera parti.

— Pour quoi faire ?

— Dormir. L'ancien propriétaire a transformé le premier étage en loft. Il y a une salle de bains et un emplacement pour une kitchenette. Au début, je voulais m'y installer… Mais je me connais, et ma pâtisserie représente tout pour moi. Je me suis dit que ce ne serait pas une très bonne idée d'y habiter. Il faut que je prenne du recul. Mes meilleures idées me viennent toujours quand je fais autre chose.

— Pareil pour moi.

— Je croyais que tu n'étais presque jamais chez toi, rétorqua-t-elle, surprise.

— C'est vrai, mais je ne passe pas tout mon temps au studio. J'ai d'autres choses à faire, et c'est en général à ce moment-là que j'ai une idée. Je crois qu'il faut simplement se trouver dans un environnement stimulant.

— Je suis d'accord avec toi. Je dois avouer que, depuis l'arrivée de Charlotte, je n'avais jamais passé autant de temps au cottage que je loue.

— Tu le loues ?

— J'avais déjà englouti toutes mes économies dans la pâtisserie et je n'avais pas envie de me retrouver avec un emprunt. En plus, il y a toujours la maison de mon père.

— Tu vas en hériter ?

— Oui, mais je ne suis pas pressée que ça arrive. Ça me semblait idiot de prendre une hypothèque pour le cottage puisque je finirai par le vendre.

— Je comprends, dit-il. J'ai acheté ma maison à New York parce que je voulais faire un bon investissement. Qui eût cru qu'un garçon originaire de Spitalfields aurait un jour les moyens d'investir dans quoi que ce soit, ajouta-t-il avec une grimace.

— Spitalfields ? Tu n'es pas sérieux.

— Au contraire, rétorqua-t-il en souriant. Il y a un joli petit marché à cet endroit à présent.

— Le p'tit Charlie de Spitalfields a ben grandi, dit-elle dans une charmante tentative pour imiter l'accent cockney. Tu as fait un sacré chemin, Baxter, ajouta-elle avec un sourire empli de tendresse et de respect.

Tous les doutes de Baxter s'évanouirent en un instant. Lani était la seule en qui il pouvait avoir une confiance absolue ; il avait bien fait de lui parler de son passé.

— Toi aussi, rétorqua-t-il.

— Je croyais que tu ne comprenais pas du tout ma décision d'ouvrir une boutique de cupcakes.

— Je n'ai jamais dit ça.

—C'était inutile, sourit-elle. Tu aurais dû voir ta tête quand tu es entré dans ma cuisine pour la première fois. Ce n'est pas grave, ajouta-t-elle en levant la main pour l'empêcher de répliquer. Tu n'es pas le seul. Ni mon père ni Charlotte ne comprend mon choix. Apparemment vous êtes tous convaincus que je gaspille mon talent.

—Tu as raison. C'est exactement ce que j'ai pensé quand j'ai appris que tu allais ouvrir une pâtisserie, et quand je suis venu ici pour la première fois.

Lani n'eut pas l'air surprise ou blessée, ce qu'il apprécia, parce qu'elle en aurait eu le droit.

—Ça veut dire que tu as changé d'avis ? s'enquit-elle en penchant la tête.

—Ça m'a permis de me rendre compte que j'étais devenu snob. Je n'avais aucun droit de te juger, j'ai grandi à Spitalfields, nom d'un chien ! Et pourtant c'est exactement ce que j'ai fait. J'étais persuadé que tu aurais dû…

—… suivre ton exemple ? termina-t-elle à sa place. Tu voulais une vie meilleure, Baxter, et tu as fait ce qu'il fallait pour l'obtenir. Ton parcours est extraordinaire. Je cherchais simplement à aller de l'avant et à découvrir qui j'étais. Je voulais progresser. Ce n'est pas comparable avec ce que tu as accompli.

—Je n'ai rien fait d'extraordinaire, je voulais simplement survivre.

—La pâtisserie est ta passion. Est-ce que tu te rends compte de la chance que tu as d'avoir découvert que ta passion était également la solution à tous tes problèmes ?

— Et toi ? Qu'est-ce qui t'a poussée à partir en Belgique et à Paris avant de t'installer à New York ? Quels étaient tes objectifs ?

— Je voulais être la meilleure. Je voulais en apprendre le plus possible sur les techniques, les desserts, la pâtisserie… Quand je suis revenue, je me suis dit que New York était l'endroit idéal pour parfaire mon éducation. Et j'avais raison, ajouta-t-elle avec un sourire.

— J'ai également appris beaucoup grâce à toi, affirma-t-il en s'inclinant devant elle.

— Tu me flattes. Tu avais tant à m'apporter, ton approche de la cuisine était totalement différente de ce que je connaissais. Dès que tu étais près de moi, j'avais des milliers d'idées.

— C'était la même chose pour moi, rétorqua-t-il. Tu envisages la cuisine d'une tout autre façon que moi. Mes desserts sont moins raffinés que les tiens, et pourtant on partage une même sensibilité artistique. J'ai changé, grâce à toi.

— Je…, commença-t-elle, rougissante. Merci, dit-elle avec un sourire timide qui affola le cœur de Baxter.

— Je t'en prie. Qu'est-ce qu'il y a ? voulut-il savoir alors qu'elle lui adressait un sourire narquois.

— Oh, ce n'est rien… C'est assez ironique, quand on y pense, affirma-t-elle en jouant avec l'emballage en papier. Je suis censée réaliser des desserts raffinés et pourtant je me satisfais de banals petits cupcakes.

— Tes cupcakes n'ont rien de banal, rétorqua-t-il, sincère.

— Merci beaucoup, dit-elle, incapable de cacher sa joie.

Elle méritait bien quelques compliments.

— Il n'y a pas de quoi, c'est la vérité. Je ne comprenais pas comment ton talent et ta créativité pouvaient s'exprimer dans un gâteau aussi basique. J'étais sûr que ça finirait par te rendre folle. Je sais que tu aurais pu élargir le concept de ta boutique et ajouter d'autres pâtisseries et d'autres desserts, mais…

— Non, rétorqua-t-elle en secouant la tête. Je considère les cupcakes comme un symbole de joie et de bonheur. Je crois que c'est ce que la plupart des gens ressentent.

— Ce n'est pas le cas des autres desserts ?

— Non, pas du tout. Les autres desserts représentent plein de choses… Ils font plaisir aux gens, mais pas autant que mes petits cupcakes. Je voulais rendre mes clients heureux.

— Mais c'est ce que tu faisais déjà à New York.

— D'une certaine façon, peut-être. Je sais que les gens appréciaient et respectaient mon travail, mais je me concentrais davantage sur l'aspect des desserts que sur leur goût. Je suis presque certaine que les clients ne les mangeaient jamais en entier parce qu'ils avaient peur de grossir ou de passer pour des goinfres. C'était une question d'image ; ils étaient fiers de manger chez *Gâteau*, mais se fichaient de la nourriture. Je peux t'assurer que ça n'arriverait jamais avec un cupcake, conclut-elle dans un éclat de rire.

— Tu as peut-être raison, sourit-il.

— Vous m'inspiriez, toi, *Gâteau*, la ville et nos clients si importants et si pointilleux. Je suis quelqu'un de zélé. J'ai besoin de relever des défis. *Gâteau* était un test qui m'a permis de savoir ce que je valais et jusqu'où je pouvais aller.

— Tu as prouvé que tu avais du talent. Tu étais merveilleuse.

— Merci. Ton opinion a énormément d'importance pour moi, et pas uniquement parce que tu es un des meilleurs chefs du monde…

— Mais… ? Je sais qu'il y a un « mais ».

— Mais c'était horriblement stressant. J'étais toujours inquiète, et je cherchais sans cesse de nouvelles idées. Je voulais être la meilleure. J'étais si fière quand tu m'as confié *Gâteau*. C'était la reconnaissance de mon talent. Je n'aurais jamais cru que je deviendrai chef si tôt. J'avais réalisé mon rêve. J'aurais dû être heureuse, non ?

— Logiquement, oui.

— C'était difficile. Je croyais que toute cette pression me permettrait de progresser, mais, en fait, c'était terrifiant. Je pensais que ça irait mieux avec le temps, mais je n'étais pas heureuse. Au début, je croyais que c'était à cause de l'équipe et des ragots qui circulaient. J'étais persuadée que je me sentirais mieux si j'arrivais à gérer la situation.

—Et ton père est tombé malade.

Lani acquiesça, et Baxter lut la peur dans son regard. Ils avaient souvent parlé de sa famille. Il savait qu'elle avait grandi dans un environnement presque exclusivement féminin, mais que son père l'aimait tendrement. Baxter comprenait parfaitement qu'elle se soit précipitée à son chevet lorsqu'il était tombé malade, même si lui-même n'avait jamais été dans une telle situation. Il n'avait jamais connu ce sentiment indicible, cette crainte de perdre un être cher.

Il se rendit compte qu'il enviait le courage de la jeune femme. Lani avait perdu sa mère et avait failli perdre la seule famille qui lui restait. Elle n'avait pas hésité un instant à prendre les décisions qui s'imposaient. À l'entendre, son père n'était pas très enthousiaste à l'idée de la voir déménager dans le Sud pour ouvrir sa boutique, mais ça ne l'avait pas arrêtée pour autant. Baxter était sidéré par la force de caractère de la jeune femme, qui lui inspirait le plus grand respect.

Il comprit soudain que Leilani était la seule personne pour qui il était prêt à faire ce genre de sacrifices. Il ne supporterait jamais de la perdre…

—Je n'avais pratiquement plus quitté New York depuis que j'étais devenue chef, poursuivit-elle, l'arrachant à ses sombres pensées. Je pensais que le calme qui règne ici me rendrait folle. Je croyais qu'entre la crise cardiaque de mon père et le fait de m'éloigner un peu de *Gâteau* je passerais mon temps à m'inquiéter de tout…

— Mais…, dirent-ils d'une même voix avant d'éclater de rire.

— Mais quand le docteur m'a dit que mon père allait s'en remettre, tout a changé. Je me suis simplement assurée qu'il regagnait des forces et qu'il suivait son régime. Après quelques jours, je me suis aperçue que je ne m'inquiétais plus autant pour *Gâteau*. Je voulais que tout se passe bien en mon absence, mais c'était différent. À la fin de la deuxième semaine, j'ai commencé à me sentir coupable parce que je me sentais soulagée. Je passais mon temps à cuisiner chez mon père. La pression avait disparu. Personne pour me juger, me surveiller ou s'impatienter pendant que je terminais un dessert. Personne pour me critiquer ou m'insulter dans mon dos…

— Leilani…

— Tu n'y es pour rien, Baxter. Je n'avais simplement pas compris à quel point j'étais malheureuse à New York. Après tout, j'avais réalisé un rêve. Certes, j'étais épuisée et stressée, mais c'était le boulot qui voulait ça. Je n'allais quand même pas me plaindre. Pense un peu aux gens qui ont goûté mes desserts… J'étais stressée parce que je voulais être la meilleure ; c'était le prix à payer.

— Je ne savais pas que tu étais si malheureuse.

— Moi non plus. Si tu m'avais posé la question, je t'aurais répondu que j'étais la chef pâtissière la plus heureuse du monde, parce que c'était vrai.

— Tu semblais toujours si posée et concentrée.

—Je n'avais pas vraiment le choix. Il a fallu que je quitte New York pour comprendre. Au printemps dernier, j'ai préparé des desserts pour le grand dîner de Pâques de Sugarberry. Je me suis assise et j'ai regardé des gens manger ce que j'avais préparé. Certains ont tellement adoré mes tartes et mes gâteaux qu'ils sont venus me demander la recette. Ils m'ont parlé des plats que préparaient ma mère et ma grand-mère. Je n'avais plus envie de rentrer à New York. Je me sentais coupable de ne pas apprécier la chance qui m'était offerte. J'avais l'impression de me montrer ingrate. Je me suis même demandé si l'idée d'ouvrir une pâtisserie sur l'île n'était pas simplement une excuse pour éviter de retourner travailler chez *Gâteau*.

—Pourquoi est-ce que tu es restée? Ta famille et tes amis te le déconseillaient, pourtant.

—Mon père craignait que je le traite comme un infirme. Il m'a avoué récemment qu'il ne comprenait pas comment j'avais pu renoncer à ma carrière new-yorkaise. Quant à Charlotte… elle m'a soutenue, même si elle ne comprenait pas ma décision. Je n'en avais parlé à personne, en fait. J'ai testé pas mal de recettes pendant la convalescence de mon père. Il ne s'est pas douté un seul instant de mes projets, il croyait que je voulais juste garder la main.

—Mais tu travaillais sur la composition de ta carte?

—C'est ce qui a fini par arriver. Je n'aurais jamais préparé ce genre de desserts chez *Gâteau*, mais je savais qu'ils rendraient les habitants de Sugarberry heureux, affirma-t-elle, les yeux brillants d'excitation.

Il ne l'avait jamais vue aussi fière de son travail.

— Je me suis mise à envisager d'ouvrir ma propre boutique. J'ai jeté un coup d'œil à l'ancienne pâtisserie, près de la place. Elle était complètement à l'abandon depuis neuf ans et il ne restait plus que les murs, mais l'installation électrique était aux normes et l'agencement de l'espace était idéal. Je n'avais qu'à acheter le matériel et à faire quelques travaux.

— Comment? demanda-t-il, curieux.

— Comment est-ce que j'ai su que j'allais le faire? Vu mon état d'esprit à l'époque, je crois qu'appeler l'agence immobilière était déjà une étape très importante pour moi. Puis j'ai visité la boutique, et j'ai su. J'arrivais parfaitement à me représenter la cuisine, le comptoir et même la déco. C'était à la fois excitant et terrifiant. Ça l'est toujours, d'ailleurs. J'avais envie de tenter le coup. Au fond de moi, je savais que c'était la bonne décision. Je n'avais jamais ressenti ça. Je me sentais à la fois coupable et inquiète, mais j'étais prête à relever ce défi. Quand je me suis enfin autorisée à penser sérieusement à ce projet, je me suis sentie…

— … heureuse.

Elle acquiesça, rayonnante.

— C'était peut-être une réaction à la crise cardiaque de mon père ou au stress du boulot. J'ai même cru que j'étais devenue complètement folle. Mais à l'instant où je suis entrée dans cette boutique j'ai su qu'elle m'appartenait.

— Tu avais déjà envisagé d'ouvrir ta propre pâtisserie à New York? C'était un de tes objectifs?

— Pas vraiment. Mais, si ça avait été le cas, j'aurais plutôt imaginé un endroit comme *Gâteau*. Autant faire les choses en grand, n'est-ce pas? Une boutique comme celle-ci n'aurait pas eu sa place à New York. J'avais envie de cuisiner et de créer, pas de diriger. Mon expérience comme chef chez *Gâteau* m'a suffi. J'imaginais parfois que je pourrais devenir traiteur ou chef à domicile, mais c'est tout aussi stressant et fatigant. Du moins, c'est ce que je me répétais.

— Tu as des regrets?

Elle fit «non» de la tête.

— Franco et Charlotte me manquent. Tu me manques, ajouta-t-elle avec un sourire plus tendre. En ce qui concerne Charlotte, on est restées amies quand je suis partie faire mes études en Europe. Ce n'est pas un déménagement en Géorgie qui va changer quoi que ce soit.

— Je t'ai observée, tu es heureuse ici. Ce n'était pas le cas à New York. Tu étais fière de ton travail, mais ça n'avait rien à voir. Ici, tu rayonnes.

— Tu as tout à fait raison, je suis heureuse, Baxter. Je n'ai pas grandi ici, mais je me sens proche de ma mère. Je suis fière que les habitants de cette ville éprouvent du respect pour mon père. Je ne me contente pas de prouver à tout le monde que je suis la meilleure, je partage mon talent – si on peut appeler ça ainsi – avec des gens que j'apprécie. Ils ignorent totalement que j'ai dû étudier et travailler très dur pour arriver où j'en suis, mais je m'en fiche. C'est tellement plus facile de réfléchir à un dessert, de le créer et de le tester dans ces conditions. Je suis super fière de mes recettes, et je me fiche que mes clients ne comprennent pas à quel point les cupcakes que je crée sont complexes. Moi, je le sais, c'est tout ce qui compte. Je n'aurai jamais les honneurs de grands dîners officiels, et je devrai probablement me contenter de jouer les traiteurs pour le Kiwanis Club, mais ça n'a aucune importance. En fait, c'est beaucoup plus amusant et gratifiant, ajouta-t-elle plus sérieuse. C'est pour ça que je reste, dit-elle, le regard plus brillant que jamais. Ma place est ici.

— Je le sais, rétorqua-t-il. Ça crève les yeux. J'ai goûté tes desserts, et ils sont fantastiques. C'est incroyable ce que tu arrives à faire avec un simple cupcake. Tu m'as convaincu. Tu ne gaspilles pas ton talent, Lani ; tu le laisses s'exprimer d'une façon unique. Tu as accompli exactement ce que je cherche à faire avec cette émission. Tu as réussi à faire d'un cupcake – un gâteau a priori tout ce qu'il y a de plus banal – un dessert à la fois simple et raffiné qui plaît à tout le monde. Rosemary était ravie quand elle a découvert la liste des recettes qu'on allait réaliser. Je te dois une fière chandelle, vraiment. Je ne sais pas bien ce que j'aurais fait de cette émission, sans toi.

— Pourtant, c'est déjà ce que tu faisais lors des saisons précédentes : présenter des desserts élégants et sophistiqués au grand public.

— Pas tout à fait. Je présentais et j'expliquais différentes techniques. Les recettes sont disponibles sur le site Internet ; je les simplifie parfois pour les besoins du show. Je ne crois pas que les téléspectateurs reproduisent ces desserts. Ils veulent simplement être épatés et…

— … s'extasier devant un chef canon à l'accent britannique sexy ?

— Je suis heureux que l'émission leur plaise, quelles que soient leurs raisons, ajouta-t-il en rougissant légèrement.

— Et modeste, avec ça, le taquina-t-elle.

Ils sourirent lorsque leurs regards se croisèrent.

— Je comprends pourquoi tu es venue ici, Leilani, finit-il par dire. Tu as trouvé ta place.

Elle acquiesça, mais il crut lire dans ses yeux un soupçon de tristesse, ou peut-être de résignation.

— Il faut que je rentre, déclara-t-elle en se levant soudain. On commence à tourner de bonne heure.

— Tu as raison, rétorqua-t-il en l'imitant.

— J'ai cru comprendre que tu t'étais installé chez Frank et Barbara Jo ?

— C'est ça, acquiesça-t-il. Je ne pouvais pas faire tous les jours la navette jusqu'à Savannah. La chaîne m'avait proposé de prendre une caravane personnelle, mais j'ai refusé…

— Une caravane, répéta-t-elle en souriant, comme une rock star. Tu aurais dû accepter.

— Je te remercie, rétorqua-t-il, sèchement. C'est ce genre de réaction qui m'a poussé à refuser. Cela dit, j'envisage de changer d'avis ; ça me permettrait d'avoir un peu d'intimité.

— Je te comprends, concéda-t-elle avec un sourire.

— Tu retournes au cottage ?

— Je crois bien que oui. Aucun Cupcake Club ne pourra m'empêcher de sombrer dans l'inconscience dès que ma tête aura touché l'oreiller.

— Sombrer dans l'inconscience, répéta-t-il, c'est très imagé.

— C'est la vérité. Mais j'y pense, tu peux dormir dans le loft, si tu veux. J'y ai souvent passé la nuit quand la boutique était encore en travaux. Il y a quelques étagères entreposées dans la pièce, mais les draps sont propres, et le matelas est très confortable. Et personne ne viendra te déranger.

Baxter devait admettre que sa proposition était très tentante, mais il préféra refuser. Ce n'était vraiment pas une bonne idée de s'endormir entre les draps de Leilani.

— Je ne veux pas froisser les Hugues.

— Ne t'inquiète pas, ça ne les dérangera pas, ils sont adorables. Mais c'est toi qui vois. La production t'a donné une clé de la boutique. N'hésite pas à l'utiliser si tu changes d'avis. Tu n'auras qu'à prendre la deuxième entrée et à monter l'escalier.

— OK, merci.

Baxter ouvrit la porte de la cuisine pour Lani. Celle-ci attendit qu'il sorte, puis se rendit compte qu'il la tenait pour elle.

— Oh, merci.

Elle était forcée de passer juste devant lui pour sortir. Ils avaient passé une demi-heure à discuter en tête à tête, mais l'atmosphère sembla soudain plus intime.

Baxter avait désespérément envie de la plaquer contre la porte pour… Il n'avait aucune idée de ce qu'il ferait ensuite. Il voulait simplement la serrer contre lui l'espace d'un instant.

Leurs regards se croisèrent, et le cœur de Baxter se mit à battre la chamade lorsque Lani s'arrêta devant lui. Mais elle se reprit bien vite et sortit.

— Bonne nuit, souffla-t-elle avec un petit signe de la main avant de se diriger vers son 4x4.

— Bonne nuit. Fais de beaux rêves, ajouta-t-il pour lui-même en la regardant s'éloigner.

Puis il claqua la porte avec plus de violence qu'il n'aurait voulu.

Il n'arrivait pas à penser à autre chose qu'à Lani. Il savait pourtant qu'ils n'avaient aucun avenir ensemble. Ses derniers espoirs avaient été anéantis lorsqu'il avait compris que la place de Leilani était ici.

C'était d'autant plus frustrant qu'il était heureux pour elle, même s'il avait l'impression qu'on venait de lui arracher le cœur. Il devait renoncer à la seule femme qui, à ses yeux, représentait davantage que son travail, qui avait jusque-là été toute sa vie. C'était son métier qui le définissait, qui nourrissait son âme et le rendait heureux.

Baxter ne voulait pas quitter Lani, mais il savait pourtant qu'elle ne repartirait pas avec lui. C'était sans espoir.

— Et merde !

— Baxter ?

— Je suis ici, Rosemary, répondit-il.

— Tu n'es pas encore parti, c'est parfait. Je voudrais discuter du planning de demain ; j'aimerais faire quelques changements par rapport aux enregistrements de cet après-midi.

— Pas de problème, rétorqua-t-il en soupirant, soulagé.

Puisqu'il ne lui restait que son travail, autant s'y mettre.

Chapitre 14

Lani se gara devant le cottage et soupira de soulagement lorsqu'elle vit qu'il ne restait dans l'allée que la petite voiture de Charlotte.

— Merci, mon Dieu, murmura-t-elle.

Charlotte était passée dans la journée pour jeter un coup d'œil aux premiers enregistrements, mais elles n'avaient pas eu le temps de discuter. Son amie avait pourtant deviné que Lani serait probablement trop épuisée pour se lancer dans une séance de thérapie culinaire ou parler de Baxter.

Lani arrivait à peine à réfléchir ; aucune recette au monde ne pourrait l'aider. Elle avait besoin de dormir, tout simplement.

— Comme ça, tu pourras tout recommencer demain, murmura-t-elle. Et, avec un peu de chance, tu n'auras même pas le temps de cogiter.

Lani n'avait plus qu'à espérer que la nuit lui porterait conseil quant à un certain Baxter Dunne.

La journée avait été très difficile. Lani avait dû lutter toute la matinée pour maîtriser ses hormones, qui s'affolaient en présence de Baxter. La pause-déjeuner lui avait largement donné de quoi satisfaire sa libido. Lani ignorait où ce baiser les aurait menés si Alva ne les avait pas interrompus. Le restant de la journée avait été une vraie torture. Il y avait toutefois un point positif : elle était tellement obnubilée par Baxter qu'elle en avait oublié de s'inquiéter des caméras.

Elle était passée en pilote automatique et avait craint que Rosemary ne fasse une crise cardiaque : sa présentatrice ressemblait davantage à un zombie qu'à une chef pâtissière. Mais, contre toute attente, la productrice avait l'air plutôt satisfaite. Baxter avait peut-être eu une discussion avec elle, à moins que, lassée et découragée par les piètres performances de Lani, elle n'ait tout simplement décidé de jouer la comédie. Lani n'en avait aucune idée et s'en fichait. Elle espérait simplement ne pas s'être complètement ridiculisée.

Elle avait vraiment besoin de dormir. Tout le reste – Baxter, l'émission – pouvait attendre le lendemain.

Lani aperçut soudain une chaussette de sport blanche, qui ne lui appartenait pas, accrochée à la poignée de la porte d'entrée.

— Qu'est-ce que…, dit-elle en la décrochant.

Elle avait déjà vu ça dans un film de…

— Oh ! ajouta-t-elle en secouant la tête.

C'était impossible. Qui pouvait bien se trouver avec Charlotte ?

Entendant un gémissement, elle ne put s'empêcher de jeter un coup d'œil à travers les rideaux transparents. Elle ferma presque immédiatement les yeux et se retourna.

— D'accord, dit-elle en tenant la chaussette contre sa poitrine. Ça répond à ma question.

Elle retourna vers sa voiture et s'installa au volant. Là, elle prit une minute pour observer le cottage, s'efforçant de ne pas penser à ce que ses deux invités faisaient en ce moment même sur son canapé-lit.

— Heureusement que la maison ne donne pas directement sur la rue.

Elle regarda la chaussette en se demandant si elle devait la remettre en place. Alva et Dree connaissaient-elles le signal ? En temps normal, les deux femmes ne se seraient jamais présentées chez elle à une heure aussi tardive. Et Charlotte lui avait envoyé un texto précisant qu'elles étaient passées plus tôt dans la soirée. Cela dit, vu les circonstances actuelles, Lani n'aurait pourtant pas été surprise de les voir débarquer.

Lani espérait que son amie avait verrouillé la porte, car il était hors de question qu'elle s'approche à nouveau de cette maison. Elle s'apprêtait à jeter la chaussette sur le siège passager, lorsqu'elle aperçut qu'on y avait glissé une feuille provenant de son bloc-notes Charlotte aux fraises. C'était un cadeau de sa mère, qui le lui avait offert pour son premier appartement. Lani ne s'en servait jamais, mais l'accrochait au réfrigérateur chaque fois qu'elle déménageait. Au cas où elle en aurait eu besoin et parce qu'elle ne pouvait pas s'empêcher de sourire dès qu'elle le voyait.

Elle déplia le bout de papier et découvrit un message écrit à la hâte par Charlotte.

« Je sais que je suis la pire invitée du monde, mais ça fait dix mois, Lani. Dix mois ! Les talents de Carlo ne se limitent pas à faire un délicieux café !!! »

Son amie avait ajouté un smiley et plusieurs points d'exclamation. C'était tellement inattendu de la part de Charlotte que Lani éclata de rire. Le message se terminait par :

« J'espère que tu pourras passer la nuit à la boutique. Je te revaudrai ça ! Promis ! Après dix mois, c'est la fin de l'abstinence ! Youpi ! »

Le sourire aux lèvres, Lani replia le papier. Ce n'était pas parce qu'elle était assez stupide pour refuser les avances du seul homme qu'elle ait jamais aimé que sa meilleure amie devait en faire autant.

— Carlo, murmura-t-elle en secouant la tête.

Elle ne parvenait pas à les imaginer ensemble, même après l'avoir vu de ses propres yeux. À présent que la surprise était passée, elle était forcée d'admettre que Carlo était…

— Bien joué, Charlotte, dit-elle.

Son sourire s'évanouit, et la fatigue commença à se faire sentir alors qu'elle approchait de Sugarberry.

Elle se gara et se glissa entre les différentes caravanes avant de grimper l'escalier métallique qui menait au premier étage de l'immeuble. Il y avait une entrée à l'intérieur de la boutique, mais elle n'avait aucune envie de passer devant les caméras, les câbles et les spots qui encombraient sa cuisine. Elle préférait oublier tout ça. Elle ouvrit, non sans mal, la porte en bois. L'humidité de l'océan avait tendance à faire gondoler portes et plancher, mais Lani trouvait ça plutôt charmant, la plupart du temps.

Elle s'appuya contre le chambranle le temps que ses yeux s'habituent à l'obscurité. Le plancher, recouvert de linoléum, était déformé et couvert, par endroits, d'épais tapis qui offraient une bonne protection contre le froid. Lani se débarrassa de ses chaussures et enfonça ses orteils dans la laine douillette, s'arrêtant un instant pour reposer ses pieds fatigués.

À sa gauche étaient entassés des boîtes, des sacs à l'effigie du magasin et divers ustensiles de cuisine. Le grand lit, laissé par l'ancien propriétaire, et auquel Lani avait ajouté un sommier, un matelas et des draps provenant d'une des chambres d'amis de la maison de son père, se trouvait de l'autre côté. Le précédent locataire avait également laissé une table de nuit et une petite lampe, un bureau à cylindre qui ne datait pas d'hier et une vieille télévision à antenne qui captait parfaitement le réseau local.

La salle de bains se trouvait dans un coin. Lani envisagea un instant de prendre une longue douche chaude, mais finit par renoncer. Elle se traîna vers le lit et se déshabilla, abandonnant ses vêtements sur le sol. Elle sentit un courant d'air sur sa peau et s'avisa soudain que le ventilateur était allumé. Les lucarnes, qui laissaient entrer les rayons de lune, étaient également ouvertes. Elle avait dû oublier de les fermer lorsqu'elle avait fait l'inventaire.

En été, le premier étage se transformait rapidement en fournaise, malgré le système de climatisation.

Ce soir-là, il faisait heureusement assez frais. Elle veillerait à couper le ventilateur et à refermer les fenêtres avant de partir le lendemain matin. Avec un soupir de bonheur, elle se glissa entre les draps. Elle s'apprêtait à poser sa tête sur l'oreiller lorsque son orteil entra en contact avec un corps chaud et nu.

Elle poussa un cri et s'écarta, prête à bondir hors du lit ; mais elle s'empêtra les pieds dans le plaid en tentant de préserver sa dignité.

— Doucement, ma belle. Ce n'est que moi.

Une grande main se referma sur son avant-bras pour l'empêcher de tomber à la renverse.

Elle s'efforça de se couvrir la poitrine avec le drap, tout en soufflant sur des mèches de cheveux qui l'aveuglaient.

— Baxter ? demanda-t-elle, le cœur battant.

— En chair et en os. Littéralement.

Luttant toujours avec ses cheveux et les draps, et complètement paniquée par la situation, elle ne parvenait pas à distinguer ses traits. Elle perçut pourtant clairement la note d'amusement dans sa voix.

— Qu'est-ce que tu fais dans mon…

— Je te rappelle que tu m'as invité, si j'ose m'exprimer ainsi. Après ton départ, Rosemary m'a demandé de jeter un coup d'œil au montage. Il était tard, alors j'ai décidé de passer la nuit ici. Si j'avais su que tu comptais me rejoindre, j'aurais laissé une lumière allumée.

— Je suis ravie que ça t'amuse. Tu m'as fichu la frousse.

— C'est plutôt à moi de te demander ce que tu fais là. Je croyais que tu étais partie.

— Je suis rentrée, mais Charlotte avait de la compagnie.

— D'autres membres du Cupcake Club?

— Non, répondit-elle en s'efforçant de calmer les battements de son cœur. Enfin, un seul.

Soit l'intonation de sa voix la trahit soit Baxter était très perspicace, mais il comprit immédiatement où elle voulait en venir.

— Oh.

— Comme tu dis.

— Est-ce que ton amie a l'habitude de ramener des… pâtissiers errants?

— Je t'ai déjà dit qu'elle était impulsive, mais ça, c'est une première, même pour elle. Elle m'a laissé une chaussette et un petit mot.

— Quelle gentille attention!

Lani parvint à écarter la dernière mèche de cheveux de son visage et put enfin observer Baxter. Elle aurait peut-être mieux fait de s'en abstenir. Il était couché sur le côté, la tête appuyée sur son coude, le drap découvrant son torse et son ventre. Elle avait souvent rêvé de lui, mais n'aurait jamais osé imaginer qu'il puisse être aussi séduisant, couché là dans son lit.

— Oui, acquiesça-t-elle, en s'efforçant en vain de détourner les yeux du corps de Baxter. Tu… tu veux bien te retourner, que je puisse me rhabiller ?

— Je ne vais pas te chasser de ton lit, ma belle.

— C'est très gentil à toi, mais je crois qu'il vaudrait mieux que j'y aille… Tu étais déjà en train de dormir… Je…

— J'ai un autre endroit où passer la nuit.

— Je peux aller chez mon père.

— Et lui expliquer pourquoi tu ne peux ni rentrer chez toi ni dormir ici ?

— Tu as raison, concéda-t-elle en soupirant et en jurant tout bas.

Elle semblait incapable de contrôler les battements de son cœur. Si elle voulait réfléchir, elle devait impérativement se calmer.

— Ce lit est parfait, tu ferais tout aussi bien de rester.

— Tu sais que ce n'est pas une bonne idée. On ne peut pas…

Baxter posa les doigts sur son bras, et Lani frissonna lorsqu'il se mit à la caresser.

— Viens par ici, Lei.

Elle soupira, incapable de lui résister davantage.

— Ça va encore tout compliquer, affirma-t-elle en le laissant l'attirer contre lui.

— Je doute que ce soit possible ! rétorqua-t-il avec un sourire coquin.

Elle ne put s'empêcher d'éclater de rire, abandonnant par la même occasion toute chance de reprendre le contrôle de la situation, ou d'elle-même.

Lani eut soudain l'impression qu'ils venaient de franchir une étape. Il ne s'agissait pas simplement de sexe, mais de quelque chose de plus intime, de plus profond. Et, pourtant, elle n'avait aucune envie de partir.

— Tu es magnifique, déclara-t-il tandis qu'elle s'allongeait à ses côtés.

Un simple drap la séparait encore de lui. Il lui caressa la joue en parcourant du regard son visage, sa nuque et ses épaules.

Lani était incapable de parler ou de réfléchir ; elle n'arrivait pas à croire qu'elle était dans un lit avec lui. C'était mille fois mieux que tout ce dont elle avait pu rêver. Les mains de Baxter étaient grandes et douces, sa voix à la fois tendre et sensuelle. Il était plus imposant et plus musclé qu'elle ne l'avait imaginé. Elle se l'était toujours représenté comme le parfait *golden boy* plein de charme à la silhouette élancée et dégingandée.

Mais, à présent, elle devinait également l'homme au menton volontaire qui avait grandi dans la rue et lutté pour survivre dans un univers hostile. Lani voyait bouger les muscles de son épaule tandis qu'il passait les doigts dans ses cheveux. Sa peau était toute chaude, et elle avait l'impression de percevoir les battements de son cœur à travers le drap.

— À quoi tu penses ? demanda-t-il en lui caressant la joue avant de s'attarder sur sa lèvre inférieure.

Elle gémit en repensant au baiser passionné qu'ils avaient échangé dans sa boutique. Elle ignorait que Baxter Dunne pouvait se montrer aussi fougueux. Et, à présent, cette fougue et cette passion lui étaient entièrement consacrées.

— Tu n'as rien à craindre, ma belle, la rassura-t-il, comme s'il lisait dans ses pensées – ou dans son regard.

Baxter lui rappelait un félin sauvage, paisible en apparence mais prêt à bondir sur sa proie. Elle voulut parler, mais les mots restèrent bloqués dans sa gorge.

Lani retint son souffle lorsque Baxter se pencha vers elle. Son cœur s'affola soudain. Elle le désirait tant que ça en devenait presque douloureux.

Il posa les lèvres dans son cou tout en lui effleurant paresseusement l'épaule. Lani tressaillit brusquement et dut faire un effort pour ne pas se presser contre lui.

— Je suis prêt à partir, murmura-t-il, si c'est vraiment ce que tu veux.

— Tu…, commença-t-elle d'une voix rauque. Tu as promis que tu n'insisterais pas.

Il gloussa et lui déposa un baiser sensuel sur l'épaule.

— J'ai promis que je ne ferai rien pour te tenter, chuchota-t-il. Mais c'est toi qui t'es glissée dans mon lit, ma belle. Et, en plus, tu es nue.

— Je ne l'ai pas fait exprès, rétorqua-t-elle d'une voix qu'elle voulait posée, mais qui ressemblait davantage à un gémissement.

Baxter leva la tête. Ses cheveux décoiffés et son sourire lui donnaient un air à la fois canaille et sexy.

— Quelle que soit la raison, on est tous les deux nus dans ce lit, sans personne pour nous espionner, et rien pour nous déranger jusqu'à demain matin. Pas de contraintes, pas de limites…

Lani tentait de se contrôler ; elle devait absolument les empêcher de commettre une erreur monumentale.

— Si on couche ensemble, on risque de souffrir davantage quand on devra se quitter. Moi, en tout cas…

Le sourire de Baxter s'évanouit. Ses yeux brillaient de désir, et d'une autre émotion qu'elle refusait d'analyser.

— Quoi qu'on fasse, te quitter sera la chose la plus difficile que j'aie jamais eu à faire.

Ne sachant comment réagir, Lani préféra se taire. Elle était complètement déstabilisée.

— Je ne crois pas que ça changera quoi que ce soit à ce qu'on ressent, Lei, ajouta-t-il d'une voix rauque.

L'honnêteté de Baxter la bouleversait. Blottie dans la chaleur de ses bras, elle ne pouvait pas envisager leur séparation.

— J'aimerais tant qu'on trouve une solution, murmura-t-elle.

— On dit que l'amour conquiert tout, mais la réalité a le pouvoir de décourager même les plus optimistes, affirma Baxter en s'appuyant sur son coude pour la regarder dans les yeux. Même si j'aménageais mon agenda pour passer plus de temps avec toi, tu serais malheureuse de revenir vivre à New York. Tu le sais aussi bien que moi. Tu finirais probablement par m'en vouloir ou par te laisser de nouveau absorber par le stress ambiant…

— Je ne pourrais jamais t'en vouloir, affirma-t-elle. Je prends mes décisions toute seule. Mais tu as raison, je n'ai pas envie de retourner à New York. J'aurais l'impression d'étouffer. Tu ne pourrais pas non plus t'installer sur une petite île perdue au large de la Géorgie. Je le sais, ajouta-t-elle en écartant une mèche de cheveux de son front.

Baxter lui sourit, son visage affichant cette expression de douceur mêlée de rage de vivre qui n'appartenait qu'à lui.

Il lui prit la main et, lorsqu'il vint poser ses lèvres tièdes au creux de sa paume, elle frémit. Puis il lui dessina de petits cercles sur l'épaule.

— Allons-nous profiter du peu de temps qui nous est accordé ? Ou préfères-tu que je m'en aille et que je passe les deux prochaines semaines à ne pas t'imaginer nue dans ce lit, sachant que tu ne seras jamais à moi ?

— Baxter, dit-elle dans un souffle.

La situation était compliquée, mais le désir qui les unissait était à la fois simple et évident.

Baxter se pencha vers elle, et Lani retint son souffle. S'il l'embrassait, elle n'aurait plus qu'à s'abandonner aux délicieuses sensations qu'il éveillait en elle.

Mais Baxter se contenta de lui mordre délicatement le lobe de l'oreille.

— Peut-être que tu devrais te demander ce qui te causerait le plus de regrets ? Moi, j'ai déjà ma réponse.

— Si seulement je le savais, dit-elle en s'écartant pour le regarder dans les yeux. J'ignore ce qui serait pire, Baxter. Travailler à tes côtés tout en sachant qu'il n'y aura jamais rien de plus entre nous, même si on en a tous les deux envie, ou profiter de cet instant et travailler à tes côtés, en sachant que tu finiras par partir.

— Si ça se trouve, on va être déçus par cette expérience et on se sera inquiétés pour rien, plaisanta-t-il.

— Si c'est vraiment ce que tu crois, alors tu n'as pas vécu le même baiser que moi tout à l'heure, rétorqua-t-elle avec un sourire sardonique.

— Fais-moi confiance, ma belle, j'étais bien présent, affirma-t-il en l'embrassant au coin de la bouche.

Lani percevait la chaleur de son corps et le parfum de pain d'épices qui les avait accompagnés tout l'après-midi.

— Il faut pourtant que je te dise quelque chose.

Il lui effleura la joue du bout des lèvres, la faisant gémir de plaisir. Elle ondula des hanches, pressée de satisfaire le désir qui brûlait au creux de son ventre.

— Quoi ? demanda-t-elle, à bout de souffle, alors qu'il l'embrassait dans le cou.

— Si tu ne m'arrêtes pas, je ne me contenterai pas d'une seule nuit.

Lani se cambra contre lui, malgré tous ses efforts pour se contenir.

— Baxter…

— Non. Si on fait l'amour, j'ai l'intention d'en profiter un maximum. J'ai faim de toi, Lei, dit-il en lui mordillant l'oreille. Je suis affamé.

— Mais… et Charlotte? gémit Lani. Et l'émission?

— Il y a aussi une île entière à explorer, et bien plus encore si on en a l'occasion. Je n'ai pas seulement envie de te voir nue, Lei. Non, c'est faux, je veux te voir nue, j'en meurs d'envie. Mais ce n'est pas qu'une histoire de sexe. Je veux tout ton temps, toute ton attention, tes rires, tes pensées. Je te veux tout entière.

Le tableau qu'il lui peignait correspondait en tout point aux rêves les plus secrets de la jeune femme. Elle comprit soudain que c'étaient les promenades le long de la plage, les confidences sur son enfance et les discussions tranquilles après une longue journée de travail qui comptaient le plus pour elle, et non les baisers volés ou ce désir brûlant de le sentir en elle. Les sentiments qu'elle éprouvait n'avaient cessé de grandir malgré ses nombreuses tentatives pour éviter tout contact physique avec Baxter. Elle savait qu'elle tomberait encore plus amoureuse de lui, quoi qu'il se passe cette nuit-là. Alors, puisqu'elle finirait de toute façon le cœur brisé, elle voulait au moins découvrir ce qu'il avait à lui offrir.

À la fois terrifiée et excitée, elle glissa ses doigts dans les boucles épaisses de Baxter, comme elle en avait si souvent rêvé.

— Très bien, murmura-t-elle en l'attirant vers elle. Aucune restriction.

Une vague de chaleur l'envahit lorsqu'elle vit que les pupilles de Baxter s'étaient dilatées sous l'effet du désir.

— Pas de limites.

Elle posa les lèvres sur les siennes et, pour la première fois, s'autorisa à l'embrasser avec toute la fougue, la passion et le désir qui l'habitaient.

Chapitre 15

Baxter était convaincu qu'il ne pouvait exister torture plus cruelle que le jeu du chat et de la souris auquel Lani et lui se livraient depuis son arrivée à Sugarberry.

Il avait tort.

Ce baiser était très différent de ce qu'il avait expérimenté jusque-là. Cette fois, c'était elle qui l'embrassait. Lani lui caressait les cheveux, et Baxter eut soudain l'impression d'être dans la peau d'un adolescent inexpérimenté.

Pressée contre lui, elle glissa la langue entre ses lèvres entrouvertes, et Baxter manqua de perdre le peu de contrôle qui lui restait.

Il roula sur elle et entremêla ses doigts aux siens, lui maintenant les mains de chaque côté de l'oreiller.

— Leilani, murmura-t-il en s'écartant soudain. Je…

Lani remua les hanches, le suppliant de les débarrasser de la barrière de tissu qui les séparait encore. Elle lui faisait perdre la tête.

— J'ai souvent pensé à ce que je te ferais, affirmat-il en lui mordillant l'épaule, ce qui la fit frémir de plaisir. Je t'ai imaginée nue des centaines de fois, sous la lune, en plein soleil ou à la lueur des bougies. Je veux découvrir chaque courbe de ton corps, poursuivit-il en déposant de petits baisers au creux de son cou. Je veux te regarder, te voir jouir, conclut-il en titillant sa lèvre inférieure.

Les gémissements de Lani attisaient son désir.

— Baxter, souffla-t-elle.

— Tu me rends complètement fou, Lei. Je veux me noyer dans ton corps, je veux te faire l'amour jusqu'à ce que tu en perdes la tête, affirma-t-il en retirant lentement le drap qui les séparait encore. J'ai envie de te goûter, et je suis certain que tu es mille fois plus délicieuse que tout ce que j'ai pu déguster dans ma vie. Je veux caresser tes seins, en prendre les pointes dans ma bouche et les titiller jusqu'à les sentir durcir.

— Oui ! souffla-t-elle en se pressant contre lui.

— Tu es tellement magnifique, Leilani !

Il se pencha sur elle et fit jouer sa langue sur l'un de ses tétons, tout en lui caressant l'autre sein. Son propre plaisir pouvait attendre. Plus rien d'autre n'existait que le corps de Lani qui vibrait sous ses doigts.

— Baxter, gémit-elle en enfonçant les ongles dans ses épaules. S'il te plaît…

— Pas encore, ma belle, dit-il en reposant ses mains sur le matelas. Il y a encore tant à voir et à goûter…

Il sourit lorsqu'elle soupira, ses hanches se soulevant comme malgré elle.

— J'adore te voir nue, regarder comme tu es belle.

Pantelante, Lani se cambra contre lui, et Baxter sourit avant de lui déposer de légers baisers sur le ventre, de plus en plus bas, résistant à l'envie de la prendre sur-le-champ.

— Je te désire tellement que ça en devient douloureux, Leilani. Ton parfum m'obsède, déclara-t-il en descendant toujours. J'ai envie de te goûter, ici, dit-il en l'embrassant à l'intérieur de la cuisse. Et ici, ajouta-t-il avant de passer la langue contre la peau soyeuse et brûlante de son sexe.

Les hanches de Lani se soulevèrent, et il la sentit frémir. Elle s'abandonnait à ses caresses avec une confiance qui le bouleversait. Elle glissa les doigts dans les cheveux de Baxter pour le guider, sans cesser de pousser des gémissements qui le rendaient fou. Il la lécha et la mordilla jusqu'à ce qu'elle crie de plaisir, emportée par l'orgasme.

— Baxter, s'il te plaît… Maintenant, le supplia-t-elle, le corps parcouru par de délicieux frissons. Ne t'inquiète pas, je… Tu n'as pas besoin de…

Elle s'interrompit lorsqu'il lui mordilla le cou.

Baxter remonta lentement, embrassant la peau satinée de son ventre. Lorsqu'il fut enfin entre ses cuisses, elle enroula ses jambes fuselées autour de ses hanches et l'attira en elle. Elle cria lorsqu'il la pénétra enfin d'un vigoureux coup de reins. C'était incroyable, tellement mieux que tout ce qu'il avait imaginé.

Le cœur battant, il se mit à aller et venir en elle, leurs deux corps s'unissant à la perfection. Il sentait son propre plaisir le submerger, mais voulait d'abord la conduire à l'extase.

— Jouis avec moi, murmura-t-il avant de l'embrasser.

Il pénétra plus profondément en elle et enfouit son visage dans son cou, sans cesser d'épouser ses moindres mouvements. Abasourdi, il se rendit compte de la nature des sentiments qui les liaient. Il voulait que Leilani lui appartienne ; il voulait la protéger et prendre soin d'elle. Elle était sienne, et ce constat, plus que tout autre chose, l'entraîna vers les sommets du plaisir, où Lani le suivit aussitôt.

Tandis qu'il se retirait et roulait sur le dos, attirant Lani au creux de ses bras, il comprit enfin ce que pouvait signifier l'engagement de deux êtres l'un envers l'autre.

Il s'agissait de faire passer l'autre avant soi, de tout donner sans retenue, en sachant que l'on recevrait autant en retour. Leilani était son égale, à tout point de vue. Certes, Baxter avait envie de la protéger, mais il désirait également qu'elle veille sur lui.

Lani se blottit contre lui et posa la main sur son cœur. Baxter ferma les yeux et lui déposa un léger baiser sur le front.

Il valait mieux qu'il garde ses sentiments pour lui. Leur séparation était inévitable ; il ne voulait pas ajouter à son chagrin.

Baxter n'éprouvait pourtant aucun regret et espérait qu'il en était de même pour elle. Il envisagea un instant de partir, faisant de cette unique nuit un souvenir qu'il chérirait pour le restant de ses jours – en espérant qu'il en serait de même pour elle. Il en fut pourtant incapable ; il savait qu'il ne résisterait pas à la perspective de partager son lit de nouveau, de se promener sur la plage ou de discuter et de rire avec elle devant une caméra.

Il voulait tout ça à la fois. Et, à moins que Lani ne mette un terme à leur relation, il était bien décidé à profiter du temps qu'il leur restait.

Baxter avait dû s'endormir car, lorsqu'il ouvrit les yeux, Lani se trouvait au-dessus de lui, prête à rejouer le même scénario. Sauf que, cette fois, les rôles étaient inversés. Le débarrassant du drap, elle déposa de légers baisers sur son torse avant d'y promener la langue.

Baxter grogna, poussé par l'envie de la faire rouler sur le dos pour la posséder. Il se demanda un instant si Lani avait ressenti la même chose lorsqu'il l'avait caressée.

— J'adore ton odeur, murmura-t-elle, et le goût de ta peau.

Lorsqu'elle le prit dans sa bouche, il se mit à onduler des hanches. Et, lorsque les mains expertes de Lani vinrent remplacer ses lèvres, Baxter manqua de perdre la tête.

— Lei, attends, la supplia-t-il.

— Laisse-moi faire, dit-elle.

Mais Baxter s'assit et l'attira sur lui, la pénétrant d'un seul coup de reins.

— Je veux être en toi quand je…

Il s'interrompit, submergé par une vague de plaisir.

Sans cesser de le chevaucher, Lani vint se blottir contre lui et lui mordilla l'oreille, ce qui lui fit perdre la tête.

— Je vois plus d'étoiles que sur la plage, parvint à dire Baxter un peu plus tard, lorsqu'il réussit à reprendre son souffle.

Lani éclata de rire.

— Tu es dangereuse, souffla-t-il en la faisant rouler sur le dos, très dangereuse.

— Tu as raison, admit-elle bien volontiers. Je devrais me faire enfermer. Bien sûr, il faudrait trouver quelqu'un pour me surveiller. De très près, ajouta-t-elle en ponctuant chaque mot d'un baiser.

Ils éclatèrent de rire et se retrouvèrent face à face. Les baisers langoureux se transformèrent en une danse sensuelle, où chacun s'efforçait de séduire l'autre.

La force de leur désir n'avait pas changé, mais le sentiment d'urgence avait fait place à une douceur et à une tendresse nouvelles. Ils n'étaient pas pressés et prenaient le temps de s'embrasser et de se caresser. Baxter avait l'impression de rêver, entre Leilani qui lui embrassait le torse et lui qui jouait avec une mèche de cheveux ou traçait le contour du visage ou de l'épaule de la jeune femme.

Plus rien n'existait que les baisers et les caresses qu'ils échangeaient. Sans jamais la quitter du regard, il se glissa en elle, et Lani se cambra vers lui. Baxter se mit à remuer lentement, les entraînant vers l'orgasme.

Lani finit par s'endormir, blottie contre lui. Baxter était épuisé, pourtant il ne parvenait pas à trouver le sommeil. Allongé à ses côtés dans ce lit, leurs deux cœurs battant de concert, il se demanda comment il allait réussir à la quitter.

Elle lui appartenait : c'était aussi simple que ça.

Chapitre 16

S'endormir dans les bras de Baxter après une nuit aussi magique avait été une expérience merveilleuse. Lani s'attendait donc à ce que le réveil soit brutal. C'était exactement ce qu'il lui fallait pour remettre cette parfaite petite parenthèse de plaisir et de bonheur absolu dans son contexte, à savoir : un merveilleux souvenir qu'elle chérirait toute sa vie.

Mais, lorsque Lani s'éveilla, blottie contre son amant, elle était toujours aussi comblée et euphorique que la veille.

— C'est l'heure, dit-il d'une voix rauque, bien trop sexy à son goût.

Lani se tourna pour jeter un coup d'œil au petit réveil posé sur la table de nuit, mais Baxter la ceintura à l'aide de son bras.

— Interdiction formelle de s'échapper.

— Je ne cherchais pas à m'échapper, je voulais simplement…, commença-t-elle en se penchant, mais Baxter ne céda pas. Je ne peux pas respirer, ajouta-t-elle. (Elle aurait éclaté de rire si elle en avait été capable.) Je croyais que c'étaient les femmes qui se montraient collantes.

—Continue à gigoter comme ça, et je vais te faire voir de quoi un homme collant est capable, affirma-t-il en pressant son sexe tendu contre ses fesses.

—Oh! dit-elle avec un petit rire surpris.

—Comme tu dis, rétorqua-t-il, d'un air amusé.

Lani remua et se retrouva soudain sur le dos, face à un homme visiblement très excité.

—Je t'avais prévenue, il me semble.

—Tout à fait, répéta-t-elle en s'efforçant d'imiter son accent. Je ne comprends pas pourquoi. C'est pourtant très agréable de… gigoter de grand matin.

—À moins de devoir expliquer à Rosemary pourquoi ses deux présentateurs sont en retard, objecta Baxter.

Le rire de Lani s'étrangla dans sa gorge, cédant la place à la panique.

—Il n'est quand même pas aussi tard que ça? Le soleil n'est pas encore levé. Je ne suis pas attendue au maquillage avant 7 heures.

—Il pleut.

Lani s'interrompit et perçut soudain le clapotis de la pluie.

—Je n'arrive pas à croire que tu t'en sois rendu compte et pas moi.

—Je suis réveillé depuis longtemps, dit-il en écartant une mèche de cheveux de son visage.

—Tu veux dire qu'on avait largement le temps de… gigoter et que tu ne m'as pas réveillée?

—J'ai pesé le pour et le contre. Le pour est évident, dit-il en se pressant contre elle.

—On ne peut pas le rater, soupira-t-elle.

Elle soupira.

—Tu as vraiment dû y réfléchir ?

—Je n'étais pas au fait de tes habitudes en la matière. La journée d'hier a été longue et la nuit particulièrement courte…

Lani ne put s'empêcher de sourire.

—Continue, l'encouragea-t-elle alors qu'il s'était interrompu pour la dévisager.

—Celle qui nous attend aujourd'hui sera tout aussi fatigante. J'hésitais entre te laisser prendre un repos bien mérité et te faire l'amour.

—Hum… Quelle heure est-il ?

—L'heure de se doucher et de s'habiller, séparément.

—Ma douche est assez grande pour nous deux. En plus, je suis contre le gaspillage d'eau. (Lani gémit lorsque Baxter donna un petit coup de reins contre elle.) D'accord, d'accord, on n'aurait pas assez d'eau chaude de toute façon. Tu es sûr qu'on ne peut pas simplement…

—Rosemary.

—Ça, c'est un coup bas, affirma Lani, soudain très pâle.

—Je n'avais pas le choix, ma belle. J'ai à peu près autant de volonté que toi, en ce moment, ajouta-t-il en l'embrassant.

Ce geste semblait tellement naturel et parfait que Lani eut l'impression qu'ils se fréquentaient depuis longtemps. D'abord amis, ou plutôt collègues de travail qui se respectaient mutuellement, leur relation n'avait véritablement commencé qu'à Sugarberry. Cette amitié mêlée d'attirance qui avait pris une nouvelle dimension, à la fois plus profonde et plus réelle, semblait à présent indestructible.

— Comment est-ce que tu veux procéder ? demanda Baxter, en l'arrachant à ses pensées.

— Procéder ? Tu n'as qu'à te doucher en premier. Je m'efforcerai de rester bien au chaud dans ce grand lit, ajouta-t-elle en agitant les orteils avec un sourire espiègle.

— Je parlais de nous, dit-il en souriant. On aurait peut-être dû en parler hier soir. Je suis sûr qu'une partie de l'équipe est déjà en bas. Tu aurais peut-être préféré que je passe le restant de la nuit au bed and breakfast…

— Je croyais qu'on ne se donnait pas de limites ?

— Entre nous. Je ne pensais pas que tu étais prête à l'annoncer au reste du monde.

— Je suis certaine qu'ils sont déjà tous au courant grâce à notre chère Alva.

— Je parlais du reste du monde au-delà de Sugarberry.

— Je n'avais pas pensé à ça, dit-elle, son sourire s'évanouissant soudain.

Peu lui importait que les braves citoyens de Sugarberry cherchent à tout prix à les pousser l'un vers l'autre. La situation serait très différente si les médias l'apprenaient. Cela dit, s'ils décidaient de garder le secret, le témoignage d'une octogénaire ne serait pas suffisant pour convaincre le reste du monde. Surtout s'ils se contentaient d'ignorer les éventuelles rumeurs.

— Je ne voudrais pas te causer de problèmes.

— Me causer des problèmes ? répéta-t-il, surpris. Je pensais plutôt à toi.

— Je me fiche complètement de ce que les gens pensent de moi, affirma-t-elle. Charlotte m'a fait comprendre que, lorsque je pense à mon ancienne vie, je réagis toujours comme si je vivais encore à New York. J'ai changé, ma vie a changé. Les ragots ne peuvent plus m'atteindre. Les seules personnes dont je doive m'inquiéter sont les habitants de cette île, et ils sont tous adorables. Ils seront probablement ravis de nous voir ensemble, mais ils passeront rapidement à autre chose. C'est plutôt toi qui devrais t'en faire. Les médias risquent de te harceler, surtout que tu tournes en extérieur, loin de la protection du studio, ajouta-t-elle d'une voix qu'elle espérait posée.

Baxter lui prit le visage entre les mains et glissa une mèche de cheveux derrière son oreille.

— Je me fiche de tout ça. Ne t'en fais pas pour moi, je suis parfaitement capable de gérer les journalistes. Mais je ne veux pas qu'ils s'en prennent à toi.

— Tu préfères qu'on garde le secret, alors. Je pourrai avoir un nom de code ? le taquina-t-elle.

— Je ne plaisante pas, Lei. Je n'ai pas la moindre idée de ce qui va se passer, mais je ne veux pas que tu sois blessée.

— Je crois que je me fiche complètement de ce qui va se passer. (Elle était trop heureuse pour s'inquiéter du reste.) Quoi qu'il puisse arriver, ajouta-t-elle.

— Mais…

Lani posa un doigt sur sa bouche et se mit à lui caresser la lèvre inférieure. Le corps de Baxter se tendit, et Lani réagit instinctivement.

— Tant de choses ont changé. Je ne veux plus penser au passé. J'ai envie de penser à ça, dit-elle en pressant ses hanches contre les siennes. Et à toi. Je ne veux pas passer les deux prochaines semaines à m'inquiéter de ce que le reste du monde peut bien raconter sur nous. Si tu es vraiment certain que ça ne nuira pas à ton émission et que Rosemary n'en fera pas une crise cardiaque, on pourrait simplement en profiter et faire ce qu'on veut, où on veut, quand on veut.

— Tu as l'air sérieuse, affirma-t-il en la regardant droit dans les yeux.

— Je le suis, déclara-t-elle en approchant son visage du sien. Baxter, tu comptes énormément pour moi. Et le temps qu'on passe ensemble sera toujours plus précieux et plus important à mes yeux que les commentaires de quelques inconnus. Tu m'as déjà prouvé que tu veux ce qu'il y a de mieux pour moi. Je ressens la même chose. On n'aura qu'à prendre les choses comme elles viennent. Après tout, on n'en sait rien, peut-être que tout le monde s'en fiche.

— Tu sais très bien que ce n'est pas le cas. Et ça, c'était déjà bien avant que je passe à la télé cinq jours par semaine.

— Et alors ? On te prête des liaisons avec n'importe qui. Dès que tu as le malheur d'approcher une femme d'un peu trop près dans une soirée, la presse annonce que tu vas te marier, avoir des jumeaux ou que vous venez de vous séparer. Quand le tournage sera terminé, tu partiras dans une autre ville, dit-elle en lui caressant la joue. Les journaux annonceront que tu as rencontré quelqu'un d'autre ou se trouveront une autre victime ou un autre scoop. Ils passeront à autre chose. Ce que nous partageons s'arrêtera quand tu partiras. Et moi, je resterai ici.

Une étrange expression passa sur le visage de Baxter, reflétant parfaitement les sentiments auxquels Lani s'était interdit de penser.

— Lei…

— Je n'ai pas envie de perdre davantage de temps à en discuter, l'interrompit-elle. Rosemary doit probablement déjà être furieuse, alors autant en profiter, dit-elle en le faisant rouler sur le dos.

Baxter ne chercha même pas à se débattre lorsqu'elle le plaqua contre le matelas, lui maintenant les poignets avec ses mains.

— Tu as décidé de t'amuser avec moi, si je comprends bien, rétorqua-t-il en souriant.

— Tu n'es pas le seul à pouvoir jouer les pâtissiers explorateurs.

— Fais de moi ce que tu veux, ajouta-t-il avec un soupir de plaisir.

Lani ne répondit pas, émerveillée par la sensation que le corps de Baxter contre le sien provoquait en elle, même s'ils avaient déjà fait l'amour trois fois en une nuit. Elle était persuadée que ces émotions finiraient par se dissiper.

— C'est encore meilleur que la première fois. Comment est-ce possible ? s'enquit-elle dans un souffle en le chevauchant.

Elle gémit lorsqu'elle se retrouva sur le dos, tandis que l'étreinte de Baxter se faisait de plus en plus intense.

— Je te fais mal ? demanda-t-il avec la pointe d'accent qui se manifestait quand il perdait le contrôle de ses émotions.

Elle trouvait ça étonnamment sexy.

— Non. Ne t'arrête pas, le supplia-t-elle d'une voix haletante.

Elle gémit sous ses assauts de plus en plus fougueux et poussa un petit cri de surprise lorsqu'il lui agrippa les fesses.

— Tu es merveilleux ! parvint-elle à dire avant qu'une vague de plaisir la submerge.

Baxter la sentit se tendre contre lui et donna un dernier coup de reins, au comble de l'extase.

Le poids du grand corps de Baxter pesant sur le sien allait lui manquer.

— À la douche, dit-il en s'efforçant de reprendre son souffle.

Il roula sur le dos, la gardant serrée contre lui.

Lani n'avait jamais été aussi heureuse. Elle adorait cet instant où leurs esprits et leurs corps ne faisaient plus qu'un. Et il y avait également cette intimité qu'ils partageaient après l'amour, lorsqu'ils restaient blottis l'un contre l'autre.

—J'aimerais tellement rester ici, murmura-t-elle. Les jours de pluie sont faits pour paresser au lit.

—Je suis entièrement d'accord avec toi, rétorqua-t-il en soupirant.

—N'en dis pas plus, j'ai compris, dit-elle en frottant le pied contre ses mollets. À partir de maintenant on l'appellera : « celle dont on ne doit pas prononcer le nom ».

—Il vaudrait mieux pour toi qu'elle ne l'apprenne pas, plaisanta-t-il en l'embrassant sur le front.

—Est-ce que tu penses revenir dormir ici, cette nuit ? demanda-t-elle, soudain plus sérieuse.

—Tu en doutes ? s'enquit-il en lui levant le menton pour la regarder dans les yeux.

—Non, enfin, je suppose que tu en as envie, mais… tu n'es pas censé dîner avec Alva ?

—Si. (Il l'embrassa sur la joue puis sur la tempe avant de s'emparer de ses lèvres.) Ça te donnera l'occasion d'interroger Charlotte sur sa soirée ou d'organiser une petite séance de thérapie culinaire si tu en as envie, ou besoin… Je pourrais te rejoindre après le dîner – ce qui me donnera une excellente excuse pour écourter la soirée. On peut aussi se retrouver ici, si tu préfères. À toi de voir. Mais, en attendant, ajouta-t-il en lui donnant un dernier baiser avant de se lever, il faut qu'on aille travailler. Je vais me doucher.

—J'ai des vêtements propres, mais toi ? Tu ne devrais pas retourner dans ta chambre pour te changer ?

Baxter s'immobilisa à l'entrée de la salle de bains, nu et magnifique.

Elle ne se lasserait jamais de le regarder et imaginait déjà des excuses pour le déshabiller dès que l'occasion se présenterait.

—Tu as raison, je ferais mieux de partir et de me doucher là-bas. (Il récupéra ses vêtements sur la chaise de bureau.) On se voit au maquillage ou en cuisine ? proposa-t-il en enfilant sa chemise et son pantalon.

Lani s'étira langoureusement, un sourire aux lèvres.

—Tu n'as pas droit à des congés maladie ? Ma boutique est fermée, donc je peux faire l'école buissonnière.

—C'est très tentant, ma belle. (Il enfila une chaussette et s'interrompit lorsque Lani repoussa le drap.) Et ce n'est pas un coup bas, ça ?

Lani ne pouvait pas s'en empêcher ; elle adorait sa façon de la regarder. Elle ne parvenait pas à croire qu'il la désirait autant qu'elle le désirait.

—Je ne suis pas en train de rêver, n'est-ce pas ?

Il la rejoignit pour l'embrasser.

—Non, répondit-il d'une voix rauque. Pourtant, c'est un peu comme dans un rêve, tu ne trouves pas ?

Lani était toujours couchée lorsque Baxter partit. Elle aurait dû être en train de s'habiller ou de se préparer pour la journée qui s'annonçait, mais était bien trop bouleversée par la nuit qu'ils venaient de passer. Elle avait besoin d'y réfléchir afin de gérer les nombreuses émotions que Baxter faisait naître en elle.

Elle avait envie de cuisiner, comme toujours, mais pas devant les caméras. Elle n'avait pourtant pas le choix. Elle se força à se rappeler que c'était uniquement grâce à l'émission qu'ils venaient de passer la nuit ensemble. Elle se frotta le visage en inspirant profondément.

— Oui, c'est comme dans un rêve, dit-elle, les yeux rivés sur le plafond.

Les deux semaines à venir allaient tout simplement être merveilleuses. Mais que se passerait-il lorsqu'il partirait ? Il valait mieux ne pas y penser.

— Dans quoi est-ce que tu t'es fourrée ? murmura-t-elle en se levant.

Quarante-cinq minutes plus tard, Lani, douchée et habillée, raccrochait le téléphone. Apparemment, Charlotte avait passé une nuit tout aussi inoubliable que la sienne. Lorsque Lani lui avait raconté ce qui s'était passé avec Baxter, son amie s'était étonnée de son audace.

Lani n'arrivait pas à croire que Charlotte ait pu coucher avec Carlo. Ils s'étaient croisés à de nombreuses reprises chez *Gâteau*, mais Lani n'avait jamais eu l'impression qu'il l'intéressait. Ce n'était peut-être qu'une histoire de sexe, après tout, même si la réaction de son amie tendait à prouver le contraire. Charlotte n'avait pas l'air de regretter l'expérience.

En plus de savoir préparer le meilleur café du monde, Carlo était un type super, très différent des hommes avec qui Charlotte sortait d'habitude. Elle était plutôt du genre à s'attacher à des idiots sans cœur qui ne cherchaient pas de relation sérieuse. Les deux amies en avaient souvent discuté durant leurs séances de thérapie culinaire. Cette fois, Lani était pourtant convaincue que la situation était différente. À moins, bien sûr, que la nuit passée avec Baxter n'ait altéré sa vision de la réalité. Elle secoua la tête.

Elle se posait déjà de nombreuses questions et n'avait ni l'énergie ni l'envie de s'inquiéter pour Charlotte. Elle n'avait déjà pas le temps d'organiser une petite séance de thérapie culinaire, et Dieu seul savait pourtant à quel point elle en avait besoin.

Lani descendit l'escalier en courant, se réjouissant que la pluie ait cessé. Elle se demanda soudain si quelqu'un avait aperçu Baxter sortir de sa boutique. Elle était sincère lorsqu'elle lui avait dit qu'elle se fichait éperdument de ce que pensaient les gens. Elle ne comptait pas se laisser influencer par leurs réactions.

Pourtant, son cœur se mit à battre un peu plus vite. Rassurer Baxter était une chose, se confronter à la réalité en était une autre.

L'équipe était déjà probablement dans la pâtisserie, terminant les derniers préparatifs pour l'émission. Lani connaissait par cœur toutes les recettes qu'ils avaient sélectionnées, aussi préféra-t-elle se rendre directement au maquillage et à l'habillage. Une délicieuse odeur émanait de la cuisine d'appoint. Lani s'approcha. Elle était privée de thérapie culinaire, mais rien ne l'empêchait de se remonter le moral avec un bon petit cupcake.

Elle grimpa les quelques marches de la caravane, puis s'arrêta un instant pour inspirer un grand coup et s'assurer qu'elle n'affichait pas un sourire béat.

— C'est parti, murmura-t-elle en ouvrant la porte. Charlotte ? dit-elle en s'immobilisant à l'entrée.

— Bonjour, Lani, rétorqua Charlotte, en déposant de la pâte dans une caissette en papier.

— On ne vient pas de se téléphoner ?

Charlotte acquiesça.

— Tu m'as dit que tu étais en train de cuisiner.

— C'est le cas, dit-elle en montrant sa cuillère. Ces cupcakes au crumble vont être délicieux. Comment t'est venue cette idée ?

— J'ai adapté une recette de mon arrière-grand-mère. Tu ne m'as pas dit que tu étais sur le plateau. Comment…

Charlotte fit un pas de côté, et Lani aperçut Carlo qui se tenait derrière elle. Il lui adressa un sourire et un petit signe de la main.

— Bonjour, Carlo, dit Lani, son regard passant de l'un à l'autre.

— Il vous manque un pâtissier assistant, ce matin, expliqua Charlotte. Urgence familiale. Il est rentré chez lui par le premier avion. La production a appelé Carlo, et j'ai proposé de vous donner un coup de main.

— C'est génial, affirma Lani, heureuse de voir son amie, une fois le choc initial passé. Merci.

— Mais de rien, c'est un plaisir, rétorqua-t-elle en jetant un coup d'œil à Carlo qui la dévorait des yeux avec un grand sourire.

Lani connaissait son amie mieux que personne et, pourtant, elle ne l'avait jamais vue ainsi. C'était visiblement plus qu'une histoire de sexe. Charlotte semblait vraiment heureuse ; Carlo aussi, d'ailleurs. Ces deux-là se regardaient de la même façon qu'elle…

Bon sang !

Lani regardait Baxter exactement de la même façon ; elle s'en était rendu compte en voyant son reflet dans le miroir, quelques minutes plus tôt. Ils affichaient probablement la même expression que Charlotte et Carlo lorsqu'ils étaient ensemble.

Et ils allaient se retrouver devant les caméras et être filmés pour la postérité.

— Nom d'un chien ! murmura-t-elle.

— Lani ?

— Euh… Je viens de me rappeler que j'avais oublié quelque chose. Vous n'avez qu'à continuer… ce que vous étiez en train de faire. Merci encore, Charlotte.

Comment avait-elle pu être aussi bête ? C'était sûrement l'un des effets de la merveilleuse nuit qu'elle venait de passer.

— Merci du fond du cœur, vraiment.

Elle tourna les talons et sortit sans laisser à Charlotte le temps de réagir. Elles discuteraient plus tard.

Lani ne pouvait s'enlever de la tête l'image de Charlotte et Carlo, complètement énamourés.

— Ça peut vraiment arriver comme ça?

— Qu'est-ce qui peut arriver comme ça, ma belle? demanda Baxter, qui venait soudain d'apparaître à son côté.

— Oh, euh… Rien du tout. Je… Charlotte est venue donner un coup de main, dit-elle en faisant un geste en direction de la cuisine. C'est Carlo qui le lui a demandé. Il vous manque un…

— Assistant, je sais. Rosemary vient de me téléphoner. Le père de Johnny a la maladie de Hodgkin, expliqua-t-il en parlant d'un pâtissier que Lani avait rencontré quelques jours auparavant. Apparemment, il ne va pas bien du tout, alors on a autorisé Johnny à rentrer chez lui.

— Le pauvre.

— Heureusement que Charlotte est là. On craignait de prendre du retard. Dois-je en déduire que les choses se sont plutôt bien passées entre Carlo et Charlotte? demanda-t-il en jetant un bref coup d'œil derrière elle.

— Très bien, même, acquiesça-t-elle.

— Et ça t'ennuie? s'enquit-il devant l'expression de son visage.

— Quoi? Oui… non, c'est très bien, répondit Lani, en reprenant soudain ses esprits. On va être filmés.

— Oui. Ça pose un problème ? demanda-t-il en fronçant les sourcils. (Il la rejoignit sur les marches.) Il s'est passé quelque chose après mon départ ? Tu as changé d'avis ? ajouta-t-il en lui caressant la joue.

Non, songea Lani, *je viens simplement de me rendre compte que mes sentiments vont être enregistrés pour toujours*. Elle se fichait éperdument que le reste du monde la voie avec cette expression béate sur le visage ; c'était elle, le problème.

Elle n'aurait qu'à regarder l'émission pour se rappeler ce qu'elle ressentait en cet instant. Elle ne pourrait jamais l'oublier. L'image de Baxter lui adressant le même genre de regard serait à jamais gravée dans sa mémoire.

C'était une chose de sentir son désir ou de voir un sourire illuminer son visage quand il posait les yeux sur elle, mais elle n'était pas prête à découvrir quel genre de réaction Baxter provoquait chez elle. Elle n'avait aucune envie de s'entendre glousser comme une idiote ou soupirer lorsqu'il la frôlait. Elle ne voulait pas se souvenir de ça.

Elle n'avait malheureusement pas le choix. Ce serait comme de revoir des photos de mariage oubliées sur la cheminée des années après le divorce.

— Leilani ?

Il s'exprimait d'une voix posée, mais Leilani perçut pourtant de l'appréhension dans ses grands yeux bruns.

— Non, bien sûr que non, répondit-elle, en culpabilisant de l'avoir inquiété. Tout va bien.

—Tu es sûre ? On dirait que tu viens de voir un fantôme.

C'est le cas, songea-t-elle. *Le fantôme de notre relation.*

—Ah, vous êtes là !

Ils se retournèrent et aperçurent Alva qui se dirigeait vers eux, vêtue d'un tailleur pervenche parfaitement assorti à son chapeau et à son sac à main.

—Mademoiselle Alva, dit Baxter, un sourire aux lèvres, en posant sa main sur le bras de Lani comme pour la rassurer.

Ce geste était si touchant que, si ça n'avait pas déjà été le cas, Lani serait instantanément tombée amoureuse de Baxter.

—Je m'en allais justement faire quelques courses au marché, de l'autre côté du pont, déclara Alva.

—Ne vous donnez pas tant de mal pour moi, mademoiselle Alva.

—Vous avez sans doute l'habitude de manger des plats raffinés quand vous êtes en ville…

—Je vous assure que j'apprécie ce qu'on sert ici. Peut-être même un peu trop, ajouta-t-il en se frottant le ventre qui – Lani était bien placée pour le savoir – était mince et musclé.

Vu la quantité de nourriture que Baxter engloutissait en une journée, c'était d'ailleurs prodigieusement injuste.

—J'ai bien l'intention de vous prouver qu'on sait également préparer des plats raffinés dans le Sud. Je crois que vous serez agréablement surpris.

Mais où sont mes bonnes manières ? demanda-t-elle en remarquant soudain Lani. Bonjour, ma chère Lani Mae. Je ne vous avais pas vue.

Lani sourit et salua la vieille dame, en espérant qu'elle n'avait pas l'intention de l'inviter à dîner en compagnie de Baxter et elle. Elle avait déjà la ferme intention d'aller s'isoler quelque part pour la soirée. Elle rêvait d'ailleurs d'y être déjà. Charlotte irait probablement retrouver Carlo, c'était donc tout simplement parfait.

Lani se voyait déjà décliner la proposition, mais la petite vieille reporta immédiatement son attention sur Baxter.

La jeune femme se détendit et se mit à observer Alva avec plus d'attention. Elle avait visiblement décidé d'impressionner Baxter en choisissant une tenue assez voyante. Elle avait également souligné ses sourcils et opté pour une teinte de rouge à lèvres légèrement plus foncée que celle qu'elle portait d'habitude.

— Si vous voulez bien m'excuser, dit Lani. La coiffeuse et la maquilleuse doivent déjà m'attendre.

Elle voulut s'éloigner, mais Baxter l'en empêcha, les yeux toujours rivés sur Alva.

— Je suis désolé, mademoiselle Alva, mais il faut que je parle à Lani.

— Ce n'est pas nécessaire, Baxter, affirma Lani. Tout va b…

— Non, j'ai vraiment besoin de te parler, dit-il en croisant son regard. C'est à propos d'autre chose.

Il se tourna vers la vieille dame, qui les observait avec attention. Baxter prit la main d'Alva dans la sienne, les joues de l'octogénaire rougissant sous la couche de blush.

— Je vous verrai ce soir.

— Je vous attends à 19 heures, précisa Alva. Contrairement aux gens de la ville, j'accorde énormément d'importance à la ponctualité. Mon menu est calculé à la minute près.

— Je n'aurai pas une minute de retard, la rassura-t-il avec un sourire.

Rayonnante, Alva tapota sa coiffure et glissa son sac sous son bras pour leur adresser un petit signe de la main.

Ils la saluèrent, et Baxter arracha un petit cri à Lani en lui posant une main dans le dos pour l'entraîner en bas des marches.

— Qu'est-ce que tu fais ?

— J'ai une proposition à te faire.

— Vraiment ? demanda-t-elle en haussant les sourcils.

Il acquiesça ; son regard brillant de malice n'avait rien à envier à celui d'Alva.

— Tu as changé d'avis ? Tu veux qu'on fasse l'école buissonnière ?

— Réponds d'abord à ma question : tu es sûre que tout va bien ?

— Quoi ? Oui, j'ai simplement été un peu surprise de voir Charlotte.

Ce qui n'était pas tout à fait faux.

— Tu es sûre qu'il n'y a rien d'autre ? demanda-t-il en penchant la tête. Tu semblais un peu distraite. Il s'est passé quelque chose entre Charlotte et Carlo ? Tu veux que je lui parle ou que je…

— Non, pas du tout. Carlo est un type bien. Ils ont vraiment l'air heureux. Je suis contente pour eux, ajouta-t-elle avec un sourire pour le rassurer.

Si seulement ses problèmes pouvaient disparaître aussi facilement. Mais, en attendant qu'elle trouve une solution, elle comptait bien profiter du temps qui lui restait.

— Tu as parlé d'une proposition, il me semble. J'ai pourtant fait de mon mieux pour t'amadouer dans la chambre. J'ai même sorti l'artillerie lourde.

Baxter étudia un instant son visage avant de sourire, plus détendu.

— L'artillerie lourde ? On pourrait discuter de la question dimanche par exemple, dans l'avion qui nous emmènera à Los Angeles.

— Je ne vois pas pourquoi on doit attendre jusqu'à di… Tu as bien dit Los Angeles, en Californie ?

— Pour autant que je sache, Los Angeles se trouve toujours en Californie, dit-il en lui prenant la main. Le week-end dernier, je suis allé à New York pour faire la promo de la nouvelle saison, tu te rappelles ? Il était prévu que j'aille à Los Angeles ce week-end.

— Je l'ignorais. Donc tu dois partir ?

Il acquiesça.

— Je n'avais pas l'intention de te cacher quoi que ce soit. J'étais tellement concentré sur le tournage

que j'ai oublié de t'en parler. C'était avant qu'on…
(Il désigna l'escalier menant à l'étage au-dessus de la
pâtisserie.) À ce moment-là, je ne pensais pas que ça
te gênerait ; au contraire, ça t'aurait permis de souffler
un peu, ajouta-t-il en lui prenant la main.

— Mais…, dirent-ils en chœur, avant d'éclater
de rire.

— Mais, répéta-t-il, je n'ai pas envie de te quitter.
J'en ai parlé à Rosemary et…

— Tu l'as dit à Rosemary ?

— Elle était déjà au courant.

— Qu'est-ce que tu veux dire ? Comment…

— J'avais l'intention de t'en parler hier, mais j'ai
été… distrait.

Il lui sourit, et les images de la nuit dernière
défilèrent d'un coup dans la tête de Lani, affolant sa
libido. L'expression de son visage l'avait probablement
trahie parce que Baxter l'attira soudain à lui avec un
sourire coquin.

— On va être filmés, dit-elle en le repoussant.

— Je sais, rétorqua-t-il, le regard brûlant de désir,
avant de la relâcher.

Lani songea que la journée s'annonçait particulièrement longue et difficile. Elle allait devoir fournir
des efforts considérables si elle voulait réussir à cacher
ses sentiments au reste du monde.

— C'est de ça que je voulais te parler. On a déjà
été filmés hier.

— Je sais bien, mais qu'est-ce que…

— Ça saute aux yeux qu'on est… attirés l'un par l'autre.

— De quoi est-ce que tu parles ?

— La partie qu'on a tourné après notre… pause-déjeuner a fait forte impression sur Rosemary. Sur moi aussi, d'ailleurs, ajouta-t-il alors que Lani le regardait médusée. Heureusement qu'au visionnage des rushs je portais toujours mon tablier, et que je ne m'étais pas installé à côté de Rosemary.

— Baxter !

— L'atmosphère était torride, et ça n'avait rien à voir avec la température du four, affirma-t-il sans la moindre gêne.

— J'avais compris, rétorqua Lani en rougissant. Je ne sais pas vraiment quoi penser de tout ça.

— Tu n'as pas à t'inquiéter de la réaction de Rosemary, elle est ravie.

— Elle a souri et en plus elle est ravie ? Est-ce que tu essaies de me faire peur ?

— J'essaie de te rassurer, répondit-il, un sourire aux lèvres.

— Ça ne marche pas, déclara-t-elle en s'efforçant de ne pas éclater de rire.

Apparemment, il était déjà trop tard pour s'inquiéter des caméras.

— Tu lui as demandé si je pouvais t'accompagner à Los Angeles ?

— Je n'ai pas besoin de sa permission, mais je voulais m'assurer qu'elle n'avait pas besoin de toi pendant le week-end. Je sais que Rosemary a prévu quelques scènes en extérieur pour présenter l'île aux téléspectateurs. Je devrai tourner les miennes la semaine prochaine.

— Ah, je comprends.

Bernard y avait fait allusion quand ils avaient discuté du planning du tournage, mais elle était tellement stressée qu'elle n'y avait pas prêté attention.

— Et alors ? Elle est d'accord ?

— Il n'y a aucun problème. On pourra tourner tes scènes en même temps que mes intros.

— On sera absents combien de temps ?

— On prend l'avion dimanche matin, et on sera de retour dans la nuit de lundi à mardi. Le tournage reprend à 13 heures. Tu veux bien m'accompagner ? Je sais que c'est un planning un peu chargé, mais ça nous donnera l'occasion de passer du temps ensemble. Charlotte est ici, mais…

— Je suis certaine qu'elle trouvera de quoi s'occuper, surtout si Carlo est libre.

— Parfait. Dans ce cas, tu viens avec moi, dit-il en souriant.

— Tu es certain que c'est ce que tu veux ? Si je t'accompagne, on va probablement attirer l'attention des médias. Ça ne me pose aucun problème, mais on risque de voir débarquer les paparazzis avant la fin du tournage.

Baxter réfléchit un instant.

— Je ne veux pas exposer les gens du coin à ce genre de pression.

— Si ça devait arriver, je crois qu'Alva serait au paradis. Quant aux autres, ils apprécieront peut-être leur petit quart d'heure de célébrité. Mon père ne sera pas content, mais…

— On n'aura qu'à rester discrets. On n'a pas besoin d'annoncer à tout le monde qu'on est un couple. On a travaillé ensemble pendant des années, et on s'est toujours montrés professionnels l'un envers l'autre. On n'aura qu'à faire pareil, dit-il en souriant. Je veux que tu m'accompagnes, Lei. J'ai besoin de te voir sourire et de t'entendre rire, ajouta-t-il en la serrant dans ses bras.

— J'aimerais beaucoup t'accompagner.

Elle n'avait aucune envie de perdre deux jours ; leur temps était compté.

— Parfait. Encore une chose, on organise une projection privée au pub demain.

— Au *Stewies* ?

— Oui, je crois que c'est ça. On passera la première émission de la nouvelle saison. Elle sera diffusée dimanche soir sur la chaîne, mais, comme je serai à Los Angeles, on a décidé d'organiser une petite soirée en avant-première. Toute l'équipe sera présente. Il y aura probablement aussi quelques clients venus prendre un verre.

— Si ça se sait, tu risques de voir débarquer tous les habitants de la ville.

— C'est probable. J'aimerais beaucoup que tu viennes. Je sais que tu seras sans doute fatiguée et que tu aimerais passer du temps avec Charlotte avant qu'on parte, alors si jamais…

— Je viendrai. Je ne manquerais ça pour rien au monde, ajouta-t-elle en souriant. Merci.

— De quoi ?

— De te montrer aussi compréhensif et de me laisser le temps de digérer tout ça. Je me rends bien compte que je t'envoie des signaux contradictoires, mais c'est uniquement parce que je suis un peu perdue. Je ne sais pas comment me comporter quand on est en public. Mais ne t'inquiète pas, je finirai bien par m'y habituer. Je voulais seulement que tu saches que ça n'a rien à voir avec toi.

— C'est ce que j'espérais.

Andrea, la styliste, ouvrit soudain la porte de la caravane.

— Dépêchez-vous ! Rosemary s'impatiente. Il faut que vous passiez au maquillage et qu'on choisisse vos tabliers.

— On arrive, rétorqua Baxter. Si tu as besoin de quoi que ce soit pendant le tournage, surtout n'hésite pas à me le dire, ajouta-t-il en se tournant vers Lani. On a toujours bien travaillé ensemble, alors concentre-toi sur nous. Je me charge du reste. Ne t'inquiète pas. Tu as confiance en moi ?

— Oui, répondit-elle, d'une voix vibrante d'émotion. Dépêchons-nous avant que je devienne sentimentale.

— Tu me promets d'être sentimentale plus tard ?

Elle lui donna un petit coup de coude, ce qui le fit rire. Il posa la main dans son dos et l'accompagna au maquillage.

Concentre-toi sur le moment présent, s'ordonna-t-elle.

Peut-être que si, elle se le répétait assez souvent, elle arriverait à regarder Baxter sans penser à ce qu'elle ressentirait quand il repartirait. Lorsqu'il la quitterait pour toujours.

Chapitre 17

— C'est une bonne idée, déclara Charlotte en étalant la pâte sur le plan de travail de la cuisine de Lani. Un voyage de l'autre côté du pays ; de longues heures dans un avion… C'est une très bonne idée.

— Tu es sûre ? J'aurais peut-être mieux fait de refuser. Ça m'aurait permis de faire le point sur mes sentiments.

— Je ne vois pas ce qu'il y a de mal à avoir des sentiments.

— Parle pour toi, rétorqua Lani en s'acharnant sur la pâte avec un peu plus de force que nécessaire. Carlo habite dans la même ville que toi.

— Mais il accompagne Baxter sur ses tournages. On ne va pas se voir pendant deux mois. Deux mois, répéta-t-elle en soupirant.

— Tu sais, malgré ma petite crise de nerfs, je suis vraiment heureuse pour vous deux. Je ne comprends pas comment c'est arrivé, mais je suis ravie, affirma-t-elle en croisant le regard de son amie.

— Moi aussi, sourit Charlotte. Je ne m'y attendais pas, tu sais. Je ne pensais même pas rencontrer quelqu'un. Enfin, je pensais au sexe, mais ça ne compte pas, je pense au sexe en permanence. Je suis venue ici pour toi.

— Je sais bien, et je t'en suis reconnaissante.

— Je suis passée chez Laura Jo après t'avoir croisée sur le tournage, hier. Je comptais ramener à dîner parce que tu n'as rien à manger chez toi mis à part de la farine, du beurre et du sucre. Je suis tombée sur Carlo. On a commencé à discuter, et de fil en aiguille… (Elle haussa les épaules.) J'ignore pourquoi je ne l'avais jamais remarqué avant. À présent, je ne le vois plus du tout de la même façon.

— Tu ne t'intéressais pas aux hommes comme Carlo. Tu leur préférais le genre de types qui ne veut pas d'une relation sérieuse.

— Tu as raison. Je crois que cet endroit m'a fait réfléchir. Je sais que je n'aurais jamais adressé la parole à Carlo si on s'était croisés dans un magasin à New York. Je ne l'aurais probablement même pas remarqué. Je suis complètement dans ma bulle quand je travaille ou quand je fais mes courses.

— Ce qui compte, c'est que vous vous soyez trouvés.

— Exactement, dit Charlotte avec un petit sourire béat qui ressemblait étrangement au sien. Tu crois vraiment que tu arriveras à laisser partir Baxter à la fin du tournage ? demanda-t-elle soudain.

— Je n'ai pas le choix, répondit Lani, qui faillit poser la main sur son cœur pour soulager la douleur qui venait de se réveiller dans sa poitrine

— On a toujours le choix.

— On en a déjà parlé, rétorqua sèchement Lani en prenant le sucre brun et le beurre pour les mélanger.

Elles en avaient discuté toute la soirée, et Lani y avait déjà réfléchi des milliers de fois.

— Je sais… Mais je reste persuadée qu'il y a une solution.

— On ne pourrait jamais se contenter d'une relation à longue distance, affirma Lani.

— Vous préférez vous séparer ? s'enquit Charlotte en étalant la pâte avec force. Ça n'a aucun sens, ajouta-t-elle avec une pointe d'accent.

— Je m'efforce simplement d'être réaliste. Pour le moment, on vit un conte de fées. Mais je ne serai jamais heureuse à New York, et je ne le vois pas renoncer à sa carrière pour déménager en Géorgie. Crois-moi, Charlotte, j'aimerais vraiment qu'il y ait une solution. J'adore passer du temps avec lui, mais je sais que chaque jour nous rapproche un peu plus de la fin. C'est pour ça que je me demande si je fais bien de l'accompagner à Los Angeles. Je n'ai pas envie de le laisser partir, mais ce serait peut-être plus judicieux de mettre un peu de distance entre nous. Ça nous permettra peut-être d'y voir plus clair.

La réaction de Charlotte ne se fit pas attendre.

— Tes actes ne définissent pas ce que tu es. Enfin, ce n'est pas tout à fait vrai, mais il y a tellement plus à attendre de la vie que ça, Lani. Je sais que ça semble étrange, venant de moi, mais ma vision des choses a changé.

— Je sais.

— Quand tu as la chance de vivre quelque chose d'aussi extraordinaire que ce que tu vis en ce moment, tu trouves une solution. Tu fais des compromis pour que ça marche. Tu t'apercevras peut-être que si ça te permet d'avoir Baxter, ça ne te dérangera pas de retourner à New York.

— Qu'est-ce que tu veux que je fasse, Charlotte ? Que j'ouvre ma propre pâtisserie là-bas ? Je n'ai pas assez d'argent. Je viens juste d'ouvrir ma boutique. Je ne peux pas partir comme ça : j'ai un emprunt à rembourser, j'ai signé un bail… Même si j'arrivais à réunir les fonds nécessaires, je n'ai vraiment pas envie de le faire.

— Tu pourrais retourner chez *Gâteau*. Je comprends parfaitement que tu n'aies pas envie d'ouvrir une boutique à New York, ce serait trop différent de ce que tu as ici, mais rien ne t'empêche de faire autre chose. Tu pourrais devenir chef à domicile ou traiteur.

— Je ne crois pas que j'en serais capable, finit par avouer Lani. Ma petite boutique perdue au milieu de nulle part, c'est aussi une part de moi-même – une part non négligeable. Je ne pense pas que je retrouverais ça à New York.

— Tu en serais tout à fait capable, rétorqua Charlotte. Mais tu ne veux pas. Tu veux la vie que tu as ici. Qu'est-ce qui est le plus important pour toi : la vie que tu mènes ici ou Baxter ?

On frappa soudain à la porte. Ça ne pouvait ni être Baxter, puisqu'il dînait avec Alva, ni Carlo,

Charlotte ayant prévu d'aller le retrouver à la fin de leur séance de thérapie culinaire. Dree avait un rendez-vous – avec un ami, avait-elle bien précisé. Ils avaient prévu d'aller à la séance de dédicaces d'un auteur de comics à Savannah.

—J'ignore qui ça peut être, murmura Lani, en se rinçant les mains avant de les essuyer sur son tablier. J'arrive! cria-t-elle alors qu'on frappait de nouveau.

Elle ouvrit la porte.

—Papa? Est-ce que ça va?

—Bien sûr. Je n'ai pas le droit de rendre visite à ma fille?

—Bien sûr que si, mais tu ne viens jamais ici, d'habitude.

—Parce que tu passes presque tout ton temps à la boutique, qui est à deux pas du commissariat.

—Pas faux. Entre, dit-elle en faisant un pas en arrière. Je prépare des tartes avec Charlotte pour la petite fête de demain.

—Bien.

—Tu pourrais être notre goûteur, proposa-t-elle avec un sourire.

—Je ne reste pas longtemps. Je voulais simplement m'assurer que tout allait bien.

—C'est gentil à toi. (Son père avait visiblement une idée derrière la tête.) Tout va bien. Le tournage s'est bien passé, mieux qu'hier en tout cas. Tu es sans doute au courant pour la fête?

—On m'en a parlé. J'ai aussi appris que tu allais à Los Angeles avec le chef Dunne.

Nous y voilà, songea Lani.

— J'envisage de l'accompagner, ça pourrait être sympa.

Visiblement mal à l'aise, il n'en était pas moins déterminé à obtenir des réponses.

— À propos du chef...

Il s'interrompit, espérant visiblement que Lani lui expliquerait ce qui se passait sans qu'il ait à formuler la question.

— Papa, si tu veux savoir si on se fréquente en dehors du boulot, la réponse est « oui ».

— Et tu comptes l'accompagner à Los Angeles ? demanda-t-il, le regard fuyant.

— Pour deux jours, oui. Papa, je suis une grande fille. J'ai parfaitement le droit de...

— Tu en as parfaitement le droit, rétorqua-t-il sur un ton bourru. Mais je sais aussi... (Il soupira.) Je sais que tu as des sentiments pour lui, ma chérie, affirma-t-il en la regardant droit dans les yeux. Je ne veux pas que tu souffres. Est-ce qu'il sait ce que tu ressens ? Ou est-ce qu'il croit que tu veux simplement... passer du bon temps ?

Lani ne savait pas si elle devait rire ou pleurer ; alors elle se jeta dans les bras de son père. Ce n'est qu'à cet instant qu'elle comprit à quel point elle avait besoin de ça.

— Tu n'as pas à t'inquiéter, papa. Je sais que je compte pour lui, affirma-t-elle, les larmes aux yeux. Il est merveilleux avec moi.

— Bon. Est-ce que ça veut dire que tu vas retourner à New York quand tout ce cirque sera terminé ? demanda-t-il, en baissant la tête.

— Papa, je… Non, je ne crois pas, répondit-elle, en comprenant enfin ce qui le perturbait.

— Tu ne crois pas, répéta-t-il en croisant son regard.

Elle soupira, ne sachant pas s'il était heureux de la voir rester, ou déçu qu'elle ne retourne pas à sa brillante carrière new-yorkaise.

— Non, papa, je ne crois pas.

Elle ne voulait pas en dire plus, et il ne désirait probablement pas en entendre davantage. La réaction de son père n'avait aucune importance ; elle ne comptait pas changer d'avis pour lui faire plaisir.

— D'accord, finit-il par dire pour rompre le silence qui devenait gênant. Je te laisse retourner à ta cuisine. On se voit demain soir.

— Je suis contente que tu viennes, affirma-t-elle, heureuse de changer de sujet.

— On a renforcé les effectifs au cas où quelque chose tournerait mal. Ce genre d'événement est exceptionnel. Ça en pousse certains à faire des bêtises.

— Tu as raison. (Elle se mit sur la pointe des pieds pour l'embrasser.) Merci, papa.

— Je ne vois pas pourquoi tu me remercies, rétorqua-t-il en rougissant légèrement. Tu es parfaitement capable de te défendre toute seule.

Lani sourit et l'accompagna jusqu'à la porte.

— C'est vrai, mais j'aime savoir que tu veilles sur moi.

Il acquiesça et partit.

Lani referma la porte et s'y appuya un instant.

—Il t'aime, dit Charlotte.

Se redressant, Lani se retourna vers Charlotte qui la regardait depuis le couloir menant à la cuisine.

—Je sais. Je déteste l'idée de le décevoir en ne retournant pas à New York, mais il a vécu des moments difficiles, et je n'aime pas non plus qu'il s'inquiète de me voir le cœur brisé. Dans les deux cas, on est perdants.

—Il assez grand pour se débrouiller tout seul, affirma Charlotte. C'est ton père, c'est son boulot de s'inquiéter pour toi. Allez, viens, on a des tartes à préparer.

Lani la suivit dans la cuisine, heureuse d'avoir quelque chose à faire.

—Tu sais qu'il y a moins d'une semaine tout allait pour le mieux dans le meilleur des mondes. Comment la situation a-t-elle pu changer à ce point ?

À partir de cet instant, les événements se précipitèrent.

Lani passa une nuit aussi magique que la précédente. Charlotte avait prévenu son amie qu'il était inutile de l'attendre et était allée rejoindre Carlo. Lani avait pourtant préféré retrouver Baxter à la boutique. En sirotant un verre de vin, il lui avait raconté son dîner avec Alva dans les moindres détails, avant de reporter toute son attention sur elle. Elle n'était pas prête à l'inviter chez elle. Le serait-elle un jour ? Elle ne pourrait jamais l'oublier, mais n'avait pas envie de se souvenir des instants qu'ils avaient partagés chaque fois qu'elle rentrerait chez elle. Elle ne pourrait déjà pas s'empêcher de penser à lui dès qu'elle mettrait un pied dans la cuisine de sa boutique, où ils passaient actuellement plus de douze heures par jour.

Le tournage du samedi s'était plutôt bien passé. Il n'y avait plus aucune gêne entre eux. Au contraire, ils se montraient souriants et détendus, n'hésitant pas à plaisanter devant les caméras.

Lani avait décidé d'oublier ce que Baxter lui avait dit à propos de l'enregistrement de l'avant-veille. Rosemary était tellement ravie que Lani se fichait bien que sa relation amoureuse soit filmée. Elle s'était interdit d'y penser et avait poliment refusé de regarder les rushs de la journée.

Baxter avait immédiatement compris qu'elle était mal à l'aise, mais, au grand soulagement de la jeune femme, il n'avait pas insisté pour en discuter. Le refus de Lani n'avait heureusement pas eu l'air de le blesser. Il avait simplement demandé à Rosemary de laisser tomber.

Ce soir-là, Baxter et Lani n'avaient pas hésité à afficher leur relation. Comme elle s'y attendait, le pub était déjà bondé avant le début de la projection, ce qui avait passablement énervé son père et les autres policiers, forcés de fermer les portes. Baxter était sorti pour discuter avec ceux qui n'avaient pas eu la chance d'entrer. Bernard avait ensuite sauvé la situation en accrochant un énorme écran à l'extérieur pour leur permettre de suivre l'émission. La place était déjà partiellement fermée à la circulation, et la fête s'était poursuivie dans la rue.

Les spectateurs étaient assez bruyants, mais l'atmosphère était bon enfant. Ils avaient applaudi à la fin du générique et poussé des cris de joie lorsque Baxter avait embrassé Lani.

Leur réaction ne l'avait pas du tout gênée, bien au contraire.

Pourquoi fallait-il absolument que les choses changent ?

Deux jours plus tard, ils roulaient en direction de Sugarberry, dans la voiture de location de Baxter.

— Je n'arrive pas à croire qu'on ne soit pas encore arrivés, murmura Lani, en fermant les yeux, la tête sur l'épaule de Baxter.

— Je te comprends, affirma-t-il, d'une voix aussi lasse que la sienne.

Durant ces deux jours, il avait donné des interviews radiophoniques, participé à deux talk-shows locaux et, à la surprise de Lani, avait également enregistré une séquence qui serait diffusée durant l'émission de Jimmy Kimmel. Elle savait qu'il était connu, mais ne s'était pas attendu à ce qu'il soit aussi demandé. Mis à part le baiser échangé durant la projection, ils s'étaient montrés professionnels en toutes circonstances. Baxter avait pourtant insisté pour que Lani l'accompagne dans ses déplacements. Il l'avait présentée comme la chef qui avait dirigé

Gâteau et dont la petite pâtisserie, située en Géorgie, apparaissait dans la nouvelle saison de *Hot Cakes*.

En plus de lui offrir une belle publicité, ça leur permettait d'expliquer la raison de sa présence aux côtés de Baxter. Lani doutait pourtant qu'ils aient réussi à convaincre les journalistes, même si, jusqu'à présent, aucun d'entre eux ne semblait les avoir suivis jusqu'à Sugarberry.

Bercée par le mouvement de la voiture, et la douce chaleur du corps de Baxter, elle sourit, heureuse de rentrer à la maison.

À la maison…

Elle s'était rapidement sentie chez elle à Sugarberry. Ce n'était pas seulement la ville où avaient vécu ses parents et sa famille. C'était l'endroit où elle avait sa boutique et son cottage, et elle y avait rencontré des gens qu'elle aimait et qui l'appréciaient.

Même si elle avait grandi à Washington, elle ne s'y était jamais vraiment sentie chez elle. Elle n'éprouvait pas non plus d'attachement particulier pour son minuscule appartement new-yorkais, dont elle avait été autrefois si fière. Il ne représentait rien pour elle, ce n'était qu'une preuve de sa réussite en tant que chef.

Non, décidément, elle n'avait pas envie de retourner à New York. Elle n'y avait plus sa place.

— On est arrivés, ma belle, déclara Baxter en lui donnant un baiser léger sur la tempe pour la réveiller.

— Super, dit-elle en s'efforçant de reprendre ses esprits.

Baxter sourit et lui caressa la main avant de se garer derrière la remorque de la production. Il sortit de la voiture et aida Lani à en faire autant.

— Je m'occupe des sacs. (Il s'interrompit soudain.) J'aurais peut-être dû te le demander avant, mais tu veux que je te dépose au cottage ? J'ai supposé que tu voulais passer la nuit dans notre chambre à la boutique, mais…

Elle secoua la tête. *Notre chambre.* Elle sourit. Ils avaient aussi leur endroit à eux. Elle pourrait s'en contenter pour l'instant.

— Non, c'est parfait. Je demanderai à Charlotte de me ramener ma voiture plus tard. Carlo acceptera sûrement de la raccompagner. Cela dit, je ne lui ai pas parlé depuis hier, elle a peut-être d'autres projets. Ce n'est pas grave, on trouvera un moyen de s'arranger, ajouta-t-elle en haussant les épaules.

Elle se passa une main dans les cheveux tout en inspirant profondément. L'air était à la fois chaud et humide, comme elle l'aimait. Elle n'était plus habituée au climat sec de la côte Ouest.

— Tu veux retourner chez les Hugues ? demanda-t-elle soudain.

Baxter avait rapporté quelques affaires à la boutique, mais n'avait pas renoncé à sa chambre au bed and breakfast. En partie parce qu'ils n'avaient affiché leur relation que trois jours auparavant, mais aussi et surtout parce qu'il ne voulait pas priver les Hugues de revenus supplémentaires.

— Non, c'est inutile. Je passerai après le tournage.

Il était très tôt : les premiers rayons du soleil pointaient à peine à l'horizon. Comme le tournage ne commençait qu'à 13 heures, le parking était désert, et les caravanes – ainsi que la place – étaient plongées dans l'obscurité.

— Si on montait dormir un peu ?

— J'accepte ton offre, à condition que tu y ajoutes une douche bien chaude. Après ces longues heures passées dans l'avion, j'ai vraiment envie de me rafraîchir, ajouta-t-elle en tirant sur le léger pull qu'elle portait.

— Je te comprends parfaitement. Allez, on y va, dit-il en la suivant dans l'escalier, sacs à la main.

Lani déverrouilla la porte, puis alluma le ventilateur et la lumière, avant d'ouvrir la lucarne pour que l'air puisse circuler. Il faudrait qu'elle pense à la refermer plus tard pour éviter de faire entrer la chaleur de l'après-midi. Baxter posa les sacs et l'enlaça sans lui laisser le temps de se retourner.

Elle soupira en s'appuyant contre lui.

— Je suis contente d'être allée à Los Angeles, mais je suis contente qu'on soit revenus.

— Merci de m'avoir accompagné, dit-il en lui déposant un baiser dans le cou.

— Merci de m'avoir emmenée, c'était super. J'ai eu l'occasion de découvrir une autre facette de ta personnalité. C'était de la folie, mais tu es resté calme. Tu es gentil avec tout le monde.

— Je n'ai aucune raison de ne pas l'être, ils travaillent tous aussi dur que moi.

— Je suis fière de toi. Tu crois que les journalistes vont nous suivre jusqu'ici ? demanda-t-elle en tournant la tête pour le regarder dans les yeux.

— Je n'en sais rien. Je ne suis pas sûr que notre petite comédie les ait convaincus.

— C'est ce que je pensais aussi.

— Mais j'apprécierais vraiment qu'ils respectent notre vie privée, au moins jusqu'à la fin du tournage.

— Moi aussi, approuva-t-elle, en sachant qu'il y avait peu de chance que ça arrive.

Elle soupira de nouveau en se laissant aller contre lui.

Il la serra dans ses bras. De toute évidence, lui aussi partageait ses doutes.

— Je n'arrive pas à croire qu'on soit déjà mardi, déclara-t-elle.

— Je sais, dit-il d'une voix étrangement rauque. (La tournant vers lui, il prit son visage dans ses mains.) Je ne sais pas comment on va y arriver, Lei.

Elle savait exactement de quoi il parlait.

— Moi non plus, murmura-t-elle, la gorge nouée.

Il l'embrassa avec douceur, puis avec fougue lorsqu'elle glissa ses bras autour de son cou. La tendresse disparut bien vite, remplacée par un désir plus puissant.

Ils commencèrent à se déshabiller, et Baxter la souleva dans ses bras avant qu'elle ait eu le temps de l'entraîner vers le lit.

— Baxter, qu'est-ce que tu f…

— Si mes souvenirs sont exacts, madame a demandé une douche bien chaude. Tu fournis la douche, c'est tout à fait normal que je m'occupe du reste. Après tout, je suis le chef Hot Cakes…

Le rire de Lani se transforma rapidement en gémissements de plaisir lorsqu'il la reposa sur le sol pour la débarrasser lentement du reste de ses vêtements. Il avait ouvert le robinet, et la vapeur envahissait rapidement la pièce. Il promena ses lèvres sur sa poitrine avant de lui mordiller le cou, puis de la faire entrer dans la douche avec lui.

— Baxter, tu ne t'es pas déshabillé.

— Je vais le faire. Viens par ici.

Il l'attira à lui avant de la pousser contre le carrelage. Elle poussa un petit cri lorsque son dos entra en contact avec la surface froide.

Baxter était pieds nus ; sa chemise et son pantalon étaient ouverts.

— Mets tes jambes autour de ma taille, Lei, ordonna-t-il avant de l'embrasser avec passion.

Il semblait encore plus séduisant, à moitié nu, avec cette expression de désir farouche dans le regard.

Elle enfonça ses ongles dans ses épaules et se cambra lorsqu'il posa ses lèvres dans son cou. Il la souleva et prit un de ses tétons dans sa bouche. Elle gémit de plaisir, le corps parcouru de délicieux frissons.

Elle glissa les doigts dans ses cheveux mouillés pour guider ses lèvres sur son corps. Il la reposa sur le sol, avant de lui lécher le cou pour remonter vers sa bouche. Les jambes tremblantes, elle le débarrassa de sa chemise et déposa des baisers sur son torse.

Baxter l'aida à lui ôter son pantalon, puis l'embrassa tout en lui caressant les seins. Elle voulut se presser contre lui, mais il la força à se retourner.

Son geste la surprit, mais l'idée qu'il allait la prendre de cette façon presque animale ne fit que l'exciter davantage.

Elle posa ses mains sur le carrelage lorsque Baxter l'agrippa par les hanches et pressa ses fesses contre lui. Elle gémit lorsqu'il se glissa lentement en elle et se pencha en avant pour le laisser pénétrer davantage.

La douche était suffisamment étroite pour permettre à Baxter de s'appuyer contre le mur en pliant légèrement les genoux. Lani gémit lorsqu'il se mit à bouger en elle, chacun de ses coups de reins lui arrachant de petits cris d'extase. Dans cette position, son plaisir était encore décuplé.

Elle prit appui sur le mur et se tendit contre lui. Baxter prit alors un téton entre ses doigts et se mit à la caresser, envoyant de petites décharges dans tout son corps. Elle sursauta lorsqu'il glissa une main entre ses cuisses.

— Oh, souffla-t-elle. Je ne sais pas si je peux…

Elle se mit à trembler en songeant à ce qu'il s'apprêtait à lui faire alors qu'elle manquait déjà de défaillir.

— Tu peux, la rassura-t-il.

Il avait raison.

Elle jouit au moment où il la toucha, des vagues de plaisir se propageant dans tout son corps.

Elle tremblait toujours lorsqu'il s'enfonça davantage en elle, accélérant ses mouvements jusqu'à atteindre l'orgasme.

À bout de souffle, il se retira et, alors qu'elle se retournait face à lui, il l'enlaça tendrement. Les jambes tremblantes, ils restèrent accrochés l'un à l'autre jusqu'à ce que leur rythme cardiaque revienne à la normale.

Baxter tendit soudain la main pour fermer le robinet. Il l'embrassa avec une tendresse qui contrastait tellement avec la fougue de leur étreinte qu'elle en fut bouleversée.

Il prit une serviette et sécha Lani, puis il en enroula une autre autour de sa taille après s'être frotté les cheveux. Prenant la jeune femme dans ses bras, il la porta jusqu'au lit.

Ils poussèrent un petit cri lorsque leur peau brûlante entra en contact avec les draps frais. Il s'allongea et attira Lani contre lui. Il lui embrassa la tempe, et elle posa un baiser sur son cœur. Ils s'endormirent avant qu'elle ait eu le temps de songer qu'ils allaient bientôt devoir se quitter.

Dans ses rêves, ils vécurent heureux pour toujours.

Chapitre 18

Baxter renonça à allumer les bougies et vérifia la position des assiettes et des couverts sur la nappe pour au moins la cinquantième fois. Comment était-il possible que ce soit déjà leur dernière nuit?

La veille, ils avaient fêté la fin du tournage en dégustant les cupcakes préparés spécialement pour l'occasion. Il n'avait presque rien mangé depuis. Son manque d'appétit n'avait rien à voir avec le festin de la veille, ni avec les longues heures passées avec Rosemary à regarder les enregistrements et à vérifier qu'ils n'avaient rien oublié avant de tout ranger pour quitter Sugarberry.

Il devait retourner à New York tôt dans la matinée pour un autre week-end de promotion, avant de partir pour le Texas. Une partie de l'équipe était d'ailleurs déjà sur place pour sélectionner et tester les recettes. Baxter espérait débuter le tournage dès le mardi après-midi, le mercredi matin au plus tard. À son arrivée, il comptait passer du temps avec les propriétaires de la pâtisserie locale, en l'occurrence une mère et sa fille qui avaient eu l'excellente idée de s'inspirer des saveurs mexicaines pour leurs desserts et pâtisseries.

Ce serait le thème de l'émission. Avec un peu de chance, tout se passerait bien.

Il irait ensuite vers le nord, dans le Missouri, puis dans le Minnesota, avant de rejoindre les côtes de l'Oregon, à l'ouest, puis de descendre vers l'Arizona. Les deux dernières étapes de la tournée seraient le Maine, à l'est, et Lancaster, une ville de Pennsylvanie située en terre amish. Il ne lui resterait alors plus qu'à rentrer à New York. Tout ça, sans Leilani.

—Coucou ! cria-t-elle, en suivant le sentier entre les dunes.

Pour leur dernier repas ensemble, ils avaient décidé de dîner sous les étoiles, sur l'aire de pique-nique où ils avaient passé leur première soirée.

Elle souriait lorsqu'elle le rejoignit.

—J'ai voulu allumer des bougies, mais il y avait trop de vent, dit-il soudain.

Il s'était juré qu'il n'évoquerait pas ses sentiments, même s'il était certain qu'elle ressentait la même chose. Il devrait se contenter de le savoir. En discuter ouvertement ne servirait qu'à leur faire de la peine à tous les deux.

—C'est magnifique, déclara-t-elle en remarquant le service en porcelaine et l'argenterie prêtés par Alva.

—Merci. Il vaut mieux garder les assiettes couvertes pour éviter le sable. Tu veux du vin ?

—Oui, merci.

Elle s'installa sur le banc, en face de lui, tandis qu'il servait deux verres. Puis il s'assit à son tour.

Ils souriaient en s'efforçant de paraître détendus, mais se sentaient étrangement mal à l'aise.

— Lei…

— Bax…

Ils avaient parlé en même temps.

— À toi de commencer, dit-il, pour se montrer galant et se donner le temps de se reprendre.

— Je… C'est merveilleux, je suis contente que tu aies organisé ce dîner.

Ils avaient décidé qu'ils ne passeraient pas la nuit ensemble. Baxter devait quitter Sugarberry à 4 heures pour prendre l'avion à Atlanta. La perspective de se quitter aux aurores après une dernière nuit de passion leur semblait trop douloureuse.

La veille, Baxter avait rejoint Lani après la soirée. Ils avaient fait l'amour en silence, s'accrochant désespérément l'un à l'autre, jusqu'au matin.

Baxter lui avait proposé de se retrouver sur la plage, et elle avait semblé soulagée lorsqu'il avait annoncé qu'il retournerait ensuite au bed and breakfast pour faire ses valises.

Cette réaction l'avait blessé, mais il la comprenait parfaitement. Il se sentait étrangement vide et avait dû faire appel à toute sa volonté pour rester concentré sur le tournage. Leur séparation était inévitable ; autant profiter des quelques moments qui leur restaient.

— Qu'est-ce qu'il y a au menu ? demanda-t-elle avec un sourire forcé.

— Ah, c'est vrai, excuse-moi! Je me suis dit qu'il valait mieux s'en tenir à une cuisine traditionnelle, dit-il en soulevant les cloches.

— Hum. Je reconnaîtrais cette odeur entre mille. C'est le poulet frit de Laura Jo.

— Et la salade de pommes de terre d'Alva. Je me suis chargé de la salade, et un de mes chefs a préparé les petits pains.

— Et deux cheesecakes, dit-elle lorsqu'il ouvrit le panier. C'est parfait.

— J'ai aussi de la limonade et du thé.

— Le vin me convient très bien. Ça a l'air délicieux; je ne sais pas par où commencer, ajouta-t-elle en prenant une cuisse.

— Moi non plus, rétorqua-t-il, les yeux rivés sur elle.

Elle croisa son regard et reposa le morceau de poulet qu'elle avait saisi.

— Je sais.

— Tu as faim? demanda-t-il.

Elle secoua la tête.

— Ça sent vraiment bon, mais je serai incapable d'avaler quoi que ce soit.

Il acquiesça, couvrit les assiettes et se leva.

— On va se promener? demanda-t-il en lui tendant la main.

Le soleil commençait à se coucher, éclairant l'océan de reflets dorés.

— Oui.

Ils traversèrent les dunes pour atteindre la plage. Débarrassés de leurs chaussures, ils marchaient, main dans la main.

— Comment on va faire ? interrogea-t-elle.

Il savait exactement de quoi elle parlait.

— Je n'en sais rien. Je suppose que le temps s'en chargera pour nous.

— Je ne suis pas prête à ce que ça se termine, admit-elle.

— Je n'ai pas envie que ça se termine. (Il s'arrêta pour se tourner vers elle et lui prendre l'autre main.) On est vraiment obligés, Lei ?

— Baxter…

— Je ne te demande pas de m'accompagner à New York, mais… il faut vraiment que ça se termine comme ça ? Pourquoi est-ce qu'on ne pourrait pas rester en contact et…

— Parce que ça ne ferait que retarder l'inévitable. Une relation à distance ne ferait qu'empirer les choses. Ça ne marcherait jamais, on serait frustrés et on finirait probablement par se détester. Je ne veux pas qu'on se dispute. Ces dix derniers jours ont été les plus merveilleux de toute ma vie, le tournage de l'émission mis à part, ajouta-t-elle pour détendre l'atmosphère.

Il s'efforça en vain de sourire ; il semblait avoir perdu tout sens de l'humour. Et il allait bientôt la perdre, elle.

— Je me suis habitué à discuter, et à rire avec toi.

— C'est normal, on a travaillé ensemble pendant tout ce temps.

—C'est plus que ça, Lei. Je sais que ce sera pareil pendant la tournée, même si je ne te vois pas tous les jours. Ça me manquera de ne plus pouvoir papoter après des heures en cuisine, ou de découvrir quel genre de scandale la rubrique d'Alva a provoqué, ajouta-t-il avec un sourire.

L'octogénaire avait bien évidemment parlé d'eux dans son article, se vantant d'avoir été la première à inviter le célèbre chef Dunne et à découvrir sa relation avec Lani. Ses révélations sur le tournoi de poker avaient provoqué un vif émoi. Dee Dee et Laura Jo avaient de nouveau passé une nuit au poste à cause d'un dénommé Felipe.

Comme si ça ne suffisait pas, deux photographes et un journaliste travaillant pour un tabloïd avaient débarqué à Sugarberry le lendemain de leur retour, bien décidés à salir la réputation de Baxter et de son ancienne employée. Les habitants de la ville avaient refusé de répondre à leurs questions, et le shérif Trusdale les avait forcés à quitter l'île. Mais Alva avait tout de même réussi à obtenir son scoop.

—Il vaut mieux que tu ne saches pas tout ce qu'écrit Alva, rétorqua-t-elle en secouant la tête.

—Tu as peut-être raison, mais je suis quelqu'un de curieux.

Elle l'observa un instant, mettant sa main en visière pour se protéger des rayons du soleil.

—Nos discussions me manqueront, à moi aussi. Et, même si j'aurais préféré me passer du petit discours de Rosemary, l'équipe me manquera également.

J'ai eu le temps d'apprendre à les connaître et à les apprécier. Ma boutique va me paraître bien calme quand ils seront partis. Il n'y aura plus que mes cupcakes et moi.

— Je pensais que tu serais soulagée que ce cirque soit enfin terminé.

— L'un n'empêche pas l'autre. C'est vrai que je serai contente de retrouver ma petite oasis de tranquillité. Ça ne te fait jamais le même effet ?

Il acquiesça.

— C'est peut-être différent de ce que tu ressens dans ta boutique, mais oui, ça me manque de cuisiner pour moi, pas pour les caméras.

— Ça t'arrive de cuisiner chez toi, dans ta maison de New York ?

— Non, répondit-il en secouant la tête. Si j'ai envie de rester seul, je me glisse dans les cuisines de *Gâteau*, après la fermeture. Je crois que c'est l'endroit où je me sens le plus chez moi.

— C'est ce que je ressens pour ma boutique. Quoique… après les séances de thérapie culinaire avec Charlotte, Alva et Dree, je n'en suis plus si sûre. Je me sens peut-être plus à mon aise au cottage, à présent.

— Tant mieux, dit-il. Je t'envie, tu sais. Tu as trouvé ta place.

— Et toi, tu n'as pas ta place à New York ? Je croyais que tu aimais l'énergie et l'agitation de la ville.

— C'est le cas. Je n'imagine pas m'en passer, mais j'avoue que j'ai apprécié mon séjour ici. C'est tellement calme et reposant. Ça m'a permis de relativiser pas

mal de choses. Je crois que je me sens mieux, que…
je suis plus heureux.

—Je suis contente pour toi, dit-elle, sincère. Je suis
ravie que ton séjour nous ait autant apporté à tous
les deux.

—Le problème, Lei, c'est que j'ai l'impression que,
si je suis aussi heureux ici, c'est grâce à toi.

—Il y a des plages près de New York, tu pourrais
acheter une maison dans les Hamptons.

—Je ne crois pas que je m'y sentirais aussi bien.
En plus, je serais tout seul…

—Pas nécessairement.

—Ne dis pas ça.

—Pourquoi ? Ces quelques jours m'auront au
moins permis de découvrir à quel point c'est merveilleux de se sentir aussi proche de quelqu'un d'autre.

—C'est vraiment ce que tu veux ? Revivre ça avec
quelqu'un d'autre ?

—Non. (Elle prit son visage entre ses mains,
laissant le vent jouer avec ses cheveux.) Je ne crois pas
que je pourrai revivre une chose pareille une seconde
fois. Je remercie le ciel de l'avoir vécu avec toi.

—Alors ne gâche pas tout, dit-il en prenant ses
mains dans les siennes.

Une étrange lueur passa soudain dans le regard de
la jeune femme, et le cœur de Baxter battit subitement
plus vite, mais elle s'écarta en baissant les yeux.

—Tu sais, s'il y avait la moindre chance qu'on
puisse être ensemble, je n'hésiterais pas une seconde.

Mais tu pars demain, ajouta-t-elle en croisant son regard. C'est terminé, qu'on le veuille ou non.

Il se détourna, s'efforçant de maîtriser ses émotions.

—Je suis désolé. Je ne devrais pas insister, mais, tu me connais, je suis têtu. Je déteste renoncer.

—On n'a pas renoncé. On a profité de la chance qui nous était offerte. On devrait en être reconnaissants.

—Je le suis, Leilani. Je ne regrette rien.

—Bien. C'est un bon début, ajouta-t-elle en se remettant à marcher.

Il la regarda s'éloigner et ferma les yeux, en se demandant comment il allait supporter de vivre sans elle.

Se réveiller chaque matin, sans la trouver allongée à ses côtés. Ne plus la voir sourire quand elle faisait de son mieux pour l'empêcher de dormir. Râler quand ils devaient se lever tôt pour aller travailler. Sourire de nouveau alors qu'elle s'efforçait de le convaincre de rester au lit.

Lever les yeux au ciel lorsqu'elle ratait une prise pour la vingtième fois. Danser dans la cuisine quand elle se croyait seule. Cuisiner et rire avec Charlotte de choses qu'elles étaient les seules à comprendre.

—Je ne sais pas comment je vais y arriver, dit-il. Je n'ai pas envie de le découvrir parce que ça veut dire que je dois te laisser partir.

Il était impossible qu'elle l'ait entendu. Elle s'arrêta pourtant et s'aperçut qu'il n'avait pas bougé.

Elle se retourna et attendit quelques secondes avant de faire demi-tour. Elle le rejoignit et se contenta de le regarder en silence.

Il tendit la main pour glisser une mèche de cheveux derrière son oreille. Les mots lui vinrent naturellement.

— Je t'aime, Leilani.

Elle se figea l'espace d'un instant, puis l'expression de son visage s'adoucit.

— Je t'aime aussi, Charlie Hingle Baxter Dunne.

Elle recula lorsqu'il voulut s'approcher d'elle.

— Non, dit-elle d'une voix vibrante d'émotion. Ne me force pas à avoir le mauvais rôle, ce n'est pas juste. C'est déjà assez difficile pour nous deux.

— Tu as raison, ce n'est pas juste.

Il eut soudain l'impression qu'il perdait une part de lui-même. La douleur était tellement intolérable qu'il crut un instant qu'il allait mourir.

— Alors, je vais être courageux pour nous deux. Mais sache que je penserai toujours à toi, Lei. Quoi qu'il arrive, tu seras toujours dans mon cœur.

Il tourna les talons et partit.

Chapitre 19

Lani prit la poche à douille et s'approcha du premier plateau de cupcakes. La petite chaîne stéréo diffusait le générique de *Mission impossible*. Lorsque les notes du refrain résonnèrent dans la cuisine, Lani fit une grimace. *Mission impossible* : c'était de circonstance. Même la perspective de fourrer et de glacer deux cents cupcakes n'arrivait pas à lui remonter le moral.

— Les cupcakes ne pourront rien pour toi, cette fois.

Il me reste quoi, alors ?

Son portable vibra dans sa poche. Il n'y avait qu'une personne pour l'appeler ainsi aux aurores. Elle posa son ustensile et coupa la chaîne stéréo avant de mettre le portable sur haut-parleur.

— Bonjour, Charlotte.

— Alors ? se contenta de demander son amie.

Un seul mot, brûlant de curiosité.

Lani savait parfaitement de quoi elle parlait.

— Je te l'ai déjà dit, hier. Il ne va pas appeler.

— Le salaud ! jura Charlotte. Je sais qu'ils ont quitté Lancaster. Baxter est rentré hier. Carlo est allé rendre visite à sa mère, il rentre demain. Je pensais pourtant…

—Tu pensais, moi je savais. On ne se parle pas, Charlotte. On s'envoie des textos et même des e-mails, mais on ne se téléphone pas. On est amis ; Baxter est… disons, mon correspondant.

Charlotte jura si violemment que Lani en fut choquée.

—Enfin, Charlotte !

—Enfin, quoi ? Je pouvais encore comprendre que vous jouiez à ce petit jeu ridicule quand il sillonnait le pays, mais…

—Ce n'est pas un jeu.

Bon, c'était peut-être un jeu, mais il n'y avait rien de ridicule là-dedans. Tout était sa faute ; elle avait demandé à Baxter de ne pas la contacter, puis avait tenu trois jours avant de lui envoyer un texto. Elle voulait simplement s'assurer que son avion avait bien atterri au Texas, ou, du moins, c'était l'excuse qu'elle avait trouvée. Elle l'avait aussi remercié d'avoir eu la force de la quitter, en leur donnant ainsi une chance de passer à autre chose. Il lui avait répondu qu'il allait bien et qu'il était heureux d'avoir de ses nouvelles.

C'est comme ça que tout avait commencé : deux amis s'envoyant d'innocents petits messages. Ils ne parlaient jamais de leurs sentiments. Lani avait envoyé à Baxter une copie d'un des articles les plus virulents d'Alva, et il lui avait répondu par une vidéo de sa prestation dans l'émission de David Letterman. Puis elle lui avait fait parvenir la photo des fiançailles de Laura Jo et de Felipe, et Baxter lui avait renvoyé des clichés des desserts régionaux les plus étranges qu'elle ait jamais vus et des attractions du style « la plus grosse pelote de laine du monde » ou « le plus grand chien de prairie du monde », qu'il découvrait lors de son périple à travers le pays.

Lani était très fière qu'ils aient réussi à rester amis.

—On se comporte en adultes, Charlotte. Ce n'est pas parce qu'on n'est plus ensemble qu'on ne peut pas rester amis.

—Tu peux m'expliquer pourquoi ces deux adultes ne peuvent pas se téléphoner ?

Lani préféra garder le silence, bien consciente du ridicule de la situation. Ils ne s'étaient jamais ouvertement interdit l'utilisation du téléphone. Ils préféraient simplement s'abstenir.

Tant qu'ils se limitaient à quelques e-mails ou à quelques photos – sur lesquelles aucun des deux n'apparaissait jamais – Lani pouvait se contenter de l'amitié de Baxter. C'était sa façon à elle de se sentir proche de lui. Elle avait ainsi l'impression qu'il faisait toujours un peu partie de sa vie. Heureusement, personne n'avait eu la bonne idée de lui envoyer les enregistrements des émissions qu'ils avaient tournées ensemble. Elle les aurait probablement regardées en boucle, jour et nuit.

—Tu ne dors plus, tu ne manges plus… On dirait que tu n'aimes plus la vie que tu mènes, poursuivit Charlotte, impitoyable.

—J'adore ma vie. Heureusement, rien n'a changé de ce côté-là.

— Tu t'y accroches comme à une bouée de sauvetage, mais ce n'est pas sain, Lani.

Charlotte attendit que son amie fasse un commentaire, mais celle-ci resta obstinément silencieuse. Lani finit pourtant par se décider à lui parler de ce qui la rongeait.

— Il me manque, Charlotte. Il me manque tellement que j'arrive à peine à respirer. J'ai l'impression d'étouffer, c'est horrible. Voilà, je l'ai dit, ajouta-t-elle en soupirant.

— Bon. Qu'est-ce que tu comptes faire pour remédier à la situation ?

Lani ne prétendit même pas qu'elle n'y avait pas réfléchi longuement ; elle n'avait pensé qu'à ça.

— Je... je ne sais pas. Je n'ai pas envie de renoncer à ma boutique, mais je ne veux pas qu'on soit simplement amis. Je ne le supporte plus, il faut que je mette un terme à tout ça ou...

— Ou ?

Lani inspira profondément avant d'ajouter :

— Ou que je me décide à fermer ma boutique et à retourner à New York. Je n'ai pas envie d'ouvrir une pâtisserie là-bas, mais je pourrai peut-être devenir traiteur. Je ne peux pas quitter Sugarberry immédiatement, et je crois que c'est une bonne chose. Ça me permettra de m'organiser, et je pourrai me mettre au boulot dès mon arrivée.

Elle retint son souffle, se préparant mentalement à l'explosion de joie que sa déclaration ne manquerait pas de provoquer chez Charlotte, mais son amie demeura étrangement silencieuse.

—Tu as entendu ce que j'ai dit?

—Oui. Et tu as l'air encore plus malheureuse qu'avant. On dirait que tu vas à l'échafaud, ajouta Charlotte avec une pointe d'accent indien, ce qui indiquait clairement qu'elle était furieuse.

Le pire, c'est qu'elle avait raison. Lani n'avait pas la moindre envie de retourner à New York, mais qu'est-ce qu'elle pouvait faire d'autre?

—Tu as une meilleure idée?

—Ça fait des mois que j'attendais que tu proposes ça – mais dans la joie et la bonne humeur. Comment veux-tu que je me réjouisse de pouvoir enfin m'exclamer: «je te l'avais bien dit», si cette décision te rend aussi malheureuse?

Lani sourit, même si elle était toujours en colère.

—Tu as raison, je n'ai pas envie de retourner à New York. Mais j'arriverai peut-être à le supporter si j'ai Baxter. Qui sait? Je me suis amusée pendant le tournage de l'émission, alors que je déteste les caméras. Peut-être que j'arriverai à aimer jouer les traiteurs, ou les chefs à domicile. Je n'en sais rien, et je m'en fiche. Je suis prête à faire n'importe quoi pourvu qu'on soit tous les deux.

—Et Sugarberry? Je ne parle pas de la boutique, mais de…

—Je sais parfaitement de quoi tu parles, soupira Lani en s'appuyant contre le plan de travail. Tout ce que je sais, c'est que je suis malheureuse sans lui.

J'ai besoin d'être avec lui, même si ça veut dire quitter cet endroit. (Elle sursauta lorsqu'on frappa à la porte.) Oh, pour l'amour du ciel !

—Qu'est-ce qui se passe ? demanda Charlotte.

—Quelqu'un a frappé à la porte. Vu l'heure, ça ne peut être qu'Alva. Elle a réussi à convaincre Dwight de lui donner un bureau au journal local pour écrire sa rubrique. Elle passe me voir tous les jours, avant même le lever du soleil. Elle porte une de ces casquettes que portaient les reporters autrefois, sauf que la sienne est mauve.

—Tu ne m'as pas dit qu'elle était venue cuisiner avec toi plusieurs soirs de suite ? Comment une femme de son âge peut-elle se passer de dormir ?

—Je n'en ai pas la moindre idée, mais je te garantis que, si elle trouvait un moyen de mettre cette incroyable énergie en bouteille, ce serait une femme riche. Et je serais sa première cliente. Je te rappelle, ajouta-t-elle en coupant la communication avant de glisser le portable dans sa poche.

—C'était ouvert, j'espère que je ne te dérange pas.

Lani se retourna si rapidement qu'elle dut se retenir au plan de travail pour ne pas tomber.

—Baxter ?

—Qui d'autre débarquerait dans ta cuisine aux aurores ? demanda-t-il en esquissant un sourire. Je sais bien que c'est une mauvaise habitude, ma belle.

Le cœur de Lani battait si fort qu'elle avait du mal à réfléchir. Elle ne parvenait pas à croire que

Baxter se tenait devant elle ; son accent était pourtant facilement reconnaissable.

— Quelque chose ne va pas ? Il y a eu un accident ? Quelqu'un est blessé ? Tu vas bien ?

Il sourit de plus belle, et elle revit en lui l'homme qu'elle avait appris à connaître.

— Non, ma belle, tu n'as pas à t'inquiéter. Tout le monde va bien. Enfin, ce n'est pas tout à fait exact, ajouta-t-il, mal à l'aise. Je ne vais pas bien du tout.

— Baxter…

— Je sais qu'on était d'accord pour rompre, mais tu n'imagines pas à quel point je te suis reconnaissant d'avoir gardé le contact. Je crois que c'est la seule chose qui m'a empêché de devenir fou. Mais je ne peux pas…

— Moi non plus, je ne peux pas…, l'interrompit-elle. C'est aussi ce qui m'a sauvée. Mais ça me brise le cœur, Baxter. Je ne crois pas que je puisse me contenter d'être ton amie, ajouta-t-elle, sa voix se brisant soudain.

— Je sais, dit-il. Je ressens la même chose.

Lani comprit soudain ce qui lui restait à faire. Elle adorait Sugarberry, son père, sa boutique et ses clients, mais elle aimait Baxter par-dessus tout. Comment avait-elle pu ne pas s'en rendre compte plus tôt ?

— J'ai réfléchi…, commença-t-elle au cas où il serait venu lui annoncer que tout était terminé et qu'il n'y aurait plus de textos, d'e-mails ni de photos.

Si c'était le cas, il aurait pu simplement arrêter de lui écrire, non? Elle s'efforça de contrôler les battements de son cœur, mais fut incapable d'empêcher sa voix de trembler.

— Je venais justement de dire à Charlotte que j'envisageais de retourner vivre à New York. Je pourrai devenir traiteur ou chef à domicile, je n'ai pas encore vraiment décidé. J'aurai probablement besoin d'un peu de temps pour rembourser mes emprunts. Il faudra aussi que je me renseigne pour savoir si je peux résilier mon bail, mais…

— Tu n'as pas vraiment envie de revenir, je me trompe? demanda-t-il.

Elle ne l'avait jamais vu aussi sérieux. Pour la première fois depuis qu'elle le connaissait, elle était incapable de deviner ce qu'il ressentait. Son visage était totalement inexpressif.

— C'est toi que je veux, dit-elle, et tu vis à New York. Je ne cesserai jamais d'aimer Sugarberry, mais je pourrai toujours venir rendre visite à mon père pendant les vacances.

— Donc tu as prévenu Charlotte. Mais est-ce que tu en as parlé à ton père?

— À mon père? Non, pas encore.

— Tant mieux.

— Oh, dit-elle, le cœur brisé.

Baxter traversa la cuisine, et Lani aurait reculé s'il lui en avait laissé le temps. C'était déjà assez difficile de le regarder dans les yeux en ce moment. Le toucher serait encore plus douloureux.

—Tant mieux, parce que je suis confronté à un dilemme et j'espérais que tu pourrais me donner un coup de main.

—De quoi tu parles?

—On a terminé l'enregistrement de la prochaine saison.

—Je sais, rétorqua-t-elle, perplexe. On n'a pas arrêté d'en parler dans nos messages.

—C'est vrai. Quoi qu'il en soit, j'ai reçu une offre très intéressante qui risque de changer pas mal de choses. Pour l'instant, on tourne deux saisons par an. C'était une idée de la chaîne pour garantir le succès de l'émission, et ça a marché. On envisage à présent de se limiter à une saison par an, mais un peu plus longue. Ça me permettrait de me consacrer à ce nouveau projet.

—Qui est?

—On m'a demandé d'écrire des livres: un volume de recettes destiné à mon public, avec des choses que les gens peuvent réaliser chez eux, et une méthode d'apprentissage très simple pour qu'ils puissent développer leurs techniques. L'éditeur envisage de publier un bouquin sur le tournage de cette saison, mais il préfère attendre de voir l'accueil que recevront les premiers livres.

—C'est merveilleux! s'exclama-t-elle, surprise mais ravie pour lui. Je suis sûre que ça va marcher, c'est un projet parfait pour toi.

—C'est ce que je pense aussi. Je vais avoir besoin d'une cuisine.

— Tu en as plusieurs à ta disposition.

— J'ai besoin d'une cuisine personnelle où je pourrai tester les recettes que je vais inclure dans les livres et réfléchir à la façon de les présenter et de les expliquer. J'ai six mois devant moi pour commencer, voire terminer mon premier livre, avant le tournage de la prochaine saison.

— Six mois, répéta-t-elle, le cœur battant. Qu'est-ce que tu essaies de me dire, Baxter ?

Il s'approcha et prit son visage entre ses mains, un geste si tendre et qui lui avait tant manqué.

— J'aimerais t'emprunter ta cuisine. Je pourrais utiliser celle du cottage, ou en installer une ici, à l'étage. Ça m'est égal, j'ai simplement besoin d'espace et de calme. Et j'ai besoin de toi à mes côtés, Leilani.

— Pour écrire tes livres de recettes ?

— Pour respirer, dit-il. Je n'en peux plus, Lei, j'ai besoin de toi. C'était déjà horrible quand tu as quitté New York, mais là c'est carrément intolérable. J'ai l'impression d'étouffer.

— J'ai dit la même chose à Charlotte.

— Tu acceptes alors ? demanda-t-il, les yeux brillants. Tu vas me laisser revenir dans ta vie ! ajouta-t-il avec un grand sourire.

— Tu n'en es jamais sorti, Baxter.

Il la prit dans ses bras et la souleva du sol.

— Attends, demanda-t-elle en riant. Je ne comprends pas. Tu ne restes que six mois ?

— Non. J'ai six mois avant le début du tournage, qui devrait durer trois mois.

—Tu devras donc retourner à New York.

—Non, on a trouvé un très bel endroit à Savannah. Il y a une magnifique cuisine traditionnelle, tu adorerais. La chaîne est en pleines négociations avec les propriétaires. C'est là qu'on va tourner *Hot Cakes*.

—L'équipe va s'installer en Géorgie ? s'enquit-elle, surprise.

—Certains vont m'accompagner, d'autres non. C'est à eux de voir.

—Carlo ? demanda-t-elle, en songeant à Charlotte.

Lani était vraiment heureuse que Baxter soit revenu, mais elle ne voulait pas faire de la peine à son amie.

—C'est à lui de décider, mais je ne crois pas qu'il le fera. Il y aura toujours une place pour lui chez *Gâteau*, si c'est ce qu'il souhaite.

—Tant mieux. Quand est-ce que tu…

—Deux semaines, si ce n'est pas trop tôt. Il y a la postproduction à terminer, et je dois encore faire la promo de l'émission. Je devrai également m'en charger quand j'aurai déménagé. Ça veut dire que je m'absenterai sans doute pas mal, surtout en début de saison, et je me disais que tu pourrais peut-être engager quelqu'un pour garder ta boutique, histoire de pouvoir m'accompagner…

Lani l'embrassa, lui sauta au cou et enroula ses jambes autour de sa taille avant de l'embrasser de nouveau.

—C'est un « oui » ? demanda-t-il, à bout de souffle, en la serrant avec force.

—Oui, oui, mille fois oui ! Je n'arrive pas à y croire. Je n'arrive pas à croire que tout se soit arrangé.

—J'ai peut-être ma part de responsabilité là-dedans.

—Les livres de recettes ? C'était ton idée ? demanda-t-elle.

—Il se peut que j'en aie parlé à mon agent, qui a passé quelques coups de fil en mon absence, dit-il en haussant les épaules.

—Tu es formidable ! dit-elle en imitant son accent *british*. Tu es prêt à quitter New York pour… Tu es sûr que ça ne va pas te manquer ? Et *Gâteau* ?

—*Gâteau* m'appartient toujours, et ça n'est pas près de changer. Adjani fait du bon boulot, il n'a pas besoin de moi. Je passerai de temps en temps, quand je serai à New York pour faire la promo de l'émission ou rencontrer les producteurs. Je compte également vendre ma maison.

—Mais ça ne va pas te manquer, l'énergie et l'animation de la ville ?

—C'est toi, mon énergie. Ces derniers mois, je me suis rendu compte que je n'avais pas besoin de vivre en ville. Ce tournage m'a ouvert les yeux ; j'ai vécu de nouvelles expériences. Je dois avouer qu'il y en a certaines dont je me serais bien passé. (Il la reposa au sol, mais la garda dans ses bras.) Mais ce qui m'a vraiment impressionné, c'est de découvrir à quel point les gens avec qui j'ai travaillé chérissent leur famille et leur communauté. C'est cet amour qui les pousse à réussir.

—Toi aussi, tu as réussi, Baxter.

—Professionnellement, oui. Mais pas ici, dit-il en posant la main de la jeune femme sur son cœur. J'ai partagé ta vie pendant quelques semaines et j'ai appris à aimer les gens d'ici. Ils me manquent.

—Mais ton équipe, c'est un peu comme une famille, non ?

Il secoua la tête.

—J'ai le plus grand respect pour les gens qui travaillent pour moi, mais la majorité d'entre eux ne reste pas longtemps. Tu le sais aussi bien que moi ; c'est le métier qui veut ça. Avec un peu de chance, ceux qui sont à mes côtés depuis le début de l'émission et ceux qui ont quitté *Gâteau* pour me suivre sur les tournages accepteront de s'installer ici. J'espère qu'ils aimeront cet endroit autant que moi. (Il lui caressa le visage.) Tout ce que je sais, c'est que tu es ma famille. Je veux découvrir ce que pourrait être la vie avec toi. Je t'aime, Leilani.

—Moi aussi, je t'aime. Je n'arrive pas à y croire. J'ai à la fois les cupcakes et l'homme de mes rêves, conclut-elle, les larmes aux yeux.

Épilogue

—Franco, non! Tu ne peux pas mettre ça dans ma vitrine. C'est… inconvenant.

—Mais je les ai trouvés dans ta cuisine, *mon amie*.

—C'est vrai, affirma Alva. C'était lors de notre dernière séance de pâtisserie et potins.

—Charlotte…, commença Lani.

—Je n'ai aucun contrôle sur lui, dit Charlotte en levant les mains. Je ne suis pas responsable de ses actes.

—Ce sont tes moules, lui rappela Lani.

—Je crois qu'on devrait les mettre devant, dit Alva. Ça fera son petit effet. Vous ne devriez pas utiliser un glaçage blanc, Franco. Il devrait être rose, vous savez… couleur chair…

Lani faillit s'étrangler.

—Dans la mesure où la cuisine du cottage est trop petite, ça ne me dérange pas d'organiser les réunions du Cupcake Club à la boutique. Mais je veux instaurer une nouvelle règle. Ce qui se passe au Cupcake Club…

—…reste au Cupcake Club, reprirent-ils en chœur, avec plus ou moins d'enthousiasme.

Le chœur en question se composait de Charlotte, Franco, Alva, Dree, et leur dernier membre en date,

Riley Brown, ancienne styliste culinaire pour un magazine de Chicago.

Lani l'avait surprise quelques semaines auparavant en train de réarranger ses étalages, et la jeune femme avait fini par rejoindre le Cupcake Club, sans que Lani comprenne vraiment comment c'était arrivé. Mais elle s'en fichait, cela faisait longtemps qu'elle avait renoncé à tenter de contrôler sa vie.

Dix mois s'étaient écoulés depuis que Baxter avait fait d'elle la femme la plus heureuse du monde. Elle s'efforçait d'ailleurs de lui rendre la pareille chaque jour. Carlo avait décidé de suivre Baxter, et Charlotte avait suivi Carlo. Ils s'étaient installés à Savannah, où Charlotte s'était lancée avec succès dans une carrière de traiteur. Elle était absolument ravie de vivre en Géorgie. La chaleur étouffante et l'humidité lui rappelaient son enfance à New Delhi.

Brenton, l'assistant de production de Baxter, l'avait également suivi dans le Sud, et Franco avait suivi Brenton. Contrairement à Charlotte, cependant, Franco détestait l'humidité de toutes les fibres de son corps musclé et basané et ne se gênait pas pour le faire savoir. Il s'en était pourtant accommodé par amour pour Brenton, même si les deux hommes se rendaient régulièrement à New York. Par ailleurs, Franco travaillait désormais comme associé de Charlotte.

Depuis leur arrivée, la vie de Lani s'était transformée en un joyeux chaos, mais elle ne s'en plaignait pas. Les affaires n'avaient jamais aussi bien marché. Les épisodes de *Hot Cakes*, tournés à *Cakes by the*

Cup, avaient été diffusés, et Lani en retirait tous les bénéfices. Baxter venait de terminer son premier livre de recettes ; il se trouvait actuellement à New York pour discuter de la couverture et sélectionner des photos parmi les milliers de clichés qui avaient été pris durant les phases de tests. L'écriture du livre lui avait demandé plus de temps que prévu, mais ses éditeurs étaient très satisfaits du résultat.

Lani lui avait proposé d'engager Riley pour son prochain livre. La jeune femme avait beaucoup de talent et, en plus, elle vivait à Sugarberry. Ils n'auraient plus besoin de faire venir une équipe d'Atlanta ou de New York chaque fois qu'il fallait faire des photos. Lani ignorait toutefois si Riley serait d'accord. Elle n'en savait pas beaucoup sur le parcours de la jeune femme, mais était certaine qu'elle finirait par se confier aux membres du Cupcake Club.

— *Alors, mademoiselle Alva, vous aimez*[*] ? demanda Franco.

Son accent français était toujours beaucoup plus prononcé lorsqu'il cuisinait avec Alva. La petite vieille l'adorait même si elle ne comprenait pas bien cette histoire de faux accent – ce qui rendait la situation encore plus amusante.

— Il faudrait que ce soit un peu plus rose, mon cher. Ou peut-être un peu plus brun, suggéra-t-elle en l'étudiant un instant. Ça fait si longtemps, ajouta-t-elle en fronçant les sourcils.

— Certaines choses ne s'oublient pas, rétorqua Franco en lui faisant un clin d'œil.

— Un peu plus rose, dans ce cas, décida Alva avec un sourire des plus charmeurs.

— Qu'est-ce que c'est que ça?

Baxter! Lani se retourna et courut se jeter dans ses bras.

— Tu m'as manqué, ma belle, déclara-t-il avant de l'embrasser.

— Tu n'es parti que deux jours, commenta Charlotte.

— Tu embrasses bien Carlo comme ça tous les jours, toi, rétorqua Franco.

Charlotte lui adressa un des sourires dont elle avait le secret.

— Je trouve ça charmant, déclara Alva. Vous êtes jeunes et amoureux, vous n'avez aucune raison de vous cacher.

— Merci, dit Baxter. C'est bon d'être de retour à la maison.

À la maison, songea Lani, sachant qu'il était sincère.

— Je croyais que tu ne rentrais que ce soir.

— J'ai changé mon vol, je voulais te faire la surprise. Ce sont vraiment…

Lani l'écarta du plan de travail.

— Ce qui se passe au Cupcake Club…

— … reste au Cupcake Club! reprirent-ils en chœur en levant respectivement une spatule, une poche à douille, un fouet et un cupcake.

— C'est vrai, le rassura Lani. Tu ne veux pas savoir de toute façon.

— Peut-être que si. (Il la souleva dans ses bras.) Est-ce que vous pourriez vous passer de votre intrépide commandant pendant quelques heures ?

Ils levèrent leurs ustensiles dans sa direction.

— Merveilleux, dit-il.

Lani voulut poser sa poche à douille, mais Baxter l'en empêcha.

— Non, garde-la, ordonna-t-il.

Lani rougit tandis que les autres membres du Club manifestaient bruyamment leur approbation.

— Ce qui se passe chez les Dunne reste chez les Dunne, prévint la jeune femme.

— Nous discuterons de ce glaçage, n'est-ce pas, très chère ? demanda Alva.

— Certaines choses sont privées, répondit Baxter. Franco ? Le rose devrait être plus foncé…

Lani éclata de rire, puis disparut avec Baxter par la porte de derrière.

Vous avez envie de découvrir les douceurs proposées chez *Cakes by the Cup* ? Essayez quelques-unes des recettes de Donna Kauffman.

Cupcakes pain d'épices

260 g de farine
1 cuillère à café et demie de levure chimique
1 cuillère à café de bicarbonate de soude
1 cuillère à soupe de gingembre
2 cuillères à café de cannelle
2 pincées de clous de girofle en poudre
1 pincée de noix de muscade
1 pincée de sel – le moins possible
165 g de sucre roux
115 g de beurre doux fondu
2 œufs
170 ml de sirop de mélasse
25 cl d'eau

1. Préchauffez le four à 175 degrés. Placez 12 caissettes en papier dans votre moule à muffins.
2. Dans un plat, tamisez la farine, la levure chimique, le bicarbonate de soude, les épices et le sel. (Note : J'utilise très peu de sel, mais c'est une question de goût. Quoi qu'il en soit : deux pincées au maximum.)
3. Mélangez les ingrédients. Voici une petite astuce que j'ai apprise en regardant l'émission de Bobby Flay : mélangez toujours à la main. Le batteur

électrique active le gluten contenu dans la farine. Vous risquez de vous retrouver avec des cupcakes lourds et secs qui feront de parfaits presse-papiers parfumés. Croyez-moi sur parole, je l'ai appris à mes dépens! Dans un autre plat, battez le sucre roux, le beurre fondu, les œufs et le sirop de mélasse jusqu'à ce que le mélange soit homogène. N'utilisez pas de batteur électrique. (À moins que vous ne teniez vraiment aux presse-papiers.)

4. Ajoutez l'eau et le mélange de farine et d'épices en alternant et fouettez doucement jusqu'à ce que la préparation soit homogène. Vous devriez obtenir une pâte lisse.

5. Répartissez la pâte dans les 12 moules. Je ne sais pas pour vous, mais je déteste faire ce genre de calcul. J'ai pris une cuillère à glace, celle où il faut appuyer sur l'espèce de petite poignée – ça fait très technique tout ça, non? J'ai placé une boule de pâte dans chaque moule. J'ai obtenu 15 cupcakes au lieu des 12 initialement prévus. La quantité de pâte varie d'une préparation à l'autre.

6. Faites cuire pendant 18 à 20 minutes. Appuyez doucement sur le dessus du cupcake pour en vérifier la cuisson (consistance ferme mais souple) ou piquez un cure-dent à l'intérieur (La pâte ne doit pas attacher.). Faites comme bon vous semble, mais ne les laissez pas brûler. Je vérifie une première fois après 15 minutes mais la cuisson des miens prend généralement 20 minutes.

7. Sortez-les du four et laissez-les reposer pendant 10 minutes. Démoulez-les et faites-les refroidir avant d'ajouter le glaçage. Ne vous inquiétez pas si l'un ou l'autre de vos cupcakes disparaît avant le glaçage. Ça m'arrive régulièrement. Un vrai pâtissier n'hésiterait pas à goûter ses créations avant d'associer la saveur puissante du pain d'épices à un glaçage onctueux, n'est-ce pas ? Bien sûr que oui !

Glaçage à la cannelle

225 g de mascarpone à température ambiante
115 g de beurre pommade
30 gouttes d'extrait de vanille
195 g de sucre glace
60 ml de crème épaisse
de la cannelle fraîchement moulue (si vous possédez un moulin)

J'ai testé différentes versions du glaçage au mascarpone. Je me suis rendu compte que je préférais les glaçages au beurre et à la crème. Bizarrement, il n'y en avait aucun qui combinait les deux, alors j'en ai créé un ! Il est légèrement calorique, mais n'est-ce pas le propre du glaçage ?

1. Assurez-vous que le mascarpone et le beurre soient assez mous. Dans un plat, ajoutez-les à la vanille et au sucre. Mélangez doucement. Le mascarpone risque de tourner si vous mélangez

trop fort. (Je ne vais pas vous dire comment je l'ai découvert. Disons simplement que j'ai entendu quelques rumeurs qui semblaient venir de ma propre cuisine.)

2. Battez la crème jusqu'à la formation de pics. Veillez à ce que ceux-ci ne durcissent pas, sinon le glaçage sera légèrement trop mousseux.

3. Incorporez la crème à la préparation jusqu'à l'obtention d'un mélange homogène. Vous devez arriver à un glaçage lisse, onctueux et crémeux. Si vous ne l'utilisez pas immédiatement, placez-le au réfrigérateur. N'oubliez pas de le sortir quelques minutes avant de décorer vos cupcakes afin qu'il soit de nouveau à température ambiante. N'hésitez pas à le mélanger doucement pour obtenir une consistance plus crémeuse. Veillez toutefois à ce que le mascarpone ne tourne pas.

4. Glacez vos cupcakes et ajoutez la poudre ou les éclats de cannelle, au choix. Conservez toujours vos cupcakes au réfrigérateur.

5. Dégustez !

Cupcakes Red Velvet

320 g de farine

64 g de cacao amer en poudre

1 cuillère à café de bicarbonate de soude

½ cuillère à café de sel

400 g de sucre

225 g de beurre

4 œufs à température ambiante

240 ml de crème aigre

120 ml de lait fermenté

Note : Vous n'avez pas de lait fermenté ? Vous en avez marre d'acheter une énorme bouteille pour quelques millilitres ? Ajoutez une cuillère à soupe de vinaigre blanc ou de jus de citron dans 240 millilitres de lait, laissez reposer pendant 5 minutes et c'est prêt ! Vous pouvez aussi acheter du lait fermenté en poudre et suivre les instructions sur l'emballage – c'est ce que je fais !

1 bouteille (29 ml) de colorant alimentaire rouge

2 cuillères à café d'extrait de vanille

1. Préchauffez le four à 175 degrés. Placez 30 caissettes en papier dans votre moule à muffins. (Choisissez naturellement des jolies caissettes !)

2. Dans un plat, mélangez la farine, la poudre de cacao, le bicarbonate de soude et le sel. Réservez.

3. Réglez votre batteur électrique sur vitesse moyenne et battez le sucre et le beurre jusqu'à ce que le mélange soit mousseux. Cette étape devrait vous

prendre 5 minutes. (Ceci équivaut plus ou moins à une éternité quand on manie un batteur électrique ; aussi, n'hésitez pas à vous servir d'une minuterie.)

4. Ajoutez les œufs un à un, et mélangez jusqu'à ce qu'ils soient totalement assimilés. (Vous avez bien compris, je veux que vous jouiez les Borgs de *Star Trek*.)

5. Ajoutez la crème, le lait fermenté, le colorant alimentaire et la vanille.

6. Réglez votre batteur électrique sur vitesse faible. Incorporez le mélange de farine et de cacao à la préparation jusqu'à assimilation totale. (Les Borgs sont de retour !) Ne mélangez pas trop fort puisque, comme nous l'avons appris grâce à notre ami Bobby Flay, nous ne voulons pas activer le gluten. (Cela dit, je suis à la disposition de Bobby si l'envie lui prenait d'activer mon gluten…, mais revenons à nos moutons.)

7. Remplissez les 30 caissettes de votre moule aux 2/3.

8. Faites cuire pendant 20 à 25 minutes, jusqu'à ce qu'ils aient tous passé le test du cure-dent avec succès.

9. Laissez-les refroidir pendant 5 minutes. Démoulez-les et laissez-les reposer avant d'ajouter le glaçage.

Glaçage à la vanille

55 g de beurre pommade doux
225 g de *cream cheese* doux

2 cuillères à soupe de crème aigre
2 cuillères à café d'extrait de vanille
450 g de sucre glace

1. À l'aide d'un batteur électrique, mélangez le beurre, le *cream cheese* et l'extrait de vanille jusqu'à l'obtention d'un mélange léger et mousseux – plus ou moins 3 ou 4 minutes à vitesse moyenne.
2. Ajoutez progressivement le sucre glace jusqu'à ce que le mélange soit lisse.
3. Glacez vos cupcakes, versez-vous un grand verre de lait et préparez-vous à vivre un grand moment de gourmandise. Je dis ça comme ça…

EN AVANT-PREMIÈRE

Découvrez la suite de la série
Cupcake Club dans :

PETITES DOUCEURS
(version non corrigée)

Bientôt disponible chez Milady Romance

Traduit de l'anglais (États-Unis) par Alix Paupy

Chapitre premier

Plus tard, elle dirait que tout était la faute des cupcakes.

Riley jeta un coup d'œil par la porte-fenêtre qui menait à la terrasse en bois exotique, avec sa pergola et son jacuzzi. Derrière les vitres étincelantes, une paire d'yeux familiers, d'une sobre couleur marron, l'observait.

— Je connais ce regard, dit-elle assez fort pour se faire entendre à travers les doubles vitrages. Ne ris pas. Je peux y arriver. (Elle reporta son attention sur le panneau de contrôle électronique du Jog Master 3000.) Ça ne doit pas être bien difficile, si ?

C'était bien sûr une question rhétorique. Tout le monde, même le dogue anglais qui prenait le soleil sur la terrasse, était capable de comprendre comment presser quelques boutons et…

— Holà !

Le tapis roulant se mit en marche sous ses pieds. À grande vitesse. Très grande vitesse.

— Oh, merde !

Elle s'agrippa aux barres latérales matelassées, mais ce n'était pas exactement pour le sport. Pas du tout, même. Il s'agissait purement et simplement d'un mouvement instinctif visant à éviter de s'écraser tête la première sur le tapis lancé à pleine vitesse. Si elle parvenait à tenir suffisamment longtemps pour retrouver son équilibre, elle pourrait lâcher prise et frapper – presser, elle voulait dire presser – les boutons du panneau électronique de ce très, très, onéreux équipement de location. Si elle y parvenait, sa malheureuse petite aventure se terminerait bien.

Ou du moins, sans intervention des secours ni séjour de longue durée à l'hôpital. Elle n'avait pas de temps à perdre à se faire recoudre.

— Ouais, haleta-t-elle. C'est du gâteau.

Elle parvint à sourire à l'ironie de cette phrase, mais sa bonne humeur vira rapidement à la panique lorsqu'elle se rendit compte qu'elle n'était pas exactement en train de gagner du terrain. Elle en perdait même rapidement, avec le peu de souffle qu'il lui restait.

— Merde, merde, merde, ahanait-elle en rythme.

Elle ne courait que depuis quelques minutes – trois minutes et quarante-quatre secondes, d'après cet écran digital tellement pratique – et elle transpirait déjà. Rectification : elle suait comme un bœuf. Soit à cause de l'effort, soit à cause de l'angoisse abjecte de ne pas sortir en un seul morceau de cette nouvelle catastrophe.

Pourquoi ces grands livreurs suédois n'étaient-ils jamais là quand on avait besoin d'eux ? Ils allaient certainement se ruer dans la pièce et voler à son secours comme les preux chevaliers qu'ils étaient. Et elle se laisserait sauver avec joie. Même si elle se glorifiait d'être une femme moderne et indépendante A.J. – comprendre «Après Jeremy» –, ça ne voulait pas dire qu'elle était au-dessus d'un petit fantasme façon conte de fées de temps en temps.

Elle avait passé plus d'une heure à attendre la livraison d'un élégant piano demi-queue. Donc, techniquement, tout était leur faute. Le piano en question était à la fois la touche finale et l'élément central de sa mise en scène. Avec tous les autres détails dont elle devait s'occuper, elle avait bêtement succombé à l'envie de tester – bon, d'accord, de jouer avec – quelques-uns des équipements sportifs qu'elle avait installés. Et, une fois encore, elle avait réussi à se fourrer dans le pétrin.

Assez de métaphores alimentaires, Riley ! Huit minutes, vingt-trois secondes. À un train d'enfer. En temps normal, elle n'aurait pu réaliser cet exploit que poursuivie par une horde de zombies. Armés de machettes. Et uniquement si le monde tel qu'elle l'avait connu devait s'effondrer si elle n'atteignait pas à temps l'orée de la sombre forêt.

Au lieu de ça, tout ce qu'elle avait pour se motiver, c'était son chien qui l'observait de son regard funeste. Pas exactement du genre à vous donner des décharges d'adrénaline.

Dix minutes, treize secondes. Exténuée, le visage écarlate, elle avait dépassé depuis longtemps le stade de la transpiration. Elle croisa de nouveau le regard de Brutus, qui la surveillait toujours fidèlement mais semblait tout à fait indifférent à sa détresse.

— Pas de jus de viande sur tes croquettes ce soir ! cria-t-elle.

Du moins, elle cria dans sa tête. Elle était si épuisée qu'elle n'avait plus la force de prononcer le moindre mot. Mais elle espérait que son regard menaçant suffirait à transmettre le message à son dogue mutant de soixante-dix kilos…

Celui-ci ne semblait pas impressionné le moins du monde. Il savait qu'elle était incapable de le priver de quoi que ce soit. Après tout, elle l'avait pris pour qu'il la protège.

Le doux carillon de l'entrée résonna dans la pièce, indiquant que les livreurs étaient enfin arrivés.

— Merci, mon dieu, souffla-t-elle.

Elle ne se souciait même plus de ce qu'ils allaient penser de la situation, ni de l'apparence épouvantable qu'elle devait avoir. Elle allait leur graisser la patte avec quelques délicieux cupcakes façon forêt noire de chez Leilani, fourrés aux truffes à la framboise et garnis de framboises fraîches, bien rondes et joliment rosées. Elle en avait deux bonnes douzaines, disposés avec soin sur un plateau de cristal à trois étages dans un coin-repas artistement décoré. Avec ça, ils n'allaient tout de même pas mentionner devant Lois-la-Terreur les activités peu professionnelles de Riley… Surtout si elle y ajoutait quelques-unes des bouteilles de bière blonde d'importation qui attendaient au frais dans le réfrigérateur en acier brossé…

Lois Grinkmeyer-Hington-Smythe était sans conteste la personne la plus intimidante pour laquelle Riley avait jamais fait de travaux de décoration et, en règle générale, l'employeur le plus terrifiant qu'elle ait eu. Et vu son ancienne carrière de styliste culinaire pour Foodie, le premier magazine gastronomique du pays, ce n'était pas peu dire. Même le plus terrible des chefs cuisiniers n'arrivait pas à la cheville de Lois-la-Terreur, l'agent immobilier le plus performant des Gold Coast Properties, et Riley ne pouvait se permettre de contrarier la personne qui signait ses meilleurs contrats.

Le carillon retentit de nouveau.

Oh, bon sang, mais entrez donc !

Elle voulut crier, mais ne parvint à émettre qu'un gargouillement étranglé. Pourquoi ne se contentaient-ils pas d'entrer ? « Entrée libre », ça voulait bien dire ce que ça voulait dire !

Elle visualisa les gros titres dans les journaux :

« Riley Brown, la meilleure décoratrice d'intérieur de Sugarberry Island, retrouvée morte après un tragique accident de tapis de course.

Barrier Islands, Géorgie – Livreurs de piano et mannequins à leurs heures, Sven et Magnus affirment ne pas avoir su que la porte d'entrée de la propriété en location, récemment redécorée, était déverrouillée, et qu'ils auraient pu entrer pour sauver d'une terreur grandissante et d'une mort certaine la belle et talentueuse décoratrice d'intérieur. Ils ont cependant eu la présence d'esprit de s'assurer que le journaliste écrive correctement leurs noms et les prenne en photo sous leur meilleur profil. »

Pendant ce temps, la pauvre Riley Brown n'aurait même pas attiré l'attention d'un bel inspecteur de police, qui – visiblement ému par son visage angélique et par ses abondantes boucles blondes – lui aurait fait la promesse posthume de traquer jusqu'au bout du monde le responsable de cette horrible tragédie.

Bien sûr, ce ne serait pas évident d'arrêter un Jog Master 3000…

À l'instant même où elle comprenait que ses mains glissantes ne pourraient plus tenir une seule seconde le rembourrage de caoutchouc, et où son regard se posait sur Brutus, toujours vautré sur la terrasse, pour ce qui devait être la dernière fois, une voix grave qu'adoucissait la chaleur d'un léger accent méridional dit :

— Je vous prie de m'excuser. Je croyais que cette maison était à louer. Je vous présente toutes mes excuses, je…

D'un geste brusque, Riley tourna la tête vers l'intrus. Ce n'était pas un Sven. Ni même un Magnus. Il était beaucoup, beaucoup plus beau que n'importe quel fantasme nordique. Debout dans une arche intérieure de deux mètres soixante-quinze de haut, il devait faire au moins un mètre quatre-vingt-cinq, avec les épaules et le menton qui allaient avec. Même vêtu d'une chemise blanche en coton au col boutonné, d'un jean délavé et d'une veste en tweed marron foncé, il semblait capable de livrer un piano à queue de la main gauche tout en sauvant le monde de la main droite. D'épais cheveux bruns encadraient un visage bronzé avec de légères rides au coin des yeux… Les plus incroyables yeux bleus que Riley n'avait jamais vus… Mais… elle connaissait ce visage! Où l'avait-elle déjà croisé?

Bouche bée, elle prit conscience de qui se tenait là, en chair et en os, mille fois plus beau qu'en photo, dans son jardin d'hiver. Bon, pas à proprement parler son jardin d'hiver à elle, mais… c'était sans importance puisque, pour son malheur, ses mains venaient de lâcher prise.

Elle laissa échapper un cri perçant et le tapis roulant, lancé à pleine vitesse, la projeta en arrière comme une femme-canon. Sans les talents d'acrobate qui allaient avec. Ni l'atterrissage en douceur.

La bonne nouvelle? L'ensemble joliment arrangé de choux palmistes résistants à l'air marin, de cactus de feu et de dagues espagnoles l'empêcha de passer au travers des doubles vitrages qu'elle avait mis une heure entière à nettoyer le matin même. La mauvaise nouvelle? Hormis le fait que les palmiers et les cactus n'étaient pas vraiment réputés pour leur feuillage doux et accueillant? Elle était affalée par terre, misérable, les joues rouges, couverte de sueur et d'égratignures… et toujours subjuguée par les yeux bleu turquoise du seul et unique Quinn Brannigan.

CENTRAL PARK

Découvrez aussi dans la même collection :

Chez votre libraire

Joan Reeves   *Un seul regard*

19 octobre 2012

Donna Kauffman   Cupcake Club :
Petites Douceurs

Lisa Plumley   *Soyons fous*

Achevé d'imprimer en août 2012
Par CPI Brodard & Taupin - La Flèche (France)
N° d'impression : 69738
Dépôt légal : septembre 2012
Imprimé en France
81120848-1